《昆仑圣殿格尔木文学丛书（第二辑）》编委会

在广袤的土地上放歌

——写在“昆仑圣殿格尔木文学丛书（第二辑）”出版之际

在我们这个星球，自有人类以来，精神和智慧的火花就一直与生命的长河相伴相生。文学、艺术的发展也莫不如是。

近年来，格尔木这座耸立在戈壁荒原上的城市，依托独特的地理优势和丰富的昆仑文化资源，各项社会事业发展迅猛，文学艺术的发展也一日千里，呈现出勃勃生机。尤其是国家西部大开发战略的实施，使柴达木盆地各项事业的发展面临千载难逢的历史机遇。柴达木盆地已成为一片激荡着大开发热潮的西部热土，成为我国西部经济快速发展的一个亮点。

格尔木这个 20 世纪 50 年代因路而生、因路而兴的新兴工业城市，因其特殊的发展历程，城市文化中蕴含着昆仑文化的丰富内涵，体现在军旅文化、农垦文化、知青文化、移民文化诸多方面，反映到文学中，就出现了各种文化相互交融，既有区别又相伴而生的特点，辨识度较高。格尔木市前前后后涌现出了一批知名作家，如军旅作家王宗仁，知青作家卞奎、魏忠勇，诗人曹有云、陈劲松等，作家唐明、梅尔更是当下青海省儿童文学创作和现代长篇小说创作领域的中坚力量。他们都是格尔木发展的亲历者，正是他们的这种经历，使他们在创作中体察百姓的所思所想，与百姓心有灵犀，作品更贴近百姓的心。他们在日常的创作中勤于思考，敏于领悟，在平淡无奇的生活中发现人生的真谛，于人们不经意的细枝末节挖掘出微言大义，让更多的人认识和了解了这片土地的人文

历史和自然风貌，也让这片土地上建设者的身影出现在了大家的视野之内。

都说文化是一个地方最深远的语境，文化环境也不能单纯理解成物理意义上的环境，对它的理解更不能局限于当下的一时一地。格尔木市文联为不断给广大人民群众提供更优质的文化环境，这几年一直在不断拓宽各个艺术领域，文学、美术、书法、摄影、音乐、舞蹈、影视等各协会都硕果累累，成绩斐然。

2017 年格尔木市文联出版了“昆仑圣殿文学丛书（第一辑）”，这是文联成立以来第一次出版系列文学丛书。今年我们又迎来了“昆仑圣殿格尔木文学丛书（第二辑）”的出版，在第一辑的基础上，我们欣喜地看到，这次作者所在的行业更广、涉及的地域更广。在戈壁新城这片广袤的土地上，文学新人不断涌现，文学作品层出不穷，文学队伍不断壮大。他们在这片充满梦幻、蕴含着无限可能的土地上，汲取着丰富的营养，迸发着无穷的灵感，跟随着新时代的脚步放歌，创作出了一大批富有时代精神的可圈可点的文学作品。

使命召唤担当，事业需要人才。新时代的社会主义文艺繁荣发展，需要我们坚持思想精深、艺术精湛相统一的创作理念，需要一大批德艺双馨的艺术工作者付诸实践。要做到德艺双馨，每一位文艺工作者都要时刻保持高度的责任感、紧迫感和使命感，运用我们熟悉和擅长的艺术形式，以胸中有大义、心里有人民、肩头有责任、笔下有乾坤的精神，践行繁荣发展社会主义文艺的历史责任。

习近平总书记指出，当代中国共产党人和中国人民应该而且一定能够担负起新的文化使命，在实践创造中进行文化创造，在历史进步中实现文化进步。这是一种期待，更是一个目标。新的时代已经到来，新的机遇也在等待着我们。

“昆仑圣殿格尔木文学丛书（第二辑）”的出版，是我们培育、壮大本地文学队伍的具体举措，也是对近年来我市文学工作者创作成果的一次较为集中的展示，更是对今后文学事业发展的期盼和祝愿。

此套丛书的出版得到了市委、市政府及相关部门的大力支持和帮助，在此，我们向各位领导和所有相关部门表示诚挚的谢意，也向为此丛书的出版奋力笔耕的各位作者表示深深的敬意和诚挚的感谢！

青山元不动，浮云任去来。愿这片充满希望的广袤土地，今后诞生更多更优秀的作者和作品，愿格尔木这方热土在昆仑文化的滋养下，呈现出更广阔的文化气象和多元化格局！

是为序！

格尔木市文联主席　王　韬

2019 年 7 月

序

时光荏苒，热爱写作的母亲又准备出书了。对于匆忙度日的我们来说，岁月也算有踪迹、有成绩可寻。当初日日发愁作业和考试的我，也开始了免不了抱怨加班和开会的日子。生活中总有很多故事发生，竟让我有种止步未前的错觉，反观母亲好似将要在该过一成不变生活的年纪，却在生活中不断有许多新鲜乐趣。

许多家人、朋友评价母亲：不记路、算不清账、前日的事情记到昨日上，我都表示同意。直到一日我的一位友人突然对我说“你的母亲很聪明”，我微微地笑了笑，没有搭话。一直以来我都知道母亲是个大事果敢睿智小事糊里糊涂的人，她开车真地记不清走了好多遍的路，也不会算菜价一斤六两应该是几块几毛，更不精心于日复一日的琐事，但是对待自己的事业和喜好、孩子的教育和发展、生活的规律和趣味、对家一如既往的关爱都不会有半点差池。我当然是最大的受益者。

中学时学业辛苦，听音乐和看小说成了为数不多的快乐，这类事情我不用像大多数孩子那样，自己挤出零花钱去买 MP3 和书，既要防老师还要防父母。母亲总是第一个赞成的，跟父亲一起带我去选了喜欢的 MP3，每隔一段时间还要到书店去看看最新的小说。刚开始书店导购“以貌取人”，一心向我介绍习题和资料，后来看我和母亲各看各的入眼书，谁也不干涉谁，眼神中流露出

的羡慕让我忍不住起了炫耀的心思。也有人劝过母亲不能总是支持我“不务正业”，小心玩物丧志。母亲坦然回答：孩子在学校课业已经太过辛苦，日常只要教导她言行有德、心态积极上进就行，如若再苛责这一点小小的读书乐趣，岂不是太过分，孩子的生活不光是课业的学习……正是如此，我在早上五点半入校、晚间九点半背着作业下课的三年中学时光中过得还算愉快，说不辛苦是假的，但也总有可以怀念的，青葱岁月并不全是枯燥的书本和克制的忍耐。也没有经历什么传说中的叛逆期，和平友好地长大成年了。

从小到大母亲都坚持每年带我四处走走，不拘于非要去什么特别的地方，出去走走见多识广可能也算不上，但我 18 岁时已经可以自己旅行了。不是全然地面面俱到，交通住宿行程安排得还算妥帖，遇到什么情况也能随机应变。但你要问她哪一年我们去了哪里，跟谁一起都去了哪些地方，张冠李戴是常有的事情，偶然说对一件我都觉得惊奇不已。随着我年龄的增长，她依然坚持定期出去走走，只是从她带着我渐渐转变为我带着她。可是去哪里、游什么她全然不太在意，我怎么安排她都极为高兴，行程琐事更是一概不予过问，所以每次回来别人跟她闲聊时，颠三倒四的回答让人怀疑她是否去过。也许她只是想跟我一起出去走走，旅行总让人与人之间的关系发酵出新的味道，也让人开阔格局跳出烦琐的日常生活，也许对她、对我、对我们都是一种调剂和解脱。归来时仿若已是崭新的开始，即便不算豁达也能不再拘于井底，眉眼内心都会产生变化。

每个人的人生都会遭遇很多选择，无论好坏都是两难，母亲总是在关键时刻指导我的方向、支持我的意愿、坚定我的信心。当年我执意要到外省上大学，全然断绝了在本省念书的后路，别人都觉得荒唐，父母亲却表示理解我。中途我也彷徨过，即使母亲并不放心我孤身在外却还是鼓励我坚持初心。我考上某国企，在母亲觉得我可以安稳度日时我选择了放弃，从家人到新单位都表示不能理解，是母亲帮我安抚家人，回绝了新单位。我只有一份孤勇，并不能完全了解国企工作的难得，只认为以后还有更多的机会，现在我可能再难下那样的决定。但是母亲不同，她深知机会难得，也不知是否再有，可即使这样她还是下了不比寻常人的决定，这并不仅仅是勇气可以解决的。所幸我现在的境遇还算凑合，否则母亲定会感到不安和愧疚。若我际遇坎坷，母亲不会觉得是我的问题，只会觉得我年轻不经世事、无知无畏不算是过错，反倒会认为全是自己的责任。母亲平日温声细语，却是有这样刚强的心性，也是他人所不能了解的。

母亲的日常很是循规蹈矩，但她又很能自得其乐。写作是她多年的喜好，虽未成大业但也没有放弃过，实属难得。我考上大学那一年，她学会了游泳、开车，从此更是打开了新的天地，长期坚持游泳逐渐有志同道合的人称赞她姿势标准，开车学会了识别导航，如今也能在周末带着我姥姥东游西逛。这些其实都算不得什么了不起的事情，但是我还是很为她自豪，我觉得她是我的榜样。很多时候我都会想，未来自己是否能够像她一样坚持自己的喜好、坚定自己的决心、保持学习的能力、及时学习和接纳新事物呢？

作家亦舒说：“无论做什么，记得为自己而做，那就毫无怨言。”这是她热情而温暖的幸福观。每个人在生活中都会被各种各样的味道沁透着，花香、酒香、茶香、青草香……最后自己的人生岁月也被混合出不同的味道，但无论如何，认真努力地过好自己的人生，不辜负时光、不辜负自己，就是幸福的。

（序文作者罗超系本书作者女儿，现供职于河南省郑州市某法院。）

自 序

如果说生活是一部流水账，很贴切；说生活是一串穿成的珍珠项链，也一样很贴切。每一个阶段的转变、每一件事情的发生和结束，每一段记忆、每一次经历，回首望去，犹如大大小小的珠子，连成了我们的日子。而每一颗珠子在岁月风雨的打磨中，都变得熠熠生辉，哪怕是磨难，好像都变成了一颗色彩凝重的珍珠——它毕竟凝聚、记录了那些生命中再也回不来的时光。

作为一个文字爱好者，从未能写出过令人令自己满意的文字，但是那一颗爱文字的心却从未停止过。自知学识浅陋、局限，不能以广博的见识、生动的故事、丰富的人生经验、灵动的文笔成文，给人以启发和收获。也曾结集成书，之后就计划以后好好读书，不再浪费资源写那些不足价值、分量的文字，但内心却总不能放下。夜深人静、感同身受的时候……总忍不住要诌几段文字才可安心，而且还忍不住地反复推敲修改，精细于心。于是它总是被打理、收藏起来一段时间，就又被翻出来检视、摩挲，于是就又积累了这些文字。偏巧就有朋友、刊物、网站需要、喜欢这些，于是就顾不得它的不足和诸多的欠缺，还是把它们展现了出来，就像展露着自己的内心，总是感到那么多的抱歉和羞涩……偏巧，又有了远在故乡格尔木的发小同学朱晓丽女士的邀约、文联王韬主席的嘱意，给了我这样一个特别的集结文字的机会和平台，一生热爱文字的不灭的理想，加之来自故乡的诚意，二者交叠，实属人生大幸之事！真诚感谢

格尔木文联以及文联主席王韬先生的抬爱、朱晓丽女士的关心支持、曾春桃老师的悉心编辑包涵，感谢所有让本辑从书面世的人！真诚感谢！

本书为散文集，分为七个单元：今天幸福悄悄来过、踪履处处、尘世缭绕、优雅女人、人生若只如初见、凡事如絮、金“币”辉煌。通过这些不同类型的文字，把生活中的点滴感受、些许见闻、繁杂琐事……付诸集合，内容繁杂、琐碎，表达语言各异。原本想把其中早些的东西删除或者再修改，几经思虑，还是保存了原貌留了下来。因为，当我时隔今日再次翻阅它们的时候，那个时候发生的事情和当时的心境都如潮水般涌来，让人深感时代的变迁和时光的流逝如此之快之生动和绝妙。一段时间的记录，就是一种人生和时代的展现，就如我们从先辈的文章中，去找寻他们的人生轨迹和那个时代的蛛丝马迹一样，文字的真诚而现实的记录，也正是它存在的真正意义所在。并不是想为这本芜杂的集子找借口，就是想，最少它是真诚、真实的，且把业已成人、亦伴亦友的女儿的小文做序、后记，是为她青春成长留作纪念。

总的来说，书中每一种文字的表述，都在表达凡人小事对幸福的具体感受和追求。对于幸福的本质，不同的人具有不同的看法。有人说，幸福就像莎士比亚《哈姆雷特》的读者，一千个人就有一千种对幸福的理解。其实，幸福只是发自内心的感觉。觉得自己是幸福满足的，那么自己就是幸福的；觉得自己不幸福，即使在别人的眼中你是无比的幸福和荣耀，那也不能代替自己的切身体会。

幸福貌似很大、虚幻、遥不可及，其实幸福很微小。常人的幸福只关乎家长里短，沉溺在一些琐碎之中，而那些琐碎里就埋藏着小幸福，小幸福聚集在一起便是这一生的大幸福。尤其女性，在繁杂生活中更要学习感受、营造、发现幸福的能力，也许这就是这些拙笨的文字想要表达的意义所在。

目　录

今天幸福悄悄来过

踪履处处

尘事缭绕

优雅女人

人生若只如初见

凡事如絮

金“币”辉煌

后　记

今天幸福悄悄来过

每个人都是自己的上帝，幸福源自内心深处。幸福是什么？最后，我听见内心深处有一个响亮的声音在回答：有爱就是幸福、舍得就是幸福、付出就是幸福、淡然就是幸福、放下就是幸福……她说了那么多，那么多……原来，她那么清楚什么是幸福。

夜来风雨声

外面大雨滂沱，电闪雷鸣，好像到了世界的末日。雨闹得很，放肆到极点，电视声音都听不到了。

但是喜欢这样的天气，似乎正是与所有隔绝的难得的机会。手捧《廊桥遗梦》，欣赏或者营造自己爱情的美好时光，总之它带来了好心情，喜欢的事都想做。

明天女儿就要去实习了，不知道去了怎样，习惯不，心里很忐忑不安。看她明天回来再说吧。想着不会让她扛摄像机吧，嘱咐她带个笔记本、笔，可能会记录、采访，又想是不是要用电脑直接打呢，她的笔记本没带回来，到时得用家里的吧。

雨下得很大，听见窗外的尖叫声，很庆幸没有了雨外的牵挂。就在一年前女儿上学时，此时正是下晚自习的时候，不知为何老天总是挑这个时间发作，打着伞俩人还是弄得落汤鸡似的。于是交代她下雨先别走不安全，要么等着接、要么打车。可是有一次也是这么大的雨，她却回来了，浑身湿得透透的，头发还在滴水，看见她的一刹那，心疼得要发晕，可却伸手打了她一下，自己吃了一惊，女儿也愣了，暴力在我们家是不存在的啊！可她什么也没说只是放下伞，到卫生间拿了雨衣说：路远的同学在外面等雨衣呢，伞也没打就冲出去了。我在窗前看见女儿冒着雨为同桌的女孩穿好雨衣，看着她骑上车才跑回来。我内疚得什么似的，赶紧给女儿调洗澡水，对女儿说：对不起。可女儿却说，没关系妈妈，知道是妈妈心疼我，气我没有好好保护自己。听她这么说，瞬间鼻子酸酸的。有作家说：“永远不要低估孩子对你的爱。你的孩子可能不会用筷子，甚至分不清左右手，但他们天生就会爱你。他们是上天送给你的礼物，像一只慢吞吞的蜗牛，带你欣赏这个世界上最美的风景。”

女儿说，不是不记得我的交代，是因为骑车的同学需要雨衣，她家很远，才决定冒雨的。有时候，就觉得女儿很懂得处理问题，而有失冷静的却是自己。而那次女儿虽然淋了大雨，但也没感冒。

此时可以从容地站在窗前观雨，享受它带来的清凉和好心情，可它对外出的人来说也许是一场不大不小的麻烦。所以任何事情都有多面性，不会是一成不变或者是不能不变的，有些事情不会永远是坏事、也不会永远是好事，而只在于当时的环境、情形的不同。就像今天的雨对我跟对他人不一样，就想到那次的“淋雨事件”，女儿虽没有按照事先以为正确的方法去做，但是她却是对的。

午后的疼痛

一大早就给在单位值班的老罗同志打电话，叫醒他起床回来送我去中医院，今天单位中层以上职工体检呢。因为九点钟还要去开一个会，想早早去体检，不耽误开会时间。昨晚两点多才睡，又操心早上叫醒他，就没睡踏实。

七点钟他开车回到家楼下，把我送去就又去上班了。

原本担心医院还没上班呢，哪知道人都齐齐等在三楼的大会议室里了，会议室暂时改作综合体检室，一溜屏风隔开了十几间检查室，还有专人带领检查，感叹现在的服务是真好啊，哪像是以前体检，拿着单子像个傻瓜似的楼上楼下地探问、奔波，吃白眼、受冷语，身累已不算什么了，精神上的那份折磨，才累人呢。还是有竞争好，几个医院同时争取单位的体检服务，服务质量也是竞标一大头。更想不到的是，体检完了，还有早餐等在旁边呢：小米粥、玉米粥，油条、菜饺，一碟小菜，只要坐下，就有人端到跟前，真是有点受宠若惊呢。

所有的工作人员都穿着整齐的白色衬衣、打着暗红的领带，谦和的态度真好，一早被好好地照顾了一回，心情也为此舒坦得通透：感觉生活真的好美好啊，太阳都是可亲的亮丽——对一个普通人来说，得到尊重是多么的重要啊！

体检完，又去单位送公积金卡，说是要重新换新的能日常使用的卡。蹭着周局长新换的车，到了政府大院一看所有车位都停着车，感叹真是繁忙之地啊！我们单位的车位就很充足，感觉还挺好的，啥时候也不犯难车停哪儿。会开得那叫一个长，我的右耳朵后面开始有针扎的疼痛，一下一下扎着痛，像是一根刺随着心脉在跳疼。会议内容跟单位的关系不大，于是自己只是在打瞌睡，好长的会议哦。好友宝丽发来短信，说在门外等我，她的办公室就在会议室的旁边。不想穿过一排人引人注目地出去，就只好等着会议快快结束。闭着眼睛忍受疼痛的滋味，像一根吊着的钟摆，定时定点地来扎一下，无论我做好怎样的准备，可它袭来时还是猝不及防地战栗一次，出了一身热汗。开完会，见到宝丽，她说是上火了，昨晚她也是这样疼过，吃过药今早就好了。不知道是不是上了火，怎么就痛着了这一点地方呢？

原本以为午睡一场就好了，谁知竟然痛得醒来，老罗又去买药，到现在吃过三次药了，喝了三大杯的蜂蜜水，胃好像也要抗议了，可是疼痛并没有减轻的征兆。小妹来电话、二妹在网上、宝丽来电话，都一律不耐烦地告诉她们，别理我，疼着呢。疼得汗水一下午都没有停下过。

老罗电话说应酬去了。我说，去吧，我去跳楼呢，别劝我。他温柔地说，去吧！挑个高点的地方啊！我说，谢谢啊，知道了，安心去吃饭吧。

可是疼痛这个魔鬼好像并不怕我的威胁，到了现在，离开吃了药的时间已经有三四个小时了，我还疼着呢。疼痛真的能使人发狂，大雁在网上编稿子呢，不停地问，不理他，没趣儿地走了；爱唠叨的一尘不停地抖动窗口，也纳闷地走了……电话铃响，赶快按掉，仿佛那音响的每一次震颤都会把耳膜刺穿。

不写了，写字也不能转移疼痛，躺着专心疼去吧。就不信斗不过这魔鬼，还要等着老罗回来吓死他。我干吗要自己去找跳楼的地方呢？懒得去，看他可是早有了挑好的地方呢？

头痛事件

被头痛折磨了十余天，吃掉三大包药。先是说血管痉挛，输水、吃各种血管扩张药物，还是痛到打止痛针、痛到掉眼泪；又到人民医院，说是神经痛又吃各种神经调节、舒缓药，药吃完了，痛还是像施了魔法，每天下午按时到来。不得已，和老罗开车又跑去省医院看。

省医院大变样子了呢，被各色玻璃包裹的楼体在阳光下熠熠生辉、飞檐如穹，大气而充满现代气息，区域分明；住院部、理疗区、门诊区，宽敞干净。但是也给人以气势压人之感，好在到处都是身披彩带的服务人员，有礼貌而又耐心，于是，被尊重感不由生出。

看病程序也是大大改变，先是建卡、买病理本子、充值在一张卡上，再去相应病区看病。到了看病区，先登记卡号，领一张候诊条，上面有自己填写的全部信息，颇像是银行办理业务的程序。在候诊区，只需看着电子屏幕，等待叫号，一旦到了该看的人，屏幕上就会出现该患者的全部信息、所看的科室和医生姓名。

等待区秩序井然，不长时间就排上了号。被叫到号，进到房间，看见年轻的医生，心里一凉，以为走错了门，不是挂的专家号吗？把吃过的药物一一给他看过。他在椅子上微微转动着说，这么厉害的药都吃了啊？别再吃任何药物啊，回去泡个温泉、听听音乐，放松就好了。

诧然，原以为就是没啥大事也会开一堆药的，可是就这样了？走出房间，一半释然一半疑惑——疑惑的是这么年轻的专家，靠谱吗？然后去退卡、退款，够麻烦的。如果说秩序、环境好了，手续是不是更应该简化呢，虽然我没花药钱，但是还要到负一楼去销卡，谁又想三天两头来省医院啊，倘若我六七十岁了，来看病，这一通这楼那楼、楼上楼下、建卡销卡、看病拿药地跑，也得累个半死，自己一个人根本不行啊。真是的，豪华的环境为何不是豪华的内容呢？挂彩带的表面功夫做得足，还只是个表面光啊，适用不适用，自有病号知道。

看过病，像是完成了一项任务，又是周末就直接回妈妈家，就此把头痛的事情忘到脑后。回家看到小外甥女又胖了，看到妈妈又唠唠叨叨，老的少的说的吃的不亦乐乎，到了第二天才想起来，怎么就没头痛呢？妈妈赶紧说：不疼就是好了，别提了！

于是，头痛事件到此彻底结束了，好了。

老罗说：你是想得头痛啦。

哼哼，没事我想着找头痛啊？神经啊？

你不就是神经痛啊？

切！

小小头痛折腾如此，要是其他呢，真是不敢想，哈哈，还是有啥也别有病啊。

哪里都不疼的日子真好啊！

我为衣狂

一位女作家说：男人看食，女人看衣。少女时喜欢华而不实、啰里啰唆的衣裙；成熟一点时，喜欢简洁、干练的套装；到了年纪都一大把的时候，就有了很多衣服、适于各种场合的衣服，犹如感情一样，已经知道什么样的才是最合适自己的。

前些天，和好友平去“哥弟”只是一转，就被花得那叫一个心痛，发誓近一段时间不再逛街、不再买衣服。家里的新房子还等着装修，可是一看见合适的衣服便失去理智，真是没办法啊。痛定思痛，向老罗保证今夏不再添新衣。老罗不以为然：“你说这话，还有准？”“当然了，怎么这么说我啊？”“好好，就算吧。”“什么是就算啊。”他懒得答话呢。管他呢，反正我保证过了，心里因为买衣服太多而产生的内疚也烟消云散。

可今天老罗开车陪我去取在那家店里修的一件衣服，到了店里，导购小姐上前就介绍款式，我又禁不住试了试，结果害老罗又给买了一件，老罗说我轻轻挖了一个坑，他就跳进去了。他没说前一天我才做过的保证，但是自己心里的那份内疚、抱歉远远大于买了新衣的喜悦。一再让老罗保证，这次“买衣事件”只限我们俩人知道，我担心妈妈说我不会过日子，害怕好友平挖苦我购物狂，更担心单位里挑眼……总之，我就是不想让人知道我买新衣了。常常总是说，这是早买了，旧的，才比较安心呢。

车上一再求老罗保密，还承诺请他吃饭。他只是抿着嘴笑，就是不回答。半天才说：“好吧，不过你要听我的话，我说啥就啥。要不就给女儿打电话！”最怕给远在南京上学的女儿说三天里，大购两次衣服。初春的时候买了风衣，就说不买了，又买了一件。电话里女儿还给他爸爸说，劝劝妈妈，买东西要理智。还对我说，衣服太多了，每个季节总有轮不上穿的衣服嘛……她倒好像是我的家长呢。可是话说得没错，我有点无语啊。但是我特害怕再听见女儿教训的话，不是害怕，是担心作为妈妈勤俭、智慧的形象问题。

所以老罗总是拿女儿做威胁我的筹码。那叫一个气愤，可是想想算了，不跟他计较，自己还是觉得理亏啊。

老罗不去吃饭，说去了也是我请客他付账，说的也是。于是我说给老公省钱，不出去吃了，去超市买点菜，给他做饭。到了超市想起来该买的东西，不自觉拣了一车，几百元又不见了。

心里暗暗下定决心，近段时间一定要节省些过日子。

可是今天第一天上班，下午没下班宝丽就在电话里说好要陪她逛街，不好说什么，想着只是转转，绝不买东西。

刚到店里，老罗的电话来了："在哪？"通常他总是这么一句。

"鞋里呢。""哦，啥鞋？""凉鞋。"我道。"干吗呢？""逛街呢！"一只手翻看着衣服，一边给他打趣，就是不给他说清楚。

"哦，好吧，逛完了，给我电话啊？""好，就这样吧。"

我挂掉电话，一旁试衣服的宝丽急火火地说，"你俩说啥暗语呢？""啥暗语，就是说话呢。""我咋听不懂啊，什么鞋里啊？""我说我在鞋里啊。""鞋里？"宝丽笑得花枝乱颤。说是日常穿的鞋，他就知道是在外面呢。

"要是拖鞋呢？""就是在家啊。"哦，天哪，原本只想逗逗他的，时间久了，就成了这个样子。"你家老罗还怪识逗的啊？要我们家那个早跳起来了！"我说："他现在已经习以为常了。第一次这样说的时候，惹得他又笑又恼地大叫，可现在也竟然波澜不惊了，咳咳，什么都经不住时间的打磨啊，好不容易找到的一点新鲜感这么快就江山依旧了呢。"我感叹道。

"求求你，别又文化腔啊！好好说话。"宝丽咋呼道。

现在已经快是盛夏了，可为了这件薄毛衫，宝丽还是奋不顾身地弄得自己满头大汗。"可以秋天穿啊，知道不，这叫未雨绸缪。"好个未雨绸缪啊，夏天还没到就买秋天的。

宝丽脱掉毛衫，“多少钱？”问愣在一边专心听我们说话的小女孩。

“打九折 990 元。包起来吧？姐。”服务小姐又年轻又漂亮又亲切。

“先不包，回头再说。”宝丽好像突然不高兴。

“多合算啊，这是超值版的，秋天就可以穿了啊，包起来吧，姐？”导购小姐恨不得把衣服塞进宝丽怀里。

我悄悄在她耳边说：“理智，理智！”

宝丽有些着恼。看看小姐，又不忍心：“看看我还穿着裙子呢！秋天早着呢。”

好吧，谢谢光临！小姐为我们拉开门：“什么时候再来啊？过几天还有新款夏装来呢。”话说得依然轻飘飘的，可是脸上没了笑容，眼皮只是看着自己的脚尖。

出得门来，宝丽说，老主顾了，一年穿了她家多少件衣服啊，从来都是九折，也没个优惠活动，难为她们一下也好。

“是啊，那你能不能不穿她家的衣服啊。”

“哎哎，还说呢，不是跟着你我才不穿她家衣服呢！你又说这话呢。好好，不说了，反正一看衣服就没理智了。”

我赶忙息战：“别说了，以后不会了。我给老罗打电话，他等着咱们吃饭呢。”

“不了，我们家张龙说晚上回来吃饭呢。难得回来，我得回去。”

好吧，各回各家。衣服没买到，还一肚子的不高兴嘛。

到家不久，老罗打来电话说：“还没逛完呢？”

“逛完了啊。”

“咋没打电话啊？在哪？”他说。

“拖鞋里呢！”我说。

“哦，出来吗？怎么回家了呢？”

“不出了，不想换衣服了。”

“哦，又是没买到衣服，是吧？”他倒是猜得准。

“没看上的。”我说。

“就是嘛，哪能一逛就要买啊？”

“你啥意思啊？”我粗声道。

“没意思啊，你不出来，我去跟同事吃饭了，晚点回去，自己吃吧！”

晚上躺在床上，酝酿睡意，刚刚要进入迷离状，手机响了：哈喽，矛头哦……哈，吓死人了，竟忘了关手机了。

是宝丽，她还是想买那件毛衫……

崩溃，早知道，不拦她了：买！买！买！

“想得睡不着啊。我想过了，可以配我的那条蓝裙子呢……”

“嗯，不错。睡吧，要不明天不陪你去了！”

“好，睡吧。明天一定啊！千万别说你有事啊？”

“知道了，真是的，求人还带威胁的啊？”

重新躺下，翻身不停却再也睡不着了，不会又是一个不眠之夜吧？

睡不着又想起一段话：女人到了芳华老去时，只是对爱过的人、爱过的美丽衣服唏嘘感叹、凭吊。倒是不敢苟同呢，据我经验，好不容易知道什么是最合适自己的，只有好好珍惜、享用的份，怎么会顾上伤神呢。

女人对衣服的不倦追求和向往应该是：生命不息，追求不止呢，所以对美丽衣服而言，我喜欢，故我在。哈哈，爱衣服如命了，好像有点夸张啊。

最欣赏一位英国美丽女首相关于女人衣着的话：女人衣柜里永远缺一件衣服。

是啊，所有女人一年四季都在不停地奔波找那件总也找不见的衣服吧。

自己都有点替自己累啊。哦——My God！最不喜欢中文里面掺英文，就像是豆腐脑的“两掺”、像一条苗寨筒裙配了一件洋装，属于乱搭，咳，也不能一己之见啊，说不定过段日子，这样的混搭就是时尚潮流也难说啊！说不定也会变成自己的最爱哦。

午后的向日葵

午后被一帆急招而来。她刚刚睡醒，穿着柔软无袖的睡衣，头发被紫色的毛巾头花软软地束在脑后，浅黄的睡衣，脚上是粉色的平底软拖鞋，“昨天整夜没有睡觉，都是那个留言惹的祸。”

房间里很乱，摆在桌上的那束向日葵已枯萎得一塌糊涂，葵头低垂、叶瓣掉满一桌。我心急地等待热水器里水开，终于喝上了普洱茶，干涸的五脏六腑才变得滋润舒畅了。午后的阳光变得温柔而富有色彩，竟有些诗意地斜照在窗框上，写满惬意，整个身心都被宠爱着。

“在今天之前，我一直井井有条地生活，晨起洒扫、整理，白日上班工作，日暮归巢、操刀弄勺，夜晚洗漱打理家务不停，一直到万籁俱寂，才能爬上床疏松四肢。”是的，她家里的鲜花总是按时被她买来、换水插摆有致，沙发、地板整洁，一丝不乱，一切东西永远不许越位，谁来了都一定会感叹：哎哟，好干净、好有情致哦。

“昨天之前我的家里，毫不夸张地说从没有散乱过……”但是她散乱的发束、落满黄叶的茶几、斜照的夕阳、柔软的睡衣和这一切竟然这么般配。

“这么着急打电话来，到底怎么了啊，我单位正忙着呢。”

“忙什么啊，总是忙，没劲！我昨天收到一通留言，一大篇的文字：我爱你！别问我是谁，永远别问，只是要你知道我爱你！我一直都爱你！我永远都爱你！只是在每年的这个特别的时刻才能说出。”她甚至充满激情地诵读。

这也值得大惊小怪啊？

“昨天是我的生日啊，你也忘记了吧？”

“哦，真忘了，对不起，补过一个吧？”

“那有什么意思，欠着吧。我想告诉你的是，从那一刻起，我就被久违的感觉包围着，感觉似乎也变得很女人了。我必须说出来……”

“那你要怎么样啊？”我吃惊道。“只不过几句甜言蜜语，有什么意义呢？”

“哦，那倒是。别担心，我并不打算问他是谁，也不想知道他究竟是谁，猎奇和邂逅已是太老套的结局，也是没有结局的结局，而现在才是最好的结局——能够彼此尊重又带给彼此美好的感觉、温暖彼此的生活，这很重要，而且也很美好，不是吗？……”

当一帆把这一切向我描述的时候，我知道，这也许是一种真实的感觉。她生日时老公请全家一起吃饭，还有蛋糕、鲜花，一切顺理成章、理所当然、淡然美好。但是一个久不联系的人，只是一句生日祝福的电话，就使人心生感慨。其实，细思，只不过是对岁月、青春的一种回忆和感怀而已。女人啊！总是情感太丰富细腻，一生需要很多爱。无论她们的容貌如何、年纪已经变得多么大，而她们渴望爱的心永远不会老去，永远那么青涩、幼稚……

“原本挺激动，怎么今天给你这么一说，倒好像没什么了呢？”

“是啊，经常不联系，这种时刻出现，本来就是一场惊喜。只不过一时的美好感觉而已。”我说。

大多女人的求爱之心都与婚姻、爱情无关，更不是背叛，那些所谓的种种爱意，就像她们珍爱的珠宝一样被她们珍藏，但是戴在手指上的却永远只是婚戒，因为她们懂得放弃。放弃是一种爱，而珍藏也是一种爱，那些珍藏的爱慕之情，犹如午后的向日葵，当冬天来临的时候，在某个最寒冷的时刻，会想起它的温暖——温暖的午后、斜阳照耀的向日葵，是每个人内心之中的珍宝，包括那些一如既往爱着他的女人的男人们。

好好做个幸福达人吧

看旅游卫视电视节目已久，尤其里面的“爱生活，我爱每一天”总是说：今天介绍一位某某达人……

好一阵子了，老是听说“达人”，翻翻杂志也是音乐达人、美食达人、城市达人、旅游达人、美丽达人，甚至还有英语达人、恋爱达人……这世界总是变化很快，新生事物层出不穷啊，就女人来说，先是干物女、宅女又有了剩女，口头禅什么“炫”啊、“倒”啊还没习惯说呢，就又开始说：“潮”“雷人”了……真是三日不见、不看、不听，如隔三秋呢。

不懂，心里抓狂，上网查查：达人一词最早语出《论语》中的“己欲立而立人，己欲达而达人”。意思是说：如果你想得到别人的尊重，你就要尊重别人；如果你想得到别人的帮助，你就要帮助别人。那么“达人”就是指尊重和帮助别人的人。

而现在成为流行用语，是指在某一领域非常专业、很精通，出类拔萃的人物，即某方面的高手，更确切地说是喜爱或长期从事某种工作的意思。

如此说来：我们每个人都有自己的长处和魅力，只要用心发现，人人都是达人喽！

所以，是不是还该有快乐达人、阅读达人、清洁达人、主妇达人、电影达人、电视剧达人呢？这都是生活中须臾离不开的内容啊，而且是常年都坚持不懈的工作，比如做饭、清洁、洗衣，早已是业务精通、熟练呢。这样说好像有点钻牛角尖的意思嘛，但是还是有道理啊，这么说觉得自己好像也是个电视达人了呢。

想拒绝都不行，原本是个只喜欢读书的人，可是渐渐地发现许多优秀的、有文化功底的导演，能把荡气回肠的故事演绎得如同原著，更何况，因其有声有色而带来更大的视觉享受、更能感人肺腑，好的电视剧作品还能引发更多的人去读原著。这样的实例已经不胜枚举，严歌苓多年前的作品《一个女人的史诗》，因为电视剧的效应才引起人们的关注，她感叹道：一部优秀的文学作品，要因媒体而引起关注，是原创作品的悲哀。这只能说是与时俱进，事物的发展是不容改变的，数字媒体替代纸媒，有其更优势的一面。

现在业余时间看电视剧、电影已经成为生活的一部分，且常常被一些优秀的作品感动到左右自己的思维、感情。

前几天看电影《立春》，讲述20世纪90年代初，学校里一群追求艺术理想的年轻教师的命运。在那个年代，人们对芭蕾舞老师有着异样的看法，关于他们的绯闻多到使主人公无法承受的地步，于是在上课的时候，主人公当众非礼一女学生，“从容”入狱。入狱后的他释然道：这下好了！大家踏实了，我也踏实了。他终于成为大家认为他应该成为的那样——好像一个从事那类职业的男人，必定是个性情浮浪之人。

2009年的高考刚刚过去，可它带给孩子、家庭的种种余波还在继续。女儿今年已经大三了，可是，高考的那些揪人心腑的日子，依然是那么清晰可见。在那些日子里，我一直称赞女儿是勇士，那些参加过高考的孩子，都是勇士。在高考中，他们经历了身心的洗礼和考验，翻越了他们生命中一道高高的关卡……

前天看了一部关于“二战”期间，营救美国战俘的译制片，看到日军战俘营里，悲惨的美国战俘们，他们呼吸的空气都是战栗的，充满日军的残暴……人与人，竟然能这样相互残忍摧残。然而，纯洁的爱情依然在顽强地生长。正是在那样的残暴里，更能显现出对自由、幸福的渴求是多么热烈。

悲叹人性灰暗的同时，感恩人性的光辉，战俘们终于被一支偶遇他们的美国作战部队，以少胜多智慧营救；《立春》里的人们于今天而言是怎样一群有理想、有追求、可以张扬自己个性的幸福的人啊；若干年后，也许以一试定终身的高考，早已成了往昔岁月的笑谈——事件不同，但有一样是不变的——对自由和幸福的祈盼。

每个生命的个体都无法左右、抗拒生存环境，而也许这就是历史的悲壮之处，而那些为这样的历史付出生命的人们，也只能令人扼腕叹息——在那样的时刻，必须做那样的选择。

就让那些把生命染成暗重的色彩，都变成岁月中的一阵狂风，远去吧！该庆幸的是在那样的时刻，人们没有轻易放弃该做的，才会有今天，以及还没来到的我们渴望的那些幸福。

如今再看新闻，世界的纷争，身边时时发生的自然灾害、生老病死，感叹生命脆弱的同时，更觉得要珍惜眼前的幸福时光。

幸福这个词听起来很大、很飘渺，其实它质朴到琐碎和微小。

安妮宝贝说：我的幸福都是很微小的事情。谁又不是呢？看一段激荡心灵的文字、找一个朋友逛一会儿街、忙碌地工作一上午、给老公斗斗嘴、给远方的孩子说几句温暖又不失严厉的话、看一部电影、买一件自己心仪的衣裳、陪老妈晨练、睡一个安静的午觉、发一会儿异想连篇的呆、听一曲自己喜欢的音乐、回家亲亲可爱的小外甥女、一次呼朋唤友的出游、偶尔卡拉 OK、午后一杯静静的咖啡或者普洱茶……种种，如果说，这些只是小资调调，有更伤心的事情怎么会感受到幸福呢，那么我又想起电视剧《大生活》里，男主角说的那段话：我有什么不高兴的呢？我没有种过一粒粮食，但是我有口饭吃；我没有烧过一块砖可是我有房子住；我没有铺过一米路，可是我有干净的大路走；我没有挖过一口井，可是我有自来水喝；我没有发过一度电，但是我有电灯用；我没有织过一匹布，可是我有衣服穿……我干吗还不高兴呢？是啊，凡此种种，这么想想，这样微小的幸福还是有的吧？这样想想不一定能解决你眼下的困境，可是这样想想，总可以给自己一点希望的勇气吧！

日子已经很久了，看到一篇参考消息的报道说：以后每个国家都把公民的幸福指数作为国家发展的一项指标，我是一向不关心大事的人，却仔细地把这篇报道剪下来压在办公桌的玻璃板下，好像一直以来都有渴望幸福的情结呢。没有战争、没有精神的桎梏、没有生命的威胁，那么我们有什么理由不使自己幸福呢？

星期天回家聚餐，十一岁的小外甥吃过姥姥亲手为他做的炸鸡翅说：我好幸福哦。是啊，不必追究幸福的深刻含义，它就潜伏在我们的身边、触手可及。

达人是时尚，套用一句新词，是很潮的称谓呢，充满幸福和尊重感。在这样人性的社会、温暖的社会，自尊的社会。就连词汇都更人性化了、好听了、可人心了，比如，降价叫作特价，这样大家都有面子，卖者不丢份，买者不掉价。真好。

我们就好好做一个享受生活的达人，做一位幸福达人吧。

而我们所有的、任何的努力不都是为着这个目标吗？

夏日的响声

这几天持续高温，先是黄色预警又是红色预警，气温由 38℃升至 41.9℃，听着都够人受的。

天空的阳光格外灿烂，空气透明度也好得出奇，走在路上遮阳伞只遮着小小的一片阴凉，炎炎烈日好像在下火，似乎听得见发着热力、充满质感的光线“咯咯扎扎”掉落下来的声音呢。

哈，这是夏天独有的声音啊。

高温里面，依然是生机勃勃的世界，一切都在一刻不停地转动。

刚刚看杨丽萍的《云南的响声》的专访，没有看过她的《云南印象》，那时候自己也正在云南旅游，来不及关心任何人关于那里的描述。而这一次，看到云南多个民族的乐器、那些即将被遗忘的最独特的民族文化遗产：大到半人高的鼓，小到手指捏着的烟盒、锅铲……这些古老的原始的乐器，在灯光辉煌的舞台上熠熠生辉，发出它们特别的声响，正如杨丽萍所说：那声响是有力量的声音！

想说的是，杨丽萍是个幸福的女人，倾慕自己的事业并且能够投身其中的幸运女人！她能够在排练或者任何时候，从容、得体地穿着七彩的裙装，把事业和人生挥洒得七彩斑斓。

想说的是，这个夏日的响声很多，我家的新房子交工了，装修在即。

想说的是，我组织的书画作品很成功，即将展出。

想说的是，这一年是我们结婚整整二十年，走过了五年是木婚、十年是锡婚、十五年的水晶婚，如今已到瓷婚，真的好不容易啊！而瓷婚还是那么不

“结实”，真的还要好好努力，争取“金婚”“钻石婚”！

想说的是，明天晚上我的宝贝就要回来了，想到这里，一颗想她的心就被温馨填得满满的。

想说的是，一定和女儿一起看看《云南的响声》。

想说的是，申报非物质文化遗产“苌家拳”成功了。想起在市一级申报的时候，“苌家拳”就被刷掉。当时全市创建国家卫生城市，没有人手。我多方组织、汇集充分的资料，带人抱着大包小包资料跑去市里、省里游说、解释，最终补报上，最后“苌家拳”竟然是唯一一项被纳入第一批省级非物质文化遗产的一个项目，现又在申请国家级的文化遗产。曾经无人问津的事情，现在成了众人瞩目的重点项目。只是说：这是大家的功劳！可是谁还记得最初的状况呢？

想说的是，那又怎样，在其位谋其政，在适当的时候做该做的事情而已。只是没有杨丽萍的那份幸运。

想说的是，杨丽萍有心、有力、有见地，使这些遗落的民族文化遗产重获生命，真是觉得能做好这件事情本身就是最美的响声。

想说的是，做一件事情可以那么感人、一段文字可以那么感人、一片响声也会那样感人，何况是活生生的生活呢？

而眼下对于我，最大的响声，就是宝贝要回来了。她一回来，会让每个房间的角落都发出声响：她娇声呼唤爸爸妈妈的声音、她喜爱的音乐的声音……我们期待着那样的声响，那是生命中最美的乐章啊！

大大小小的事情，在这个夏日里，那些响声恰似大珠小珠落玉盘，此起彼伏地鸣响着，这都是这个夏日最美、最有力量、最感人肺腑的声音。

减肥那些事儿

今天回家看到小外甥女又胖了。

小外甥女刚刚六个月，只吃母乳，可是已经胖嘟嘟的了，尤其大腿一圈圈都是深深的胖纹，可爱至极，她的三个姨、两个小姐姐围着她说：得减肥啊，这么粗的腿，长大可咋办啊。嗯，说不定连裙子都没法穿呢。于是小妹就很发愁：咋减肥啊。妈妈说：不减，长大就瘦了！

大家都挤眼睛：千万别听啊！妈妈从来不说她的哪个孩子胖，啥时候都说：哪儿胖啊，刚好嘛，不减肥啊！

老妈的经典名句是：千里去做官，为的吃喝穿。不吃不喝还挣钱干嘛啊？

男孩子就得吃肉！

能吃才是福呢！

所以每个星期都要弄丰盛的菜犒劳大家，每个人的最爱都会出现：外孙的炸鸡翅、炸鸡腿；我们姐妹的麻辣鱼；女婿们的红烧肉；最拿手的红烧肘子……干果、水果总是摆满茶几，简直就是对我们减肥意志的考验，而败下阵来的总是想减肥的人，所以，周末不是减肥日。

周末后，大家各回各家、各使各招偷偷地去减肥。

三妹最近瘦得很明显，一起去买衣服都显得特自信，呼啦啦买了两千元的衣服，羡慕啊。她使用按摩、拔罐减肥法，腿上、腹部都是圆圆的青紫印，有点自虐意味，此法不太敢取；二妹不爱运动，可是吃减肥药就会心慌，晚上睡不着，只好天天下班路上步行半小时，遇到加班再走路就累得半死；小妹在哺乳期，为了孩子不敢减肥。我不爱运动，又害怕受苦，还每时每刻都不愿放弃看到的任何美食，所以只好采取即兴减肥法——想起来什么办法就试试。

哈哈，这下可是没少折腾呢。

本来一直奉行健康减肥，买了几样简单的健身器材，可是弄不了几下就觉得太累，所以也就成了摆设。

挑最简单的运动：晃呼啦圈，老是觉得有点隐隐的腰酸，老妹说会得腰肌劳损，又不敢练了。

听说曲美是比较安全的减肥药物，就买来几盒吃，除了有点想喝水没别的症状，所以放宽心，将其作为长期的减肥食品。我也不按时吃，总是吃了油水多的饭就吃一颗。可是害了一场莫名其妙的神经痛，百思不得其解，看看减肥药上说会对四肢神经有影响，想想怀疑自己是疼错了地方，弄成头疼了？所以曲美也不敢吃了。

一天又听说韩国产的果蔬瘦奶茶为天然果蔬制作，无副作用。于是买来试用，喝过一两周后，没见肥减掉，但是稀薄的所谓奶茶，味道不够理想，我一直是个追求美味的人，万万不愿每天喝这种没滋没味的东西，又不了了之。

又看见纯中药新研制的减肥茶"御生堂"，说是一两周里千万别买新衣服当心瘦了，于是赶快买来，喝过两次，每次喝过，肚子都像发了神经，说疼就疼，得赶快上厕所，一点规律也没有，吓得不敢出去逛街，怕来不及找卫生间，严重影响了行动自由，不喝了……

妹夫从北京带来一种美国进口的减肥药，忘了叫什么名字，是排体内油脂的胶囊。吃过之后，不过半小时就消化了，可怕的是，吃的是什么颜色的油，排出的就还是原样子，所以，一旦再看到食物里面的油，就恶心得不敢去碰，完全成了一种病态，所以赶快停吃了……

看来减肥的新方法还要继续探索。

忘了是在哪里看到说：女人减肥是心理问题。大概意思是说，女人减肥是追求自信、安全感的心理暗示。我早已过了青涩年少、需要别人欣赏肯定的时候，懂得优雅、宽容、自信才是美丽的真正含义，但还是无法逃脱女人原始的天性——恋物、需要更多的安全感。现在想想这话倒也有一定的道理，要不究竟是什么原因使减肥成了女人一生也不放弃的“事业”呢？

前天看一个美国译制片《美丽姑娘》，说的是胖姑娘康妮的故事。康妮是个老师，工作积极努力，每个月会得到“明星教师”的称号。康妮虽然很胖，但是自信、健康、快乐，凭借这些她参加地区选美比赛，她阳光般的笑容赢得了冠军，并获得代表地区参加省级大赛的机会，最爱她的妈妈和全家人都阻止她比赛，因为他们担心一旦失败，给康妮的打击将是毁灭性的，更重要的是他们和所有人一样，认为康妮参加选美比赛简直就是去献丑，可是康妮竟然得了亚军。真是打心眼里喜欢她，看她那生动丰富的生活，感慨颇多，康妮的故事重在告诉观众：自信才是最美丽的！

对很多人来说，瘦了并不见得就会美丽，可是美丽的前提好像总是首先得瘦，每个女人都会说：看我多胖！没有女人说：看我多丑！

在减肥的路上，大多数的人总是越减越肥，可是减肥仍然不失为女人们永久、不变的话题。

生活中，大家明明懂得自信才最美丽！可是还是要减肥，大概减肥也是一种意义吧！既然不能大气、潇洒地游离其外，那么就俗气地接受好了，平静地接受生活、环境所给予的，也是生活的意义和其可爱、生动之处吧。

我是这样告诫女儿的：只要健康、快乐，怎样都是美丽的，不必为此患得患失，给自己负担！

女儿很世故地说：知道，我才不会庸人自扰呢！

然后照了照镜子说：妈妈，这几天在姥姥家吃得太多，看，我的胃都鼓起来了，该减肥了！

我晕！

买了一双平底鞋

好像欠了好多功课，但是还是没有心思坐下来好好整理，便如鲠在喉。

冬天喜欢穿靴子，而且特别钟情短靴子，穿着方便，裹着小腿，走路方便，不受约束。于是在“退休”了两双旧靴子、只有一双长靴子的情况下，前几天买了一双棉短靴子。

靴子是平底休闲的，样子好憨厚，一直喜欢平底的鞋子，但是却没勇气穿，总觉得缺乏女人的柔美。而养了四个女儿的妈妈也总是说：女人的鞋子一定要带点跟才好看呢。在钟爱的那些书《修炼魅力》《打造魅力女人》里面，都提倡女人一生都不要离开高跟鞋。所以虽然不喜欢穿高跟鞋，好像有一种被架在高跷上的感觉，但又不愿意失去女人的优雅，于是，鞋跟逐渐被选到最低、最小，但每次穿上新买的鞋子，只要感觉到鞋跟的存在，就想下次一定要买平底的鞋子穿。

这次坚持买了一双平底鞋，起初穿在脚上，心里却缺乏自信，并不能全心领略到无跟的它所给予的舒适感。尤其前天见到好友同事，她惊叫道：让我仔细看看？我咋看都没一点好看的地方呢？怎么就买了这样的鞋子了，好赖带一点鞋跟呗。

真是哪疼就戳到哪里，一时间就觉得好难堪。可是穿过这两天，又是回家，又是逛街的，尤其是在今早天色昏暗、雾气缭绕的寒冷天气，上班一路走来，不断地超过穿着高跟鞋的女士们；下楼梯的时候，脚步轻盈无声、犹如敏捷的猫科动物，不用像穿高跟鞋下楼那样一步一摇，老担心鞋跟会挂着楼梯边而摔倒，哈哈，简直就是健步如飞啊。而且行动中总能感受到小短靴的舒适、贴心的温暖，心里竟然生发出难耐的幸福感，真的是好幸福的感觉，天哪！难道幸福就是这样简单，一双舒适的鞋子竟然也会产生幸福的感觉？！很多时候一直希望的东西总是按照世俗的看法去做，其实倒不是别人强迫的，而是自己不能坚持自己的意见、过分在意别人的看法和主张，所以反而把简单的事情搞得很复杂了。

小到一双鞋子，竟然也需要这么大的勇气、走这么长的弯路才得以如愿，要是早早就坚持自己的意愿穿平底的鞋子，幸福的感觉不是早早就感受到了吗？早知道“鞋子舒不舒服只有自己的脚知道”，怎么就忘了呢？总之，太自信容易成自负，而过于看重他人的观点就会失去个人的价值。凡事都有个度的，人生中的好多事情要做得刚好，重要的是要把握好做事的分寸呢。

为了在比较正式的场合也能凸显气质和对参加场合的尊重，也可以好好秀女人的另一种优雅，还买了一双平时不穿的真正的六分跟的高跟小短靴子，哈哈，这样子平时不用受高跟的拘束，而在正式场合的时候，也不会让看的人难受了。

舒适是内在的，而漂亮是外在的，年轻的时候总是把漂亮放在所有需求前面。到了一定年纪的时候，追求舒适的愿望已经远远高于对漂亮的需求了，但是作为女人的优雅是永远也不应该失去的。想来，漂亮、优雅对于舒适来说应该是共存的——舒适、健康，内心深感幸福的女人，无论穿怎样的鞋跟，都能相得益彰，透出美丽、优雅别样的魅力。

你是杯子，我是茶

今天周日，原本打算好好睡一觉的，睡到自然醒，可是就是怪，越是有时间了，偏偏又睡不着了。八点醒来，就靠在床上开始读书，准备近一段时间，把堆在床头的几本新书都读完，也算对得起当时买书时的付出、对得起被买的书到我这里一游吧。

还没起床老罗同志的茶来了，透明的水杯，浅绿的颜色，哇，一看就好心情啊，喝一口，干渴了一夜的五脏六腑立刻被温暖滋润了。不由地感叹人是会转性啊，我原本是不喝茶的，可他喝茶多年。他不喝酒，可把抽烟喝茶看得和吃饭一样重要。一斤茶堪比一件衣服，为此我一直在和他进行着不懈的斗争，但是就像减肥一样，越减越肥，而和他的战争也大有生命不止战斗不息的架势。而他还总是说女人喝点茶好，增强抵抗力，含多种维生素，如此等等，因为他对我的无视，对他的建议我也充耳不闻，哪里有不能取胜反被同化的道理？

直到前些年流行喝普洱茶，说是可以减肥，我才开始喝普洱茶。老罗同志特别热情地对待此事，和女儿精心挑选买了一只有茶漏水杯，双层杯体，肚子大，胖胖的很可爱，上面有小熊维尼的简笔线画。后来我拿到办公室去用了，老罗同志就又找出一只双层透明的玻璃水杯，有滤茶的网和盖子，茶泡进去，从外面看得见浅绿色水里的茶叶，转转水杯，茶叶慢慢浮动漂漂荡荡，还真是好看啊。喝水是一方面，喝茶的同时，把玩着茶杯，欣赏着它的颜色，看茶叶飘动，好像是在掌中养了一缸观赏鱼，悦目又赏心啊。

家里有几套不错的茶具，用来喝工夫茶的。老公说：等退休了，我们天天好好喝茶啊。切，想得美！烟还没戒呢，还想啥呢？我想说。但是没说，还说啥呢，自己都已经喝茶了，保不准N年后退了休还真的爱上喝茶呢，但我也是有原则的啊，和他抽烟的坏毛病是要做彻底斗争的，我真是太讨厌烟味了。

不过还好啊，他还有一个理想：你什么时候能陪我看场球赛啊。哈哈，不能，除非戒了烟。每次他看球赛，我就大叫：别看了，能不能看点能下眼的东西？为了继续看，有时候他会去阳台门口、厨房开油烟机抽烟，很隐忍的样子。但是有世界杯的时候，看他纠结、不自在的样子，又不忍心，所以虽然口说不满，自己还是去卧室看另一个电视了。哎哟，为什么让步的总是我啊？心里不平衡，所以听见他在客厅看得又拍沙发又叫好或者大骂笨蛋的时候，就大喊：端杯水来！拿个苹果来！夹个核桃来！他会满面笑容地悉数照办，速度快，态度好，唉，这样让我心里还好过一点，才好让他安静看下去。

以前有时候渴不择水时，也喝一口他的茶水，哈，那叫一个苦啊，能和中药汤PK了，杯里的茶叶都快满了，如此多的茶叶，不苦才怪。刚开始喝茶我只是放几颗就行了，可是轮到老罗泡茶时他总是要多放，开始喝特苦，总是要大叫：苦死我了！一年多的时间过去，我却成了无茶不饮的人了。

现在，只要是在家的周末或假期，一早老罗就会泡好两杯茶，偌大的一只白瓷青花杯，一只透明玻璃杯。他的茶是毛尖，我的是铁观音，他只喝毛尖。而我无所谓，什么茶都好，但对于品茶，只能喝出铁观音、红茶、普洱、龙井和毛尖的味道，至于深层的精髓并不懂的，好的是，也不特别排斥哪种茶叶的味道。

茶几上放着两杯满满的热茶，好像家里的空气都变得很温馨、安静、舒适，预示着美好而轻松的一天的开始。有时候因为我喝了蜂蜜水，就会冷落了热茶，一直到午饭时才喝，但是因为有杯茶等在那里，心里就好像有一种温暖在那里，不喝，只是感觉到它在就好。自己在家时，去喝水了，看见空着的杯子，就觉得是好潦草的一天啊。

中国人喝茶是一件比较风雅的事情。传统的古趣儿和现代追求意境的情调，茶本身和喝茶的氛围都包含了，因此而流行起来，连年轻人也开始喜欢喝茶。

我家宝宝一天下来，也是要在餐厅自己泡杯茶，喝好、斟完了才去休息。

记得在一本海外文摘上看过一篇散文，是说品茶的典故，说是品什么地方的茶要用什么地方的水来沏，而且品不同的茶为了配合茶的品，还要穿相配的衣裳。是的，是衣裳而不是衣服，是文章里要这么说的。里面把品茶的过程讲成一种隆重的仪式，看得我这等寡陋之人汗颜。赶快推荐给一个爱茶好友看，他竟然说，茶自己喝好就行，咱不需要那境界。给老罗看，他说，不看，不适用。嗨，敢情都是叶公好龙吗？可也是，不看文章不换衣裳也不用千里求水，也都没耽误喝茶啊。想来境界也不是绝对的啊。

如果平凡人没有那些条件就不喝茶了吗？如我这样品茶的人，不懂得太多的茶品，也不太懂得品茶，只能说是喝茶而已。可是如果退休了，我仍旧乐于和老罗一起喝茶，不要任何外在的仪式、形式，只是用家里的水和自己普通的茶具泡了普通的茶，我想仍然会是一样的开心，那么，即使喝茶礼仪上的境界没有达到，但心的境界一定到了，因为有了感情的附着，喝怎样的茶都会有特别的意义。

这是不是喝茶所达到的另一种境界呢？

喝茶好像是年老的象征，说不定到我退休了、老了，没什么可感兴趣的了，也不能吃零食了，只好老老实实坐着喝茶、看电视，到那时也许我愿意陪老罗看一场世界杯球赛。所以告诉老罗要想实现他的理想，就要好好跟我在一起，一起到老也不能分开，这样呢，陪他看球赛的那一天就会到来了。他漫不经心地粗声道：哦——知道了。你总是不靠谱的，谁知道到时候，你说话算不算数啊。切，那又怎样呢，你是杯子我是茶，我会跑到哪里去？还担心什么啊，真是的。

秋天的婚礼

秋天是个收获的好季节，从九月开始就不断地参加婚礼。粗粗一算不到二十天的时间，不算亲朋、爱人单位的，只是同事的礼钱就上了千元。真是的，人情其实也很淡薄啊。

参加的几场婚礼中，大都是年轻人的婚礼，一样的过程形式，像是一场同样的演出换了不同的演员而已。新婚的人一律是年轻、羞涩、拘谨的，被油嘴滑舌的司仪当道具摆来摆去，一律是一副忍耐、疲惫的神情。相似的婚礼铺陈、新娘迷茫的脸、新郎单薄的身形，看上去更有一种小孩子过家家的感觉。有的新娘过于瘦弱，缺乏喜庆的光彩。有的新娘很丰腴，有的新娘因为质地不良的婚礼装或者刻意松散的长发遮掩了年轻的美丽，使婚礼更像是一场穿了不合体服装、不得体装扮的话剧排练。但是这些都不会妨碍多年后，这场婚礼仍然会成为他们各自不断回味的甜蜜的记忆，其中的遗憾才更能体现当时最难忘的情景。

比较不同的是好友张的婚礼。

好友张四十刚过，在不惑之年、俗话“男人一枝花”的年龄，又一次走上婚礼的红地毯。红色的衬衣乳白的便装，长短有致的头发，真没想到他突然之间变得神采奕奕。不得不感叹爱情的力量真是伟大啊！话虽然俗了，但却是真话。我从来没有看见过他如此状态，简直有点光彩照人的感觉。新娘很漂亮，被年轻和爱的光彩照耀着，一切无可挑剔。婚礼在有着很多植物的生态园里举行，新娘身着白色的拖地婚纱，沙波滚滚、很长，两个花童都扯不动。婚礼中新娘弹着钢琴曲《爱的罗曼史》，配着张高亢的男高音，真是一幅极致浪漫的爱情画面。钢琴是他们的爱情媒介，两人也许此生都会以此为业，养活彼此，养活已在孕育之中的孩子和家人，养活他们的爱情。张平时是个幽默多于正经的人，音乐声中，当他一脸郑重跪地向新娘求婚、盟誓的瞬间真的好感人，作为他的朋友，我们知道他经历了多少挣扎、思虑，才有了这一刻。但愿他曾经因婚姻所受的伤害和挫折，从此烟消云散。

婚礼台下有四位他多年的同窗好友，都是四十多岁的男人，其中两位也是经历了二次婚姻，言谈中他们现在都是那么珍爱自己的家和家人。齐齐地站在那儿，看张郑重的礼仪，几多感慨似已浮上心头。人生几何，有几个四十岁可以重来啊。看着他们已经变得魁伟的身材，一半是迷人的成熟，一半是世事的沧桑。

四十岁男人的盟誓和二十岁的盟誓无法相比，四十岁男人的盟誓不仅仅只从形式上感人。他已经不那么单薄的身材、挥洒自如的动作、虽有些许沧桑的面容却充满着自信和包容的魅力，真的很迷人，让所有在场的人动容。

这是一场内容凌驾于形式之上的仪式。

感慨良多，想起自己的老公，早已不穿鲜艳的衬衣，老成持重的样子。他原也是光彩照人的，难道爱情久了，人也就失去了光彩吗？那一刻心里生出些许内疚，他比张还年轻，他也应该更加精神焕发才对啊。四十岁的男人还很年轻，他们成熟、豁达，拥有他们的女人真是值得自豪。还好啊，我突然发现了这个问题，今后更要好好对待老公。虽然不再有很年轻的容颜，但是我们曾经彼此见证过，现在还会有什么遗憾呢，还好啊，我们仍然有爱的能力，就让我们彼此用心来照耀他四十岁后的春天吧。

婚礼上，在张的歌声中我一直这么想着。

礼毕，张问新娘怎样？不由想起他之前沮丧失意的样子，再看身边深情款款的新娘，由衷地对他说：得来不易，要好好珍惜，一定要好好的，好好地对待新娘噢！

婚礼是在外地举行的，结束后，天下起了小雨，突然变得很冷。和新人一起坐在返程的车上，窗外烟雨蒙蒙，天色暗淡。电话响了，是老公打来的，问几点到家，说了一块去车站接女儿的事情，话不多，也没有其他特别的关心，但是我知道，天晚了，他担心我呢。

看看旁边踌躇满志驾着车的新郎官，心想以后他也会变成这样一个，天天因为这样的牵挂和琐事所累的男人吗？他的路真的还很长呢，一句两句话怎么会嘱咐得完啊，在婚姻里的每一天，都如同是在爱恨悲喜交织的表演中。好好的，这一句话是多么意味深长，只有让他们在生活的细枝末节里慢慢去体会了。

一场婚礼演绎了一次爱情的升华，也是一次爱的教育，岂不是一种意外收获？上礼的人还有什么可抱怨的呢。

烟雨蒙蒙的黄昏，冷得有点令人沮丧，但是知道家里有人等着，就觉得雨夜很美，心里很温暖。

我知道，今天幸福悄悄来过！

幸福是小狗的尾巴，打着圈地追逐，永远也追不到，只要一心一意前行，幸福就紧紧与你相随。真是好经典的句子。

在我看来幸福很多——当你感到快乐的任何时候、一次小小的相聚、一件小小的礼物、一个轻轻的微笑、一杯温暖的咖啡、一次旅行、一次愉快的谈话、一顿可心的饭菜、一件新买的衣裳……幸福无处不在。

有句名言说：不是幸福没来过，只是来的时候，你没有感受到它的来临。是的，幸福不在遥远的天边，它近在咫尺，与我们左右相随，随时都会来到呢。

中午快下班的时候，老罗来电话说：在哪？单位啊！干吗啊，又在椅子里"花哨"呢？我好像听见有电脑游戏的声音。

没有啊，刚谈完事情！他总是累了打"马祖"，只是手在打，脑袋不知道在想啥呢。

哦，干吗骚扰我啊？我一边看着交来的准备参赛的书画作品，一边说话。

我准备去金水区一趟！

自己吗？

嗯。

那我陪你去吧？哈哈。我们同时笑起来，那里总是他被"宰"之地哦，一般购物都去那儿。

看我多好，多为你着想啊。我说。其实两个心都在想，我又想干嘛？只是机会来得突然，我自己还没想到自己想买点啥呢。

收拾下楼吧，我这就过去，他说。

赶紧给小斌交代好表格要改的地方，安排他把每个作者的作品分别装袋，准备这两天给省组委会送去，会议主办地的老朋友韩局在那边早已等急了呢。这次是在全国性的文化研讨会上展览，我自然是认真对待，对作品精益求精哦，做到少而精，力争所送作品都参展、力争多获几个奖，我这个组织者不是也颜面有光啊。

匆匆下楼，就接到老公的电话，知道他已到了。一上车，他就说，日理万机啊？是的，少说怪话，我可是放下自己的工作，陪你去工作哦。我还是比较体贴你的，是吧？

哼哼，他只是冷笑，是——。好像老大不同意我的说法啊。

但是看他无奈开车的样子，还是想笑。

想起有句话说：不要最贵的，只要最好的。那如果说：不要最好的只要最合适的，这倒比较合我心意。如果是说自己的另一半，老罗他当然算不上是好的，但是，大概就是那个比较合适我的吧。

是不是最合适的呢？我问他，他说：那还不是你说了算。哈哈，世上最难理解的大概就是这种随声附和的吧？真假难辨，这个狡猾的家伙。

到他公干的地方，办完事情和他的老友闲聊了几句，说他儿子从江西回来了，这几天要好好在家聚聚。

出了门，老公感叹道：俺家妞妞也快要回来喽！哈哈，看他是明显羡慕人家的儿子早回来了嘛，他的妞妞这几天正在南京奋战考试呢。

去逛逛？我忍不住说。

哼？不逛，刚发誓几天啊，请你吃饭！

哼，你问过我要不要去啊，就作决定。

还用问？这个跋扈的家伙，总是这样。

我以后还是要自己开车！我发狠道。他不管三七二十一拉我走的时候，我总是这么说。

哈哈，又发一遍誓，他幸灾乐祸道。

可恨啊，驾照拿到几年了，他就是不给我实习的机会，当然了，光拿了照，我是连车也发动不着啊。可他说，不用学！这辈子就让老罗给你当司机吧！呵，这专断的家伙，还说呢，根本不听主人的命令嘛，自己想拉去哪就去哪，有这样的司机吗？简直就是劫持啊。

被劫持到"威海渔村"，只做海鲜菜。一盘海贝炒柴鸡、一盘花菇海参、一盘铁板鲽鱼头，我爱吃海鲜，尤其鱼类一律通吃的，哈哈。深海鲽鱼头大到不敢看，只用了一小块就烧了一大盘呢，真是好吃。偏偏老罗不爱吃鱼，老天真是厚爱我啊，要不他还不得跟我抢啊。

老罗不声不响又拿来一只"天冰脆筒"，就着"哈啤"——鲜、辣、凉、甜俱全，不分咸甜冷热前后菜序，不必矜持做作，一股脑地混吃，在这样三十多度的天气里，吹着空调吃美食真是快意呐。

老罗总是看得多吃得少，我是说得多吃得也多呢。他只是一遍遍念叨他的女儿，要是回来了要带她来吃海参。我说，上一个看看他家的海参成色咋样、几个头的？我不吃。

老罗说，不用看。

哼，看看也不行呐，真是的，心里只有他女儿呐。

来的路上给车加油，看到油站售票亭玻璃柜里，放着好看的饼干盒子，看着很好吃的样子，老罗买了一盒，一尝，天哪真好吃，赶快看看盒子：厦门产的，"十月初五"饼家的啊，再看价钱，一盒饼干啊，真是贵，但是一般超市都少卖这样的饼干。一边说好吃一边怪老罗，不过是小食一下，太贵。连吃了三块，老公说，别吃了，一会儿还吃饭呢，才忍住了，但是饼干占了肚子的地方是显而易见的，现在又吃了菜，那叫一个饱，真担心会走不动了。

东西吃多了，脑子也活泛起来，突然想起来一句名言给老罗说：千万别认为老让你吃的人就是对你好！

咋不好，要看是不是投其所好，你不是最爱吃啊？他笑道。

其实，这个问题我也想过好几次，就是忘掉了这话的理由，而种种时候，吃好吃的都使我感到快乐，这话只是在想减肥的时候倒是有几分道理，可减肥的想法也常常在我享受美味的时候被忘得一干二净。

要命的是我还记得另一句名言：男人对他爱的女人总是大方的！

我是不是老罗最爱的那个女人，我是知道的，肯定不是嘛——最起码我就争不过女儿。所以，一旦他大方地买，我就赶快大方地吃，害怕辜负他的心意，如此说来，我还是比较善解人意哦。

有名言说：抓住男人的胃就抓住了男人的心，为什么不说抓住女人的胃就抓住女人的心呢？这一句名言，我倒是可以作证的——对女人，不管她想不想减肥，都绝对经典、实用呢。

安妮宝贝说："我的快乐都是微小的事情。"

吃了太多的东西，血液都顾着去胃里消化，大脑缺氧，昏昏欲睡，但是有一点我还是清醒的，我知道，幸福今天已经悄悄来过！

一粒米里藏岁月，一锅粥里熬山河

今天在杨二车娜姆的书《一会儿就回来》中看到，出版界著名红人、旅游卫视《亮话》节目主持人洪晃，在一次盛大的时尚派对上，得了“最佳配饰奖”，真是大吃一惊。

因为曾写过一篇小文，对洪晃的男士唐衫、色彩夺目的大项链提出审美质疑：女人做到一定境界才会被用“先生”称谓，以表示其思想、学识达到一定的境界。那么女人男装的扮相，是怎样一种审美取向呢？还在一报道中看到说，洪晃上节目的服饰都是自己压箱底的漂亮衣服，更是令人大跌眼镜啊。

尤其是这热天里，在节目中看到她上着一件中式大衫，脚上是一双人字拖鞋，翘着二郎腿，惬意地转着脚脖子，很是让人费思量。我自己竟然也不知天高地厚地说：不好看！

女儿高考住校的那段日子，每次从学校回来，都把想听的歌列出一张长长的单子，给她老爸，好给她从电脑上下载到 MP4 里面。回家的时间总是很紧张，吃饭、洗澡、带东西，一切都为她让路，有时候女儿还要陶醉地试听，也由着她。可是我一听这些说不清是唱还是在说，一句也听不明白的歌，实在受不了，顾不上老罗讥笑：哈哈，跟不上时代了啊！还是逃进厨房干活去了。

不一会儿老罗也带着一副无可奈何的样子走出书房。

呵呵，怎么？不是很好听么，你也受不了了？

哦，真是听不懂啊！他无奈地摇头。老罗嗓音不错，这般年纪也算够潮，有时也去 K 歌，不但唱《莫斯科郊外的晚上》，还会唱《挪威的森林》呢，竟然也这表现，真是好笑。

难道女儿喜欢的歌真的就没有内涵吗？我找到女儿推荐的歌，在电脑上搜索到歌词看看，不尽然啊，尤其是周杰伦的那首《听妈妈的话》，一听立刻喜欢上了：

……

为什么要听妈妈的话 / 长大后你就会开始懂得这段话 / 长大后我开始明白 / 为什么我跑得比别人快 / 飞得比别人高 / 将来大家看的都是我画的漫画 / 大家唱的都是我写的歌 / 妈妈的心她不让你看见 / 温暖的事都在她心里面 / 有空就得多摸摸她的手 / 把手牵着一起梦游 / 听妈妈的话别让她受伤 / 想快快长大才能保护她 / 缕缕的白发幸福总发芽 / 前世的魔法温暖中滋生

……

看懂了歌词，好感动，多好的歌词，它让我看到孩子的另一面，甚至觉得爱唱这歌的孩子们都是好孩子，想想他们唱歌的脸都觉得好心疼。想对家长们说对升学中被种种束缚、指责包围的孩子，别总以为他们不谙世事，要在心灵上理解他们、好好爱他们啊。

很早的时候结识一位忘年交文友，给我一本他珍藏的季羡林的散文集《人生漫笔》，初看尽是人生烦扰、琐琐碎碎。再看就是老学究的调调。后来看，就总发现透达出的某种东西，像是雨季里的清风，似有若无、扑朔闪现，只是感受到，我还是抓不住它。再回头看时，却昭然若揭——那便是生命的真实。

年少的时候，我总是把散文弄成一堆华丽辞藻、语句堆砌的东西，读起来华美上口，细琢磨却空洞得咚咚作响，自己都不知道要说些什么，要表达的情愫都被空泛的词句掩盖了。伟大的作品皆出自朴实无华——不是吗，没有华丽的文字、跌宕起伏的情节，冰心的《小桔灯》就那样自自然然地走进我们的心灵。

现在的流行歌曲，初听上去，直白到令人咂舌：

……

拿了我的给我送回来吃了我的给我吐出来

闪闪红星里面的记载变成此时对白

欠了我的给我补回来偷了我的给我交出来

你我好像划拳般恋爱每次都是猜……

很俗套、很原始、但是却真实贴切，最重要的是言之有物。既然民族的才是伟大的，那么个性的也才是最具特色的嘛。而感动人心的，也恰恰是歌词中描绘的这样一个真实的故事——谁没有过这样的心情和经历呢。

犹如我们的人生，走过单纯、青涩的年少，走过追求完美的理想时光，走过愤世嫉俗的迷茫，才会迎来通达、乐观的从容……

《亮话》看久了，更了解了它的内容宗旨，再看洪晃的衣饰就有了得体的感觉：主持人的衣饰也是要和节目的内容相得益彰、也是代表她时尚主编的符号啊。

正是“一粒米里藏岁月，一锅粥里熬山河”，很多事情总有我们未曾了解的一面，因为看法总是被自己见识的多寡所决定；见识也会被自己的性格和经历所束缚——一件看上去好像非常了解的事件，却有几多不为人知的沧桑、内情呐。

今天三八节

今天是三八节，天气骤然变得好冷，上午上班穿着羽绒服、羊毛裙，一整套寒冬的行头，还是感觉很冷。

电话响，一看是妈妈家的吓了一跳，平时都是我们给妈妈打电话，妈妈很少打电话的，在办公室里不好大声喊妈，刚低低地叫了一声妈妈，她就说：欣欣啊？

不是，妈你打错电话了，找小欣干啥呢？小欣是小妹。

不是小桦？

是啊！不是找小欣吗？

我找你啊。

哦，有事吗，妈？心里七上八下地乱跳。

你没事吧？

没事啊，怎么了？

那你咋一星期都没给我电话啊！哦，心放下了一半。

怎么没有啊，天天和妹妹在网上见面的，昨天晚上还聊天呢！她们没给你说？

妈妈在看小妹一岁多的孩子，白天接电话也没法好好说话。小妹下班后，妈妈就出去遛一下弯，晚饭后又要看电视剧，就那么点爱好，不想打搅。所以给她打电话也要找时间，这周电话打了三次都是小妹接的，想是没有给妈妈说。

没事就好，没电话也没回来，我就是问问，没事。电话里传来小外甥女的吵闹声，妈妈说不成话，赶快收了线。合上手机，心里好感慨，每个星期都回家，就这个星期天没回家，就让妈妈担心成这样，真是不该啊。可我自己也是女儿都二十岁的人了，还让老妈担心，还是感觉好幸福。只想说，妈妈，我真的真的好爱你，十分十分的爱你，这个世界上还有谁会这样不计代价、不问功利地牵挂我呢？一大早就被大大地感动、温暖了一下，真好！

一路走着去银行给女儿汇考研的费用，寒风凛冽简直被冻透了。刚办完事情，老罗来电话说，回家吧？这么早？嗯，单位女同事都休息了，没几个人，想早点回家。好吧，在路口等着，太冷了，快点啊。

走出银行，看见手机好友发来的三八节问候，也赶快翻找另外一个祝福短信转发，心想还不如群发算了，免得一个一个发难受，明知道是礼节性的问候，可是来而不往非礼也啊。刚找好一个，还没有把要发的名字都选择好，老罗的车就到了，上了车继续发。

老罗说，过节了呀今天，也不见要礼物了，咋办？弄个小礼物？

自己看着办吧。我继续使劲按键，因为过年女儿回来这一段时间，他老是颐指气使，并且眼里只有女儿，过度忽视我，每次女儿放假他都这样，像患有季节病。现在女儿上学校了，可是他还是不知道反省，我不想和他说太多话。

没有看中的东西？

哥弟吧？我说，不要白不要，什么时候买衣服都不多余。

天气太冷了，回家做饭吧？一千块钱，自己想买啥买啥吧。

哼，不一定看上啥款式呢，一件也许都不够呢。可是正不高兴，不好讲价还价的。就默认了。看来，自找不痛快的损失太大了——不仅感情损失，还殃及经济收益呢。

到了超市买菜的时候还没发完，老罗就先进去了。

买了菜，回家。打开门，哇，暖气扑面而来，好温暖哦，看来几个月的艰苦装修真是值得啊。

两个人一起做饭，他淘米、我准备菜，米蒸上锅他就去客厅打开了电视，好啊，原来以为早早回来，是他要做饭的，难道三八节也不肯做一顿完整的饭？要是今天做了这顿饭，也许我会想和他多说几句话，心里会原谅他一些，看来还是执迷不悟。

不理他，用心炒菜，有他爱吃的青椒炒牛肉、萝卜丝炒粉条、我爱吃的蒜蓉菠菜，还有他红烧的带鱼，两个人吃饭，他夸菜好吃，问我带鱼辣不辣？不理他。客厅电视在播都市见闻，只能听见看不见，这点没有原来的家好，餐厅兼客厅，吃饭可以看到电视。把笔记本打开放餐桌一头看电视剧。他平时不看的，也跟着看。

一边吃饭、看电视，一边还接着短信，祝福三八节的短信像是提醒时间的闹钟，一会儿一响，竟不能安生吃饭。

吃完饭，电视湖南台在播放成就、未来“2009职业女性榜样”颁奖仪式，看那么多出色女性美丽端庄的仪表、感人的成就，自己被感动得一阵热泪、一阵感叹……

他可好没看两眼电视，就躺在沙发上睡着了，还真行，该吃吃该睡睡，人家在生气，他跟没事人一样。

不好大声畅快地看电视，也只好去午睡了。下午放假，可以放心大睡，醒来看三点多了，老罗不知啥时候上班去了。

看见“礼物”放在餐桌上，真没情趣。今天是自己的节日啊，打开热水器烧水，挑出一只适合心情的咖啡杯，给自己冲了一杯卡布奇诺咖啡，热咖啡真好喝，竟然有一种浓浓的奶香，看了看罐子说明，是海南出产的，成分里没有椰奶啊，咖啡也没有丰富的泡沫，但香而不甜，口感还是非常好。是老罗去海南旅游带回来的，家里各种各样的咖啡都是他搜罗来的，还好他不喝咖啡只喝茶，都留给我慢慢喝好了。

喝了咖啡，继续电话给熟人介绍女儿考研的事情，竟然有找到百家讲坛教授的机会，小有收获，心里十分高兴。感觉太好了，又冲了一杯炭烧咖啡，简直就是牛饮啊，虽然破坏了喝咖啡的情趣，但是满足了嘴巴，还是比较高兴，也算是节日给自己一点浪漫了。

然后一下午网上编审稿子，又写了一篇节日感受。三八节就这样结束，心情还不错。

凡人有约

和老罗同志的生活总是在吵嘴、冷战、和好，然后又吵嘴、冷战、又和好中磕磕绊绊地走到今天，算算自己也吓了一跳，女儿今年就快要过二十岁生日了，我和老公已经斗了二十年啊。用“斗”来形容每一个保持了长久婚姻的家庭我想都是不过分的，因为我目睹了父母、妹妹以及周围亲朋好友的婚姻，好婚姻都是“斗”出来的。这是婚姻真理啊。和老罗属于文斗型的，不动手、不过多地争吵，吵嘴也只是几句而已，就是不说话，但是家还是一起管饭还是一起做，只是除非必要的话不说，心里暗暗使劲怎么忍着不理他。这么多年各式各样的气都斗遍了。比如：回妈妈家不告诉他，好让他着急、让他自己孤独；晚上自己和女儿睡，让他自己睡客房；坚持一星期不理他等，总要等他有改过的表示才行。想想好幼稚，干吗不说话，还得一起过日子，还把气氛弄得凄凄凉凉的，时间长了觉得没意思了，就气不起来了。

在过去的二十年中，我们是自己带孩子的，我心里大部分空间都被女儿占领着，老罗只是生活的补白、照顾孩子的搭档。只有很少的时刻，我们会有两个人的世界。年少时期疯狂追逐、投入的爱情，在琐碎的生活中偶尔闪现。生活早就被早起的困顿、送孩子的紧张、工作的劳累、仓促的午饭、下午接孩子的紧张、晚上全家的营养餐、孩子的洗漱等琐碎迅速淹没，躺床上还想明早吃啥早餐呢。二十年来（怎么这句子像是苦戏的开场白啊）工作、孩子、家庭的负累，使我们没有过多的精力滋养我们的爱情了。庆幸的是我们从来没有说过分开的话，嘿嘿，现在想想还怪有毅力的、挺理智的嘛，风风雨雨几十年总算过来了。

现在是我们婚姻的第二十个年头啦，女儿已经上大二了。

女儿离开了家，也把我心里的牵挂带走了，丝丝缕缕把我的心弄得空空的。每天下班都不知道该做些什么了，在街上狂转，大块的空闲时间我却看不进去书，连写作也停止了，脑子里空空的，第二部书稿散乱地搁在那，遥遥无成期啊。老罗说：女儿不在家，按时饭也吃不上了。有人说我是得了空巢症了。星期天回家时把这话当笑话说给妈妈听，妈妈却说，别傻了孩子大了就会飞的，以后天天陪你的还是两口子，过日子就是这样的，先是两个人，然后是三个或者四个、五个一大家子，到了最后还要变成两个人。所以，对他好就是对你自己好啊。

爸爸十年前离开了我们，那时我们已经成家，所以爸爸的离开并没有对我们的生活造成很大的影响，真是没心没肺啊！繁复的生活很快就把失去亲人的一切卷走了。只有在每年的四个祭日：冬日的大年初三、春天的清明、夏日的七月十五、秋天的十月初一才会想起爸爸而已，但对于妈妈来说，一定是不一样的感受。妈妈对我说了这许多话，一定是感慨良多，就把妈妈的话很往心里去，再全心把心思放在老罗身上。

在这两年中，我才用多年疏忽关心的眼光关注这个一直如影子般伴随左右、很久都没有特别关注、总无视他的存在但是又时时离不开的人。

哦，瞧啊，他头顶的头发变得稀疏了，两鬓已经有了丝丝触目惊心的白发，头发少了，白的也不舍得拔去了，笑的时候有了深深的眼纹，肚子也凸出了，天啊，这个觉得还没成熟的小子怎么就变成这样了呢？于是无限感慨涌上心头，决定要好好关照他一下下。

但我很快发现这不是件容易的事。关心从头开始，每天都要为老罗上育发水，按要求一天两次一次四十分钟，可每天就一次他也按时不了，不是一天不回来就是回来得很晚，十一、二点了，我瞌睡得意识都不清了，要么早已梦周公去了。每天还要大呼小叫地督促他按时吃药。原以为男人大大咧咧、不珍惜自己是男人气的一种表现，现在突然发现这些统统是不爱护健康的坏毛病，真是积习难改啊。同事小张每次接了家里的电话不是说大儿子的事，就是说小儿子的事，大儿子是指她老公，小儿子是她儿子。起初大家还笑，渐渐都认同了，老公如孩子，但大多时候比孩子还难对付。

就说早餐吧也吃不到一起，他不爱喝牛奶、不吃鸡蛋、不吃甜食，可人到中年偏偏需要这些营养，所以为了他的营养，我每次要在头天晚上泡好豆子，第二天早上提前半小时起床，打好豆浆滤进碗里让他喝，可他还不乐意喝，就是认定他的茶好，为了引诱他喝豆浆还要早上炸“面托”。虽然不宜多吃油炸食品但也没办法，好在比外面的油好，减少些不良污染吧。不太经常炸东西，面又很黏，好不容易挑进锅，面进了锅又响得厉害很是可怕，很纠结地大大小小的炸了一盘，形状不好看但是色泽金黄又很柔软，味道很好吃呢。总是看在“面托”的份上他才会把他那份豆浆喝掉。就这样也不能持续两三天，一是“面托”也会失去吸引力，二是因为他只喝纯豆浆换了花样又不喝，而我也受不了天天喝一样东西，而且工序过于复杂，我不能坚持天天做，不过隔三差五喝一次总比不喝强啊。

女儿在家时，家务不讲价，分工明确，配合默契。现在好啦，每天要为洗碗、拖地、倒垃圾跟他斗啊，因为别的家务我还真看不上他干的呢，不是和颜悦色劝说就是利诱，还不行时就要威胁啊。有句话是怎么说呢，与天斗与地斗不如与他斗，其乐无穷。总之还得斗下去，我是不是很不幸啊，我常常这么想。

不过他还是有优点的，尤其在外面的口碑挺好。家里的卫生倒不积极，他自己的办公室还是别人打扫呢，却要经常去扫楼梯，从上拖到下；自己家的事可以等，同事的事帮得没黑没夜的。对家里呢，记得我的喜好，我喜欢水果，所以家里一年到头都是他买水果；他有时很晚回家手里还提着一兜水果，是白天买了一天未归，晚上才提回来的。家里从生活必备的粮食、料理、各色干果、饮品，他总是弄得柜满屉满，自己从不吃却要常常督促检查消费的情况；即使寒冷的冬夜说想吃爆米花，他也毫不以为荒唐地穿上衣服去买；有时他晚上应酬回来时，已经十一二点了，打家电话问吃不吃夜宵，因为打搅了我睡觉又被吓了一跳，总是大骂他神经病啊，他总是很无辜地说：哦哦。下一次又再犯，再被挨骂，但还坚持问：真的不吃啊？

如果我有事或工作太晚还在外面，他总是要去接的；下雨的夜晚，楼底下积满了污水，他说：我背你。我说千万别把我掉水里啊，他不说话只是背着走过三个单元门回家；平时老拿我取笑，瞧胖成什么样啊，鼻子都快不见了。可是我一减肥他还就不乐意：减啥肥啊，多大了，没意义，不减！但是要买健身器啊、让他捎减肥药啊，他也总是很配合；让他陪逛街买衣服也去，还是不错的参谋呢，总之就是随你折腾，他总是不干涉的。这么一想，就凑合吧。

生活就像是俗话说的那样，比树叶还稠呢，怎么会数得清呢，天天是怎样过的、过得怎样，谁又说得清呢，我也说不清我是个快乐的人还是个不快乐的人，或者就是一个不那么快乐又不那么幸福的人吧。因为有人羡慕我，而我也常常羡慕别人啊。

在书上看到一句话，即使恩爱的夫妻，一生之中也有一百次离家出走、五十次想掐死对方的念头。这话听上去好像挺可怕，但是很经典啊。我可能就有超过一百次离家出走的冲动，但因为各种放不下的牵挂而且又无处可去，所以一次也没有成行。但是还没有一次掐死他的念头哦，一是可能还没有那么恨他，再则就是自己胆子太小还没敢想吧。大概大多数平凡如我的女人，都是这样没有大成功但也没有大挫折地默默过着自己的一生：抚育着自己的儿女、抚育着另一半的成长、从而维护着自己的小窝。她们的老公也许以为她们是那么庸俗、波澜不惊、婆婆妈妈，但是他们不知道或者是不肯承认他们在某种意义上是她们的另一个孩子。

而我很确定地认为，是他们知道而不肯承认啊，因为在老公干完家务时，他总是眼巴巴看着我，渴望表扬的表情一览无遗。

踪履处处

于千万人之中，遇见你所遇见的人，于千万人之中，时间无涯的荒野里，没有早一步，也没有晚一步，遇上了也只能轻轻说一句：“哦，你也在这里吗？”

——张爱玲

给我的彩云之南

很多梦想在我的意识里，很小的时候就存在，岁月流逝中就变成了被称为是情结的东西。

有时候细细想来，好像对有些事情不可磨灭的记忆，实际只是来源于生活中不经意的经历。也许是一次短暂的相遇，也许只是一个不经意的回眸、一次匆匆的阅读、一次偶然的相见……

我的南方情结来源于一部台湾连续剧，于是大理美丽的风光和那个英俊的主角和美丽的白族服饰，就一直留在内心某处柔软的角落。不可思议的是，我已经不记得电视剧的名字、男主角的名字，也不记得那是一个怎样的故事，但是它感人肺腑的感觉却隐隐存在——大理与浪漫的故事、美丽的服饰和美好的感情相关。

多年以后当我已经习惯放弃梦想的时候，实现她们的机会却逐一来临，能重新回想曾经的愿望，这本身就是一种美好的经历，更何况是能实现的梦想呢？

人生中要放弃多少自己的愿望、能实现几个自己的梦想、梦想和实现距离多远——我放弃的梦想不计其数；我和我就要实现的梦想之一相遇，相隔了也许整整二十年，也许更多，我都记不得了。

我不再去想，重要的是我终于来到了南方，它是我曾经向往的地方。那些在脑海中闪耀着光泽的名字，像一颗颗剔透的珍珠，将向我一一呈现……

南方之旅过后，听朋友唠叨说，某处是他们一生期盼的梦想，我总是肯定地说，只要想就一定会实现。

“这个世界没有什么不可以，一切事情皆可发生”——这是现实的名言，是这个时代的名言。但是实现梦想的距离究竟有多远、实现梦想的时间究竟有多长，我不知道，因为真的无法丈量，那和耐心、和渴望的程度、和很多无法估算的东西有关。

一厢情愿

——女儿的江南之行

一直都想着可以一个人孤单地走在安静潮湿的青石板上，想些什么，又或者什么都不想。早晨六点钟出门，避开熙熙攘攘的人群，从一家一家店面的招牌下走过。古老的木门都锁得严严实实的，和这个静默的早晨一样沉默不语。走了很久，看见一家店开门了，走进去一个客人都没有，我轻轻地清了清嗓子，“老板，营业吗？”这样的清晨实在是不适合大声喧哗，所以我的声音不自觉地也变得小小的。老板娘乐呵呵地走过来，“营业啊，你要吃点什么？”老板娘的脸圆圆的，脸蛋儿红红的，眼睛笑得弯弯的，给人很亲切的感觉。

“小馄饨。”“好咧，这不，我刚包好。”说着，老板娘就端着刚包好的小馄饨进了厨房，这家店的厨房在店面的对面，隔着不窄也不宽的一道小胡同，“粗茶淡饭”是小店的名字，店里面有三张八仙桌，桌子四周是四条长长的板凳，我挑了一张最大的坐下，反正也都没有人，坐哪里都一样。头上面是盏发着暖黄色光的灯泡，桌子上有着浅浅的印痕，看来这桌子也是比较有历史了啊，很干净，反射着淡淡的光泽。趁着老板娘去煮馄饨的时候，我又跑到巷子里溜了一会儿，那是怎样空荡荡的小巷啊，然后心满意足地回到店里，不早不晚，馄饨好了。春末的早晨还是有一点点清凉，热乎乎的小馄饨飘着微微的白气和淡淡的香味。刚要吃，身后猛地一响吓了我一跳，回头一看，原来身后有一个大木盆，里面盛几条不小的鲫鱼，它们在里面扑扑腾腾的好像知道自己要被煮了似的。

慢条斯理地吃完了早餐，街道上才出现三三两两的人，小店里又来了四五个游客。起身谢过老板娘，要走时才发现身后还有一排厚木的楼梯，那是通往阁楼上的楼梯，听老板说阁楼上都是些杂货。

夜里那些时尚、温馨的酒吧此刻也都还关在睡梦中，它们都是属于夜晚的，没有面对过这样干净的清晨，不知道会不会很遗憾。我在“唐朝”前停下，又摸了摸门口挂的瓶子，叮叮当当的又来到去过的那些桥，桥上没有了拥挤着照相的和路过的游客，只是偶尔有本地的人带着新鲜的菜蔬经过，我坐在石桥栏上，闭上眼睛感受这古镇的早晨，我觉得自己像是宋代的诗人，虽不被看好，没有什么可以流芳百世的名作，但是却有着自己的心意感慨和对小镇一厢情愿的执着，我知道，我是一厢情愿地爱上了这个小小的老老的古镇……我没有与它告别，我也不知道何时会再来。（这是女儿的一篇江南游记，带着淡淡的一抹青春的忧伤和即将成熟的迷茫，犹如她即将开始的人生。收录在这里，以作游记的开始吧。）

哦，江南

——宝贝的江南之行

天慢慢地黑了下来，古镇上亮起了大大小小、长长扁扁的灯笼，倒映在漆黑的水面上。悠悠的烛火好像可以让时间倒流。在桥边正出神，突然看见水中飘着星星点点的灯火，颜色不一，仔细看才发现原来是有人在放河灯。就像古时的女子一样，放一盏河灯然后默默地许下在自己心中百转千回的愿望，好像我们向流星雨许愿一样期待着愿望的实现。很欣喜地跑到卖河灯的地方买了七盏，赤橙黄绿青蓝紫一色都不差，我小心翼翼地点起然后放入河中，我站在河台上真心诚意地祝福，祝福我的家人幸福、快乐、健康、长寿、顺利、富足，家庭美满和睦。河灯随着流水漂到很远很远，那星星点点的火光移动在水中，像不灭的希望。它们一直一直地远去，直到我看不见……

快九点的时候吃饭的人潮几乎已经退净了，找一靠河边的店家点了西塘有名的菜“清蒸白水鱼”“椒盐南瓜”……其实菜很咸并不太合口味，只是很新鲜，但是因为地方的不一样让人忽略掉了菜本身的味道，迎着河风和刚认识的朋友说说笑笑，菜也没有被浪费掉吃得差不多了，正闹着忽然被撒了一脸的水，我还以为是风太大把河水吹起来了，可是又想想这么高不应该这样啊，探头一看，天啊，居然下小雨了，风吹着星星点点的雨水落在我的脸上，河风更加温柔地轻轻撩起我的长发，让我真正触及了梦寐中的江南。

在回客栈的路上（那里的旅社都叫客栈），发现白天好几家不知道做什么的店面都开了门，风吹得门廊上挂满了整面墙的大大小小的空酒瓶叮叮当当的，原来都是酒吧啊，饮品单被写在很破很旧的木牌上挂在门口，但是字却好像是用漆写上去的，格外清晰。有一家和其他家的不一样，它的木牌外没有装灯管却还是格外地亮，我好奇地伸手一触才发现原来是液晶屏，破烂的木板也只是液晶屏里面的图像，那一刻我惊呆了。他们要的就是这样怀旧的氛围啊。推开门进去外面古老的木门和灰墙却没有阻拦住里面时尚的气息，酒保在吧台安静地调酒，酒柜上摆满了我不认识的各色酒品，但是它们都有同一个特点就是酒瓶都很特别很好看，客人三三两两的坐着，人不多也很安静，都是一脸温柔地说着话，无论酒吧里放着的是重金属还是轻摇滚音乐，连盛酒和果汁的杯子都是不一样的，不怎么看到一样的杯子，都是透亮的玻璃杯，清楚地看见饮品的颜色，拿在手里让人感觉很满足。有的酒吧里还有一两个台球案，我很喜欢的一家酒吧“唐朝”就是，但是即使打台球也不是很吵，坐在那里还是可以清楚地听见轻轻说话的声音，听见杆和球、球和球、球和案相撞击的声音，“嘭……”“嘭……”“嘭……”让人觉得打球人似乎是个高手，其实我对台球一窍不通，可就是那么觉得……

客栈是临河的，在二楼的阁楼里，木地板走起路来发出沉重的砰砰声，窗户也是那样的雕花窗，推开窗就是那条河，突然想起“转朱阁，低绮户……”，床是大大的雕花床，还有床坎和床嵌，一坐在上面就让我觉得时光飞转回到了那最古老的还有衙役的老江南，我甚至可以想象出那时的小姐是怎么样坐在这样的床上伤怀吟诗……

坐在床边发呆很久很累了才睡下。

去祥云街吃米线

十一月的最后一个周末，星期六的早上，和老公他们一行三男两女踏上了向往已久的南方之旅。

期盼已久的念想一旦实现了，却没有盼望之中的激动和迫切，反倒生出一种无所谓的感觉，人真是奇怪啊。

从中原出发时，已是深冬的天气，短靴子已经不合时宜了。穿着长靴、毛呢裙子，外面是薄呢子的大衣。可刚到机场就热得不行，大衣就穿不上身了，开始担心带的厚衣服太多成了累赘。

出发前也是做了功课的，在网上查了要去地方的气温。要去的是昆明、大理、丽江、泸沽湖、西双版纳，历时十一天。瞧，这一路够为难呢，说是玉龙雪山很冷，要穿羽绒服；而西双版纳却是三十度呢，而且每天的温差很大，所以冬衣夏装都要带的。为带东西很是费了一番心思：老公建议少带东西，他讨厌啰里啰唆的，可是我减了又减，还是带了一满箱子，穿的、洗的、用的哪样也不能少了。老公叹叹气也无话可说了。出发时一看就我们的箱子大，大家都感慨，老公什么也没说。真是难为他了，平时他自己出差、旅游，总是什么也不带，最多夹个小包就去云游了，是最利索的一个人啊。只有在回来的时候，才会把大包小包的东西带回家。这一回，一出发先就满了，一路上害得他拉来拉去的，有的地方还要搬来搬去呢。里面一大半都是我的东西，我心里暗暗告诫自己，什么东西也不买，再说根据以往的经验，景点的东西贵，还都是些回家不适用的东西，更主要的是没地方放啊。

但是，人的理智总是很难战胜主观愿望的。尽管我们都以为自己很成熟、

很理智。在以后的行程里，就不断地证实着这个道理——人总要犯错误，不管年龄大小，总是要重复犯一些错误的，虽然都是心知肚明，但在那个特别的环境里，还是忍不住要犯。

第一站到了昆明，一下飞机觉得有凉意袭来，嘿嘿，穿的衣服刚刚好，不热也不冷呢，大概比来处气温高两三度的样子。大家都高兴。

昆明，传说中四季如春的春城。虽然十二月了，可到处还是绿树，花还在盛开呢。昆明的机场不大，出了机场街上尘土飞扬、人多、车多，好像到处在修路。下午去逛市区，没打的，特意乘了公交车，公交车很挤，大家都似乎很久没有这种经历了，真是感慨现在还有这么挤的公交车，真替昆明人感慨啊。

昆明的街道很窄，城市也不算太整洁，街上有很高很现代化的楼房，它们看上去总是有些特别，仔细看过几遍，才发现是窗户的形状与北方不同；北方的窗框大多是横宽，而昆明的却是上下长的长条状的，看上去有点战争时期的风格，有点国民党军统时的奢华。长条状的窗框是为了更多地接受阳光还是不太稀罕阳光才追求建筑的风格呢，不得而知。街道大多是石板铺就的路，石面被踩踏得光溜溜的，竟然泛着光泽，飘荡出几分悠悠闲情。

昆明人的皮肤都很黑，人也很瘦、个子都不高。不大看见白而高挑的漂亮女子、高大的男子；随时可见用花单子背着孩子行走的少数民族妇女；街边、转角处有小吃摊：浆包豆腐、炸土豆片、热蒸小馒头，好像面粉金贵，馒头就做小吃了；有用竹筐盛着的生吃的地瓜、青果；随处可见的小吃和琳琅满目的生活小饰品，弥漫着浓浓的人气，很有人间烟火的样子，东西也不贵，是个能舒适生活的地方，最少是个适合女孩子生活的地方。

几处购物的地方百盛、沃尔玛不想去了，在家时天天逛街，出来了就不想浪费时间，毕竟领略大自然的美景才是目的啊。问了一路的花市，竟然都不知道，原来最著名的南斗花市并不在市区里，是市郊一个景点，要特意去才行。这是几天后，听一个观光客的介绍才知道的。

转了一下午，和所有的观光客一样，到了一新地方是要吃当地的美味的，中午吃过了有名的汽锅鸡，好不容易按照来时在网上查找的信息，找到祥云街，问了几个人，也听不懂他们的话，歪打正着地找到了叫“建新园”的米线馆，门口挂着“百年老字号”。一瞧里面，人啊，那叫一个乌泱乌泱的，自己端饭，不小心的话汤汤水水在周围围着身子到处洒，大家都认为是到了正宗的米线店了，因为据经验做得好吃的地方总是不那么排场的。但大家还是上了楼，渴望找到一个可以安全保证身上不被洒上汤水的地方，还好楼上有座位。

两人占着位子，其他三人便挤着下楼去买东西了。米线有五元、八元、十二元、十八元、二十元的不等，看了看食客的碗，决定就挑中间的吃，十二元的。服务员很不耐烦的样子，一句话，问好几遍都不想回答，能理解啊，生意好的地方，人都是比较牛的。我们自己端了鸡血汤、肚丝、酱豆腐、鸭头，一尝味道真的挺好，带着一点点的甜味，很合我的胃口。等到米线来了，我的天啊，一碗米线就配了四碟料：鹌鹑蛋、火腿、鱿鱼片，还有几样蔬菜和一碗煮好的米线，那米线粗粗的，好像我们中原的米粉。怎么吃啊？问服务员，她只在上米线的时侯简练地说：先放蛋、肉、最后放米线。如法炮制，担心会熟吗，可是还真熟了，味道好极了，尤其是汤的味道，很好喝，让人惊讶那么大碗汤大家都喝得差不多了。

那碗真大啊。老公说给女儿发短信说说，女儿回短信果然说：我喜欢我喜欢啊。她是最爱吃米线的了。两个人没带女儿出来，心里本就遗憾，女儿这么一说心里更是一阵思念呢。

晚上回到旅馆，翻翻资料，发现今天去的、吃的都是昆明有名的特产了：“建新园”原名叫“三合春”。始于一九零六年，一九五二年改名为“建新园”，2001 年被中国烹调协会评为“中华餐饮名店”，成为云南饮食行业的金字招牌，还称为“云南名小吃”；连忙告诉大家这些资料信息，都觉得不虚昆明行了，话音一落又都忙着打牌去了。

普通人的旅游不过如此吧，不是因经济的限制看不到那么多景点，就是游线安排偏远、就近的被敷衍。要吃到、看到传说中的东西和景致，并且全身心地投入观光、丰富见闻都是不容易的事啊。

虽然昆明的公交车很挤，城市的印象和春城的名字不太相符，春啊，花啊什么的，应该和漂亮、情趣、浪漫相伴的啊，也可能就是想当然的成分太多的缘故吧，一个城市自有它自己形成现状的原因，干嘛就要成为从来没见过它的人想象的样子呢。而且，在昆明，人是以黑为美的，有道理啊，黑，是健美、强壮的，高原人的大气是需要这些的。昆明的气温是温和的，人是温和的，辣椒是温和的，温和，是不是就是昆明呢？

虽然看到的春城不太像想象中的样子，也许自己没有看到她最美丽的季节？可不知为什么还是觉得爱上了这个地方。常常的就是有这样没道理的感觉，令自己也感觉奇怪，不知道自己是怎么想的。人有时候就是连自己也不很懂的。

在资料里看到，过桥米线怎么来的呢？传说是宋代有一个民妇，天天给做活的丈夫送饭，怕米线凉了就想出到地方再添热汤的方法，而且每次送饭要路过一座小桥，所以起名字叫过桥米线的。

传说并不新奇，但是过桥米线的味道还是比较吸引人的。所以，到昆明旅游的人，尝尝过桥米线是必须的，最重要的是好吃，出门在外，吃当地经济特色的美食是必须嘛。

终于看到传说中的石林了

到了昆明的第二天，早餐时候才看见我们的导游，一个黑黑瘦瘦小小的女子，但是长着一双大大黑黑的眼睛，是我们到南方后见到的第一个算漂亮的女子。她一开口更是令人惊奇，一口标准的普通话，有条理、有节奏，讲解清晰吸引人，令人佩服呢。

旅程安排上午要去看传说中的石林了。

早上刚刚上车，导游清点人数，就不见了我的老罗同志，转身看见他在车门口抽烟，导游大叫：阿黑哥，阿黑哥快上来！大家都惊讶地看着车门：谁是阿黑哥呢？老罗同志迟疑地上来时，还朝身后面看看，好像也疑惑呢。

看什么呢，还不快点，就是说你呢。

大家都笑起来，老公也有点不好意思了。

车开了，导游介绍说：到了昆明就是到了少数民族地区了，这里称男人为阿黑哥，称女子为阿诗玛的。

哈，真的很好听、很浪漫啊，比内地的美女啊小姐什么的好听而且有亲近感呢，刚好也适宜旅游轻松的氛围。还说被叫作阿白哥的男人就是指懒惰不正干的人，如果是阿黑哥的话，就是又能干又懂得人情世故的男人，是最好的男人。我当然知道，自己的老罗同志不是最好的，所以就悄悄叫他：阿黑——

他赶紧说：还有一个字呢？没说完啊？

我说：没啊？

他说：比你大的我，你咋称呼？

我说：美得你，想吧，啊。

他小声叫道：好，就气我吧，啊。

嘿嘿，就没听我那么叫过他，做梦也想我叫他哥呢，很多年都没混上，今天想浑水摸鱼，没门！

哦耶，七彩云南

中午要吃饭了，导游说吃饭不能叫吃，要说是“甩饭”，吃饱叫甩大肚子。真是不太好听啊。

吃饭在一处山庄，饭厅很大，前面是舞台，上面正在介绍拍卖书画，听着好像是当地知名人士的作品，还有身着白衣、长发披肩的老者在台边作画；饭桌是低低的圆桌，小凳子，不太舒服，烤鸭、汽锅鸡、南瓜、包菜、萝卜汤，还不知道从今以后我们就顿顿都有喝萝卜汤了。米饭盛在木桶里，一桶一桶上，一桌八个人，吃起饭来，真是人多吃饭香，风卷残云，吃得又快又多。偶尔回头看台上，只见一幅幅画作，被介绍一番就拿下去了，没见有人买，一边的老者好似不见饭厅里的喧闹，依然在镇定地作画。

都卖给谁了呀？有人疑问。

有识货的。咱不行，这对咱是奢侈品啊。也有人应着。

吃了饭，匆匆上了车，按行程安排，下午去“七彩云南”。问导游七彩云南是景点吗？导游不答，还说别操太多心，很是不友好的样子。

坐车两个多小时，终于到了七彩云南，原来是一集中购物点，怪不得导游不肯早说，一路上一直说翡翠、银饰、药材的知识、货色的识别、价钱的高低，把她的手镯在不锈钢的扶手上摔得当当响，以示成色多优秀，还敷衍地讲茶马古道的故事，好一个狡猾的导游，亲切的表情、热忱的介绍是要我们在这里回报她了啊。

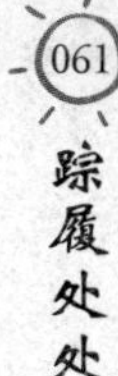

“七彩云南”是一家多种经营有限公司，最主要的五大特色商品：银饰品、药材、茶叶、精油、翡翠。其实七彩是指云南多民族的意思，而特产之多也被这么称呼了。来时打定主意不买东西，更不买导游推荐的东西，可是，又是煽情的介绍、又是私密的感情披露、又是信誓旦旦的售后保证和有国家级的货品鉴定书、又是原产地的价格优势，几个人哪经得住忽悠啊，我们犹疑地买了银饰——真便宜啊，十几元一克，再说，女儿说要一手环的，银的多好啊，买！又买了药材——三七,六十元钱一两，小水说，家有老爸腿疼需要啊，买！买了茶叶——这可是和茶马古道最直接的产物啊。老公说送人最好，反正自己也要喝啊，而且，是“庆丰祥”的，有百年茶号的啊，买！植物精油——大家都觉得可以送人、自己用、老婆用，给妈妈、妹妹送，女人谁不爱啊，买！每买一样就跑去开发票，好像在为自己的行为找合理的依据。

晚上，在送我们去开往大理的火车时，已是晚上八点多了，一天的节目结束了，但是大家面对灯火辉煌的昆明市还是充满好奇：灯柱怎么都围满了花？是什么花呀？这里就是市区吗？可是导游坐在第一排静静的一声不发，该赚的都赚到了，再没什么可让大家买的了，她就休息了，她不发声，人们的问话渐渐地偃旗息鼓，灿烂的冷冷的陌生的昆明就这样送我们远行了。

到了火车上大家迫不及待地算自己的出账，哈哈，几乎每个人都花了不少，有人都不敢算了。开始为自己的行为相互嘲笑，明明说不买的人，反而买了更多的东西。笑完了，心疼完了，相互嘱咐，别再轻易出手了啊。

真是的，我们真是住在城里的土老冒，可谁又知道，更大的诱惑在后面呢。

大家说，那个女导游指不定这会儿多高兴呢，一篇自传演说，就这样超值收获了所得，想必她老公今天一定要好好犒劳她，不让她干活，也算是我们的钱没白花、她的外快没白挣呢。

哦耶，七彩云南。爱你还是埋怨你啊。

“呼噜呼噜”奔大理

从昆明到大理四百公里，火车要九个小时，定好的是卧铺，累了一天，大家都打算好好睡一夜就到大理了。

临睡前，几个人还打趣说，谁打呼噜都睡上铺去，比着打吧，只是别打搅其他人。于是小水和老木自觉到上铺去了，俩人还说要抢先睡着，免得被对方吵得睡不安稳。我和罗同志睡两张下铺，临睡前，隔着小茶几，悄悄威胁他说：小心啊，我太累了，今晚打呼噜可把你扔到窗外去啊！

他嬉笑着：还不知道谁扔谁呢。

其实自己心里担心，老公真的会打呼噜，他平时只要是累了睡觉就会打呼噜，一打起来威胁管什么用呢，他只管睡他的。但是该做的准备都想到了，到时候再说吧，日程安排得太紧，大家都很珍惜这点休息时间，养精蓄锐哦。呵呵，哪知道螳螂捕蝉黄雀在后呢。

夜半被一阵异常大的声音惊醒，仔细听是罗同志上面中铺的那个大个子老先生发出的声音，像是热水壶盖子在沸腾的壶水上被热气吹得嚎叫不已：呼——啪哒哒啪哒哒………噢。刚一停，接着又是下一轮。那声音就像是一条生生刺进疲惫大脑的铁线，被人牵着，被老先生有节律的呼吸声扯得老长，疼到发疯的刹那，才松回来，还没来得及喘息就又被扯痛，甩也甩不掉。睡觉时看见那老先生把自己的皮鞋放在枕头下面，真担心他会被臭鞋子熏坏了，此刻想着是不是被臭鞋熏的啊，半截车厢的空气都被他的声音震得呼啦啦颤个不已，他不像在睡觉，倒像是在干一件技术性很强的重活，痛苦地呻吟着。那声

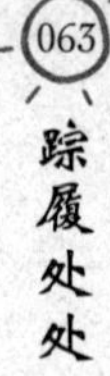

音令人抓狂得直想大叫，原本疑心别人都睡得着呢，就自己敏感呢，却听见临厢的人也不停地大声叹气、咳嗽以示惊醒，睡不着只好东想西听，可是都无济于事，老先生自是睡得呼天抢地的，没半点被惊醒的意思。

怎么没听到罗同志的呼噜呢？仔细听才知道他的呼噜声真是小巫见大巫，几乎听不到了，这么说，罗同志还不是最令人头疼的家伙啊。上面小水和老木也悄无声息耶，真行啊，睡功真好啊。真是的，祈祷自己明天千万不要头疼啊……

可是壶盖子还是嚎叫不停，那么有节律、有条不紊，天耶！我梦中的大理、我浪漫的大理，我就是要这样去见你了吗？怎么会是这样的相见啊？

忽听罗同志大大叹了口气突然坐了起来：天哪！

我差点没笑出声来，嘿嘿，这个睡着了天塌下来也不管的家伙，竟然也睡不着了啊！小水也下来了，说他快疯了，几个人纷纷都探出头来，发表意见：有没有吉尼斯呼噜记录啊？打呼噜是不是该列入噪声环保啊？公共休息室是不是也该规定，打呼噜者得罚款啊？相邻几个铺位上的人也都纷纷起来说话、喝水的、抽烟去的、方便的、叹息的，走动个不停，只亮着脚灯的车厢里，走来走去的人，就像被关在笼子里抓狂的野兽，烦躁、郁闷、无奈……

车里有些冷，我一直躺着，任由那铁线拉扯，糊糊涂涂的直到天快亮时，老先生醒了，并且好习惯的早起了，大家才陆续上床进入梦乡，小睡了一会儿。

车快到站时大家还不起床，列车员发怒道：没见过这么懒的，还不起啊？匆匆起来穿鞋准备下车的时候，看见老先生的皮鞋好亮哦，再看看自己的鞋子，下车该找个地方擦擦鞋才好啊。不像老先生觉睡好了，鞋子也擦得干净哦，可怜我们这些与他同行的人，还有那个即将上车睡老先生那张床的人，但愿不会是个女孩子啊，枕头的异味是不是又要带给她一个难忘的夜晚啊？

大家没睡够，仓促起床，来不及去洗脸了，老木用手搓搓脸说：不洗了，不要了！

哈哈，都不要脸了啊。

我说：百年修得同船渡，千年修得共枕眠哦。同车既是同船了啊，瞧，这缘分修的，真不知道前世咱们是咋修的，咋就修得这个缘啊？

小水头发乱蓬蓬地说：我估计大概那时候，咱几个在船上都掉水里了！

为啥？大家好惊奇哦。

掉水里了，脑袋都进了水呗！小水拍拍自己头不屑地说。

什么啊？

嘿嘿，要不咋就修了这份好缘呐？

哈哈……

倒，晕死了都。

初识崇圣寺三塔

——风花雪月的大理（一）

提起大理，凡是看过金庸先生《天龙八部》的人都会对它充满向往——为了那些传神的侠义中人，不由得心驰神往，想亲近这片土地。而我的大理情结来源于一部台湾连续剧或是来源于那个人人耳熟能详的美丽故事《五朵金花》。

和大理的相遇一点都不是想象中的样子。

一路上都是好天气，大家一再地说老天好眷顾我们啊，到哪儿都是艳阳照，天天好心情哦。可是到大理的早晨却是阴冷的大风天呢，火车上没睡好，下了火车又被接站的接晚了，匆匆上了去景点的大巴车就被那个又小又瘦、不会讲话的男导游刻薄了一番，大家虽不说什么，但心里都讨厌他了。预留的前面的座位都不愿意坐，几个人争着去坐后面，导游说：真不知道你们是傻还是精明哦，前面不坐抢后面，早知道不给你们留座位了。

没人理他，他才是真傻，讨厌他都不知道呢。还自称是退伍的军人、大理最大的旅行社的优秀导游呢。讲解没有条理，词不达意，都是疑问句，谁答的不对他的意思，就被挖苦一顿，好像是专门来下套嘲笑人的。开心的旅程碰上这样的导游真够无语的啊。大家都闭上眼睛昏昏欲睡，他气道：最讨厌上车就睡的旅客，不如回家去睡觉……哦哦，就不知道检讨自己的水平哦，出门在外，高兴最好、和谐重要，没人去理他。

按规定路线第一站到了大理有名的景点崇圣寺三塔。崇圣寺三塔就在大理古城北 1.5 公里处，因寺中立塔，所以塔以寺为名。到了地方首先要穿过景点雕栏画栋的游廊才到了后面的塔区。

崇圣寺的壮观庙宇在咸同年间被烧毁，据说，寺中的鸿钟，“径可丈余，而厚及尺”“其声闻可八十里”“万古云霄三塔影，诸天风雨一楼钟”，历来为人所称道。

现在只有三塔完好地保留下来。三塔是大理历史的象征，大理见证了佛教盛行。已被国务院列为全国第一批重点文物保护单位。三塔由一大二小组成，大塔与南北两个小塔的距离都是 70 米。三塔现如今已是风雨飘摇中，不允许进塔观看，如若不了解一点三塔文化背景资料，单单从游玩的角度看三塔，也没什么特别可观的地方。导游只记得卖弄一知半解的先知权，讲和不讲没多大区别，但是我们起码要知道到了哪里、看到什么啊，好在我早早做了功课，只是在心里略加印证而已。其实大多游人都是为着放松心情才出来走走的，倒不想太多追根溯源地费脑筋了解景点的渊源背景，所以啊，知道来到了哪里、感觉是不是好就行了。有专业人士想了解更多关于景点的来龙去脉的，只要上网、图书资料里就可以得到详细的介绍了。

所谓百闻不如一见啊，身临其境的感觉是单单看资料得不来的啊。

寺内清幽静谧，古木苍天，各类稀有品种的松柏郁郁葱葱，榕树的粗大令人称奇，花树异草悠然绽放，空气里漂浮着无忧无声的淡然和从容，塔区高大的塔墙，在这十二月依然被美丽的花朵覆盖着……

且不说它曾是佛教的传承之地，独独那份饱经风雨、观尽历史沧桑的气度、那份安然，它千年铸就的荣辱不惊的气息，是那么不动声色地令人震撼，而它只是那么从容地屹立在那里。

一节一节踏上依山而上的塔区，空气清新、植物散发出的特殊的浓郁气味令人陶醉，干净、美丽的环境好喜欢。连里面那个管理员兼卖矿泉水的人，都安安静静的，好像怕吵醒了寺里的空气呢。如果能在这样的环境里，看一本书，

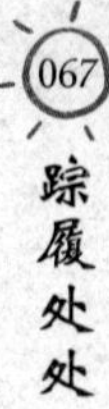

胡思乱想一番、发发呆是多么惬意的事情啊？

正如一旅人说的那样：我来了，我看了，我感受了，匆匆地来，正如我匆匆地走，挥挥手不带走一片云彩！哈，有无奈也有洒脱啊，匆匆旅程哪就会像想象中的样子呢？

来不及挥手我就要走了，可是重要的是，我的感觉还是好美的哦。

大理古城

——风花雪月的大理（二）

大理的古城犹如童话里藏在山里的一方城堡，远远望去高高的城门上面是苍劲的“大理”二字，那厚重的墙体、凝重的颜色无一不透达出它沧桑而久远的故事。

下了车就问导游：听说过“乳扇和饵块”吗？哪里可以买到？讨厌的导游竟然说，到了该告诉你们的时候自然会告诉的。这懒惰的家伙，敷衍了事，更别想听关于它们的介绍了。来时已经知道有风味小食乳扇、饵块和雕梅的，认识一个地方要认识它的风景和它的美食，所以，想了解它们。在古城下了车就看见小店的夹缝里，藏着一个一个小小的摊位，一问说是乳扇还有饵块，不禁大喜哦，赶快让摊主做来尝尝。

都是在炉火上烤制的，乳扇是金黄色，放进嘴里，味道酸酸的，而且特别有韧劲，说是奶制品，自己不大喜欢它的味道；而饵块则是在烤熟的小饼上涂一层辣酱就好了，不同的是那皮不是面，而是大米做的，吃起来细软而有味道。几个人都喜欢。想来，西南的饭食多是大米，就连小食品也多是豆制的呢。

现在的大理古城始建于明洪武十五年，1987 年国家重修过，已被国务院公布为我国首批 24 个历史文化名城之一。城门上“大理”二字，是集郭沫若书法而成的。

城内由南到北，一条大街横贯其中，想必原是深街幽巷，现在成了繁华的街市，沿街店铺比肩而设，出售大理石、扎染等民族工艺品及珠宝玉石。

东西走向的护国路，被称为“洋人街”。这里一家接一家的中西餐馆、咖啡馆、茶馆及工艺品商店，招牌、广告多用洋文书写，吸引着金发碧眼的“老外”，在这里流连踯躅寻找东方古韵，一道别致的风景。

全城清一色的清瓦屋面，鹅卵石堆砌的墙壁，显示出大理的古朴、别致。

街巷间一些老宅，也仍可寻昔日风貌，庭院里花木扶疏，鸟鸣声声，户外溪渠流水淙淙。

漫步大理古城街，只听得叮叮啧啧敲磨银器的声响，从街边小店飞出，人声默默，好像他们从来都是这么安静的一群，即使走进他们的店铺，他们也只顾着做手里的活计：敲磨银器、纺织布匹，并不急着向客人推销，随便你自在、细细地看他们的手艺和她们的东西。看完了不买的，自是从容离去，不会有任何负担、白眼相加。越是这样，倒越是想买东西了，同伴们早已转得四分五散不见了踪影，各取所需好了。

下车前导游叮嘱不要在古城里买银饰，要价虚头很大，可是待等到一起时，大家还是都手满嘴满的，手里是淘来的扎染、各种工艺饰品，嘴里还吃着烤乳扇、饵块，一个个满脸幸福、心满意足、甘心情愿上当的样子，每个人都不自觉地放弃了自己在原有生活中的角色和特有的面目，变得平和而率真，而看上去却是那么可爱、可亲。

蝴蝶相会也有期

——风花雪月的大理（三）

大理蝴蝶泉是有名的游览胜地之一，反映白族人民生活的影片《五朵金花》的传播，使蝴蝶泉这一奇异的景观早已蜚声遐迩。

午饭后，倦意袭来，一时的就没了心情，上车就眯着，不太关心再去哪里，下了车，迷糊地跟着罗同志几个人走，他说累了坐车吧，就坐了观光车，只是十几分钟的时间就下了车。

罗同志说：走，洗手去！

干吗洗手啊？

保平安、招福气！导游说，老一套嘛，可是一出来大家好像都变得好低智商哦？就为着开心嘛。

到了一个小泉水边，泉中央有两棵粗壮弯曲的百年合欢树，浓荫覆蔽着方形的水潭。只见泉水从一石雕的龙嘴里流出来，很多人都在洗手，洗了手，罗同志说，站好啊，照相！人好多，等了好几拨才站到位置上，拍了照，然后他说，走吧。等到又坐观光车出了门，才顿悟：我们来这里干嘛呢？

蝴蝶泉啊？刚才不是和蝴蝶树照相了吗？

怎么没见蝴蝶呢？

导游说现在的季节没有蝴蝶的，要看也只是蝴蝶标本了，在旁边的标本馆里呢。大家一致表示不用去了，哪里都可以看到标本的啊。据说，著名的“蝴蝶会”于每年农历四月十五举行，届时，成千上万的蝴蝶从四面八方飞来，在泉边漫天飞舞，遮天蔽日，蔚为奇观。可是十二月里，哪里会有蝴蝶飞舞呢？

再回首，但见泉边有成群穿了白族服饰的年轻男女们，在阳光下花枝招展、五颜六色，真的像是盛开的鲜花。在大理称呼女子为金花妹，男人叫阿鹏哥，单单听着这亲昵的称呼，就已经赋予了蝴蝶泉几许浪漫：女子像金花似的美丽，男人则像展翅的大鹏似的雄壮。呵呵，我是这么认为的哦。

据说，现在即使到了蝴蝶会的时候也没有多少蝴蝶来了，那么遥想蝴蝶会也不过是金花和阿鹏们的盛会罢了，那么，我们也是不虚此行，看到了“蝴蝶会”真实模拟的现代版喽？

走了，阿胖妹！罗同志叫道。

明明是金花妹的嘛，他得不到阿鹏哥的称谓，就偏偏要气人叫阿胖，懒得理他呢，从来都不会说点好听的，连这么有情趣的地方也不能感化他呢，真是山顶洞人啊。

高原明珠话洱海

——风花雪月的大理（四）

1. 高原明珠话洱海

出来蝴蝶泉大门口有一棵挂满祈福牌的大榕树，说是上千年了呢，遮天蔽日的，想要留个影纪念，导游像催命似的叫着说：赶快上船，晚去找不到位置了，要去看洱海了，哦，要不就是只来洗手保平安喽，嘻嘻……

穿过长长的卖水果的小摊子——水果好金贵的样子，都一盘一盘放在盘子里，用保鲜袋包着，呵呵，大多都是北方的水果哦。没有心情顾及它们，远远地就看见一艘好壮观的游轮停在海边，阳光那么强烈而炫目，照耀着白色的游轮，它在蓝天的映衬下，真像个英俊、威武、令人敬畏的士兵。船身上有着夺目的字样：大理一号。上船的悬梯已经搭好，一层一层船舷上站满身着白族服饰的小金花妹、小阿鹏哥们，正敲锣打鼓地列队欢迎我们呢。呵呵，迎接尊贵客人似的，每个年轻的脸上都充满着笑意，礼貌这么周到哦，受到这样的优待，大家都是喜不自禁的样子。

多年生活在中原，很少有机会亲近大海，从踏上悬梯的那一刻起，大家甚至觉得是踏上了电视里看到的极尽奢华、美丽的“泰坦尼克号”，那种新奇和兴奋，都掩饰不住地流露在脸上。理想总是千百倍地超越着现实，现实的洱海一号，虽然与泰坦尼克没有可比性，可是因为它们都能漂浮水上的共同之处，还是不能阻挡地令人要把理想和现实叠加。

刚上船，兴奋和激动使人无法平静，几个人好似迷途的蜜蜂“嗡嗡”地楼上楼下地乱跑、转悠。游轮一共五层，观景厅、歌舞厅、KTV 包房、咖啡厅等设施一应俱全，据说能容纳一千多人呢。

每层舱外面的甲板都是一个民族舞演出的小场地，舱外面周围都是座位，不想待在舱里的人可以随便坐或站，还可以和身着白族服饰的工作、演出人员照相。

我们几个舍不得坐在厅里，只怕不能充分地领略风光，就坐在三层的船舷边，于是辽阔的洱海一览无遗，深蓝的海水静静地起伏着，一直和天边相接。海鸥追逐着“洱海一号”翩然飞翔，好像它们是多年相伴的老友，飞得那么亲近，好像一不小心就会落在游客伸出去的手上。阳光像被涂了金黄的颜色，在水面上铺下条条炫目的光纤，一切都像是在毕加索色彩浓烈的抽象画中。

洱海从地质上来说是个断陷湖，其湖形如耳，浪大如海，以此而得名。南北长约 40 千米，东西平均宽 7 ~ 8 千米，西面有点苍山横列如屏，东面有玉案山环绕衬托，曾有古诗形容道：“水光万顷开天镜，山色四时环翠屏”，如今身临其境更是感慨它真不愧“高原明珠”之称啊。

洱海湖内有岛屿、岩穴、湖沼、沙洲，林木、村舍，这些景物各具风采。我们只游览了其中一岛，岛上大概是传道之地，有一个莲花座，莲花座里的释迦牟尼高大异常，站在他脚下看不见他的脸庞，万丈金光里，好似通体都在发光呢。虽不懂佛道，却也生出敬畏之心。

“大理一号”回程时，大家才舍得进表演厅观看白族“三道茶”歌舞表演，是船上特意给游客准备的了解白族独特民俗风情和歌舞艺术的表演。歌舞真的不错，还重现了白族迎新娘时“掐新娘”的欢乐场面，白族参加婚礼的人要两掐新娘的，说是祝福的意思，被掐过的新娘才会幸福长久。舞蹈中穿着美丽民族服饰的小金花、小阿鹏都好漂亮、好可爱哦，他们的动作粗犷、豪放，少了矫揉造作，充满朴实动人的本土魅力。

观看歌舞时，有茶不停地端上来，给每位客人献茶的时候，金花妹都举杯齐眉，动作优美。这原来就是闻名遐迩的三道茶啊，不是为解渴，是用来助兴和表达情义的一种方式。第一杯茶以散沱泡制，茶味因为浓酽而味苦；第二杯茶用大理名食乳扇、核桃、红糖为佐料，用大理名茶“感通茶”冲泡而成，茶味甘甜；第三杯茶，用蜂蜜、桂皮、姜、椒为佐料，冲入大理的“苍山雪绿”茶而成，茶味麻辣；麻辣在白语中为“亲热”的谐音。表达礼仪的同时也传达出：一苦二甜三回味的生活寓意。

敬献三道茶展示民族风情，也许是有推销“三道茶”的意思，可是演出的整个过程都没有提到过要大家购买，只是在演出台的旁边放置有许多的三道茶成品。演出后有人争相去买。

几个人轮流拍摄、录像，就好似要把点点滴滴都记录下来不愿漏掉，不喜欢啰唆拍照的老罗也想伸手探脚地来帮忙。都被大家嫌他碍手碍脚而拒绝，好一副委屈、抓狂、英雄无用武之地的样子呢。

夕阳西下的时候，我们的“洱海一号”靠岸了，小金花、小阿鹏们列队欢送游客们下船，好感动哦，礼仪自始至终非常周到，真感谢大理相关旅游方面的工作好出色，也许我们还会再来，也许这是第一次也是最后一次，但那份礼仪、那份真诚和那美景是每个来过的人都无法忘记的。

再见了，美丽的洱海。

2. 挥挥手，作别风花雪月

从大理去往丽江的路途中是没有导游的，所以，送我们的大巴司机也兼职我们的导游，没想到的是他却做得很好。司机是个中年男子，开着车，头上戴着耳麦，可以不影响开车给我们讲话，黑黑瘦瘦的他穿着牛仔裤，短短的头发前面微微上翘，是个时尚的酷酷的有魅力的阿鹏哥呢。他言语不多，但都言之有物，令人信服。后来了解到，他原来是接外团的，只是现在淡季，也接了散团。怪不得素质、举止都不一样呢，是受过良好培训的专业人士哦。

他是大理人，对大理的风土民俗如数家珍，藏不住的自豪流露于言语中，在他有厚度的声线和大理特有的耀眼阳光里，干净、舒适的大巴车环绕山间，路边绿色植被葱茏茂盛，不需要更多就已经令人心醉。

大理有叫“风花雪月”的酒店、出产叫“风花雪月”的啤酒，在诸多风景名胜之中，以风、花、雪、月四景最为著名和引人入胜。大理从地理上可分成下关、上关两部分，下关四季多风，上关多生长鲜花，著名的苍山终年积雪，即使在夏季也是白雪皑皑、银装素裹；“洱海月”月圆如轮，浮光摇金，与洁白无瑕的苍山雪，倒映在冰清玉洁的洱海，交相辉映，构成银苍玉洱的一大奇观，成为大理四大名景之一。

当地白族人民有一首世世代代传诵的谜语诗，诗曰：

虫入凤窝不见鸟（风），七人头上长青草（花）；

细雨下在横山上（雪），半个朋友不见了（月）。

著名作家曹靖华游过大理之后，对大理的风、花、雪、月四景感慨万千，赋诗道：

下关风，上关花，下关风吹上关花；

苍山雪，洱海月，洱海月照苍山雪。

大理的浪漫不仅仅在他们那么不加掩饰的外在——就那么从容地说自己“风花雪月”、就那么情趣地叫金花妹、阿鹏哥，那份爱美、爱生活的情致，也无一不体现在他们的各个生活领域呢。

一路上，但见绿色阡陌间是白墙灰瓦的建筑，一个个独家小楼，粉白的墙面上都用大理石雕刻着美丽的花边，窗棂都是密密的木格，古香古色的。原以为都是景区的度假别墅呢，谁知司机说都是白族村民的家哦。大理盛产大理石，有繁多的大理石加工厂，加工的大理石制品很多，从摆放于大门前的石狮子到居家用的小牙签盒子、摆放饰品，加工精细、别致，在来大理的第一天我们都是参观过了的。所以，白族村人则多以开采大理石为业致富呢，都比较富足，就连院落的围墙也是粉白的，墙边上配着大理石刻的花边，是穿着裙裾的房子啊，让人不由得要这么想。

哦，浪漫大理，他们的语言、他们的服饰、他们的建筑、他们的歌声都表达出生活无比美好的意思，对生活那么真诚的热爱感染着每一个身临其境的人、每一个见到过他们的人。

含蓄是一种美，而大胆地说出心中的向往是一种爽朗的美啊。

大理的美景无法一一亲身领略，也许看过的也未必就心领神会呢。但对于一个匆匆的游人来说，看到的、听到的、感觉到的是美好的，就已经足够了。

大理，虽未曾见你的雪与月，却再也忘不掉你的风与花啊。

风情丽江

——彩云之南印象（一）

神秘的丽江、传奇的丽江，它究竟是什么样子的呢？

我们从大理坐大巴需要四个多小时，才能到丽江。丽江处云南省西北部云贵高原与青藏高原的连接部位。丽江古城在市区中心海拔高度为 2418 米，已经申报了世界文化遗产。

虽说是高原，并没有感觉不适，蓝天白云清晰分明，阳光耀眼，可是据我的经验高原总是还和黄土、戈壁、荒凉连襟的，但是眼前的阳光下是浓绿的植被、静静的流水，恰似江南，令人有恍然不知身处何地的感觉呢。

沿途经过云南玉石的出产地——密支那，这是个充满玉石魅惑、感觉危险的名字，令人匪夷所思之地——在这荒僻的角落竟然就开设着偌大的翡翠店，其中有价值几元的和上百上千万元的翡翠项链和手镯。据说这里是云南所有玉石最初的加工地，没有 C 货只有 A 货。A 指的是真玉石，C 则是经过合成加工有化学成分的假玉石，现场还有专门为大家提供甄别真伪的机器。司机兼导游的老马说要在密支那休息四十分钟的，是客车规定的，买不买玉石对他无碍，要是买了的话，就是对大理建设的支持，话说得实在，再说好不容易来到这样“荒僻”的地方——都不知道此生会不会再来呢，所以大家大多都买了，手镯、挂件各取所需。稍稍一算比在专门购物点买得还多、买得还贵呢，可都甘心情愿的样子，只当是做贡献了吧。

丽江是一个多民族聚居的地方，据说有十二个世居少数民族呢。接待我们的丽江导游就是个纳西小伙子，黑黑瘦瘦的，一头微微曲卷的头发，五官突出，卷起袖子的小臂戴着粗粗的银手镯、戒指，男人戴首饰好看的不多，而他戴着却非常好看、得体。

小伙子说着一口非常好的普通话，嗓音浑厚，很好听，特有的粗犷而知性的塞外风特吸引着大家。他说这不算什么的，有的接外团的导游会说很流利的英语呢。他们从小就接受汉族教育，非常喜欢汉文，而纳西语只有一些口口相传的文字和语言，汉族的云南方言就是现在纳西人的交流语言了。看来纳西人真的是名不虚传很善于学习的民族呢。

导游说非常感谢内地的游客来丽江旅游，因为正是旅游业推动了丽江的经济发展，1986 年地震后，是政府伸出援助之手，帮他们重建家园的，并且为开发丽江而发展了旅游业，也使像他这样的年轻人有了这样一份工作，他们常怀感激之心的。大家的心被他恳切的话语一下就拉得好亲近，每个人都觉得自己不是“外人”，而都是丽江的建设者呢，每个人都是喜欢有成就感的啊。

在丽江午饭后，安排好宾馆住宿，导游就马不停蹄的叫大家上车要去丽江古城了。正是午后时分，虽然是十二月的天气，骄阳耀眼，甚至有些燥热，大家都脱了外罩。

到了古城，首先看见的是游客的祈福牌，密密麻麻地挂成一整个长长的棚子，颇为壮观。古城建筑依山而建，从山顶错落而下，所有的楼房都投下不同的阴影，看上去拥挤、繁华而富有诗意。

古城以不筑城墙而驰名，因为古代丽江世袭的土司姓木，若筑城墙，木字加上框便成为“困”字，因而古城没有城墙。玉泉水自城东北黑龙潭涌出，沿街分流，走巷串户，真是有“户户朝阳，家家流水”的高原水城风貌，古朴自然。四方街有四个岔路口通往古城的出口，临着酒吧一条街，热闹非凡。

城里是光滑洁净的窄窄的青石板路，都以丽江特产五彩石板铺成，经数百年走磨，石纹毕露，颇为别致。溪流之上是石拱桥，完全手工建造的土木结构的房屋罗列两旁、屋角下是无处不在的小桥流水，弯弯绕绕地沿墙角而去，曲径通幽的样子。被磨得似乎要照见人影的石板街，想必雨季不会泥泞，旱季不会有尘啊。不愧有“高原姑苏”“高原威尼斯”之称啊。

城中一般百姓民居，格局式样都是三坊一照壁，门多是东门，厅廊宽敞，天井大方，门窗雕饰花鸟等图案，极富文化气息，体现了纳西民族的艺术造诣和审美情趣。

古城两旁的店铺林林总总的都是工艺品，几乎全部是商业化的氛围，是个让人产生购物冲动的地方：披肩、银饰、木雕、各类装饰品令人目不暇接，是个适合年轻人，尤其年轻女孩子悠闲消磨时间的地方。

看见一画像的小店，里面都是各明星的画像，特夸张、特传神。画像的是个女孩子，一问，画一幅要两百块呢。真贵，原本听说是几十元呢，懒得还价了，差价太远，感觉太难。见一女孩子端坐着正被画着呢，整片画纸上只是一只硕大的鼻子，禁不住说：好大的鼻子啊。围观的人都笑起来，老公赶快拉着我走：看就看，还要说话啊。

切，真是的，这是要循规蹈矩的地方吗？怎么不看看自己啊，对扎染的花包包、竹编的挂画……评头论足，嘿嘿，完全就忘记了自己是谁，完全就失去了以往的自己嘛，也有真性情的一面啊，如果是平时在街上，这些小玩意他是连一眼也不会看呢。

被导游领到一处民宅说是参观纳西人民居。和城中一般百姓民居一样，格局式样都是三坊一照壁，只是现在为了游客的方便，照壁都去掉了。门还是东门，厅廊宽敞，上下两层，天井大方，门窗雕饰花鸟等图案，极富文化气息。楼上楼下地去看了一遍都改成了一间一间小会议室的样子，一排排小竹椅子放满屋子，前面讲台上是诸多茶具、暖壶。只是在楼梯的转角、闲置的一两间屋子里还堆放着一些农用的锄头、破了的斗笠、粮食袋子，静静地，竟然透出被驱逐、遗弃的落寞。

匆匆地还没有看过院落的其他地方，不知怎么就被安置在一间屋里的座位上，关上了门，说是休息、品茶。才知道又是推销茶叶的，不好马上起身，几个人暂且只好乖乖听讲。讲解员是个三十多岁的女子，穿着短打的民族服饰，披肩直发，黑黑瘦瘦的，但是说话动作透着股干练劲。

关于茶叶的知识一路走来也是丰富了不少呢，所到每个地方的景区都有关于茶叶的介绍。前不久在海南之旅中，就了解到关于著名的“茶马古道”的渊源，茶叶文化在中华古国的地位还真是不容忽视呢。

介绍都是差不多一样的老套路，连我这不会品茶的人也说出一二来了：

西南的茶叶比较常饮的分三种：第一种是生于深山、高山之巅的雪茶，色泽淡绿，入口先苦后甘；第二种是西南特产滇红茶，属于红茶，也就是普洱茶，色泽浓酽，其味温和，说是暖胃、减肥，特别适宜女性饮用；第三种是精制玫瑰茶，色成金黄琥珀色，味道甘甜，含多种有益维生素，适于不常常品茶的人饮用。

但是若辨茶叶真假、年份、好坏我还真是不行呢，会喝不会买，不也是白听啊。

不过她的讲解倒是通俗吸引人，是纳西人少有的热情泼辣。她说纳西女人都是当家主事的，连谈恋爱也是三下五除二，看上小伙子就背回家“干掉”，没时间浪费的，她洒脱、直白的说话风格，让人觉得痛快，幽默的样子又总是让人大笑不止。后面一个中年男老是提问个不停，她说：我看你就对我的胃口，再问就把你背出去，要不要？惹得人大笑，那人却吓得再也没开口了，害怕真的被她背走吧。

十几天下来，不断地品茶、听介绍，即使不会喝茶的人，在讲解人的教授下，也会品出其明显的味道变化来的。品茶首要先闻其味：把茶杯放在鼻子下面，左右慢慢移动杯子，几天来这个动作已做过不止一次，只是这一次却惹得她大笑。原来大家都是手端茶杯不动，只是左右摇头，看上去也像是左右移杯，但是缺少了优雅之态。再来一遍，相互观望，果然大多数人还是摇头晃脑闻香，更是让人发笑不止，哈哈，总是习惯成自然啊。

旅游回家不久，电影《赤壁》上映，和老公去影院观看。有小娇为拖延曹操出战时间，邀他喝茶一场。当时气氛紧张得不得了，影院里观众屏声静气，曹操端起茶杯先闻香，只见他对着茶杯摇头晃脑的一刹那，我和老公不约而同、忍不住笑出声来：原来曹操也是个半路出家的茶艺爱好者啊，由此可见电影导演也未必是饮茶的行家喽。

品茶结束总是被导购有更好的理由说服，要买一、两样的，而这一次，大多是为了解说员不凡的口才和幽默带给大家的那份快乐。

漫步古城，一直在想，究竟是什么原因呢，为何丽江总是和沧桑、凄美、缠绵在一起，总是要在动人的故事、浪漫的画面、美丽的传说、许多人的向往之中见到它呢。总是以承载着太多的感情方式存在出现，而所有这一切都可以在其他任何地方发生，而且从未停止地发生着，因为生活从来就没有停止过，可是独独丽江因其而闻名？

如果单单是从别具一格的建筑、小街半壁的阳光、屋角下悄悄漫流的溪水、悠悠白云、蓝天下的艳阳、琳琅满目的工艺品、目不暇接的店铺、空气中弥漫的花香、怀旧的青石板来说，丽江它也够称得上“艳丽之都”的称谓呢。

而我似乎又闻见散漫和静谧在丽江特别的空气里发酵。这是什么感觉呢？是热闹的孤独、自由的孤独，总之，是很多，很多每个人具体的东西，而丽江刚好拥有了使这一切发酵的环境，于是，它也成全了自己，成为一个艳遇之都！

艳遇，是美丽的相遇、是可遇不可求的哦。导游告诫大家不要一人单独游走街巷，尤其男士，有被劫色的危险啊，但是如果有缘也可以在夜晚的时候，去爬某个女子的花楼喽。

夜幕之中的四方街，灯火通明，每个酒吧里都歌舞电光的声色交加，明明是个古朴的地方，却又分明是现代娱乐消费地，看见高鼻子的老外在酒吧外面满面笑容地独自摇摆、孤寂的女子在酒吧粗糙的木桌旁咀嚼爆米花，酒吧的深处是穿着民族服饰的女孩子在摇滚乐里舞蹈……看上去实在不是个可以让心情好好安静的地方哦。呵呵，看来有很多东西是一定要眼见才为实啊。

同游的人已作鸟兽散，转眼都不见了踪影。

老公带着几个人匆匆离开“艳遇四伏”的四方街，说带大家去大吃一顿川味，一致响应，好像大吃一顿比车马劳顿地到这里来观光更重要。着实又大大地麻辣了一顿之后，没情趣的几个人逃也似的跑回宾馆，开始洗漱、打牌老一套，不亦乐乎呢。几个人相互打趣，谁去艳遇啊、爬花楼啊……

是啊，人要改变是要有个过程的呢。而所谓艳遇，那也是要缘分、要付出代价的，并非想要就会有的，还是留那些传说、浪漫去小说里、电视剧里相见吧。

嗨，谁知道呢，如此繁复的生活，也许……许多事情总有无法料定、洞悉的另一面哦。

相遇泸沽湖

——彩云之南印象（二）

（一）

按照行程安排离开丽江就直赴泸沽湖。

泸沽湖是川滇两省的界湖，为四川云南两省共有，四川约占总面积的 2/3，云南占总面积的 1/3。挺有意思的是，它大多半是在四川界内，可大家却偏偏要先到云南再去那里，而泸沽湖也是四川省申报的省级风景名胜区呢。不知道两个省因此有没有纷争，也许是我这个搞文化的敏感哦。

据说，泸沽湖的水域面积达 58 平方千米，海拔 2690 米，所以还有“高原明珠”之称呢。而在纳西族摩梭语里，“泸”为山沟，“沽”为里，意即山沟里的湖。听上去可是不太浪漫的名字哦，可想想它原本也不是为了浪漫而存在嘛。不过摩梭人还叫它母亲湖，这倒是比较合乎人们赋予感情的想象呢。

真有些游走梦境的感觉。每个人都有自己心中向往的地方，可是一旦真实来临的时候，总是令人无法真实地面对，现实和想象交错叠加，令人不知身在何处。泸沽湖对于我来说是个神秘而又向往的地方，对那里特殊的民情婚俗虽早已略知一二，但最想见到的还是泸沽湖本身——那份远离尘世、原始的景象总是那么固执地召唤着我，未曾谋面却似曾相识。

从丽江到泸沽湖 280 公里呢，却要七八个小时的车程，多是盘山公路，要翻过五座山，有著名的盘山路十八弯，沿着山体和金沙江环绕不停。一路上有很多年没有走过的简易公路，就是那种只铺了石子儿没有柏油的道路。据说是因为公路建设费用被本地政府挪为他用的缘故，而导游却说这是泸沽湖特有的“按摩路”呢，哈哈，他倒是挺幽默没有任何抱怨呢。车行过去，车后便是尘土弥漫的战场，到处乱响的车厢里也是淡淡的烟尘，许多人颠簸难耐甚至晕车，而我和老公却静静地享受着那份久违的亲切。

我出生在号称“世界屋脊”的青藏高原，在那里长大，和老公一起在那里工作过三年，并且有了我们的孩子。那里有着无法忘记的情结、有丢不掉的记忆，还有不能割舍的相思。尽管这是云贵高原，而那份无法磨灭的记忆是在青藏高原，物不是那物，而人也非那人，可是一切都像离开多年的曾经的故乡，那天、那云、那路、那路边民工的神情都是惊人的相似，所有的记忆都打开了闸门，从前的岁月——那些青春的岁月，像一幅画卷在慢慢展开，让我们只能满怀小心地、静静地看着它一一重现。

金沙江在远远的山脚下时隐时现，路两旁金色的阳光里是成片地铺满山间的野生向日葵，那鲜艳的、蓬勃的生命肆意地盛开着，无拘无束，在车尘的狼烟里竟也无惧而无畏，令人动容。哦，高原的清晨和黄昏都是那么令人感动，一路上的颠簸里总是不敢睡更是不舍得睡，只想把所有的一切都刻进脑海、刻在心里……

去往泸沽湖的车是小型的面包车，比起先前的旅游大巴真是又破又小，到处都封闭不严，走起来不仅是喇叭响而且到处都响。

车上的导游是一个泸沽湖本地小伙子，真正的摩梭人，长相和口音颇似藏族人，甚至有点青海味道。大概是受本地教育的缘故，他语言表达各方面都显然不如山外的导游，充其量也只是个来引路的人，可是路也不用他来指，司机远比他熟识得多呢。但是没有人去挑剔这些，好像到了这样的环境就刚好配这样的车和这样的导游似的。大家都变得那么懒散、宽容，只要安全、有人来安排一切就好了，谁还会管其他呢。

见到路边有卖白馒头的，车上的一个年轻女孩子开玩笑说要吃白馒头，要导游请客，他说还有谁吃，大家逗他都说要吃，他就当真手指着，数人数呢，一看他当真了，大家赶快都说不吃了，他还不知所措地问：真的假的不吃？那份纯真，简直让人觉得真的到了不同世界的感觉——真的还有如此人心质朴的地方哦。

导游说他的家就在泸沽湖边的一个村子里，他就在村子里上学、长大。他姓赵，不是父亲的姓，是老师的姓。摩梭人是没有姓氏的，谁是孩子的启蒙人，就跟谁姓，所以，他跟他的小学老师姓，老师给他起名字叫赵龙谷。怕记不住，有人说就是铺木地板时候要打的龙骨啊，哈哈，这倒是记忆的好办法。可是，他却喜欢大家叫他小阿弟。大家不习惯，还是小龙骨、小龙骨地叫。他也答应。

大家最好奇的还是摩梭人的走婚习俗，问他走婚了吗？他说还没有，他二十三岁了，村里有的男孩子，二十岁就已经走婚了，只是他还没有意中人呢。摩梭人是母系社会结构，通常所说的走婚就是他们“男不婚、女不嫁、结合自愿、离散自由”的母系氏族婚姻制度。通常为吸引人眼球，各种宣传总是说泸沽湖是人类最后的“女儿国”，其实，一路走来看到，西南的少数民族大多都是母系氏族社会家庭结构——女子主持事务，当家做主。

只是泸沽湖的摩梭人的婚姻制度更为特别，孩子出生后都和祖母、母亲生活在一起，每个人在满月酒之前是不知道自己的爸爸的。十三岁成人礼的时候，是舅舅给送一把腰刀，要终身携带；从那天起女孩子则要有自己的花楼，从此自己住了。

问小导游为什么叫摩梭人？他说：是因为走婚啊，晚上小伙要摸进花楼去，凌晨又要摸出来的缘故。哈哈，一听就知道又是他道听途说的，照他这么说岂不是要叫作“摸索人”吗？不过，倒是挺合旅游气氛的。

传说，走婚的男孩子要在夜半时分才去爬姑娘的花楼。去时要带涂满猪油的大大的松果，用来给姑娘的看门狗，让狗不咬也不叫，好安全爬楼。爬上花楼要用腰刀拨开门闩，再把自己的毡帽挂在门上，告诉其他人名花有主了，去寻其他姑娘吧。凌晨时分，小伙子要趁天不亮时离开姑娘的花楼。这就是传说中的走婚哦。

这行动倒还透着几分矜持、含蓄、腼腆的美呢。

据说，我国的 56 个民族里并没有摩梭人，它的人口约 6000 余人，人数不够一个族系，也不属于纳西族，只是纳西族的一个支系。也许是靠近藏区的地域原因，摩梭人的很多生活习俗和藏族相似。最令人吃惊的是他们没有身份证，出国也只是有一张证明而已，这一点没考证，不知是不是真的这样。

一个没有自己的流通文字、没有姓氏、没有固定婚姻的一群人，却盛名海外，真是令人惊异的事情啊。

（二）

从早上出发中午在宁蒗县农家吃午餐，泸沽湖就在宁蒗县境内，摩梭人主要居住在宁蒗县泸沽湖畔。下午两点多才到泸沽湖的一处民宅，只见外墙上挂着几幅美丽的纳西姑娘、纳西老人的巨幅彩照，墙下面就是丛生的杂草，一种时尚和田园混杂的特别气息扑面而来。

走进木门是四合的院落，是一圈木制结构的两层房子。就是四壁由削过皮的原木、两端砍上砍口垒制而成，俗称木楞房的房子。屋顶盖板，叫作房板。据说，盖这房板有特别技巧，盖好后滴雨不漏的。

原本他们的房屋一般为三坊一照壁或四合院，房屋建筑结构与宗教信仰、婚姻形态和家庭组织相适应，他们都是一个大家庭，一二十口人在一起住，左边是祖母房间和厨房，祖母的房间有常年不灭的火盆，是专门由祖母照看的，上面放着一个三角的铁架子，用来放烧水壶，墙上是神龛，具有独特的民族风格。

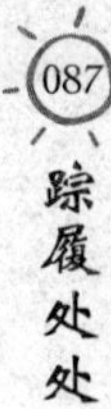

但是现在的院子没有照壁了，是为了方便接待客人拆掉了。

这整栋房子没有一颗钉子，从外面看都是圆木头堆建的。楼上楼下都有游廊，踩上去吱吱响，很是特别。十二月里，虽说这里不寒冷，但是温差大，早晚气温降到十度左右时，感觉还是很冷。为了床上有电褥子，几个人和房东好好地磨了一番嘴皮，黑黑的年轻女房东态度不屑、见过大世面的样子，说：没价可讲，住就住不住就算。听说她是在广州、丽江打过工学习过，是见过世面的人，墙外面的照片就是她呢，没看出来呢，完全不是一个人啊，哈哈，真是三分长相七分打扮啊。

看见小导游对她恭敬的样子，原来她还是他们村的掌管一切的祖母呢。祖母就是这样的啊，穿着汉民女子的衣服，这么年轻，所以他们都叫她小祖母。哈，怪不得说话这么“霸道”呢，最终我们也没得到一分钱的优惠，还是每个房间在原有价钱上又加了八十元，才住在二楼。两人一间，两张床，白色的床单，有电视、沙发、卫生间，看来摩梭人在房屋建筑上保持了自己的特点外，在房屋构造、内部装修等方面采用了现代装饰方法和装饰材料，充分体现了纳西人长期以来形成的崇尚自然、崇尚文化，善于学习和吸取其他民族的先进文化的优良传统哦。

房间浴盆黑黑的、地上是不洁净的马赛克，怎么看都觉得没法洗澡，但是不用去外面上卫生间、可以洗脸、洗脚，有电褥子暖被窝就可以好好安身了啊。安顿好房间，导游就在院子里喊大家去坐“猪槽船”呢，好似是村长招呼上工，大家都纷纷从各自房间里出来到院子里集中。

就要见到泸沽湖了啊，热切的希望马上冲淡了刚才和房东交涉的不快情绪，怎么去啊？大家叽叽喳喳的。

跟我来！导游喊着。谁知只要往房东的后院走出去就是天水一色的泸沽湖，天哪，千里找寻而来的泸沽湖就在房东的后院里啊。

在金黄色的午后，我们和它相遇了。游湖的船是人工划桨的小木船，一条船能坐七个人呢。说这就是猪槽船，据说猪槽船是整块木头制作的船，真怀疑是不是有这么大的木材呢，或者只是徒有其名了呢。传说古时候泸沽湖发洪水，一个母亲为救自己的孩子，把她放进猪槽里而获救，从此猪槽船就声名远播了。哈哈，如此说来，那船哪里会有这么大啊。也懒得去问那个只是一知半解的小导游，再说，是不是又有什么关系呢？飘在水上的都是船，管它叫什么名字呢，如若说这早已不是猪槽船了，岂不是还有些扫兴？猪槽船和泸沽湖一样，也是远方梦想的一部分，不是也得叫它是啊，哈哈，旅游不就是：哦，我看过、我坐过、我吃过吗？

船行进水里，能感觉到湖水漂浮的力量，一波一波有力地簇拥着船身，发出沉沉的叽咕声，好似湖水好稠，富有质感。金色的阳光普照水面，深深的湖水清澈透明，看得见水草在水下幽幽飘荡，连它们细细的叶脉都看得见呢。据说，湖水的透明度能达到十一米，最深的地方有九十三米。

刚离湖岸不远，霎时飞来无数只海鸥，挨着船只低低盘旋，阳光下，雪白的羽毛，连它们粉红的爪子都看得清清楚楚的，划船的是个年轻的摩梭小伙子，他说：喂它们啊，不然，一会就飞走了。

上船之前都没有准备，现在，都急着搜刮各自的包包，看有没有吃的，还好小水有包饼干，他大叫着还要自己吃呢，还是被大家都抢来撒给了海鸥。它们的飞行真的好高超，能准确、迅速地衔住洒落在水面上的饼干碎屑。

大家热闹地喂过海鸥，不是在大海上，却也叫海鸥呢。饼干很快撒完了，它们也就不见了，不知道它们刚刚从哪里来，也没看见它们离去的方向。唐代大诗人李白诗曰："众鸟集荣柯"，海鸥是喜欢群集于食物丰盛的水域的，因此，哪里有大群海鸥，哪里的水域必然充满着生命。看啊，泸沽湖可是名不虚传的充满生机的湖泊呢。

美丽的泸沽湖

——彩云之南印象（三）

我们划着猪槽船要去的地方是湖里的一个岛——瓦吾岛，它位于湖中心，距离湖岸——我们刚刚离开的落水村 2500 米。导游说温暖的季节，岛上树木葱茏，百鸟群集呢，原来它还是南来北往的候鸟、野鸭的栖息之处，也是昔日活佛、美国学者洛克居住的地方。

因为水比较深，环境很安静，湖面又是如此广阔，坐在小小的船上，真的和坐大游轮的感觉不一样，在游轮上产生的是居高临下的豪迈之感，而现在离水面是那么近，感觉到的是湖水震撼人心的广阔之美。只要伸出手就能摸到湖水，手指轻轻地划过水面，好凉哦。

渐渐地大家静下来，就只听见船桨有节奏的击水、划水声和划船人有节奏的呼吸声。才发现划船的纳西小伙子是个有些英俊的年轻人，很美，是那种粗犷的健康之美。黑黑的皮肤，高高的鼻梁，面容特别有立体感。尤其是他穿着白色的无袖 T 恤，头戴着一顶棕色的两边向上翻边的纳西帽子，这种帽子夸张的款式只有在美国西部电影里才会看到，现实生活里，就是喜欢它的游客也只是买一顶当纪念留着，不会有勇气戴在头上的，而他却戴得那么得体好看。超过肩膀的长长的头发整齐地拢在后面，他的胳膊粗粗壮壮的，露出紧紧的肌肉，穿着紧身的牛仔裤，太像电影里的美国西部牛仔，心想在这样的地方他不会去学什么时尚的吧。他划船的样子更是特别，随着船桨的起伏身体一俯一仰，一吸一呼好似在做一件很艺术的工作，有时候他一只胳膊划桨，另一只胳膊只是随意地放在胸前，哈哈，大家都被他潇洒的表演似的划船动作吸引了，一边看一边给他提问。

看见他粗粗气喘，都劝他休息一会再划，单船单桨的，坐这么多的人，只他一人划，都觉得不好意思了，可是大家又都不会划。他却说，不能停的，因为岸上有小祖母在监视呢，不能偷懒。大家纷纷回头看，哪看得见岸边啊？

他说，她会用望远镜在阁楼上看呢。真是笑人啊，这么大的小伙子却害怕那样年轻的小祖母呢。

问他发现偷懒会怎样啊，他说，以后要东西可就惨了。比如自己想买件衣服吧，如果是犯了错，她是连看都不会看你一眼的，理都不理的，衣服就别想了。只知道摩梭人还是母系氏族社会，不知道他们还这么严格遵守着他们的传统呢，连整个村子的钱都是由祖母一人管理、分配，真是令人惊异的事情啊。看见他这么怕祖母的样子，大家反倒更觉得他可爱了。

“你们知道杨二车娜姆吗？”他用他非常标准的普通话说。真是令人惊讶，他还真是知道得多呢。

知道啊。大家纷纷应道。提到摩梭人就不能不提到她的走婚，提到走婚就不能不提到那个家喻户晓走婚到国外的摩梭女子杨二车娜姆。那个在电视上敢于惊世骇俗地面对观众头戴大朵鲜花、直言不讳的女人，无论她是率真或是另类，无论她是个多么有争议的人，无论喜欢不喜欢她，来到她的家乡，就无法不提及她，摩梭人今天声名远扬海外不能不说也有她的贡献啊。

她可是你们家乡的名人呢，喜欢她吗？

他说，老年的摩梭人不喜欢她，说她败坏了摩梭人的走婚风俗，还带来了外面的人进来，打破了泸沽湖原有的宁静。而年轻人是羡慕她的，毕竟走出了家乡成了那样一个名人。

看那儿。他又用一只手划着船——他最经典的动作，一手指着远处岸上的一座山说：就在那里，是杨二车娜姆的家，和她没盖成的博物馆。

关于杨二车娜姆的事情，也听说很多，只是不太感兴趣：怎么？是要我们去看吗？

千万别去看啊？

哦？

一点意思也没有的。真没想他这么说。

为什么啊？

没东西可看的。他竟然笑道。

有人问：不是你们年轻人的偶像吗？

是又羡慕又恨她的。他说话的语气就像是抒情的诗句。

怎么这样说呢？

喜欢她，是因为她让我们知道了外面的世界，有了电视，我们学会了很多东西，但是我们小伙子从此也就没有了安宁的好日子过喽。他委屈似的说。

那为什么呢？

白天要为你们这样的游客划船，晚上还要表演锅庄舞，结束了还要去走婚，总是没有时间睡觉。我就严重睡眠不足，走路都能睡着的。听他这么一说，尤其他说严重睡眠不足，大家都被他文绉绉的话惹笑了。倒更是对他感兴趣了：

你已经走婚了吗？

走了啊。

天天晚上去吗？

是啊。

“阿霞”是村里的姑娘吗？摩梭小伙子把自己爱着的姑娘叫阿霞。

不是的，是前面那座山脚下的四川姑娘。

啊，太远了吧？

没关系，你们汉族的姑娘漂亮啊，皮肤白。哈，他还讲品位呢。

那你每天要走好远的路啊？

不走路，要是走路都累死了，骑摩托车，我有摩托。天哪，骑着摩托去走婚呢，真是传统和现代的完美结合哦。怪不得他这么时尚，原来和我们是一样的哦。他的衣服可是汉族女朋友给他买的呢。

原本也没什么可笑、可奇怪的，只是在这种环境里，说是摩梭人，他却这么现代时尚，说话又都是斯文词，倒是令人新鲜不已。最令人倒地的是，他回头看了看小岛的距离，说：靠，还有这么远。让所有人哄堂大笑：粗话，可连这他也会耶。

到了小岛下船的时候小伙子说，不管你们信不信佛，不要乱讲话，也不要损坏岛上的一草一木哦。他倒是有环保意识呢。

小岛不高，登上山并不费劲，先看到的是活佛当年的住所。那屋子更像是寺庙，好高，里面有高高的塑像，黄色的帐幔遮蔽了屋宇里其他的地方，只好站在屋门口看看。屋子里光线暗淡，从屋里出来眼睛被太阳照得睁不开呢。屋子前面是开阔的一个院落，旁边厕所都是贴了瓷片水冲式呢，院子的东面就是泸沽湖，一望无际的湖水“咕咕”有声地拍打着湖岸，游人喧哗的语声也不能掩盖它的声音，好像很霸道呢——这是它的地盘，就得听它说话。

老木在活佛的屋角处高高地挥手招呼我们，跟着他从屋后面的小路下去是一条绕湖的小径。这小径真是可爱，一边是山一边临着湖水，湖边高大的树把它隐在树荫里，蜿蜒曲折，两旁都是厚厚的植物的枝叶，想必在温暖的季节，一定是各色繁盛的植物。行走其间真是只能用“浪漫”二字来形容才贴切，如果是明月的夜晚，也才真正称得上是“花前月下”。

小径路过美国学者洛克的住所，是一所木制的二层房子，屋子面朝湖水，宽敞的游廊下有木制的座椅，坐在上面，眼前除了湖水还是湖水，好美哦。据说，洛克是美籍奥地利植物学、地理学者、人类学家，20 世纪 20 年代他以美国《全国地理杂志》的探险家、摄影家、撰稿人的身份，在这里先后住了 27

年之久。真是佩服他走过世界那么多的地方，怎么就找到这样的人间仙境了啊。现在偌大的房子空在那里、木制的座椅还是好好的，好像随时他都会回来似的。

大家踩着厚厚的枯叶，想着洛克每天晨昏都能散步其间的感觉，一半是感慨一半是羡慕啊。

小水说，怪不得活佛都住这里呢，平常人住在这里说不定都会著书立说、说不定也会修炼成佛呢。

说完，吐吐舌头，心虚地说，这不算冒犯吧。

大家却不怀好意地宽他的心：不算不算，是妒忌、羡慕吧。

下了小岛上猪槽船的时候，太阳已经快要下山了。

湖水默默地翻卷，有节奏的波涛有着不语自威的张力，使人不敢、不舍得高声喧哗，任凭它把小船推搡得起起伏伏。阳光已不再那么耀眼了，远方仰卧的神女峰，在苍苍余晖里变成淡淡的一抹紫。

暮色四合，美景当前，苍凉却没来由地从心底浓浓升起，好想握住老公的大手哦，他坐在最船头的地方，眼望远方也好似心有所思，叫了他一声，转过来的是一张茫然的没有表情的脸，泸沽湖，你使我们都突然变得脆弱、感觉自己渺小了啊！

有风清冽冽地吹来，哦，那感觉是苍凉的、悲壮的、妩媚的、激情的吗？

真是无语能表达啊。

阿达蜜，泸沽湖

——彩云之南印象（四）

一

在泸沽湖的晚饭很简单，因为要参加晚上的篝火晚会，大家都盼着晚会后的烤全羊呢。天色很快暗了下来，大家甚至没顾上洗洗脸，就带着一天的风尘又出发了。坐着房东家的大吉普车，在山间石头子路上颠了十几分钟就说到了。是个更大的四合院子，木制的二层楼环绕四面，只是在角落的地方留着个大门。这里是村里集会的地方。四面的房廊下是长条的木凳，一只一百瓦的大灯泡照着四方的院子，水泥地面很光滑，有的地方泛出濯濯的光泽，看来是天天被鞋底打磨出来的啊。

晚会没开始，看见最里面的一间房灯火通明，进去看是一间卖小饰物的商店，里面东西还真是全：银饰、藏饰、药材、披肩、帽子，等等。最吸引我的是一整排墙的书，一看大多是杨二车娜姆写的，真不知她写了这么多呢。在这样简陋的房子里，一个个华丽的书名、颜色绚丽的书面，一一看过去它们刚好渲染了这份苍凉，也刚好合适这份心境，不买都不行。挑了一本她的《烟雨是天涯》，名字和此时的心境也倒是一样呢，一向艳丽的娜姆却出乎意料地着一袭黑衣端坐书面。

问戴着摩梭帽的卖书人，打折吗？他不看人，只是摇了下头。疑心他没听明白，又说：便宜点？他还是不看人，说：不卖。倒是说得很清楚，可他一副爱买不买的样子，真是伤人自尊啊。可也让人觉得这书非这价钱才值得，没啥遗憾的，照着书上的价钱买了。心里明明知道回到城里，这书早已打了折了，就是刚刚上市的新书也会是八折啊，这是卖“霸王书”啊？可是就偏偏要买，怨谁啊？货买当下值啊，这句话用在这里是再合适不过了。买了，放进随身的包里，才安心了，去外面看跳舞。

院子里已经烧起一堆高高的篝火，火焰冲天，木柴在噼噼啪啪地炸响，周围已经站满了来跳舞的人。来跳舞的都是泸沽湖周围的村民，每天晚上每家要轮流出一个人来跳舞，说是当地政府这样要求的。不知道我们每个人上百元晚会的费用里面有没有他们的一份呢？他们每个人都穿着自己的民族服装，连头饰、腰带、帽子都戴得好整齐的；女子都围着各种颜色、质地的披肩，有雪也似的白色毛披肩，好漂亮好华丽。那个划船的小导游没有来，说是今天没轮到他来跳舞，有点遗憾啊，因为我们也只是认识他一个跳舞的呀，再说那样健美的小伙子，舞姿一定也不错吧。

锅庄舞，原本是藏族的舞蹈，前面说过的摩梭人好多的习俗都是沿袭藏族的，而锅庄舞也是其一。他们有俗语说：“天上有多少颗星，卓就有多少调；山上有多少棵树，卓就有多少词；牦牛身上有多少毛，卓就有多少舞姿”。“卓”就是藏语中“舞蹈”的意思，可见锅庄舞的内容、形式是多么丰富。

锅庄舞是一种无伴奏的集体舞。原本是为祭祀跳的舞蹈，随着藏民族生产生活的发展变化而演变成了打青稞、捻羊毛、喂牲口、酿酒这样的劳动歌舞，其次是颂扬英雄、表现藏族风俗习惯、男婚女嫁、新屋落成、迎宾待客的歌舞。现在更多的作用是迎宾、男女年轻人寻找意中人、寻找阿霞、阿柱的仪式的媒介。就是在跳舞的过程中，相中了意中人的男孩子用手指挠挠相中的女孩子的手心，女孩子愿意的话也会再如此回应男孩子，那么以后男孩子就可以去找女孩子培养感情了，接触一段时间后，俩人都有意思，男孩子就可以在某个夜晚去爬女孩子的花楼，也就是开始走婚了。而如果挠了女孩子手心，没得到反应就是不愿意，男孩子就得再另寻其他姑娘了。

摩梭人的走婚是注重男女之间感情的，感情没有了，俩人说清楚后，从此各自走路，没有财产、利益纠纷。细细想下，好像还很有“人情味”呢——有爱情就在一起，爱情不在了就分手喽。在生命的过程中人是会变的，思想会变、观点会变、许多都会变，生活本身就充满了变数，不爱了就放手，还真是潇洒呢，未尝不是一种生活方式的选择哦。可是这一切对于现实的我们却是多么难以做到啊，爱的时候也许偏偏不能在一起或者不知道珍惜，不爱的时候又这样、那样的难以放手，凡此种种，总是不能达到人生中的完满……

一声悠扬的笛声拉开了晚会序幕。看来也不是全没有伴奏的，大概这是现代版的锅庄舞吧。却只有一只笛子，吹长笛的是他们村长，一个中年男子。他手里拿着麦克风，召集人、吹笛子、指挥一人担当。小伙子们好像都有分工，有维持次序的、照看篝火的，其余的都手拉手分男女站成两大排，随着笛子声开始转圈边跳边唱。虽只一笛独奏，笛声却那么嘹亮、悠扬：而男女多声部的重唱，音调拖音婉转，好像是自带的伴奏——高昂、张扬，无拘无束，完全不同于流行歌的缠绵、轻柔的感觉；舞蹈更是欢快、奔放，跳舞的小伙子们，左侧右转腾挪，脚步踏出的节拍整齐有力、动人心魄，跳得得意而潇洒。女子倒还是有点羞涩呢，偏偏正是因为这样的情致倒是好感动人。

参加舞会的人中间有一些是中年男女了，可是感觉他们都好像非常年轻，身姿轻盈灵活，舞姿洒脱欢畅，是生活态度影响了他们的样貌吧，想想如果让我们的爸妈再来跳这样的舞，他们一定会说：疯了吧！其实很多时候是我们自己在自愿地老去、自愿地放弃生活的快乐和浪漫情致啊。

白天来泸沽湖的车上，小导游曾教我们一首摩梭人的情歌，歌中总是重复出现那句：嗨，阿达蜜！嗨，阿达蜜！意思是："嗨，我爱你"。标准的翻译音不知道是不是这三个字，但是我认为就是吧，觉得这几个字无论听上去，还是看上去都感觉好甜蜜、好可爱的样子嘛。初初听上去好像是：卖大米！卖大米！不约而同大家都想起著名小品演员郭达的经典之作：卖大米！

可是大家刚一笑，就被小导游喝住了，他竟然不高兴地说：不是卖大米！是阿达蜜！显然他是知道这个小品的，大家不跟他争，改口努力叫：阿达蜜！可不仔细听好像还是"卖大米"呢，只是大家不好再笑了，小导游就觉得说对了。

晚会上的男女对唱几乎每首歌里都有：阿达蜜，阿达蜜………所以我们认定都是情歌了，别的听不懂也不会唱，可每到他们唱到那句：阿达蜜……大家都齐声合唱到：嗨，阿达蜜……，嗨，阿达蜜……

哦，无论在哪里爱情都是美好的代名词，是被人向往、歌颂的主题啊，呵呵，一个“阿达蜜”就把个气氛弄得热火朝天呢。

游客们忙着拍照录音录像、和唱，完了还不尽意，领舞者也善解人意地邀请游客们来参加互动。大家刚还有些拘谨，现在再也忍不住，纷纷拉着手进到圈子里跳起来。为了游客的缘故，舞步跳得很简单，还有村长为大家数着步调，看过几步就可以跟着跳了呢：转身、侧身，动作欢快而漂亮，大家跳得欢歌笑语、一片沸腾……锅庄舞原本是缓慢、稳健、古朴、庄重的舞蹈，而现在就只有欢快、欢快还是欢快了呢。

很久没和老公这么跳舞了，拉着他的大手真是比在舞厅里、歌厅里跳起来开心多了。在这里，不用拿姿作态，不用担心跳的步子对不对，高兴地跳就好了、尽情地跳就好了呢。

嗨嗨，歌声飞起来了、身体飞起来了、心飞起来了、连灵魂也飞起来了吧？高高抬起头，目光越过屋宇的飞檐，分明看见被束缚已久的它们，在那万点星光里轻快地飘飞………

一路上，每个站点都有晚会，大理有张艺谋导演的以蝴蝶泉起名的《蝴蝶之梦》音乐剧、丽江的大型民族歌舞晚会，奢华唯美至极，而偏偏都没有跳锅庄舞来得尽兴：没有好的音响、没有华丽的舞台、没有绚丽的灯光、没有柔软的座位，只有一片水泥地、只有一怀真情流露……如果在长长的旅行中有数不清的遗憾、数不清的懊悔，但是这一刻确信，现在的选择是对的；今日欢乐何日再有啊，这样的地方、这样的夜晚、这样的人、这样的空气、这样的所有，天哪，单单是这样的心境何日再有呢……

二

晚会在大家的依依不舍中结束，游客和老乡们频频挥手致意，像是要离别他乡的故知。对于老乡们来说也许夜夜晚会、夜夜送旅人，但是他们不急不躁，全体鼓掌、挥手、歌唱着，直到所有游客走出门去。好感动哦，这么朴实的一群人们。

舞场的大门外面就是烤全羊的排档了，导游已经安排好地方，招呼排档的老板只是个小姑娘而已，我们排排坐在长长烤炉的两边，小姑娘就把刚给我们展示过的小羊肉、各种蔬菜，端上来分散在烤篦子上面，于是香气、烟气都弥漫开来了。幸好没有把整只的小羊吊在火上烤，我是一定不喜欢那场面的。食物的味道并不怎么美味，尝得出来小老板并不擅长厨艺，但是却热情有加，酒壶摆满几只：有甜的米酒、有辣的青稞酒，都是本地自酿的。酒的颜色不是很纯正，但是味道不错哦，都装在大大的塑料桶里，随便喝。如果是在城里一定会顾及卫生啊包装啊什么的，怎么也不会去喝这样的酒，可是在这里所有的清规戒律都可以忽略不计，随性就好了。全车的游客都成了好朋友，相互介绍、劝酒。小姑娘一副老怕大家不尽兴的样子，为给大家助兴一首接一首地唱歌、劝酒，大家不好意思让她太辛苦，她却不肯停，让她喝酒，她不拒绝，喝了继续唱，为了她的盛情，大家也只好不停地喝了，一壶又一壶，还不停地附和她歌里的“阿达蜜，阿达蜜，阿达蜜……”

哦，天哪天哪，我们大概这半生也没有说过这么多的“阿达蜜”，更没有这么尽情地说过“阿达蜜”，而这一刻也许把后半生要说的“阿达蜜”都说完了吧？把前半生没说“阿达蜜”的遗憾都补全了吧？

回到投宿的木板屋，才感觉真是太累了，一看已经快十二点了，草草洗漱过便沉沉躺在暖暖的被子里，哈哈，被单竟然有阳光的味道呢，好喜欢。

进入梦乡的一刹那，耳朵里“阿达蜜、阿达蜜、阿达蜜”的声音还袅袅不绝——哦，不知道今晚谁找到了中意的情人？不知道哪个小伙子还在辛苦等待大家入睡，才好去爬花楼呢？他带好贿赂姑娘家狗狗的松果了吗？带好用来拨开姑娘家门闩的腰刀了吗？还有要挂在门口，以示“名花有主”的毡帽子，带上了吗？

今夕何年？

——攀玉龙游束河

1

几天来，来不及熟悉、来不及回味、来不及适应甚至来不及看得清所到的地方就该离开了。一觉醒来就又要和泸沽湖告别了，也许这就是旅游吧，不断地相逢又不断地离别……

车驶过山梁，泸沽湖在天边的那最后一抹淡蓝也消失的时候，老公还像个上了年纪的老头儿似的念叨着：一定要带小毛子来看看。看过泸沽湖他变痴了吗？真是不知道该拿什么安慰那颗不舍的心呢，老公已经不停地说了好几遍：一定要带“小毛子”来看看，对女儿他总是这么胡乱叫：妞子、丑八怪、小东西、小捣蛋、臭宝贝什么各种怪称。不过，此地此景，我好像还比较能理解他的心情。

听那划船的小伙子说，杨二车娜姆在泸沽湖找了个“阿柱”，是个四十多岁很英俊的摩梭人呢。是啊，无论走到哪里，她也一定是不舍得把泸沽湖和自己分得清清楚楚啊，怎么舍得又怎么能够呢，真是庆幸她做出这样的选择，无论她飞得多么累、多么远，永远有一个阿柱在那样一个美丽的地方等待着她，真是好浪漫的事情啊。一向自称骚包、爱美、时尚的娜姆，也许这是她所做过的最最浪漫、时尚、最具投资价值的事情之一吧？

离开泸沽湖的一路上从不爱听、不爱看所谓花边新闻的老公，竟然捧着娜姆的那本书看个不停，看着他的大手拿着花花绿绿的书，真是有点滑稽的感觉；一直担心晕车不敢看，就让他念，他竟也念念有词：遭遇米卢……他一生中最爱之一便是足球了，原来又在书里发现了他的最爱，怪不得这么听话呢。念一会儿书，他又开始剥核桃。是他在景点买的美国核桃、夏威夷果、鲍鱼果，都是我平时爱吃的坚果，真不知道它们为什么都叫那么老外的名字，在这里它们好像都便宜了一些，十几元一斤，在城里都是三四十元一斤呢。不让老公买，一是因为带着好沉，二是因为它们的果壳都十二分坚硬，吃起来很是费劲，非得用专用的钥匙似的工具才好劈开，在家的时候，可以让老公代劳，在外面怎好意思呢？但老公不知什么时候就买了，让过一圈人，他就开始剥个没完，剥了这样又剥那样，剥着往我手里放着，他自己是不喜欢吃这些东西的。看看周围人都昏昏午睡，就放心了许多，任他剥去吧，呵呵，有阳光照耀着、有图画般的景色在眼前一一飘过、有爱吃的零食填嘴巴、还有人不时念书听……人生的种种美好，在这一刻便也算是其一了吧。

娜姆说《烟雨是天涯》是女人们的梦，这个梦被老公瞧过又被老木瞧，然后就被小水放在自己的包包里，不停地看了一路。老爷们儿什么时候都变得婆婆妈妈了呢。泸沽湖不仅仅是女人的梦，也是男人的梦，还是所有见过泸沽湖的人的梦吧。

离开泸沽湖又经大理再次返回丽江。到丽江的第二天去游览玉龙雪山。

丽江的旅游资源以“二山、一城、一湖、一江、一文化、一风情”为主要代表：即玉龙雪山和老君山、丽江古城、泸沽湖、金沙江、纳西东巴文化和摩梭风情。

其中，已经看过丽江古城、泸沽湖、远眺金沙江、了解了摩梭风情，只是它的文化包括东巴象形文字、纳西古乐、东巴经卷、东巴绘画、建筑艺术及宗教文化等，内容极其丰富。一个民族博大精深的文化怎么可以在走马观花的旅游中了解透彻呢？在短短的旅途中，我们只能在古城的建筑、民族服饰、生活饰品中，生活的各个方面对其文化常识仅仅是有所认识而已哦。在丽江古城的四方街，沿街小店铺里，满是民族风情的服饰和风格独特的包包，皮质的、扎染布制的，比比皆是，具有独特风情的艺术饰品巴东人型、木雕无处不透露出它独有的民族文化特色，作为一个旅游的客人，了解到这些不同于原来生活的见闻已经是足够了。

玉龙雪山是国家级风景名胜区、省级自然保护区和旅游开发区，被誉为“冰川博物馆”和“动植物宝库”。它以险、秀、奇著称，在远远的路上就看到它银色的峰顶，那是终年不化的积雪，真像是昆仑山啊，也是那样银光闪闪，在天幕下巍峨又充满奇幻的色彩。在我成长的岁月里，它好像一直都是生活的背景。只是在以后的生活变迁中，不知不觉地消失了，而现在的再见，怎能不令人感慨万千呢。

从资料、导游那里了解到，玉龙的气温可能比较低，想到新近在热播的电视剧《五星大酒店》里看到的玉龙山白雪皑皑的情景，我特意穿上羽绒服。这一趟，从夏季到冬季四季的衣服都带着呢，真像是一次小小的迁移啊。可我们到达雪山的时候，满眼尽是冬季的枯枝败叶，并不是想象中白雪皑皑的情景，季节不对，就不会看到它的另一面，可谁又能够改变大自然呢？还是兴趣盎然地爬上玉龙的一个山峰——玉壁金川，在那里留影纪念。没看见的景色只当留作以后再来的理由吧，谁又说得准，那机会也许就在不久的某一天呢。

在玉龙山脚下看到旅途中唯一的一个有东巴经师的寺庙，它更像是一个过去土司的家庙，门前有十二生肖东巴象形文字和图画，都刻在圆形的图盘上，无法了解更多，导游也无意解释得太多，也许与当地宗教的影响有关。纳西族在历史上曾经信奉过佛教、喇嘛教、道教，但与一些生活方式深受宗教影响的民族不同，纳西人并不笃信某一种宗教，在今天的丽江，据说即使在年老的纳西人中也很难找到很虔诚的信奉者。而东巴教是纳西古代的一种原始宗教，但它更富有精英色彩而不是一种平民宗教。所以，在整个旅途中，几乎没有被带到任何寺庙里去祭拜，不像内地的旅游团，总是要去一些寺庙，不管游客信奉与否都要去的，导游只是为着提成那点香火钱，弄得不懂得祭拜的人难堪，不拜吧，来到神灵跟前怎么说得过去呢？拜了都不知道拜了哪方神圣，甚至连为什么拜都不知道。信奉不是要讲自由的吗？为什么有时候我们就要被迫不能选择原本就该有的自由呢？在这里，无须祭拜也没有香火，了解一下就好了，一个民族的寺庙也体现出一个民族的精神文化状态。善于学习、崇尚理解就是纳西人给我们的启示和馈赠吧。

玉龙山景区主要有“云杉坪、白水河、甘海子、冰塔林”，安排我们游览的甘海子，是玉龙山东麓一个开阔的草甸，是个天然的大牧场。从已有资料了解，每年春夏之交，百花齐放，组成巨大的花苑，整个草甸充满生机活力。现在还建有度假山庄和直上玉龙雪山冰川附近的大型索道，深冬下雪的时候，游客可乘缆车到雪原去观赏万年古雪、冰塔林奇观和滑雪。我们看到的只是一个辽阔的跑马场，真是辽阔呢，因为始终都没有看到边际嘛。

行程之前看过一些关于云南的游记，有很多是失望的体会、经验，说坐了很久很累的车看到的只是没有生活设施、饭菜简陋的泸沽湖，没有积雪、光秃秃了无生趣的玉龙山，一瞬间也是有失望在心里闪过。俗话说，看景不如听景，但是听到的永远不会是亲身感受的样子。虽然没有见到玉龙最美的时候，可是我们又何尝总能光顾生命中所有最美的时刻呢？为着放松一颗心，心境是重要的，好不容易来到这样不同的环境，为何还要强求更多的东西和我们的想象保持一致呢？旅游中最能深刻了解这一点——要达到现实和理想的完美契合是件多么难的事情。丰富的物质生活需求，在家里就可以日日享用到，为什么还要辛苦地来到荒僻的彩云之角来求得呢，不就是为着那份不同以往的心境么？

而我庆幸的是和老公在一起，无论到哪里，有没有看到什么，只因为彼此放弃所有的牵绊，专心陪伴在左右，这样的时光不是最美的时刻吗？所以，看不到什么都不重要，重要的是被全心关照的幸福感，是那么强烈地包围着在繁忙生活中一直貌似坚强的心哦。一起忆往昔青春岁月，这是何等奢侈的时光啊。

为什么还要抱怨呢，没什么可遗憾的，像我们这样平凡的夫妻，有这样的时光不是已经很好了吗？

2

离开玉龙，又前往著名的束河。

之所以说著名，是在很多书里、游记里面了解到关于它的种种传闻，总之印象里是个游离于现实、有着浪漫情致的地方。

束河并不远，在丽江城北，是纳西族先民最早的聚居点，也是木氏土司的发祥地。都说束河古镇就是丽江古城的从前，不去束河难以了解从前的古镇，真的去了，也真的感受到了——少了喧哗，多了安静，鸟语花香，正是好好让人慢慢体味宁静、悠远、蓝天、阳光的好去处。一幢一幢木制的房子空闲着，鸟儿在屋前啁啾，流水在屋前默默流淌，几分安宁里透着几分落寞和苍凉。真疑心它有过葱茏岁月吗？可一切看上去是那么遥远不可想象。

变迁总是令人欣喜，可是在失去的风尘里，总有挥之不去、无法遮掩的苍凉啊。在我的生活中曾经有过几次大变迁，从大西北跑到东北去上大学，毕业回到西北，又调动到中原，然后又从一个单位挪到另一个单位，搬过一次又一次的家。我总是离去了，就不敢再回头，有时候忍不住对过往刻骨的思念，只是千方百计地从别的媒介了解它的点滴，就是不肯再回去看一看。有时候甚至一想起来，心都在发抖，心总是在那一刻脆弱得不堪一击，只是想想好像都无法承受似的。究竟为什么呢？难道只是害怕，人面桃花不知处吗？

在街里慢慢游荡，显露出些许的悠闲，在丽江古城繁闹的环境里没有心思买东西，在这里倒是生出几分情致来，买到一件披肩。老公一边付账一边问道：有用吗？早向往一件美丽披肩的，不管以后会不会在城市里合时宜，只为着能适应现在的一份心情，就一定要买一件的。有时候，不只是为着有用，没有理由，就是要拥有嘛。

而且一反往常的素淡，偏偏选了一条被大朵红色郁金香铺满的四方围巾，厚厚的很绵软，折起来成三角形披在肩上，真是生出几分矜持的女人味道哦。萍也买了一件。好看吗？问他们，老公不置可否地应道：哦，没看出来，哦不，好看，好看！一听就是敷衍嘛，管他呢，只要自己觉得心情好就好了，我说。就是的，管他们呢，萍说。

老公选了两个藏族人诵经的经鼓，说给外甥女、小外甥的礼物，他倒是想得周到呢。由他去吧，一切交由他，只是一心好好跟着他就好了呢。

小水把人家小店的摩梭帽子戴在头上，手里转着经鼓摆造型，老公赶快给她照了一张相，还真酷呢。而老木一眨眼的功夫就找不到了，找到的时候，他脸上笑得像开了花，提着的一串风铃在叮叮地响，手里还刮着个木制的“招财蛙”，刮得呱呱地叫，把个半条街都弄得呱呱地响，好像有无数只青蛙在冬天的骄阳下歌唱呢。驼铃叮当、蛙鸣声声，到底是身在何处呢？真是恍然不知今夕何年啊！

揽九乡

——彩云之南印象

按照旅程安排要从昆明的机场出发去西双版纳，虽然丽江是有机场的，但是旅行社事先定好的线路是这样，既然已经这样又何必计较呢，于事无补啊。从丽江又乘火车经过一夜的旅程回到昆明，准备乘飞机飞往西双版纳。

到达昆明的时间是早上三点多，被接站的导游接到和其他游客一起跟着他走，一群人默默地走着，在无人的街上像一群在黑暗海底穿行的鱼。被安置在一个离火车站有一段距离的宾馆餐厅吃饭。是自助式早餐，虽说还是夜半，可是餐厅里却是人声鼎沸，座位都找不到，餐厅人既多又乱，温度也升高许多，人马上就感觉热。好不容易找到一张桌子，我看着东西，其余几个人去端饭，老公刚端来一碗小米粥就被我两口气喝完了，瞌睡还占领着神经，没胃口，只是渴得慌，又喝了一碗粥，什么也不想吃了。几个人一趟一趟地端菜端粥、拿馒头、点心，打仗似的吃了饭，天还是黑黑的，男士们东倒西歪地倒在椅子上打瞌睡。我和女伴萍去洗了脸，但倦意还是挥之不去，也各找张椅子歪在上面瞌睡，老公又推来一张椅子垫在我们腿下，于是感觉好受多了。知道老公不安地时不时地看我，只是迷糊着睡不着，疲惫使大家都不想说话，迷迷糊糊熬到七点钟，又有导游找来了。

不得不佩服一路上旅行社的“接龙”服务，还真是过硬呢，无论我们在每一站是上下火车还是飞机，在怎样乱哄哄的状况下都会被导游找到。每一次送站是一个导游，到站接是另一个导游；到宾馆安排是一个导游，游览又换导游，感觉大家像是被抛起来的气球，十几天里被已经说不清多少个导游接替抛起来，身不由己，一站接一站越抛越远，从中原一直抛到云南各个角落，又要被抛到西双版纳去啦。漫长的旅程中，他们互不相识，但他们衔接得却那么好，小小的要求都被事先通知到了，比如，我们几个单独用餐，每个导游都会提前通知到餐厅，从不需要自己去交涉。有些导游甚至还没有来得及认识，没有好好说过一句话，就已经分手了，到目前为止我们都没有“被掉地上”过，在那些陌生的地方，他们好像早早都等在那里，只为着我们的到来。因为他们到位的服务，心里好安慰、好安全。一直想对旅行社和那些接待过我们的导游说句感谢的话，身在异乡，他们就是我们安全的保证，就是我们可以依靠的亲人。想告诉身边想要旅游的人，在国内的旅游已经是多么好的事情。如果说没有不满意的地方当然不可能，但是，许多时候尤其是人在异乡漂泊的路上，安全、理解、被保护是多么重要啊，而我们都感受到了，别的方面欠缺，只待以后好好完善了，想来那样的期待也不会太远呢。

飞往西双版纳的飞机是夜班十一点钟。所以白天我们被接去游览昆明的九乡。九乡风景区是国家 4A 级旅游区，在九乡彝族、回族乡境内，距省城昆明 90 公里，距离石林风景区 28 公里。在介绍它的资料上显示，它拥有上百座大小溶洞，是国内规模最大、数量最多、溶洞景观最奇特的洞穴群落。

在行程之前和旅行社的协商中，是放弃了世博园挑选了九乡的，只待不虚此行吧。去往九乡的导游是个年轻的女子，还带着学生气息，讲解时语言流畅，不太开玩笑，这也正是她的可爱之处，没有圆滑的腔调倒是令人感觉朴实，使人不自觉地放弃在外行走时下意识的防范之心。

在车急驰的一个多小时里，看见沿途都是大片的桉树林，说是制造风油精的原料。所以我要好好看看桉树哦，我是最怕蚊子叮咬的，几乎在大半年的时间里都是风油精不离身。导游说，桉树的俗名叫“不要脸”树，真是不能让人接受的名字啊，原来是因为它天生要一层一层掉皮，而掉的皮就是制油的原料呢。

到了要去的地方，下车先看到一个被鲜花装裹的花门和鲜花组成的大字：欢迎来到九乡！一看便知是个开发已久的成熟景区。

进了大门才是九乡的景区，先是划船游览大峡谷，每个人都要穿好救生衣才让划船离开，是游客自己划的小船，峡谷的水是深深的暗红色，是土质的原因吧，浑浊得很，两岸是嶙峋峭壁，上面只见一线天际，在船头掌舵的老公却停下划桨翻弄手机，后面的人大声地喊：船碰壁了！船碰壁了！他才回过神来划，回头对我笑一下说：没事，问问小毛子干吗呢。

真是的，没带着他的小毛子出来真是太遗憾了呢。

小毛子干吗呢？

嘿嘿，还没起床呢，今天是星期天呀，都忘了。他嘟囔着。

想着漂亮的女儿还在南京学校的宿舍里睡觉，而我们却在遥远的南方，还从来都没有和女儿分开得那么远，还真是有些伤感、遗憾。想想女儿窝在被子里的样子，就特想她，如果女儿能来不定高兴成什么样子呢，而我们的旅程也一定会被她弄出许多的乐趣，想着，心就忽地痛了一下。很多时候事情总是不能如自己的愿望那样完美、周全，总是想女儿上学比出来游玩更重要，可此时就想，不如让女儿来呢。老公却说，说说得了啊，能不学习来玩吗？真是的，想女儿的念头不是他自己先挑起的吗？

从“一线天”出来下了船，再去坐缆车饱览九乡山地的天然植被，茂密的绿色覆盖着整座山梁，浓郁的植物气息弥漫在空气之中，南国的富饶、浓酽的生命气息，彰显无疑，不需要任何夸张、刻意的安排，它们就从容的一直在那里。

在我们的游程安排协议里，关于九乡的游览只是一句：九乡一日游。没有任何内容的介绍，可是项目安排得却如此紧凑、丰富：下了缆车就去游溶洞。

不是那种需要低首弯腰的洞穴，也不需要刻意想象某尊石头的形象，溶石形态各异，千奇百怪，古人今人、动植物、传说故事似乎都能找到相似的翻版。溶洞非常大，层层叠叠，有瀑布激流，喧哗奔放，完全没有受到任何空间的束缚。有的溶洞像是特意修建的宫廷殿堂，苍穹高远、滴垂的钟乳石像是巨大的顶灯款款悬挂，而且没有任何顶梁的柱子遮拦视线，一目望去，亭台楼阁、雍容华贵、气势雄浑，地板平整得泛着幽幽的光泽，雕栏画栋的人工之作怎能和这大自然的造化相提并论呢，就只是一个“神”字了得啊。据说，这溶洞还有寻找、研究古代人类活动足迹的价值呢。

层层叠叠的楼梯爬得人汗流浃背，热得我把羽绒衣脱掉了。洞外的天色依然是暗淡的，半晴半阴的天色正好适宜，不会那么晒，也不会那么过分忧郁。甚至在刚刚出到洞口的时候，还撒了一阵细细的小雨，浓厚的植被、密密的竹林里就荡起了淡淡的白雾，美丽的九乡好像是在竭尽全力地展示着它的种种迷人景象呢。

在九乡的下午又是购物的时间，看到所见过的最大的手镯，能环绕三分之一的手臂，好像是勇士的臂环，只是从没有这么近距离端详过，给它照了一张特写。这一次看的银饰叫“樊银”，不是纯正的银，但是却有纯银的光泽、韧性，甚至比纯银更有金属的质感，造型则是更胜一筹，有式样又多又价廉的优势。哈哈，如果纯银是爱人的话，那樊银就像是情人哦，一个是具有真正、纯粹的意义，而另一个则是华美、理想的样式，刚好补偿了纯银的张扬不够和其华美的不足呢。

真是欲望无止境啊，人总是拥有了实在、真实意义的同时，又渴望理想中的东西，于是，大家在已经购买了很多的真银饰的时候，又被樊银的独特的式样吸引，欲罢不能，它们竟然都是早已想象中的样式：多环、细致，而这些是纯银因为质地不能够打造的样子。于是，又开始采买，一条、两条之后，又想既然价廉何不再多买一两条送人呢，于是又每个人好几条地买了，一百多元一条，也买了快上千元呢。上了车，掐指一算，都不是真的，干嘛买了这么多呢。哈哈，每一次行动后，又总是在欢欣、后悔里挣扎不停，可是如果没有买，想到它的精美、价廉，不是也要后悔吗？人生不也是这样的啊，真是要学会释然啊，在那么繁多的选择里，什么时候才能给自己的心平静、安稳的机会呢？

黄昏的时候我们才回到昆明市里，大家都觉得饿了，可导游还是说不到吃饭的时候，又要去一处翡翠销售点。小导游说，机票还没有拿到，要大家帮她一个忙，只在那里做小小停留，让她签上单就好了，所谓签单就是导游带游客到指定的休息购物地点，游客买不买东西无法强迫，但是带没带到地方却是导游的职责，一路上导游这样的忙我们可是没少帮呢，是啊，人在“江湖”大家都不容易啊。

这一处的翡翠石全都是“貔貅”，但是特别的是叫“霸王貔貅”，跟我们在密支那等地方买的貔貅不同，貔貅的头转向都是 90 度，可是我们先买的却都是 45 度的转向。据说，貔貅是古代的吉祥动物，光会吃不会出，是聚财的象征，这说法倒是合大家心意啊。所以，几个人都买了，貔貅头的转向说的就是招财的意义：霸王貔貅的头转向 90 度则是外财通吃的意思，当然又比一般的貔貅更胜一筹呢。哈哈，真是不下水，都不知道水的深浅啊，只是碍于它昂贵的价格，大家有一个就好了，怎么好再奢侈地买一个呢，只是看看也就作罢了。再说都是平凡之人、工薪族，哪里会有什么外财呢，只是都想安分守己地好好保住自己的一份工作、开心点而已，看来这一站商家的打算是落空了。

也许，这是此行中，我们唯一一次购买战斗的胜利，而结果却是两手空空，胜利的代价也会是这样的吗？——竟然不是以收获而告终的呢。

植物的天堂

——西双版纳原始森林公园

不知不觉中就到了今天的第一站——西双版纳的原始森林公园。

西双版纳原始森林公园在我们所住的景洪城以东，距州府所在地 8 公里处，是全州离景洪城最近的一处原始森林。它占地 225 亩，海拔 762 ~ 1355 米。

公园里，绿色葱茏，鲜花、花树，目不暇接，和刚刚离开的丽江、泸沽湖相比，一扫那份寂静、苍凉，真是热闹多了，所有的生命都在争奇斗艳，连树上都盛开着火红的花朵，枝叶茂盛得令人不可思议。导游边走边说，过于繁多的名称听过了，倒也忘得快，只顾着拍照，就是没想起来录音、摄像，真是件无比遗憾的事情。不过，它们带给心灵的快慰将是长久不衰的，应该比把它们储存在机器里面更好、更有意义吧。

傣族信仰上座部佛教，在公园里佛塔也是随处可见，在塔身的基座、阶梯扶手上第一次看到雕刻的黄金色的忘忧草。不由地感慨，即使不同的民族、不同的风俗，想忘掉烦忧，向往快乐、平静是每个人的愿望啊。

行走其间，天色本来阴暗，茂密的植物又遮天蔽日，好像是凌晨或者黄昏的感觉。

先是到达动物表演区。几只黑熊直立着比人还高，被人牵着蹒跚地走来走去，让游客拍照，它笨重硕大的身体吃力地扭动，不是在走简直是在挪；一只老虎被几个年轻的“猫哆哩”看守着，不停地有游客上去骑着老虎照相，不爱照相凑热闹的老公却也要去和老虎照相，还一定要我去。想这“猫哆哩”难得有此兴致，大概还是少年所谓英雄情结作祟吧，就迁就他一次好了。走近趴在木床上的老虎，老公只是做出骑着的姿势，而老虎还是动了一下，老公也不由地又抬高身子，吓得我差点放了挽着他的手跑出去。照片很快出来了，两个人都是严肃的表情。真的不是一次称得上是雅兴的经历哦，想来老虎是不高兴，老虎不高兴，骑老虎的事情就不是件令人高兴的事情啊。还是希望黑熊、老虎们能自由徜徉在园里，即使看不到它们、拍不到它们也不会遗憾。

我们什么时候才能真正做到和大自然的和谐统一、做到对每一个和我们相遇的生命的尊重、自由的尊重呢？

不再等它们表演，大家继续往公园深处走去，路两旁突然变得视野更开阔、疏朗，层层叠叠的绿叶变成巨大的棕榈树。但见它们拔地而起，身姿挺拔、干净而光滑，没有棕衣，整齐划一，只是在顶梢处才有巨大的叶片生出来，简直就像是人工模制的艺术品。据说，这是特别从国外引进的炮弹棕，因其身形圆而光滑极像“炮弹”形状而得名。

棕榈树后隔着一潭水，对面是一座植物茂密的山峰。从来没有见过这样的山峰，不见山，只是一座植物织成的峰峦，绿色是如此丰厚地纠缠在一起，层层叠叠，深不可测。峰下是一排木架草搭的阁楼，真真是一幅天然素淡的水粉画。

片刻，一个穿着筒裙、高挽着发髻的姑娘走出草房，手放在嘴边朝着那座绿峰发出“喈喈”的单音，把手中盆里的东西轻轻挥洒在岸边的草地上，一时就看见无数只孔雀从茂密的峰峦间飞出，它们像是训练有素、技艺高超的飞行员，只是张开翅膀却不见煽动，优雅地从高处降落，逐一掠过宽阔的水潭，有的还轻触水面留下点点水波荡漾，然后姗姗降落在游客的眼前，霎时便落满了岸边。姑娘继续舞蹈般地撒着手里的饲料，轻轻踱步，孔雀们像是她忠实的“粉丝”，一律朝着她的方向移动，那份优雅、从容、淡定，真是蔚为壮观啊。游客们被这奇观震慑着，也随着孔雀群簇拥、移动，寻找着最好的视点，等想起拍照、摄像时，孔雀已在姑娘轻轻的号令声中，呼啦啦地振翅，擦过水面高高飞起，瞬间便消失在那深深的峰峦里面，了无痕迹。

姑娘不见了，水面最后一点微波平复，一切好像是梦境般消失了，短短的几分钟而已，游客们还没有回过神来，只是亢奋地叙述着或是意犹未尽地望着那水、那山，回味刚过去的情景。据说，这些都是野生的孔雀，有上千只之多呐。

西双版纳的原始森林公园，是西双版纳保存最完好的热带沟谷雨林，一条水质明净的莱阳河流淌其间，河谷两岸生长着莽莽苍苍的原始热带雨林。整个旅程都是沿着这条沟谷前行，雨林里有高耸入云的望天树，有十多人合围的巨大板根，有两棵树在一起的绞杀树，还有繁衍了一百多万年的天料木。在我们生活的地方，被精心养在花盆里、放在房间、会议室里的发财树、龟背竹等热带阔叶植物，在这里沟谷的两岸竟然肆意地生长着，它们是如此高大，在这里它们早已不是盆景，它们是树——叶片硕大、肥厚、浓绿，在阳光下散发着令人不可思议的蓬勃、旺盛的生命活力。

有一棵发财树竟然长成两人都无法环抱的苍天大树；而一棵两人才能环抱的榕树，竟然被攀爬在身上手腕粗的藤蔓绞杀，逐渐干枯的树身被蓬勃旺盛的藤叶遮蔽，掩盖了它从前的容貌。密密丛林、美丽生命张扬之中也隐藏着多少生命挣扎的故事啊。

据说公园里还栖息着上千种动物。在密林深处，有悠然亭立的鹤，自然觅食的鹿，在古藤上顽皮荡悠的猴，偶尔还能看见国家一类保护动物野牛和犀牛的身影。而我们没有看到这些传说中的野生动物，也许是没有到达丛林的深处，也许是不合适的时间，可只要知道它们在密林某处自在地生活着就好。

除了优美的自然景观，还有独具特色的风情节目。各种民族风情节目在一路上不同的地方不间断地上演着，多姿多彩的民族服饰，令人大开眼界，从中更能领略到傣族文化的博大精深。

在一座宽敞的竹楼里陈列着一些哈尼族人日常耕种的各类工具，再往里面走是一间更大的房间，摆好小竹凳，有工作人员为大家介绍哈尼族民俗，介绍很简单，没有几分钟，在不经意间就有两排的年轻女孩子站在游客后面，游客中的猫哆哩们的手都被女孩子拉住，拉住的就再也甩不掉了。说是配合做一个集体婚礼的娱乐活动，来旅游的“猫哆哩”们糊里糊涂地就被套上了服饰，戴上包头，被女孩子亲热地揽住脖子灌茶水、用扇子挡着别人的视线，在猫哆哩耳边说悄悄话。猫哆哩们各种表情都有，有的惊慌、有的从容、有的大笑、有的很配合地掏出一百元钱给了女孩子，拿到钱的女孩子就炫耀地把钱挥舞着，激励别的猫哆哩，也快快掏钱。婚礼在进行中，按照主持人的安排，猫哆哩们背着各自的“新娘”，在屋里转一圈，好商业的演出啊，活动里面还有多少民俗呢，不得而知了。

突然发现我们的“猫哆哩”怎么都不见了呢？难道都被抢去了吗？在众多猫哆哩里巡视，没有啊？手机响了，看见短信：看完了吗？我们在大门口呢。我和萍急急奔出寨子，跑过竹桥，呵呵，到大门口才看见老公和老木他们在吊椅上晃着呢。

怎么在这里啊？

不是跑得快，早就被抢了啊！

呵呵，怪麻利的啊，可是也不必跑这么远啊，还以为自己真会当新郎啊。小导游也格格地笑出声。

太阳升起来了，气温也随之升高了，早上还紧紧裹着的披肩，此时热得只好搭在手臂上了。阳光非常强烈，但也只能穿过厚厚的叶片在我们身上洒下点点光斑，走过谷底清澈的小河，踏上木桥，再穿过竹子搭成的栈道——竹子栈道是用劈开的竹子编搭的，走上去非常有弹性。呵呵，所谓靠山吃山，真是有什么就可以用什么——而这里却是竹子特色栈道啊。

海口第一天遭遇

说起海南来，很多人都去过的，在红袖文章、日记里也看过不少，有的更是图文并茂，把海南的美丽风情淋漓尽致地呈现出来，使没去过海南的人也如身临其境。对于我自己来说，去海南是第一次，是从来没有过的感受，也是想总结自己出游的体会，还有些担心说出来。一百个人去同一个地方会有一百种不同的感受和经历，所以何必介意自己的经历相差于别人呢？无论怎样都是独一无二的吧，如果有同感也不会是完全相同啊，一些细微的感受总是别人无法体会的，有时候连自己也难以说得清啊。

遭遇第一天

到达海口的第一天，因为和接机的人发生了误会，接机的人说早来了，而我们到站二十余分钟换好了夏装也没见人，等到见到那人时，他已经十二分的不耐烦，说的当地话又很凶的样子，听不懂说些什么但是口气难听，甚至把接站的纸牌狠狠地扔进了垃圾桶，弄得本来准备委曲求全的十几个人实在没面子，一致决定不坐他的车，打电话让旅行社另派车来接站。男士们并不因此而觉得沮丧，在候机大厅里立刻摆好旅行箱“斗地主”，半小时后一负责人才来接我们，说了许多道歉的话，大家也高兴起来，不自觉地洋溢出斗争胜利的喜悦感。走出大厅却看到那个司机盘腿坐在台阶上，弄了半天还是要坐他的车，好在有人解围，又人生地不熟的大家都懒得再较真儿。坐上车，彼此都觉得有些尴尬。那司机一直打电话，好像在为自己的尴尬打掩护，大家也只是窃笑：

不是还得拉我们啊。

车一出机场，就似进入了一个不同的天地，天空无比蔚蓝，这让许多人联想起大西北辽阔的天空，只是路旁婆娑、高大的椰树和浓浓的绿色植物，提醒着大家这里终究不是荒凉的大戈壁。突然从已经开始荒凉的中原来到还是盛夏似的海口，一时间真是令人有点不知所措。满满的绿，往日只能在大型会议场所才摆出的热带植物、鲜花店里才有的花束，在这里随处可见，植物的叶子透出浓得要流出来的油亮的绿意，在阳光下微微泛着光泽，好一派默然而雍容的气度。

大家有些喜不自禁:那是什么树啊？还长着胡子呢？看看，那个呢？穿着“毛衣”的是棕榈树吗？可是所有的问题都掉在地上，没有一点回应。是啊，得罪了司机，还没有导游来，我们只能自问自答了。得罪一人就添一堵墙啊，多么现实的写照，好在他只管把我们拉到酒店，从此今生今世也许都不再见了。

司机一直到酒店门口还在打电话，车停在一商务酒店门口。四目一望感觉很荒僻，连一家超市都看不见，拖车、货车随意停在路边，不像是井然有序的市区。不知为何司机在前台办理住宿，办好房间，便扬长而去，嘴里还是在嘟囔着，叽叽呱呱地听不懂在抱怨什么，走得急，连手机都忘在了前台。

晚饭后，大家想到处看看，走了很远也没见商场、广场。买了地图又问了人，才知道这里是琼山镇，到市区还要打车，大概打车费二十元才能到。再问旅行社，说我们住错了酒店，原本是在市区的“锦江之星”酒店，怎么会到镇子里住啊？可是现在住的酒店也是四星的，是不会退钱的了。这才明白，都是那司机干得好事，真是恶意的报复啊！想来，到了人家的地盘上，怎么会轻易地饶了我们。

坐着飞机不远万里到了梦中世界，而如此珍贵的一个下午、一个晚上就只好在“斗地主”、看电视中度过了。瞧这“地主”斗得、电视看得，贵不？

榴梿啊榴梿，你到底有多“香”？

准备海口行时就有一个愿望一直在心里，隐隐地不敢说出，担心实现不了成了遗憾。但是那天在海口和同事聊天的时候，还是忍不住说出来了，而且还正如想象中的结果终究成了遗憾。

其实说来不好意思，本人是个嘴馋的人，一说到哪里去首先想到的是那里有什么好吃的。平时不示人，但是在家是有名的美食家，但凡家里做了好吃的，要以我的“尝”为标准，家里谁从外面带了好吃的，如果我没吃到，大家就会觉得很愧疚、遗憾。究其被欢迎的原因，好吃，会使买食物的人和做食物的人有成就感啊。所以，好吃，在家是被欣赏的哦。尤其是老妈，不喜欢在家里听说谁爱吃、胖了的话，她是一心要她的女儿们个个都能吃，都胖胖的。她总是说，爱吃是福。每次回家老妈都会做很多好吃的，且荤的居多：红烧肉、卤猪蹄、回锅肉、炸鸡翅、啤酒鸭、水煮鱼，老妈的菜谱也是与时俱进的，随着大家口味流行吃什么、吃什么健康，她就会做什么，经常孜孜不倦地向好友咨询各种菜的新吃法、新做法，如果是去饭店吃饭，一看哪道菜大家喜欢吃，不出几天她就会让它出现在餐桌上。她知道我们姐妹常常偷偷减肥，所以到了周末回家，总是不遗余力地给我们大补特补。用二妹的话说，周末总是吃东西吃到要埋住眼睛了，老妈才甘心呢。所以我们的减肥计划总是破产，加之本来就不坚定的减肥意志，多年来大家都是越减越肥啊。

更要命的是有个疑似患食物购买狂的老罗同志啊。别的不说，一听我想吃啥，总是要想法子让我吃到，好像吃是天大的事情。真为他庆幸，好在我还没有天天想吃鲍鱼、鱼翅、澳洲龙虾、熊掌什么的，可用他的话说：都是些没啥营养的，干吗还吃啊！

冬天的晚上，十点多了，突然看到电视上有人吃爆米花，想吃！我说。他说：真的？影院门口有“大嘴巴爆米花”，我去转转啊。换了衣服就去了。

怕不够还要买两袋回来。出去办事、下班总是要捎带水果、小食回来的，我们家的食品柜总是满满的，简直就是个不尽的宝藏呢。所以为了不让食品过期、浪费，我总是要时时检查它们，适时地消灭它们也是我的任务。管它适合哪个年龄的食品，从旺旺仙贝到巧克力、咖啡，进口食品只要想吃就吃；只要听说有新饭店开业就一定要去尝鲜的，有了可口的菜，一定要常常去光顾的，想着吃新鲜、吃好吃的已经成了生活的一大部分。所以，这次去海南就想借机吃遍热带水果啊，最想吃的是榴梿，很早就在尤今的游记里、电视里看过关于榴梿的描述，只是还没吃到，夏季时候在水果市场见到过，可是担心它的味道，一直没吃过，想这次到了海口大家都吃一定没人笑话了吧？

到了海口每个景点停留的时间都是有限的，但是仍旧挡不住大家去满足口腹之欲，吃饭时要海鲜自不必说，单单是水果，大家见缝插针地找着吃：什么菠萝蜜、鸡蛋果、木瓜、莲雾、椰子……见啥吃啥，没有的就打听着吃，通常在家能吃到但是比较贵的热带水果火龙果、香蕉、山竹、杨桃在这里却都便宜，更是也不放过，到站就买，上车吃下车也吃，逛景也不停口，没吃两天就不行了，得出结论；哪样都不如家里的苹果、梨子、桃子好吃，味正，真的就吃得不再想吃了，回家的时候导游领到水果购物区，谁也没买水果带回家，导游的脸老不好看呢。

可是别的是吃够了，就是没有见榴梿的影子，说是台湾才盛产此物呢，看来要吃正宗的榴梿，还要去台湾一趟了。回到家滔滔不绝地告诉老公所见所闻，只是最后还是遗憾没吃到榴梿，老公大惊状，第二天就去水果市场和熟识的摊主订购榴梿，摊主说，这季节很贵的，老公说，没关系的只要有榴梿。老罗回来一说，我便大大埋怨他：真是傻啊，有这么好吃的吗！老罗却说：吃上就行了嘛。真不知道再说他什么好了，只是后悔自己干嘛就把个榴梿念念不忘，真是要馋死啊。此后几天老罗忙，总催着去拿榴梿，我总是借口不去拿，那个水果店的老板是认识我们的，所以，老板一定知道榴梿是我吃呢，真丢人啊，才不去拿呐，心想被别人买去才好。到了第三天，老罗下班一问还没去取，便又自己开车去拿，没想到回来时，嘟嘟囔囔地抱怨：什么鬼东西啊，竟然连水果批发市场也没有？看我幸灾乐祸的样子，大叫道：嗨？又不是我吃不到，是你吃不到，你还高兴？

嘿，我爱吃，可我也不想让人知道我就那么馋，要去专门订购榴梿来吃啊。看来要吃到正宗的榴梿还是要等到去新马泰旅游的时候再吃了。可是，那是什么时候呢？嘴上不说，心里是天天惦记着呢：榴梿啊榴梿，你到底有多香呢？

世博很精彩，你来了吗？

终于去看世博了。

嘿，世博很精彩，我去了！精确地说是我们去了，我、妈妈和女儿。

相遇

女儿从南京出发，我和妈妈从郑州出发，经过一夜的火车旅行和女儿在上海的白莲泾桥边——世博园的五号门处相约。

是阴雨的天气，比起正在天天高温的郑州来说真是到了世外桃源。带着老妈接到女儿，心情更是无比的好。端阳节最高气温达到40℃的时候，我带着老妈在栾川的老君山，凉快得令人不可思议，老妈妈竟然要坐在太阳地里晒晒，真是有点夸张啊，来世博这几天原本打算要暴热受罪的，谁知道竟是这样的好天气呢，老天真是眷顾我们啊。

世博之行早已筹划多日，时间、家人的空闲都要凑巧，来自各方面的消息都说，天太热、世博人太多、排队太长……这么大的盛会，到目前听到的都是不去的理由比较多，最支持的建议是等天凉些、人少了再去。而去的理由只有一个，只是想让老妈看世博的心愿一直没有改变，始终坚持着所以才得以成行，嘿嘿，只要坚持就一定会做到。

世博园很壮观

世博园有多壮观，电视、报刊各方传媒都已经报道得极尽翔实，独特的是每个游人的感受不同而已。从世博四号门进园区，人进去就觉得好像掉进了广博的新天地、一幅现代化的图画里，右边是日本潜艇似的紫色展馆建筑、左边是长长的电梯好似插往天空的深处，网状喇叭形的世博轴拔地而起，眼睛看得好远，目击之处让心灵震颤。

天远了，地大了，小小的心思顿然间都烟消云散了。呵呵，所有语言都相形见绌了。

看展览

去看过世博的人很多都说没意思，太累了，而对看到的收获却说得很少，看过之后我才发现，其中的原因大概有两点，一是世博园太大，可看的太多，时间有限，所以选择不得要领。二是期望中主观愿望太多和想象中的不一样。

世博，是世界各个国家的文化、经济、科技、历史、精神等各个方面的展示，非同于一般意义上的经贸往来展览，有来自全球 189 个国家和 57 个国际组织参赛，园区内约有 154 个展馆。大多数游人只有一两天的进园时间，用有限的时间想看到所有的展览，本来就是不可能的。所以，俗话说，重在参与嘛，用在这里刚好合适。放松心态，选择想了解的国家展览看，然后乘坐各种游览工具游览漂亮的园区、观看一场非洲的演出，也不失为一个好主意呢。

看到的第一馆是日本馆，传说挺好看，可是，日本？想了想，既然都来展览，还忌讳不去看？看呗，围着紫色的潜艇样的建筑转了一圈，没有找到队尾，却看见韩国馆的队尾，高音喇叭里播报：这里是韩国馆队尾，预计到达馆内时间是七个半小时……找到队尾不容易，排上吧，看哪个不是看啊，哈哈，已经开始将就了呢。

刚排到五六分钟，后面已经有长长的队伍了，出去打探消息的女儿回来说，日本馆的队尾在旁边，要 5 个小时。看看表已经十一点了，下午旅行团的集合时间是八点，还是日本馆节约时间，所以又去那里排队。排队的阵列很经典，都是 S 形的围栏，一个遮阳棚下大约都有 5 个来回，一个来回大约有 50 米，这样的棚子排了大约 6 个才进到馆里面。上卫生间要给值班武警请假，在门票上画上记号，才可以放行、归队。可是上厕所也是要排队的，长长的队伍，甩出老远。看到有个在队伍中的小女孩，从哪个方位都无法出去，就只能哭丧着脸，她爸爸为逗她开心给她拍照，她妈妈在一边打趣道：拍一张快憋死的照片！人们除了吃、喝、蹲着、倚着的，越来越小声，只是默默等待着那珍贵的挪移，倘若有一个人加队，所有的人都会起哄，好在武警战士都很尽责，会礼貌而坚决地请出加队者。

女儿在喋喋不休地讲述关于韩国乐队的种种囧事，一圈人都围着听，不觉走过了几个棚子，还真是难得，要不是，早又烦她的聒噪了。我和老妈则以各种小食填补等待的空白，只是担心游玩回家，不会瘦到要增肥许多。

下午五点终于进到馆中。

日本馆以中日共同拯救濒临灭绝的珍稀动物朱鹮——中日友谊的象征为主线，展开了一个美好期望的故事，从中展示了他们的文化、科技和与中国的友谊，看到这些，心里还舒展了许多。有美好的期盼、科技的成果、未来的展望，声色音俱全，美轮美奂。

出得日本馆就决定再也不把自己囚禁在一片地上，要自由地走来走去。但是不排队还是不可能的，又看了亚洲联合馆和乌兹别克斯坦馆才出去集合。一天没好好吃饭，到宾馆，先去餐厅，女儿点了四菜一汤，特别喜欢那道杂拌奶油汤，真是好喝！传说中上海的消费如何吓人，还真没，不知道是不是因为有老妈和女儿在，觉得吃点好吃的是应该的呢，哈哈。菜也做得好吃，和妈妈、女儿吃的那叫一个开心，决定明天的晚餐还在这里，也省得跑路去找了。

宾馆虽是三星的标准，可是条件却出奇的好，出奇的干净，真是觉得上海是个可爱的地方啊。

老妈是累坏了，要求先洗澡，我们还没洗完呢，平时总吵吵睡不着的她，已经打起轻轻的鼾声了，嘿嘿，就冲这一点，这一趟就没白来。

中国馆太棒了

五点被叫醒，六点准时带着打包的早餐，到世博门口排队，等待中国馆的预约。天下着毛毛雨，可是四处都是向门口奔跑的人群，人们像被一个号令召唤着不顾一切地奔赴一个不容错过的约会。

七点大门打开，人像开闸的潮水似的涌向安检大门，我和老妈使劲怪大的，就是跑不快，女儿终于放弃我们被人潮推着甩着长发先跑了，十个进口立刻就被人潮涌满了。真是激情燃烧的一刻、一场振奋人心的“战斗”。嘿嘿。还好等过两个小时，通过安检时，得到了中国馆的预约票。雨下得有些大，但是我们又排队顺利得到了澳门馆的预约票呢。

中国馆真棒啊。真自豪！老妈说。

中国馆分三层，每一层的高度都没法用视觉丈量，她的壮观、大气是其他展馆无法相比的，电动的小交通、光影视听、卫生设备一应俱全，被复活的清明上河图简直就是一个奇观，以故事《和谐中国》、3D 技术再现的各地风光、叹为观止的视觉光影技术、逼真的历史回顾……老妈欣喜地这边那边看不够、惊叹得没完，叫女儿不停地录像，这这那那的，像刘姥姥进了大观园，哈哈，谁不喜欢呢！

出了中国馆，老妈结合昨天的经验说，别的馆挑着看吧，看了中国馆，简直都不用看别的馆了。哈哈，话虽这么说，吃了点东西，补充了体力，三个人又说，接下来看啥？一下午去了欧洲区有代表性的意大利馆、非洲区的联合馆。女儿和毛里求斯、巴基斯坦黑皮肤的工作者英语对话、合影，他们是那么随和热情。为了能给女儿的世博护照盖更多国家的纪念章，和老妈一起乐此不疲地帮她排队。看了一场世博园里的游行演出和刚果（布）的热舞表演。由于时间的原因，没去浦西，一共看了 22 个馆。脚痛到不敢沾地，好像肉都没了，只剩骨头站在地上，昔日的逛街大王竟然都逛不到好不容易向旅行团争取到的晚上十点的集合时间，才八点多就自己搭地铁回宾馆了。可是宾馆餐厅也正下班呢，看到我们累得东倒西歪的样子说：好吧，点菜吧！三个人都说不出话了。还是四菜一汤，还是昨天好喝的汤，吃得光光的，饱饱的才上楼洗洗睡了。

早上和女儿请老妈做参谋，挑选了干净美丽的裙子换上，早餐后去看中国第一高金茂大厦，然后再去漫步黄浦江边。真的是漫步，因为天又在下小雨，这正是上海著名的梅雨季节，天气好凉爽，和老妈女儿照了好多照片，原打算去城隍庙的，时间关系也放弃了。奇怪的是，和亲爱的人在一起，看什么都有意思，不看什么也没有什么好计较的！

我们看到的每个展馆都有其特别的地方和独特的表达，这些在各种媒体上，都有翔实的描述，不再一一复述，重要的、不一样的是我们自己的感受和自己的参与体会。就和人生一样，一样的生命却有不一样的过程和感受。和我们同游的有七八个小朋友，问他们看世博最大的感受是什么？他们异口同声地说：累——！问对上海最深的印象是什么？又异口同声地说：排队！

哈哈，都是特别真实的回答。可是参观那么大的展园怎么可能不累呢，而那么多的人要是不排队，一定会乱成不可想象的样子。在这里特别想说，特别被世博园里那些执勤的武警战士们感动，特别被那些散落在每个角落的志愿者们感动——他们就像世博园里游客的导航、安全保护骑士那样，时时刻刻出现在游客随时随地需要他们的任何角落，用他们最尊敬、礼貌的语言和手势给每个问询者最真诚、耐心的答案。好感动祖国的伟大，她已经从物质的文明富强走向了更高境界的以人为本的精神文明，在她的怀抱里，每一个人都会真切地感到很自豪、很温暖！

细雨蒙蒙，我们告别了上海这个充满着许多向往、如今又饱含美好回忆的城市，再会了！

巴厘岛是不是天堂？

几年前国人流行去马尔代夫、帕劳、巴厘岛等一些岛屿去旅游。于是我带了刚经历了一场考试的艾米丽去了巴厘岛。

去巴厘岛也算一趟难忘的旅程。随了旅游的大流，整个机舱里都是老乡，坐在同一架飞机上，就像是在国内的旅游大巴里一般无二的热闹，一样的口音一样的中国风情。同一个团住在同一个酒店，这样既好也不好，好的是出门在外有安全感，不好的是，感觉飞越重洋几个小时后，好像还是在家门口没出门。

初到印度尼西亚

最初的新鲜感是来了巴厘岛的男地导，一个普通话很标准的印度尼西亚华人，黑黑瘦瘦的，说话那叫一个可心儿，夸得大家感觉自己来自一个人人向往的国家，优越感、好感油然而生。他说接下来几天旅程节目频繁，担心有人弄丢了护照可就回不了家了。所以大家很配合地把护照都交给他保管。事后想想，最少这几天在异国他乡的我们，都是没有任何身份证明的人，还挺后怕的，以为一团人都是自己人，就忽略了这种安全隐患。

黄导是从父辈才移民印度尼西亚的，整个家庭有着非常深厚的中国情结，受家庭的影响，他也懂得很多中国的传统礼俗，很懂得什么是大家感到新奇和神秘的事情，所以他说话总是很讨喜。他年纪大约 40 出头的样子，也许是年龄的原因吧，让人感觉比较稳重，所以一开始他就博得了大家的信任。

大多数游客与导游都有短暂接触的经历，很多人也许就此一面，此生都不会再见，但也有人就此与导游结成了半生的朋友。旅游毕竟是比较特别的时刻，吃喝拉撒原本生活中的琐碎小事，在旅程中就会成了急需、刚需的大事，尤其在特别陌生遥远的国外，感觉一直陪伴在侧的导游简直就是唯一可以信赖的家人。也正是这种特别时候，一个恶劣的导游会给人留下一生都不会轻易忘掉的坏印象和糟糕的回忆，因为出游对每一个在各种生活牵绊中沉浮的人来说，都是做了很多的准备和考量才成行的，而每一次出游的地方，都有可能是人生中的第一次或者最后一次。所以，每一次旅游，都可能是余生对那个地方唯一的记忆。有时候想，那些不称职的导游也是不幸的，给天涯海角的人留下永远的不快和敌意，按佛家的话来说是在给自己积孽缘，不说往生，即便是当时，如果他使游客不开心，他自己也不可能愉快。

黄导是个深谙人生的人。巴厘岛的黎明时分总有唱经文的歌颂之声，在黎明最深的黑暗里，那声音悠长婉转，令人听上去很哀伤。打开窗帘外面黑的不见光亮，天光下依稀一汪池水默然的沉寂在空地里，水纹丝不动，池子周边没有任何装饰物，空地长满了绿苔，被四面的高楼围堵着，是与世隔绝、被人遗忘、很凄清的样子，湿热的空气仿佛很浓稠，似乎聚满了不为人知的故事。陌生、喑哑的男声吟唱在其间缭绕不断，没有高低起伏，只是一味地拉长拉长，一直会持续到天光大亮的时刻，如果有失眠的人，是断断等不到它的结束再睡了。

有两个晚上被那歌声扰醒，早餐时分，有人和黄导说起此事。黄导总是来吃早餐的，早早坐在那里，守着他极少食物的餐盘，和每位来就餐的客人打招呼，给大家透露他昨天晚上睡在了哪个老婆家了。他有三个老婆，四个孩子，每天无论多晚到酒店他都要回家去。他总是说，他要努力工作赚钱养家，貌似是个很有责任感的人。问他夜半唱经的事情，他却说没有的啊？然后又说，如果晚上有人同眠，就不会听见这种声音的。看他嬉笑，表情难辨嬉皮、真假和暧昧，好像他就等着有很多这种话要说下去似的，只是没人再愿意接他的话题。总之不和他啰唆，只是坚决要换到对面的房间去，他也积极去前台协调。只是调换房间后，唱经声依然如故，甚至并无丝毫减轻。我对艾米丽说，去前台问问到底是怎么回事吧。艾米丽说，既然声音总是无法避免的，还是不知道原因更好吧？仿佛我们同时意会到什么，此事就此作罢了。后几天带着不再去关注它的决绝心情，晚上只管去睡，睡着了倒也听不见了。

黄导总体来说是个称职的导游。俗话说，“在家千日好，出门一日难”，他会及时地为大家解决一些出门在外救急的事情，比如用毛巾拧干女士被打湿的长裙、任何时间地点任劳任怨地为大家看守东西、找卫生间，在酒店他自己押钱为大家租好插头转换器……最博得好感的是，他从不导购，大概跟旅行团的品质也有关系。在有限的两个购物点，他给不想购物的人找休息区和饮品，但是反而很多人都购置了大宗的乳胶用品和咖啡。离岛登机前，大家纷纷和他合影留念，甚而有人热泪盈眶。走了很多地方，这样让人留恋的导游的确是不多的。

巴厘岛本土的日常食物，大多是植物叶子包裹的大米饭，配以或烤或炸的鸡鸭海鲜，各种菜多是被串在木柄上，撒上各种不同的酱料，整个盘子看上去总有木头、绿色叶子的影子，很原始、质朴的感觉。即便是被咖喱浸满，味道也不重，并不能满足我们喜欢热、辣的胃口。相比之下还是早餐比较丰盛，一溜儿好几道长餐台，中西餐都有，可各取所需，因此每天的早餐反而成了主餐。巴厘岛的水是不能饮用的，日常只能饮用矿泉水。于是早餐中的牛奶、咖啡和果汁就成了一整天出游中最佳的饮品。早餐牛奶中添加的玉米片、粟米尤为焦脆、新鲜，除此，我和艾米丽总是要做个巨无霸的三明治来吃：两片烤焦的面包片加番茄片、生菜、烤香的香肠、一小块黄油，再加一个必不可少的煎蛋。撇开营养、热量不说，单单是满足口感也是极好的。巴厘岛的食材虽然简单，但和国内的种类并无太大的区别，关键是都很新鲜。吃这个三明治的最大原因，也是因为新鲜，菜蔬洁净水灵、煎烫的香肠焦香四溢，煎蛋也是现煎的。

餐厅的一角用布幔简单地隔出一个小小的操作台，一个胖胖的大眼睛的印尼小伙子，每天都穿戴着白色的制服和帽子，在那里站着煎蛋。要煎蛋的人摆几只小碟子，就表示要几只煎蛋，他点头示意就表示知道了。小伙子总是先把生蛋一只只分别磕在碟子里，台子上一溜儿的白碟子盛着一个个橘黄色的蛋黄，色泽圆润、轮廓分明，非常美丽。他动作熟练、快捷，逐一将它们倒进煎锅里，煎蛋做得恰到好处，既没有流汁儿也不会很老。他忽闪忽闪的大黑眼睛，总是满含笑意，看他煎蛋好似一种享受，一溜人排队不急不吵、安静地看他操作。过了两天，他就记住了我和艾米丽，一走过去，他立刻拿出两个小碟子放在台子上，示意我们不必等着，先去拿别的东西就好，让我们对他更有了十二分的好感。又一早，发现他不停地甩手，艾米丽说是他的手受伤了，便给了他两贴创可贴，他便不停地点头示谢。

说起来也怪，人有时候会很快忘记一些所谓大事，而对一些细枝末节、微不足道的小事情总是时时想起，随时随地它就会闪现出来。去过很多地方，见过很多陌生人，如果说旅途中总有些难忘的人和事，那么这个并没有太多接触的印尼小伙子也算一个，一旦提起巴厘岛，就总会想起他来，想起他忽闪忽闪黑黑的大眼睛……

魔幻沙滩

巴厘岛（Bali）行政上被称为巴厘省，位于印度尼西亚中部，爪哇以东，是印度尼西亚群岛中的一个岛屿，也是世界著名的旅游胜地，此岛面积 5500 平方公里，接近整个上海市。岛上名胜古迹众多，自然风景美丽如画，人们用“诗一般的情调，画一般的美丽”来形容巴厘岛的景色，它的名气之大，以至于不少人“只知道巴厘岛，却不知道它属于印度尼西亚”。它的时间与北京时间一样，没有时差，还有免签的优惠政策。这种感觉特别好，令人与它有了自然的亲近之感。

巴厘岛以水清沙白的自然景观闻名，尤其适合各种水上运动。最受欢迎的地方是南部，拥有最美的沙滩、温暖的阳光、湛蓝的海水。而库塔海滩是著名的冲浪胜地，海滩沙细、滩长、阔而绵延至深，很适合冲浪初学者在此学习，这里的专业教练可以在两小时内教会游客冲浪。

当然，这里更适合我们这些旱鸭子戏水玩耍。海滩上有专业的冲浪安保人员，对有冲浪板的旅客一对一守护。海水湛蓝轻柔，像是训练有素的推手，一波又一波的海浪有规律地从大海的深处不断涌来，从最初总被浪潮扑倒，直到会乘势而跃，是一种令人无比愉悦、欲罢不能的体验。艾米丽拿着冲浪板，在海水里玩了整整一个下午，每当浪头袭来，在浪头的最高处总能看见她矫健的身影，她和拍摄的我就会情不自禁地欢呼。她乐此不疲，一次又一次地走向海水深处，再来一次。胆小的我一直在给艾米丽拍视频，共享她失败或者成功的体验。艾米丽一定要我感觉一下冲浪的感觉，那个安保员，得知我是艾米丽的妈妈，也一定让我来试试看，还对艾米丽很赞赏地竖起了大拇指，让人感受到，这里是个十分注重家庭亲情的国度。他不厌其烦地推动着我无法乘势而起、总被浪涛吸往大海深处的滑板……起初骄阳似火，直到太阳西下，和艾米丽租好的沙滩床，一下也没有来得及休息。

巴厘岛的海滩是世界十大最美落日海滩之一，是能拍出恢宏日落景观的好地方。夕阳大而明亮，在逐渐平静的海面上，涌荡着碎金般绚丽的霞光。柔软细腻的沙滩上每一个脚窝都被映照出一个影子，远远望去，像种满了植物的原野……人们开始在沙滩上拍照，艾米丽甩起长发、舒展舞姿的剪影真是美轮美奂。那奇特的夕阳像一个技艺高超的雕塑大师，把每个人的侧影都勾勒得立体而柔和，连同眼睫毛都清晰可见。有的人奔跑着，追逐着拍摄不同角度的夕阳；有的人则慢慢地走着，看夕阳不同的颜色；有的人则干脆坐在沙地上，默然不语直直看着它，慢慢低落、浸进海水里。在一片祥和的黄昏，伟大的自然，慷慨地赋予着人类丰厚的资源……

夕阳还没有完全沉浸在海里，而灯火已经璀璨起来，白色的沙滩上，已经摆好了长长的餐饮台，各种食品和酒水琳琅满目，高背的椅子、圆形的餐桌和洁白的大餐盘，微风徐徐吹走了酷热、近处的椰子树发出轻柔的低语，黝黑的海面传来潮汐来临的热烈的涌动声，一切都如梦似幻，令人迷醉。

神明之岛

巴厘岛的海上神庙是一大景观。

印度教以二元论为中心，深信万物皆有灵性，所以有各种对比的观点：如天地、善恶、黑白，他们既拜善神也崇恶魔，认为世界上只有善恶相对才能均衡。街道上任何正规放置的雕像身上都会围上黑白相间的格子布，据说这是善与恶的象征，相信这样就可以抵抗邪恶的力量。他们认为善灵会住在山中，而恶灵则住在海域。

在巴厘岛近处海面上，可以看到很多不同的神庙。而始建于 16 世纪“海神庙”是最著名的景点之一，也是巴厘岛最重要的海边庙宇，专为祭祀海神而建。它坐落在火山特有的一块巨大的、黑色暗淡的岩石上，造型繁复，乍一看繁杂的纹饰更像建筑上长满了茂密的植物。我们坐在黝黑、尖利的礁石上拍照，阳光明耀得张不开眼睛，清冽无形的海风狂烈地吹得人摇摇欲倒，波涛激烈地撞击在岸边的礁石上，碎成白色的浪花消落而去，那声音震耳欲聋；人仿佛一颗砂砾，不小心也许会被吹进碧蓝的万顷浪涛中，在这里，大自然尽情地张扬着自己的个性。

海岸上有著名的善恶之门，那刀劈开似的、直插天空的铁铸的大门，像守护神一般屹立两旁，充满着诸多的意向和神秘。

海岛漂流

一天上午，我们集体去下边阿勇河漂流。在岛上就让换游泳衣，怕晒的女士们还是穿了遮阳衫。从岛上下到岛下，也是一个很辛苦的过程。弯曲陡峭狭窄的岩石山道，完全不能左顾右盼。巴厘岛地处赤道，加上海洋的影响，气候温和、多雨。从地图上可了解到岛上山脉横贯，有四、五座完整的锥形火山。而我们行走的这座山道是沉寂已久的死火山，山道两旁的奇花异石比比皆是，它们一律长在黑色的火山石中，让人不得不感叹植物的生命力是何等顽强。

走了一个多小时，才下到岛下面的阿勇河边。岛上的漂流完全不同于在中原河道上的漂流。这里是自然形成的海岛峡谷，充满了原始的激流暗礁，水流湍急。漂流的舟楫能装载二十个人，每个人都要把手机和发卡等一切随身的东西统缴黄导保管，甚至戴眼镜的人也要用橡皮筋绑缚在头上。穿了救生衣、戴上安全头盔，一人一柄固定的桨，有专门手握的绳索扣，漂流过程中大家要齐心协力听从船长的指挥划桨，但还是频频被搁浅在乱石滩中，那舟楫十分沉重，需要船长和船上男士下水去推动，但一旦漂流起来，就像脱缰的野马，劲道十足，撞在礁石上，就把人摔倒在船底，被甩出去的也大有人在，每个人都落汤鸡似的尖叫着。高处瀑布下落的水像是石头块儿般砸在头上身上，疼痛不已……经历过这样刺激的漂流之后，就如经历了一次逃生之险，以后大概也不会向往其他人工河道的漂流了吧。

空中游戏

炎热的正午我们到达了海滩。好像全世界海滨沙滩都是一个模式，有着沿岸超级长的简易棚子、足以让人迷惑的N多的储物柜。对于我这种路盲来说，寻找它们编号的具体所在，绝对是一种挑战。正午的阳光加上海水的反射，海边的人就像是被塞进了烤箱，热得眩晕。和艾米丽跑去乘观海气球，一个硕大的彩色气球下面牵着一条粗大的绳索，下面是绑人的安全带。绑好的一瞬间，被大气球凌空拽起，来不及尖叫，一下子就到了天空中，吹过来的风很大，立刻就感到了凉爽，俯瞰下面，原来绳索是被海里的汽艇拉动的。汽艇好小，极快地围绕着海滩绕圈子，后面拖着长长的白色浪花，海水看上去清澈见底、碧绿碧绿的，人在几十米的空中飘荡着，竟然既稳当又惬意，风吹起了头发和衣衫，感觉像一只巨鸟，俯瞰在海面上，远方海天相接，一片蔚蓝，真是美轮美奂……

恐惧早已不知逃到哪里去了。俗话总把一切不可能发生无比遥远而又不可能办到的事情，说成是扔到爪哇国去了，如今真正到了爪哇国度，原来爪哇国也并不到处都是恐惧和不可能。艾米丽降落的时候，四五个人都没能将绳子拽下来，快降落了又飞了起来，转了一大圈，慌得里面卖票的人也跑出来拽绳子才降落了。说是人太轻了，不好拽下来，虽然是虚惊了一场，还是暗暗告诫自己，以后无论在哪里，能不去尝试的危险项目还是不尝试的好，毕竟还是安全最重要。

几个拽绳子的壮实的小伙子，都黑黝黝的，只看见他们的牙齿和脚底板是白色的，很疑惑人的脚底会那么白，艾米丽笑着说，是其他地方太黑的缘故。是啊，正值酷暑，毫无防晒措施的他们，天天暴晒在烈日下，奔跑在沙地上，即便是如此浪漫的地方，加上谋生的成分便会变成重负了吧，不禁令人感叹人生谁都不容易。

巴岛风土

巴厘岛人热爱艺术。乌布是巴厘岛的艺术中心，聚集着来自全世界各种装束的艺术家，有着浓厚的艺术气息。乌布沿街有大量的博物馆、画廊、艺术品商店，当地的手工艺品散发着独特的异域风味，那些绘画和木雕都非常粗放、拙朴，富有强烈、浓厚的本地风格，喷薄着异域风情。

在一间纺织工艺的小店里为艾米丽挑选了一件披肩，这件披肩色泽偏金黄，非常艳丽。图画线条明阔，释放着那种不受拘束、追逐阳光的热烈之感。走进乌布的集市中，便和艾米丽拉紧手，店铺挤挤挨挨，各种店铺多到难分彼此，物品遮天蔽日，光线都成了暗淡的，人在其中就会产生一种被淹没的感觉，但并不嘈杂。胖大的店主坐在店铺中间，进去的人都要侧身观看。和艾米丽出得门来，看见了阳光，才松了一口气。买了一只冰淇淋，站在一间小画店里，看那些夸张恐怖的图画，并没有人来招呼我们，吃完冰淇淋、拍了几张照片才出来又沿街而去。

值得一提的是在巴厘岛过马路，很小的街道，也会有警察来引导过马路，他总是站在路中间，向两边示意停止，大家才可以聚堆儿通过。哪怕是一个人，警察也要这样引导过马路。不知道当地人是怎么过马路的，当他挡了车，被请过马路的时候，有一种被尊重的感觉，很温暖。

在巴厘岛的旅游主要是自然景观，有充足的自助游玩时间，很随意而舒适，明丽的上午或者午后，坐在车上，慢慢驶出市区、驶过并不宽阔的街道，街道两旁都是手工艺品的作坊，全身、半身古人的石雕像、形状各异的玻璃器皿都沿路放着，没有围墙和门，巴厘岛地处赤道，是典型的热带雨林气候，多雨的气候，一切都裸露着，还是干干净净的，不见店主也没有游人，非常安静，路边随处可见的鸡蛋花树，静默地开放着淡黄色的花，感觉好像到了某处荒野深山。

被称为万庙之岛的巴厘岛，它的任何景点、街区建筑和装饰，都透达出浓浓的神秘气息。众多的庙宇、浓厚的宗教气息也渗透到居民生活中，家家户户大都会设立家祠。隔着低矮的院墙可以看到院子里不同的神龛，神龛被麦秸类植物所编结的帽状的尖顶盖着，并不能看见里面存放的东西。神龛前都堆放着用椰叶编织而成的方形小花盒，摆放着供品，远远看去花红柳绿的。据说，供品至少要有红绿白三种颜色，分别代表印度教三主神。

巴厘岛人宗教意识非常强，相信因果报应以及生命轮回说，所以每个人都很守本分、待人接物都很谦和有礼。目光所及之处，但凡与人目光接触，他们总会手抚左胸，满含微笑、微微俯首示意。在乌布区民宿中沿街慢行，会看见有围墙的人家，有一个很窄的门，窄到令人怀疑成人出入的艰难。低矮的院墙，很具体地显现出它户户声息相通、鸡犬相闻的严谨的组织制度，那强悍的自治约束力，于无形之中可见一斑。

古迹游玩

巴厘岛货币通行印尼盾，通行的语言是印尼语和英语。在自助游的过程中，语言的沟通显得尤为重要。随行全车人都指望着艾米丽用她那带手势的英语，替他们询问第二天的路线和要去的景点，以致艾米丽下决心回来要好好学习口语。如果语言不通，惬意的自助游就会成为一段无法尽兴的旅程。

在巴厘岛最好的游玩方式为包车自主游玩，价格 8 小时大约 260 元～ 300 元 / 车。最令人欣慰的是酒店也给安排车。我和艾米丽与另一对母女租用了酒店里的一辆轿车，出人意料的是司机竟然是酒店的员工，穿着制服，上下车都给扶门、拿东西，随叫随停，而且还知道路怎么走，去哪里说就可以了，陌生的地方他都一直跟随着，过马路没有警察的时候，他要先下车，招停两边行车，让我们通过，他所穿的制服好像也是某种权限的象征，有他跟游，那感觉非常安心。

乌布附近一著名的景点——象窟，据说建于 11 世纪，是一座呈方形的千年古洞，是巴厘岛唯一的石窟寺院遗址。洞口的形状是一个巨大的面容狰狞的守护神雕像。洞深只有二三米，但光线很暗，需要用手机照明。洞内雕有栩栩如生的神像头和几处石造的小型图腾。幽暗中，氤氲着那种浓得化不开的什么意念，看不透也说不明。包括象窟，巴厘岛每一处寺庙的门口都堆放着很多各色大而绚烂的方巾，是供游人围裹下半身所用的。围在身上，像是一袭长长的筒裙，他们称作沙龙。如果觉得很美丽，也可以买一条，旁边的店铺里各色方巾都有，买一条也是不多余的，因为所有的寺庙和可供参观的景点都是要围裹下半身的。尤其夏天，无论男女都是不可以在这些地方露出脚腕以上的身体，据说那样会亵渎神明。

出得象窟，一下从黑暗中来到光明中，大喘了一口气，便去不远处的圣泉寺。圣泉寺是游人必去的景点。据说它已 1000 多年的历史，巴厘岛人认为此寺圣水可求取健康和财富，岛上的居民多在此请圣水回家祭拜。泉水石头神龛上早是苔痕斑斑，而泉涌如故。泉水自池壁上不明含义的造型中流出，倾泻在池塘中。拾级而下到池中，赤脚踏进水中，用手捧了泉水饮，冰凉清冽的泉水直抵心口。方形的池水塘子并不很大，顺阶梯而下的水逐渐呈现幽幽的暗绿色，石头的四壁雕满了纹饰，被绿色的青苔所覆盖。有当地的人，慢慢地把身体全部浸进水里，看上去，不知为什么有点可怕。这里是遇见游人最多的地方。

巴厘岛是印度尼西亚唯一信奉印度教的地区。80% 的人信奉印度教。供奉梵天、毗湿奴、湿婆神三大天神和佛教的释迦牟尼，还祭拜太阳神、水神、火神、风神等。这些信仰也表现在所有建筑上。在庙宇的墙壁、神龛、横梁、石基等处，都刻有各种神像、飞禽走兽、奇花异草等图案。繁复而华丽的纹饰，散发着神秘、厚重的气氛，给人以万种风情，诡丽之感。不愧有“神明之岛”“恶魔之岛”之称。

圣泉庙建筑规模宏大、完整，在这里可以看到巴厘岛寺庙的建筑特点：它的所有门口、立柱、出水孔，但凡是垒建的东西，都被繁复的雕刻所覆盖、装饰，那貌似稚气朴拙的造型，像是刚刚会捏泥人的孩童的作品，夸张而原始，却透露着神秘和力量的气息。最大的感触便是所有的寺庙都被四周高大、茂密深林所覆盖的火山所围绕。寺内十分空阔，高大的坡型屋顶大多是木质结构的建筑，虽然高大，但不冰冷、没有咄咄逼人之感，散发着亲和的人文气息。随处可见的是一簇簇男人们席地而坐，身着白色衣帽，好像是等待某种讲坛、仪式的开始。但也只看见他们安静地席地而坐，默默地看着远天的绿色，并无焦躁和喧哗。让人也很想坐过去，安静地远眺烟雾迷蒙的山顶发一会儿呆。总觉得这样的氛围，是发呆最适合的地方。浓稠、氤氲的天空下，一定会产生别样的感受吧。

寺庙后面的一处植物院子里，两个皮肤黑黑的印尼小女孩赤脚坐在地上用细细的秸秆编结着什么，还一边交头接耳悄悄地说着话。被灵动黝黑的大眼睛和她们两个自在、相惜相亲的样子所感动，说：来，给你们照个相吧？开始担心她们听不懂呢。没想到，两个女孩子立刻放下手里的秸秆，把头凑在一处，张大眼睛、笑着露出洁白的牙齿，摆出剪刀手，一起看向手机镜头，瞬间被她们专业又敬业的样子吓了一大跳，赶快俯下身子拍照，拍完照对她们示意 OK，她们立刻就又低下头开始私语、编结，那种见多不怪的淡定，真是令人惊奇。走了很远，还是忍不住不停回头张望她们，而她们依然关注着手中的编结，我倒像是个没见世面的人，转着圈看她们。她们健康灵动惬意、闺蜜间要好的样

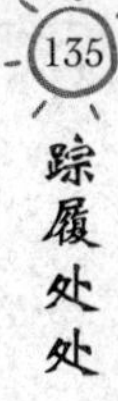

子，席地而坐并不介意周围环境的自然随意，让人刹那回到了仿若前世的童年……飞越重洋、不同时空和环境，竟然勾起某种熟悉而亲切的场景，那种奇妙久久不去，难道是“魔幻之岛”的特别感触吗？很后悔忘记了和她们同框留影。

裹着长极脚踝的艳丽沙龙，和艾米丽在空阔的寺庙里拿着摄影机慢慢游荡，四处都很安静，阳光普照，能够闻到远处繁茂植物散发出的特有的气息。我说，宝宝！捧着摄像机的她回过头，莞尔一笑说：妈妈！然后我们会心的都笑了。现世是那么美好、安详，幸福是那么深刻，让人感觉到它的存在。

天堂岛

在我们入住的酒店，每天都有一位穿着印尼传统服饰的服务生，缠头、赤脚坐在大堂一角的圆台上演奏打击乐。他深而浓重的眼窝、长长的睫毛、忧郁温和的眼眸，很有文艺风。简单的一只竹筒或者铜器，放在他盘坐的膝前，被他轻松地敲出清丽、宁静的声韵，有一种深山古寺的氛围。尤其疲惫一天走进酒店，听见这乐声立刻就会觉得精神舒缓，总是趁着和前台交接事情的时候，坐几分钟，安静地听一会儿。早晨的酒店回廊、大堂里会低低地回旋着融合了铜乐、管弦乐的乐调，有时候甚至还有中国的古乐调，那种清雅，真的很治愈，很能安抚不安和忙碌中的心灵。感觉他们真是天生的乐手、欣赏家，深知音乐之美。据说巴厘岛居民酷爱音乐舞蹈，每年举行的宗教节日近 200 个，每逢节日，歌舞杂陈。

巴厘岛的著名景观之一——乌布王宫，是巴厘岛舞蹈的精英集散地。乌布王宫舞蹈团的舞者们都拥有精湛的舞蹈技艺，王宫舞蹈团的雷贡舞享誉世界，是巴厘文化魅力的极致体现。王宫坐落在乌布市里，始建于 16 世纪，整座宫殿气势恢宏，宫殿内精致细腻的手工雕刻，为富丽逼人的金箔所装饰。每天下午在宫殿里可以欣赏到精彩的、极具巴厘岛本土特色的各种传统舞蹈表演。由于时间不凑巧，我们只是匆匆走马观花般看了下：店内屋宇高大、阴暗，穹顶墙壁上纹饰、造型累牍，来不及细观。热辣的午后，里面竟然凉爽如秋，没有赶上看舞蹈，留一个下一次再来的理由吧。

回来之后，艾米丽的爸爸问，巴厘岛像天堂吗？一时竟然语结，无法回答。究其不能回答的原因，还是因为不知道人们所说的天堂究竟是什么样子，谁又知道天堂是什么样子呢？自古以来，人们总是把美好的地方和感受称作是天堂，如果巴厘岛灿烂温和的阳光、美丽的沙滩、湛蓝的大海、谦和的民风、丰富的民俗文化……这一切都是被称为天堂的原因的话，而我又伴着心爱的艾米丽，一切更是美好得不容想象，如果只能用“天堂”这种词汇来形容的话，那么巴厘岛的确称得上是天堂了……

尘事缭绕

生活不止眼前的苟且，还有诗和远方的田野。你赤手空拳来到人世间，为找到那片海不顾一切。

——生活给我们的感觉往往是平庸琐碎的。所以我们要带着诗意的眼光去发现那些真善美，去感激、感谢、感恩那些在我们生活中留下足迹的人和事。

老妈的奥运

几乎每天要给老妈打一个电话，也没事情就是每天一个牵挂一声问候而已，可是老妈都忙得没时间接电话。

每天给老妈打电话都要挑好时间：上午一般要在十点后十一点前、下午四点至五点打电话，老妈接电话的概率才大。因为上午从六点半到九点半是老妈锻炼身体、练唱歌、采买的时间；九点半至十点半是老妈洒扫房间、清理内务、洗衣服时间；十点半至十一点小憩，十一点多到十二点是做中午饭的时间；中午一点到下午三点是午休时间，午休时间比较长，她要看完一天的报纸才午睡。起床后做点家务、吃点心然后又该下午的外出活动。和要好的老太太们聊天、逛街，一直到六点做饭才到家。然后是做饭吃饭看新闻、天气预报、电视连续剧、洗漱。十点准时上床做睡前运动，半小时后睡觉。全家人自此要保持全面安静：低声说话、轻声走路，电话震动、电视声音低到最好看字幕的程度，否则吵醒了老妈她便一整晚睡不着了，第二天就要被她因为睡眠不足带来的不适和坏脾气唠叨得半死，那是为此而付出的代价，而那滋味是不太好受滴，所以，出于尊重和孝心和害怕大家都是要尊重老妈的作息时间滴。哈哈。

平时打电话被老妈拒绝的最多的理由是：

快说啊，在做饭。

有事吗？还没睡醒呢。

有事吗？正干活占着手呢。

没事不说了啊？等着出去转呢。

正看电视剧呢，没事就不说了啊。

奥运以来她的作息时间更是紧张得很：

快说啊，看火炬传递呢。

快说啊，看比赛呢。

奥运开始了,她也更忙了,上午锻炼一回来就是开电视,天天问的最多的是：

有中国的吗？

中国第几？

几块金牌了？

今天有刘翔没？

早点吃饭看奥运！她总是说。其实她也没看几场比赛，就是为了让孩子们好好看，早早做饭、买好多水果摆茶几上、做红烧肘子说是奥运肘子新做法，吃了好好看奥运，好时刻给她报告奥运情况。家里被老妈弄得真是像过年一样啊，有吃有看的，其乐融融啊。

大家看着就要说：看啊，中国运动服装的颜色真的像番茄炒鸡蛋啊。老妈就说：谁说的，好看、喜气！

大家说：开幕式太文化味，不够激情、振奋，缺乏活力。老妈说：谁说的？好看，给不懂中国的老外好好展示中国的文化！

大家说：中国足球看着气死人，脚太臭。老妈说：都想争冠军那是容易的？得有个过程啊。

看到有的举重运动员举不起来，老妈心疼地说：在家咋不好好练练啊，都不知道自己举不举得起来？

看到田径比赛预备时，老妈把两只手握成圈，像望远镜一样挡着眼睛说：不敢看、不敢看、太紧张，光有抢跑的。

刘翔因伤没参加比赛，老妈说：早都不知道自己的伤啊？退出是明智的选择，比赛是为了锻炼身体，不能因为要比赛损害身体。老妈的话真经典啊，不经意地就阐述了奥运的精神所在啊。

恰恰八月十四号是老妈的生日，全家在饭店请老妈吃了一顿团圆饭，她认真地跟大家一起唱生日歌、专心许愿、亲手切蛋糕给大家吃。花了六百多元，以往老妈又要叨叨说糟蹋钱，这回却说：可高兴，痛快。奥运这几天就是比汶川地震的时候叫人高兴。

昨天二妹又给老妈买了一只她一直关注的奥建水杯，她喜欢得不得了，回家就又洗又涮地用上了，不管专不专用了让大家轮番的挨个喝杯里的水……

总之，老妈是家里的奥运最积极的拥戴者，奥运给她带来的喜悦之情，也感动着家里的每一个人，真正成了全民奥运、全家奥运，不奥运都不行啊。嘿嘿。

衷心祝愿奥运圆满成功！

衷心祝愿老妈天天好心情！

我的勇士

记得还有半学期女儿小超就要高中毕业的时候，学校学习进入了白热化阶段。两个星期才休息一天半，另半天是到学校备课时间，一个星期里有两小时的个人整理内务时间，学校叫“放风”。像是“渣滓洞”里的叫法，原以为是家长、学生们的戏称，谁知道学校就这么叫的。

一次超儿说放风时间紧，不回家了，让我把需要的东西送去，说好她在教室等我的。原本很想给女儿带点饭过来的，可是学校有严格规定是不允许送饭的。曾有一次寒冬的星期天，为了给紧张复习一星期未回家的女儿改善一下，做了一顿排骨用保温桶装好送去，怕凉了她爸爸还开了车去，明知不让送饭，但学校门口还是聚集了满满的家长，都提着饭桶等下课。终于下课了，门卫说什么也不让进，家长们不甘心就从铁门的缝隙往里递，饭桶进不去又不敢让门卫看见，情急之下就把饭和菜一起倒进塑料袋，才从缝隙塞过去，看着女儿提着东西和同学们慌慌张张地跑走，我差点没哭出来，重点学校就是这样重点管理的吗？

虽然今天有个近距离接触女儿的机会了，可按规定我不能带任何吃的东西。好不容易过了门卫、教导处、老师三道关，按时进了她们教室。孩子们都去自理了，教室开着门，里面很安静，只看见每个桌子上都摞着高高的课本，真怀疑桌子后面的小主人还能看得到黑板吗？一座一座小山静静地看着我，但是没有看见超儿，等了一会儿又想，不能啊，女儿是守诺如金的，不该让妈妈等这么久啊？就又进教室看，没有。正要出去，忽然感觉眼角余光里好像有个东西动了一下，再看，在大堆的书本间，有一个小小的黑头顶，往里走试着叫道：超儿——

黑头顶又露出来一些，看见女儿头上扎马尾的那一圈浅色的头花。

妈妈——你咋才来啊？我还要洗澡、吃饭、打水，来不及了呢。

女儿的声音除了急切，没有一丝丝见我的欢欣。接过东西说：不送你了妈妈，我赶时间啊。

说着跑着绕过一大排的课桌，从前门出去了，高高的书堆上只看到她的脖子和头快速移动，然后和声音一起不见了。女儿像一股疾风，把我的心掀起一阵浪花，她不见了，可我的心还颤个不止。

走过一堆一堆书的课桌，看着一张一张小小的方凳、窄窄的座位空间，想弓背都困难，这可是孩子们从早上五点一直到晚上十点半，除了课间唯一的生活空间啊，这不是一天，也不是一个月，也不是一年，是整整六年啊，从儿童长成少年、历经青春的躁动，从身体到心理，他们都是在这个无法弓背的空间，完成着他们唯一一次成人的变迁啊。

墙边的窗台上放着、挂着满满的水杯子、雨伞、饭盒、笔盒，黑板上满满的字迹，中间垂着多媒体教学的屏幕，书桌上厚厚的粉笔末……这是一个刚刚撤离的战场，我闻得见空气中他们刚刚离开的气息、青春的汗味儿、匆匆的脚步震起的微尘。我知道，再过十几分钟，这个战场又会重新燃烧起来。

我敬佩每一个战斗在这个战场上的“战士”，无论他们是否能攻下他们自定的堡垒，他们的精神已经深深地打动了我，足能感动、激励这个战场的后来者，为这个特别的历史写下这特别的一笔。包括我的女儿，她，也是我敬佩的勇士。

2008，那一年

这一年犹如一个跌宕起伏、情节紧凑的故事，内容丰富、引人入胜。正像是电视新闻频道的 2008 年的新闻日记所说：这一年，国家的命运和每个国民的命运紧紧相连。

是的，幸和不幸咫尺相隔；幸与不幸交错叠加，2008 正如一幕悲喜交加的现代版戏剧。

大雪纷飞的冬日，我是幸运的，我远在南京上学的女儿安然到家，我为那些还在路上、还没买到回家车票的孩子与大人们忧心，也时时被那些战斗在雪灾前线的人们感动得热泪盈眶。而那时，单位却在竞岗，新的领导在施展他的权威，这是工作多年从来没有遇到过的事情，每天踩着冰冻的雪，一步一滑地穿过被冰雪覆盖的广场去党校礼堂开会，我的心被温暖和寒冰包围着；这一年，反复证明着一个道理：一切皆有可能。

不是吗，春天来了，但危害孩子的疫病也来了，一些人因此受到了伤害甚至失去了生命，而严重的股灾让我和许多平凡人的心，在整个夏日都煎熬在水深火热之中。谁说的？你不理财，财也不理你。这可好，一理财，只几个月的时间，使一生仅有的一点财就化成一缕青烟不见了，让自己成了家庭的罪人，理财的结果是差点理掉小命；然而，好像恶咒并没有完结，地震又来了，更多人失去了生命、失去了亲人、失去了奋斗一生的家园和财富，在那些个悲伤的日日夜夜，人们一遍一遍拷问心灵、拷问生命的意义，默默祝愿自己的国家能平安度过这一年，原本淡漠的人间真情从人们内心深处汹涌流出，悲喜交加的泪水，一遍又一遍流过我们的脸颊和干涸已久的心田，金钱的意义被生命的意义所替代；苦夏过去了，奥运的壮举、高于生命的荣誉感，冲淡了灾难的阴影，可是，全球金融风暴来袭。

一切皆有可能。是的，一切皆有可能，走过那么多不幸，我们相信一定会安然度过这次危机。

苦痛来的太久太多，是不是欢乐就会重现呢？

十一月二日，单位组织百年不遇的旅游，美丽的南国风光，热烈的温度，慢慢温暖了被灾难泡苦了的身心。

十一月三十号，和老公一起去南方开始更长时间的旅游。那是我梦想的地方，梦想之旅也是爱情之旅，在那里的十几个日日夜夜，当我们的手又频繁地握在一起时，他那又大又厚、永远温暖的手，又使我心生甜蜜，我想我是又一次重新爱上了老公。嘿嘿，好像四十岁的老公比二十二岁青涩、幼稚的老公还可爱呐。

现在是 2008 年的尾声，生活的变奏曲还在继续，十二月二十一日，小妹生了个八斤二两的可爱妞妞，红红白白的好漂亮的一个小人啊，我不辞辛苦地守了一整晚。把手洗了又洗，抱着小宝贝去洗澡、打防疫针，给她换尿不湿、喂奶，突然的就变得那么婆婆妈妈的了，看也看不够，好像第一次见初生儿似的，那感受真是妙不可言，睡不睡觉都忘了。是啊，从此我们的生活里，就会因为她的出现而有所不同了！

更有高兴的消息，我的宝贝就要放假了，火车票已经买好了，元月五号就会到家了。

最近几天在单位天天唱歌，要参加全市元旦晚会演出呢，出第一个节目，唱的歌曲是《春天的故事》，还有《中国朝前走》，单位所有领导都要求参加，一共六十六个人，挤挤闹闹的一大堆。盼望春天、祝福挺过灾难的祖国，是每个人的心声啊。

明天晚上就要演出了，虽然组织过无数场的晚会，可是自己却还是第一次登台演唱，有点不安、还有点期待：衷心地祝愿 2008，在歌声里划上最完美、最引人入胜的句号，期待平安的 2009 灿烂地走来。

2009——别管那么多！

九月开始的装修，到现在已是近两个月了，装修的过程从刚开始的迷茫，到因为了解其繁杂而顿生的担心，再到顺利进行渐渐生出来的愉悦，已经成为生活的一部分了。房子在快乐、期盼、矛盾种种感情在内心交织不停中渐渐地成型。有时半夜时分醒来，猛想起柜子的颜色、吊顶的造型，会突然担心：是不是弄了最难看的样子呢？会不会弄了个最土气的颜色了呢？一时就没了自信，半天都睡不着觉。有的时候却又觉得就是自己想象的样子，心里一阵喜悦……总之，一会觉得好、一会又觉得都不好，在自信和否定里面徘徊不定。好像是在指挥一场角逐，一会充满必胜的信心，一会又顾虑重重地充满担忧，一场装修真的好比一场人生的体验啊。刚开始装修的时候就告诉自己说，别太较真了，没有真正意义上的完美，可一上了这道，还是不自觉地陷进去了，为它忧虑为它欢喜着，欲罢不能。每个地方总有自己的想法，就给老罗同志规定说：只看别说啊！也难怪呢老罗同志基本不看、基本不问，自己觉得遗憾的地方给他说，他会说：行，就这样吧！哪有那么完美的。一副放得下的态度，相比之下好似我们俩各有多么不同的人生态度哦。这一点我真的应该好好向他学习呢。我也知道老罗同志这是给我充分的自由，可是一旦自己有疑惑没主意的时候，就说他不操心、不负责任，可人家总是笑笑说：不是规定好只看不说的吗？你看就好。话虽然这么说，但重要的地方，如电视墙、家具的主色调还是要征求他和女儿的意见，只要他们说了意见，还是把他们的意愿考虑在先的。开始装修的时候有朋友说：装修房子要做好离婚的准备哦！不少夫妻装修房子因为意见不同而吵架，到最后房子装好了，也要离婚了。话虽然说得夸张，但

却是经验之谈哦。看来我和老罗同志倒是不用担心为此离婚了呢，想想啊，要是多年的婚姻竟然经不起装房这一关，那婚姻岂不是太缺少真诚了吗？

而离婚的事情真的还是发生了，小妹在有了女儿的这一年之中，生活并不像想象中那样从此走向完满，而是琐事纠结不断，终于要在这个周末结束这段也许是不该发生、才持续了三年的婚姻了。原来以为不亚于一场征战的离婚，连涟漪都没有好好泛起，就这样悄无声息地结束了，原来那么繁杂的感情纠结的生活，也在刹那间烟消云散了。原来，看上去那么麻烦的事情：感情的、物质的，当你不再看重的时候，它们也就随之消失了，令人惊讶地消失了。一好友来电话说，2009 年是个不平静的年份，他的视网膜意外脱落，在家休息了半年之久，现在还未痊愈，不能开车；窗外寒风凛冽，而当这样的时刻刚好又想起这种种纠结的时候，心就像是被人使劲捏了一下，好痛！

2009 年相比 2008 年似乎平静了许多，也好像是 2008 年国家国际的喧闹、大事给人们以太多的心理承受能力的锻炼，2008 年流行的一句话：没有什么不可能！于是，人们在诸多的繁杂世事中，似乎长了见识，面对肆虐的甲流、仍然动荡不安的股市已是见事不惊。但是大自然还是给了人们一个惊奇：2009 年的大雪是比往常来得早了一些，六十年未见的奇观，十一月初便大雪纷飞。从短袖直接过渡到大衣，一时好像还不适应，还腼腆地想穿过渡的羊绒大衣，但是瑟缩不停的身体已经说明，不可能了，别含蓄、别怕难看，穿吧。

冬天就这样猝不及防地来了。冬天来了，旧的一年预示着也要结束了，好像告别 2008 的文章刚刚写过就又开始告别 2009 年了，不知道是日子过得太顺利还是太无聊了才过得这么快。工作总结要写了，而面对自己的总结却是不忍心，不想把工作总结编些文字就交代了，回想自己一年之中做了自己想做、要做的计划和事情，却不好那么轻易地交代呢？最大的事情：参加了职称英语考试，过了关：买了好多的衣服，整个春夏秋天都在延续这个不能释怀的事情；闹了一场头痛；去了一趟福建、武夷山、厦门；装修房子，如此而已。

最重要的是这一年是心里感到快乐最多的一年，快乐和幸福的感觉那么强烈，时时让我感觉到它们的存在。心境经过那么多年的历程，在发生难以想象的改变，那是什么呢？安定、自信、平淡、幸福，更重要的是自己可以放下自己原以为不能放下的东西，这源于一种心态。老罗总是说：别管那么多！这句话很重要，对我来说，好多的放不下、心中的纠结就在这句话里释然了。对我来说这是一句魔咒，就像是：芝麻开门、请上天赐予我力量吧那样的魔力。那么多年从不说那些褒奖他的话，现在却常常夸赞他！却不觉得尴尬、那么难以出口呢。

最重要的是无论在哪里、无论在任何的季节、天气，不再感到孤单、悲伤、无助。天气寒冷无比、人情依然淡薄如昨，但是看它的心境不一样了，冬天也觉得依然温暖如春。

昨天老罗同志从海南回来了，空运了一箱子水果，七八样，看到这些都是我的最爱，心不由地就要开花呢。临行前还给他说热带水果不好带，什么也不要，上次去海南，我什么也没有买，这次他把我的遗憾都弥补回来了，知我者此公啊！他把各种水果罗列出来：鸡蛋果、红火龙、莲雾、红毛丹、椰果、木瓜、柚子，像是展示自己的战利品似的，一定要我每个都先尝一个，我分明看见当我第一次咬开莲雾水嫩的果皮的时候，心里的、口中的那种甜却在他的脸上盛开了。晚上在厨房里我给他煮着饺子，他在一旁砍椰子，为了让我吃椰子，他把暖气开得足足的。砍得不在行，把椰子王砍裂了，水流出来，我赶快用汤碗接住，索性都倒进了汤碗，我笑道：这么浪漫的东西，就用汤碗喝啊，也太不浪漫了吧！他赶快去冰箱找到一根吸管放在汤碗里说：喝吧，浪漫吧！又费劲地用各种刀具把椰肉从椰壳上弄下来，放在椰水中：吃吧，使劲嚼，越嚼才越香呢。

越嚼越香，是啊，像我们的岁月也是越嚼越香呢。小妹的婚姻是不是没有来得及细细嚼、缺乏时间的磨砺，才没来得及嚼出香味呢？年龄越增长越感到岁月中的许多东西真的是要时间来磨砺的啊。

好在小妹天生比较乐观，没有哭天抹泪，反而一扫生活的负累，每天开心上班，下班和妈妈一起带小宝宝散步，看来结束这段婚姻对小妹来说是对的，我心里也安慰了许多。昨天回家看到小宝宝又长大了很多，不过一个月的功夫，她已经会扶着各种东西走路了，还懂得看大人的脸色，妈妈看着她的脸，也总是笑如花瓣，说是她的开心果呢！知道妈妈看她很辛苦的，但是只要是开心，大家都能感到快乐，就没有过不去的关，期盼着小宝宝快快长大，到了春暖花开的时候她也会走路了，妈妈可以领着她，到处散步，该是多么多么快乐的事情啊！

远在南方的女儿总是电话不断，告诉我们说：不冷，很忙，我超好呢！寒冷的冬夜和她视频聊天，一定要看到我们两个，她说：妈妈，你要棉鞋垫吗？给小姨和表妹在网上购买了漂亮的耳暖。东西虽小但是每个人都记挂着呢，这样的女儿真的令人欣慰。前一阵子十月份的时候，老罗带朋友同事去南京，女儿又是预订酒店、又是做导购，一副东道主的样子，大家都对女儿赞不绝口呢。老罗同志高兴，给这不买单的东道主破费得不亦乐乎，还高兴得什么似的。

老罗同志下星期又要去大连、哈尔滨出差。岁末了，但是令人高兴的事情还是连连不断，好像美好的篇章才刚刚开始，生活好像春天已经张开苏醒的眼睛，充满希望地张望着未来！

秋日私语

由于“厄尔尼诺”现象，夏天竟然拖得如此之长，迫使我把打理好准备储藏的夏衣，一次又一次拉出来穿上。心理上已准备好，但一直不能实现的事，总会因为等待而令人沮丧、焦虑。长裙穿在身上再也感不到飘逸，似乎时刻防范着要被换掉。

从来也没有像现在这样地盼望过秋天。我本不喜欢秋天，秋天的落叶，卷起尘埃的长风，被割得光秃秃的田地，都让我伤感不已。而现在我却盼望它了，盼望皮肤的干爽和阳光灿烂的美妙，盼望秋衣的棉软和薄被产生的温暖。

好友兰馨在第一场秋雨飘过之后就念叨着要去看野菊，去寻找秋天的踪影。我不相信会找到些什么，有一些东西是不能刻意拥有的，尤其是季节的情绪。然而，我还是去了。

晴朗湛蓝的天空，金色的太阳，温柔的风吹着黄色疏松的土地。郊外的原野上，显眼的是一株一株黑色的柿树，虬枝盘根错节，挂满一颗一颗圆柿，呈美丽的橘红色。有一些橘红就已被装在粗实黑褐色的篮子里，依在树边，旁边还散着一点一点的橘红，这是怎样的一幅静物水彩画呀！笔触粗犷豪放，色彩强烈，光影迷离……一块一块连天而去的阡陌静静的像刚刚分娩过的幸福安详的母亲，像喧哗过后谢幕的歌台，歇息着酝酿着繁华的再一次到来。

和风中，无言地默立其间，深深感受到大地生生不息的富饶与壮美。从小生活在水泥建筑群中，很少亲近田园，此时更如孩童般痴看攀在柿树上的人，用长竿勾柿子，看红彤彤的柿子掉落在松软的土地上活泼地翻滚，再看那路旁野菊依崖而生，闪闪烁烁、飘飘摇摇、尽显土崖的粗放与花朵的娇柔。

兰馨说："看那水，不像夏季里那么活泛、清亮了。"是啊，这便是秋了，这便是秋了，正像郁达夫豪发的那样：

秋在何处，秋在何处？

你若要寻找，你只需去落寞的荒郊旅行。

刺骨的凉风，吹消残暑。

漫漫的田野，刚结成禾。

月光下，树林里萧萧落叶的声音，便是秋的私语。

很多美好、浪漫的事物，其实就在我们身边散漫与平常地存在着，只因为过于刻意寻找它存在的形式、因熟视无睹而错过了拥有它们、欣赏它们的机会和美丽心境，变成了一份生活中寻找的奢望。就像孩子在沙堆上翻滚轻易就获得了快乐，而成年人则会考虑沙尘会弄脏鞋袜衣衫而放弃一次无拘无束的笑闹，一份快乐也就这样被拒绝、丧失了。

和兰馨不能停手地把野菊，还有一些不知名的花叶和带有枝丫的柿子各自采了满满一怀，秋天就这样被我们带回了家。把柿枝挂在阳光亮丽的窗棂上，挂在镜前，把菊插在花瓶里，摆在茶几上，它们给房间带来了完全不同的气息，让我欣喜得手足无措。在深深感动的同时，忽然地我是这么的自责：真自私啊，竟然没有分一枝柿子给兰馨，虽然她说她的老家有的是，不稀奇的，可这毕竟是我们在一起共有的一个秋天啊！

还好啊，我们还有无数个秋天可以共度，人生最大的幸事之一，也莫过于我们不仅拥有今天的美好，并且还拥有再次等待、遇见这份美好的机会吧？我等待与兰馨的下一个约会，一起品尝已"烘"软了的柿子，她会如期到来吗？在这样的季节里，不应该有爽约、任何不美丽的事情存在吧。

心向往之

炎热的八月，带着心爱的女儿去北戴河出差，时间充裕，和女儿去看海。

女儿是第一次看海，只知道欢喜，在水里一泡就是一两个小时，肩膀皮肤都晒伤了，晚上痛得睡觉都不能侧身。在南戴河滑草、滑沙的时候，沙山好高，站在上面看下面的人小如核桃。我害怕，只好让只有七八岁的她自己滑，小小的人儿躺在滑沙的大盆里，都看不见了。只见彩色的花盆快如离弦之箭向山下冲去，吓得不敢看又要担心地看，一次一次女儿却乐此不疲，滑过四、五次直到天下起了雨，女儿才恋恋不舍地同意坐缆车翻山去看动物演出。

夜里乘游轮去大连，正是风高浪大的天气，船颠簸，人在船上难以行走，船舷上趴满了晕船的人，都在吐呢。但我们还是壮着胆子站在船头尖尖上照了“泰坦尼克号”的经典照片，母女的拉风照也是别有一番意趣呢。

在大连看过星海公园、海底世界，又去过海滨浴场，剩下两天的时间大都和女儿在逛街，而最多的是观街景，女儿喜欢坐大连的双层公交车，总是要坐在双层的第一排，吃着爆米花，听着街上的钢琴曲，看着一幅幅风景画似的街景徐徐移动：优雅的钢琴曲此起彼伏、音乐喷泉随处可见、一览无余的花圃绿地铺满每一处角落……那么小的她说：妈妈，这才是每个人应该居住的地方！

是啊，当时亚洲盛大的服装节在大连开幕在即，那个时候的大连是首屈一指的花园式城市，令人叹为观止呢。而今我们所居住城市的美丽也早已是当年大连的模样了。女儿去年和同学去大连玩，已经长大的她，见过不少世面，已是波澜不惊的样子了，回来只是说：妈妈，大连还是好美哦！

于是我想，如今的大连一定更加美丽了，真的好想再去看看曾经小小人说的“这才是每个人应该居住的地方”！现在是不是变得像是神仙住的地方了呢？

文化在线文学笔会的消息早早来到，心中的那份盼望又增添了几分欣喜——在一个充满美好回忆的地方，能见到心灵相知的朋友，那该是多么惬意、令人盼望的相聚啊！

可是，不是有句流行话说：“人在江湖，身不由己”吗？也许是冠冕堂皇的托词，也可以理解为无奈的嘲解，也许是真的有事无法脱身。七月，女儿放假了，社会实践、旅游、客串电视主持、杂志社实习、购物、做头发……总之，做妈妈的两个月全是她的了，炎热里面不得喘息……身累也罢了，哪里还顾得上关照风花雪月的那颗心啊？笔会终未能成行，可怜天下父母心啊。

笔会之约，身未到，然心向往之。细细关注笔会盛况，追逐各文友“蛛丝马迹”，于是“步云山”就那么频频走入视线。文友们“步云山”种种游记，让我想起那部美国经典译制片《云中漫步》——够得上异曲同工的是那份浪漫呐。

是步云山安宁的清晨，还是宛如“九朵莲花”、五朵莲池的惬意景致？是“步云”开创人的那份不畏惧、放得下的豁达的精神？是有趣儿的鱼疗、还是游人如织的快活场面？总之，牵动了我本酷爱云游之念——一定要去“步云”做一次云中漫步哦。好好泡泡步云的山泉，享受那份惬意，在莲花池中做一次“莲花女”，因为一生中都有着和莲花说不清的那份纠结啊。

一定要去“步云”做一次云中漫步哦。这念头对于“步云温泉山庄”的开创者、对于集娱乐休闲为目的的步云温泉山庄都会是他们共同的初衷吧，而拥有这样念头的大概总不会仅仅是我一个人吧？

对大连之行格外盼望，因为盼望之中有了太多可期待的内容啊——还是要带着长大了的女儿去，这一次她又会给总是满含着岁月甜蜜回忆的旅程，留下怎样的经典之句呢？

但是我还是要提醒自己，不忘给大连的屋子领导说一句：好不好给步云说说情，消费给打个折扣哦！不是现在提倡环保吗？节俭也是环保啊，我是环保主义者，所以，我要节俭啊。不过我想，屋子也会是，就是碍着文友的面子，他也得说是吧？呵呵，是了，就要去说情打折呗。嘿嘿。

倒春寒

前天突然降温，居然飘起了雪花，家里因为暖气的缘故依然温暖如春。

可是女儿短信来说：给我电话！

电话过去，传来她的哭声，心里嚓的一声，好像被撕开了一个口子，因为这是我最害怕的声音。她一个人在南京上学，最担心的就是她的安全、温饱、健康，总之就是所有生活的细节都担心。

怎么了？强装镇定的声音给她说话，其实心跳得乱七八糟。

妈妈，四级又没过……

她无比脆弱的声音。

差点失去理智地说，没过就没过！

但是，还是忍了几秒钟，这是第三次没过了，如果再不给她一点压力，看样子这大学英语四级不过就差不多是大学白上了啊。

我不想考了！女儿哭着说，一向很少哭。

算了，哭也没有用，别哭了，这次不提了。但还是要考的，不信考不过。进校的时候分数就挺高的，怎么就考不过了呢？

埋怨的话就在嗓子眼里打转，还是没让它跳出来。也怪我，上了大学就再没有催促过她的学习，就连问也少问，就只关心她的吃饭、穿衣了。现在的后果我当然也是要吃一份的，一时间我的心情也是一落千丈，冰冷到极点。真的担心女儿过不了这一关。正如她自己说的，对英语总是不来电，提不起精神、激发不出兴趣来。

真不明白，为啥总是要学英语，现在的80后、90后连写字、作文都退化了，却非要求去学习通常不用的陌生语言，这其中有多少人一生也不会有用到英语的机会。我的高职总是考不过，原因就是英语考不过，想想真是天大的笑话，搞群文活动面对乡镇群众，都大半辈子了也没出过国，还要学英文，难不成要我用英文给看戏的群众说话？在英语上浪费了许多时间、金钱的家长、孩子们，只为一纸所谓的证明，损失了多少东西。又有几人能够把它当成交流的语言、几人能够交流呢？

那叫一个无奈。

这些没法对女儿说，不能让女儿和我一样想法。虚伪、假模假式的教育就是这样逼来的，这样的时候真诚只能让我们的生活变得一无是处：我拿不到想要的职称，女儿拿不到学位证。

给女儿电话了一个多小时，鼓励加批评加稍稍的威胁，让她知道考不过的严重后果，然后继续在网上查找怎样考过英语四级？看得头大了两圈，又电话给女儿参考，她都已经进被窝了，不以为然地说：这些东西都是小儿科啦，妈妈，我知道自己咋样做，你赶快去睡吧！

于凌晨一点多才洗了洗，快快睡去。一直到今天我都好像被石头压着心。刚刚老公给女儿电话，说是在唱歌呢，看来她比我想象得坚强，我倒还在郁闷呢，她已经开始新的生活了！有点喜又有点忧，害怕她把考级这事看得太轻又过不了，怕她看得太重，太有压力，不能快乐生活。

可是只要活着不是还要继续烦恼、喜乐，不是吗？

就在我写这些的时候，电脑下方又跳出中午一点钟，唐山的滦县发生了4.5 级地震，最近地震频繁发作，世界的、国内的，频繁的出现让普通人也感到威胁。昨天晚上和小妹在网上聊天，她还说，怎么办啊？老是地震，还买啥房子啊，有钱赶快买点好吃好穿的吧！

谁知道呢，担心也是没有用的，因为是没有办法应对的，这样的事情只好听天由命吧。难道地球也到了更年期，情绪不稳定，烦躁不安吗？

想了想，主意已定，如果女儿千辛万苦地也考不过四级，那就算了，地震无法应对和改变，可是英语考试是可以选择的啊，难不成考不过四级就不能好好生活了吗？

我们在一起

看电视的时候、躺在床上半睡半醒之间，突然想起什么才是生活的意义？

这个问题说起来特矫情——类似于小学生作文的题目，但细想却特难回答，总是萦绕在脑海，挥之不去——就这样吗？这样让时间白白溜走吗？眼看着电视剧情在继续却不知道演的什么、准备好好大睡一场的打算也被这些令人不安的念头搅扰的难以安睡，睡不好也不想起，坐在沙发或者躺在床上，看着阳台窗上的光线一点一点暗淡下去，天黑了，好像所有的焦虑也淡然了。夜晚好像才是一天美好生活的开始，我常常这么想。大概是因为夜晚才是自己的、可以自由自在支配的吧。夜深了，却迟迟不肯去睡，总是凌晨一两点才依依不舍地上床……

我不知道别人是不是也有这样的感觉，焦虑和惶惑总是搅扰着心，不知道什么事才是最有意义的、最值得去做的。

每两周都要回娘家。

小妹、二妹和她们的孩子和妈妈住在一起。正常情况下应该是三家人，小妹单位在妈妈家门口，孩子一岁多需要妈妈带，二妹夫在北京，孩子上学要妈妈照顾，所以就这样自然而然都住在妈妈家。

三家人、不同年龄段、有不同的生活重点，在一起自然会产生相互影响的问题。小妹带着牙牙学语、蹒跚走路时时都要照顾的小孩子，时时刻刻都要发出各种声音。二妹的孩了就要中考了，天天都要足够的休息和安静，妈妈是上了年纪的人了，不只要带小孩子，还要做大孩子和大人的两餐饭，加之每天全家所有用度的采买，细细一算，真是重任在肩啊，几乎整个家庭的运转都和妈妈息息相关，她就是整个家运转的中轴，妈妈在家里的重要性至关重要呢。

而每个在外面工作的人，总是有那么多的具体问题要面对，都忽略了妈妈这个真正的顶梁柱，都很少关注妈妈累不累、妈妈有哪里不舒服？周末回家看到妈妈粗糙的双手、浓密的头发里参半的白发，无时无刻被小外甥女搅扰着，就有说不出的心疼……

今天头疼睡了一天，想到妈妈都不能有一天、一个时辰的休息时间，心生内疚。想陪妈妈去旅游，因为家事的种种牵挂她也总是不能成行。生活总是不能按照想象、计划好的样子进行，好在每次看到老妈都是乐在其中的样子，心里真是又安慰又难过。是啊，怎样才是快乐的呢，不是外在生活是怎样富足，内心的感受才是真正的生活体验。

有哲人说：人一生中有百分之八十的事情是无用的，那么什么事情才是绝对有用的、有价值的呢？

现在退休全职带外孙女、做饭的妈妈，在大家看来最缺乏生活质量的生活，在我们抱怨种种事情的时候妈妈说：凡事要想想自己做了什么，为别人都付出了什么？要懂得感恩，你就不会有那么多的埋怨了。

听见这话倍感惭愧，这是已经退出职场，几乎脱离了社会生活的老妈给予的忠告吗？混迹社会几十年了，怎么就忘掉了做人的最基本的原则和初衷了呢？

老妈乐得天天看孙女、做饭，对于周末的聚餐照样充满激情。而儿女们却视油烟为大敌，轻易不愿意烹煮，但是又对妈妈的美食大快朵颐，不事油烟是好吃懒做的最好理由吧？

妈妈最没有技术含量、缺乏生活质量的主妇生活却让大家都感受到生活的美味和美好，不是吗？吃饱妈妈的大餐，我们还要分头寻找生活的意义、价值所在。

所以，需要做的就是有价值的、有意义的，应该是对的吧？每个人生的阶段都有不同的目标，能像妈妈那样坦然处之，安心、安然地度过，就是生活的意义所在、幸福的所在吧。

玉树地震了，那些或悲惨或感人的场面好像是汶川悲剧一样又重新来过，难道地球真的被一只巨大的手掌控着，像一只手机被调到了震动？在办公室里和同事捐款、也看现场直播，被一遍一遍感动着，深感作为中国人的自豪。又庆幸着，一场又一场劫难都被我们安然逃过，而幸运背后又埋藏着淡淡的忧虑——这个世界永远都不会只眷顾一些人、又抛弃一些人的，幸运的福星难道会一直高照着我们吗？

看见一朋友的空间签名说：一杯茶，一支烟，我坐看云舒云卷，静看花开花落，生活，就在安逸中碌碌无为地度过。是喜还是悲？

是喜也是悲。喜的是可以这么平淡、安然的看花开花落，悲的是竟然不能体味到这也是一种幸福。

想想汶川，看看玉树，就懂得还有什么比能够“在一起”更重要的呢？

在一起，和家人在一起。

在一起，和同事朋友在一起。

在一起，和认识的人在一起。

在一起，和自己喜欢的、熟悉的一切在一起。

这一切都是多么幸福、多么有意义的事情。

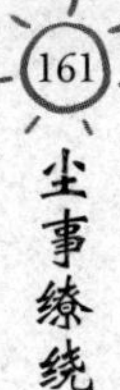

乡关何处?

新家在去年最寒冷的冬天历时近四个月才勉强完工。说是勉强因为还有很多细节包括个别原则性的问题迟迟不能解决，和施工方老板不能达成协议。其中许多不尽人意的地方只有自己知道。原本温暖的原木颜色竟然被漆成了所谓的红胡桃色，整个装修的色调都变得黯淡了，加之不太鲜亮的壁纸，更像是上世纪老美国的乡村风味。虽然不失温馨但显得好老旧，像是住了一个世纪的房间。如果是改变颜色的话，那么整个窗口、门口、凉台、飘窗口的颜色都要改变，最让人不能接受的是经过这样的改正，原本最喜欢的原木花纹就再也看不到了，于是没办法只好选择忍受。

心里不好受，有时候好几天都不想到新房去看看。

从来没想过，装修会是一场战争，是知识、心力、精力、心灵、耐力的考验。

餐厅的餐台是让装修方量身定做的，底柜原来是原木色，台面是黄色的透光石，设想着效果看上去像是大花的台布，有点异国的些许华丽而温馨的味道。但是被施工方自作主张地改成红胡桃色后，整个柜子都变成黑红的颜色，交涉又交涉才把中间的三组抽屉改成了白色，感觉好多了，可是美丽的花纹再也看不见了，鱼与熊掌不能兼得，在这时候体现得多么具体啊。所谓的装修公司无非是一组游击做工者，根本没有规范的专业理念。所谓专业，就是管理者和工人应该具备的知识、专业技术和敬业意识，在装修公司方却很难看到这一点，我了解的几个朋友装修过后，没有不懊恼的，没有不扣装修钱的，装修施工的标准真的需要健全了。社会在变好，希望这方面也会渐渐完善，真的好期待。

和施工方的交涉简直就是一场心理和耐力的战争——长达三米的餐台面说好前面有下挂面，和台面结交的棱角处要有圆滑的弧度，可是出来的下挂偏偏窄了两公分，整个柜子看上去像是一个人戴着只盖着头尖的帽子，下挂和台面交接处更像是一把长长的快刀，靠近台面稍不小心就会被锋利的石头棱面划伤，施工方没话说，重做。第二次，做得倒是合乎心意，台边光滑可人，下挂也加宽显得大气了，呼喝热烈地安装完毕，人都走了。正在装窗帘的小伙子忽然说：看看台面是不是有条裂缝？

仔细一看，天哪，台面的正中间是一条清晰的裂纹。这么明显的错误怎么可以瞒天过海？即便今天没人告诉我，我没看见，但是不代表我明天后天也不会看不见啊？打电话给施工方，电话那边支支吾吾地说：也是刚知道的，能不能忍啊？

简直要气结，一字一句地问他：你说能不能忍？

他在那头停了一秒钟说：好吧，换可以了吧？

好像他还是特别忍耐的样子。

没有回他的话，就把手机挂掉了。再多说一句，简直掐死他的心都有。

诸如此类的冲突很多，老公的意见总是能将就就将就，总是说，哪里会做到那么完美呢？可是像这样的大错误怎么可以将就呢？

自己心里也知道施工的工人终究是一群平常的人，他们做着粗重的活计，贫困的生活条件使他们不自觉地感到自卑，于是也生发出脆弱的内心，有着超过常人的敏感自尊心，一遇到不同的意见，首先是保护自己自尊的强硬。

期间，遭遇的种种事情，批评他们的活计时先要考虑他们的接受能力，只好不断调整自己的心态，甚至改变了自己许多对人、对事种种不同的方式、做法，对他们给予更多的物质帮助，买水、请吃便饭、给烟、送加班的点心……凡此种种，一是为着能给他们一个好态度，便于交流，二是自私地为着他们能好好干活。这不是用钱就可以完成的交易，真的好累人。在整个漫长的四个月时间，自己还是从开始无所谓的轻松状态，到渐入其中不能自拔，到最后还是

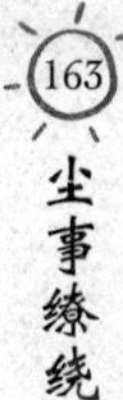

不可避免地抓狂起来，只想叫他们赶快走人，弄成什么样都不想说了，一心只想让他们赶快离开……

而老公倒是成了他们的朋友，哼，坏人都让我这具体的“监工”当了。两个人同时面对的事情，得到的结果却是这么不同，一个欢天喜地地乔迁新居，一个却是愁肠百结，既有对旧家的不舍也有建设新家的疲惫不堪的劳累。

装修完工的这几个月里，我脸部皮肤干燥得厉害，每天都发生疼痛和瘙痒，对于新家的一切都是那么陌生，交织着对旧家的不舍之情，情绪低落，甚至心情恶劣。搬了新家的欢愉和春节的热闹，都不能马上冲刷掉几个月所遭遇的种种心理纠结。

直到现在，在新家多的是陌生，少有亲切感，一到周末就丢下诸多还需要干的家务跑回娘家，逃离那莫名的心理空虚。

而每次从外面回家，心里想的还是从前旧家里那张温暖的床，用了很久的床、床垫、那只自己专属可以盘踞在上面的木手柄沙发，熟悉的旧旧的、不成套的软软的被单，而不是现在全套崭新的陌生的床和被褥、宽大的有些空旷的沙发，才发现熟悉的一切是多么可爱，和熟悉的习惯的一切在一起是多么难得、多么好的事情啊。远离了熟悉的一切就远离了归属感，而归属感对每一个人来说都是多么重要的心灵安慰。没有归属感就像是没有家、没有底气。

工作原因，去慰问搬迁到这里的三峡移民，这里的待遇比之他们从前的条件好了很多，一色的住房，干净的街道、整齐的院落，电灯、电视都是有的，总之，生活条件是好了，可是每每见到他们总是一副初来乍到的怯怯神态，一提家乡就要哽咽的嗓音，感情脆弱到极点的样子，我想我是能理解的。

对于装修的工人来说，也正是因为在城市缺乏归属感，才会自卑并且过分自尊，而他们采取的方式一律是强悍的自卫态度。

对于装修的人来说，装修是一场体能和精神的较量，包括自己的和他人的较量，无疑一场短暂的人生，从开始、经历、到结束，欢欣、懊恼、后悔、自信屡屡登场，完成了一场也许是失败也许是成功的经历。有人说：装修是一场战争！此话虽然夸张但是不无道理。装修不仅仅是打扮一个新家的过程，其中涵盖着建筑、材料、工序、施工品质、化工成分等方面的知识，还要跟通常少打交道的工人接触，是一段完全全新的生活，自己身不由己变成监工管理方，工人则是被管理的一方，而这两方永远只会站在两个立场上。关于心态，只要看看每个人投入的精力、心力如何，而无论哪一方求全责备都是要不得的。

好在，无论失败成功，结束了，只是人生中的一段经历，所有的都还有机会重新来过，失败的有时间来过，成功的有时间来得及自傲，多好，而人生这样的时刻又能够有几何呢？

装修结束了而心情却莫名地失落，无所依傍的感觉，闲暇里所有选择灯具、家具、验工的时间都突然地成了一片赤白的荒漠，对新房追逐的理想化的想象突然变成现实的落寞——不过如此而已。精神是如此难以安慰、心灵是如此强烈地要求种种慰藉——失败的、追求中的、成功后的……是我们要求的太多吗？是我们太过奢侈——要物质的还要精神的富足感？

何处是乡关？我们追逐的“家”到底是哪一个呢？

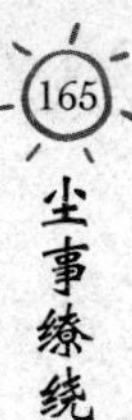

世博，想说爱你不容易

世博会已经在上海开幕了。好想去看看呢。从来都不太关心的上海一时间成了我心里强烈向往的地方。

在此我想说的是，世博会让上海呈现在世人的面前，于是关于上海的话题就多了起来，大家开始以种种方式、视角看待、解剖上海。于是引发了关于地域歧视的话题——关于上海歧视和歧视上海的话题。

小时候在边远的青海长大，妈妈总是要托人到上海买麦乳精，尤其那种强化麦乳精，咖啡的颜色、颗粒状，有浓厚的咖啡味道，那大概就是多年后我之所以会喜欢咖啡的最初启蒙吧。我和妹妹用馒头夹着麦乳精吃，那味道如今想起来还是会立刻出现在口中呢。还有泡泡糖、威化饼干、高粱饴糖、大红花的牛奶糖、牛轧糖，还有妈妈穿的的确良，涤卡裤子，美丽的白色的、雪青色的纱巾、毛线都是上海捎来的……哦，天哪，细细一想，那么多好吃好穿的都是来自上海，上海给予我们的生活太多了啊，而时间又是那么久远。

可是为什么还是对上海没有好印象呢？正像海派女作家程乃珊说的那样："上海负担着全国六分之一的税额，然后人均只住着两个平方米，为何外地人对上海人心存偏见？"

这可能来源于对上海某个具体现象的印象吧。小时候我们单位大院的后面是一排来打工的临时工的宿舍，里面住着一些来自全国各地打工的农民工。其中有一个人是上海人，说着一口上海话，我们都说普通话，他却口齿不清，加之一个大男人却是瘦瘦小小的身材，总是被孩子们耻笑。更让人匪夷所思的是，一个男人家每天下工之后，把自己打理得干干净净，穿着湖蓝色的粗毛线毛衣，坐在单位大门口织毛衣，加上他的娘娘腔，那时候真是天下奇观啊。大院里的人提起他总是会说，那个上海人！这称呼的口气里带着明显的不屑。

还有一个上海人是父亲单位的同事，单身，住在办公室的某一间。据说他的老婆孩子都在上海，他好像是因为犯了什么错误才来支边的。人长得倒是高高大大的，胖胖的，但是总是和一般人不一样的打扮，偏分的头发，上班也穿着和尚领的灰色毛衣，总是穿着一双V字开口的布鞋，从不提上鞋跟，总是当拖鞋拖拉着。喜欢做好吃的东西，说臭鱼烂虾都是美味。说这话的时候总是要用地道的上海话，好像以此证明这话的确凿性。

星期天的时候，他总是把大院他住的那一排房子的空气弄得香喷喷的。那时候小城只有虾米皮，大虾只有在画书上才有看到，他看不上大家几乎赖以为主食的牛羊肉，多数都是做鱼，然后就着酒。太爱享受！大人们这么说他，以现在的看法就是小资，而那时候好像不是好行为。他不喜欢小孩子，总是一副极其厌恶、不屑的脸对着孩子们。他喜欢单位的漂亮女会计，所以听到大人说他们是“破鞋”，究竟是怎么一回事，大人不让问，但感觉也不是好的意思。他老是对孩子们没有好脸色，孩子们就找一切机会捉弄他，他午休的时候，用小石子投他的门，常常他就气咻咻满院子追逐顽皮的孩子，直到大人们看不下去，说他几句，他才会作罢，可是和孩子们的仇算是长年累月结下的。

他讨厌同事、生活的单位和地方，他总是说大院的人都是土包子，老看不起大家呢，有时候忍不住会用上海话骂一句：老窝心哦！“老窝心”就是恶心的意思。后来他终于还是走了，听说是回上海了。他走了，他的办公室里就住上了年轻人，他的存在就好像一阵风吹过，很快大家就淡忘了。

在那样的年代我们已经和上海发生着那样亲密又遥远的关系，我们在享受从上海捎回的大大小小日用品的时候，顺便捎回的还有对上海人的矜持、排外、自以为是的抱怨。

文化学者易中天说：地域歧视是经济、文化差异造成的误会。就好像北方人请客要摆满一桌子，这在南方人看来是虚伪和摆谱儿。而北方人觉得上海人请客就那么一点点菜，是小气。

余秋雨认为，上海人的自傲是弱者的心态。他说：真正的强者也有一份自傲，但是有恃无恐的精神力量使他们变得大方而豁达，不会只在生活方式、言谈举止上自我陶醉，冷眼看人。

其实，地域歧视在我们的身边随时随地存在。小时候在青海成长，接触到全国各地的人，在那个没有几年文化历史的小城，所有说地方话的人都是被歧视的对象，多数时候属于大家相互歧视，孩子们则乐此不疲地用地方话开玩笑，嬉笑怒骂都用上：河南大裤裆，四川锤子，甘肃土豆，山东大白菜，上海阿拉，青海阿木了……看看，这中间有的是方言特点，有的是地方特产，有的是形象特点，有的是饮食特点，有的是衣着特点，总结的还真是形象。只是那时候，我们还没有精力、境界关注和讨论这种现象。

而在全球唱响和平，提倡和谐的今天，我们至少懂得不可以有种族歧视，不应该再有对弱势群体的歧视。在美国，在公开场合表达对某一群体的歧视是要承担法律责任的。而我们不但在歧视，而且敢于歧视。

如今的我们虽然关注但还没有完全认识到这一点，歧视本身就是自卑、狭隘的表现。

心理学上的一个著名论断：我们看到的，其实是我们想要看到的。正如余秋雨所说的那样，歧视是因为我们还不够强大。换言之，我们的内心还不够健康，缺乏自信，没有足以支撑起强大的自信的精神力量。

自小随父母异乡成长，长大之后又去另外一个城市上学，之后又去另一个城市工作，从祖国的大西北到大东北，到中原落户，如果我不把父母的故乡当故乡的话，我不知道究竟哪一个算是我的故乡，正如热播电视剧《手机》里段大可说的：我是一个具有乡愁情结的人！所以关于各地方的排外情结——就是地域歧视，我也有充分的发言权：我所到过的每一个城市，没有一个地方不是自守的、对初踏入者是敞开怀抱的。而那都是关于一个地方的文化，而一个地方的文化用一两句、一两篇甚至一两部书都是无法涵盖的，因为它们都有自己只能意会无法言传的特质，那是用语言和文字都无法准确描述的，然而它们真实存在，只有生活在其中才能懂得和感受它经年沉淀下来的韵味。

真的期望早一天我们想看到、能看到的只是和谐、和平和宽容的国家。

关于看世博的念头从世博开始到现在，都在计划之中，想带着老妈让她看百年难遇的盛世之展，而老妈给小妹带小孩还没有找到人接替，又想携着女儿，和她一起惊叹世界的奇妙，而女儿正在紧张的英语考级备考中，总之想要的完美之行，要等到几个方面都合适的情况下，才可以成行，

行程已经咨询过开旅行社的好友多次了，昨天她又刚刚从世博回来，说：太挤了，人太多，排队太长，太累了……好几个“太”字，快把我信誓旦旦看世博的愿望压扁了。老公说：别管那么多，想去，就别怕那么多！又是这句话：别管那么多！可是我真要是考虑得太多，这趟行程注定是要泡汤了，让他笑话我，为了这个，我也要去。哈哈，要去看世博会，宏观点说也是要去面对全世界了，怎么还能这么小心眼儿？

还有一点小心思，特喜欢上海话，软语呢哝，还特喜欢沪剧。有一次自己在卧室看沪剧《杨乃武》，咿咿呀呀的唱腔，惊得老公从客厅跑进来，走近了仔细看我的脸，他竟然怀疑自己听到看到的一切，大惊小怪的样子以为我的神经出了问题。咳咳，他不了解我的地方多了去了呢，一个男人了解一个女人哪里有那么容易呢？他还不知道，我还喜欢上海的牛皮糖呢，真是的。看来，我骨子里都透着上海情结呢。

呵呵，世博会，后会有期！

优雅女人

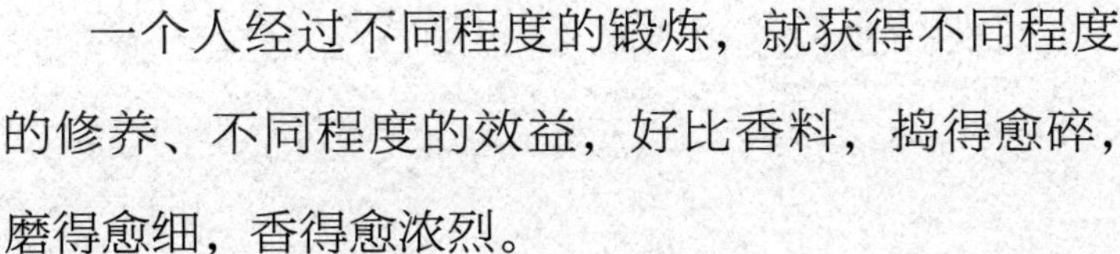

一个人经过不同程度的锻炼，就获得不同程度的修养、不同程度的效益，好比香料，捣得愈碎，磨得愈细，香得愈浓烈。

——杨绛

从明天起，做一个幸福的人，喂马，劈柴，周游世界；从明天起，关心粮食和蔬菜。我有一所房子，面朝大海，春暖花开……

——海子

花开不败，好女人

知道我在写字的朋友问我：“你又在写什么呀？”

我说：“给女人们看的散文。”

这种回答让人有些费解。什么是“给女人们看的散文”？

美容化妆、私密八卦？其实两样都不是，不准确。这些文字和单纯的美容靠不上边。本人不从事美容工作，不专业，也不是单纯的八卦，因为与家长里短有别、与飞短流长的他人无关。想说的却又是女人念念不忘、一心向往的事情。

写这些文字出于一种强烈的愿望。这些就是长久以来，和身边的女性朋友们每次见面都绕不开的话题：美容、减肥、魅力。它们从未被系统地总结过，但是它们在我们的每一次相聚和话题中都从不缺席。

既然是生活的一部分，是一种追随一生无法舍弃的事情，在我的笔下出现，作为一种人生体验、感悟交流，应该也算是一种文字的表达方式吧。

年纪渐长，越感到，每个女人长得怎样，是漂亮还是普通，年轻也好，不年轻也罢，气质、魅力才是体现一个人印象和品位的决定性的要素。这些魅力并不是与生俱来的，而是经由岁月修炼出来的，像沙里淘金一样辛辛苦苦淘炼出来的。当然，它总是淹没在日常的举手投足间，不能只是鼓足了劲儿去炼，还得学会该怎么坚持，在一点点随着时间、经历而来的快乐和喜悦过程中，得到收获。

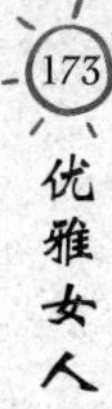

优 雅

什么是优雅呢？优雅是个美好词，但是作为一个题目好像并不十分合适。优雅是一种和谐，非常类似于美丽，只不过美丽是上天的恩赐，而优雅是艺术的产物。

海斯利特曾言："优雅并不仅仅是悠闲——不仅仅是免于局促和拘谨。它意味着一种精致，一种雍容，它焕发着勃勃生机，但又微妙细腻。"

我写这篇文字的目的不是讲述优雅的概念和不同种类。优雅的概念太过广义、种类太多了。比如举止的优雅、谈吐的优雅、装饰的优雅，还包括生活艺术的所有其他方面。但是在这里，想简述的只是个人穿着，以及个人穿着与时尚的通俗关系。当然，一个真正优雅的女人必须在各个方面都是优雅的。包括说话、走路甚至体态，不然，多么昂贵的服装也会失去效果。不过，这个话题的范围太宽，不是这篇小文所能容纳的。

此外，这个话题也超出了我自己的专长。至于我有怎样的专长，则说来惭愧，没有；但如果说是爱好，倒可以说很多。因为它们都只是平凡之人的所好，比如，看书、听音乐、写字、美食，当然首先最应该放在其中的，发型、服饰、鞋子、手袋……是的，这是从孩提时代起，就让所有女人在不知不觉中着迷、深陷其间的事情，都是我所爱的。

就穿戴而言，我这种体验稍稍有点早熟，不过是受到我妈妈的影响，这个大概连她也未必意识到呢。因为她自己对时尚的敏感，就像她并不了解自己一样懵懂。至少，成人之后我是这么认为的。妈妈是教师，受过教育的她，如果不说很专业的审美这样的词，就说穿戴，她总是有些与众不同。二十世纪七十年代，她会是小城最早一批穿的确良衬衣、的卡裤子的人。她中等偏高的个子，穿着雪白棉袜和带绊的方口平绒布鞋，还有一条雪白的弹力纱巾围在领口，那种知性、简洁的美，真是令人折服呢。妈妈是老师，而且是只做班主任的那一种。同学们很害怕她，虽是因为她的严格，但我以为，也是因为她的美丽，至少我是这样感觉的，有敬慕才会有害怕和胆怯吧。她曾跟班做班主任，从小学二年级开始，一直把她的学生送入初中。她不教我，我总在同样年级相邻的班级，但有时候会听她讲课。每天坐在她时尚、光亮的“二八”女式自行车后座上，一路遇到走路去上学的同学，就有点做了焦点的感觉。到了学校，在讲堂上，她就成了另一个人了。我很崇拜她，也因此很怕她。

妈妈虽然穿当时最流行的服饰，但是若要说她很时尚或者很时髦，她一定会非常生气。如今想来，她大概看重的就是气质和优雅吧。

我上了初中之后，妈妈就给我穿上了紫红色、革质的、丁字绊的皮鞋，竟然还有很低的鞋跟。买了一条红彤彤的据说是从北京捎来的叫玻璃丝的纱巾，那质地永远是蓬松的，而且很有光泽。还有一条雪青色、和她的一样的弹力纱巾，绵软丝滑的质地竟令我不知所措，甚至每天戴上它的时候，很担心被秋日高原凛冽的寒风刮皴了的手指，会刮伤了它。

妈妈喜欢给我们织毛衣，高原那个时候毛线很少见，凭票购买也是常常没有的。但是有很多羊毛，羊毛变成衣服，不亚于织布制衣的复杂过程。

先是洗羊毛。洗羊毛总是全家集体行动，用自行车带着盆子、洗衣粉，去大河滩。那里终年流淌着从昆仑山上下来的雪水，清冽、冰凉、刺骨。羊毛要洗很多遍，一直从咖色洗成白色。回来晾在院子里的铁丝绳上，强烈的阳光穿过它们，再经高原强劲烈风的吹打，便会变成一缕缕的“雪白”，然后是每晚辛苦的手撕，才成了无比绵软的白絮。不知道谁家从内地弄来了一架纺车，珍贵得不让孩子们挨边，一家家轮流使用，把白絮又捻成毛线，然后不知道怎么就变成各种颜色。然后被妈妈织成各种毛衣，妈妈整个暑假都在织毛衣、准备我们的冬衣。她织得很快，秋天来临的时候，新毛衣就可以穿上了。我们姐妹的毛衣通常都是大红色的，特别鲜艳，还有各种颜色搭配的毛背心，针法复杂，类似孔雀开屏的造型，如此回想，妈妈是如此非凡的妈妈，在院子里大多数孩子穿绒衣的时候，我们开始穿洋气的毛衣了，不说时尚都不行呢。

可是，妈妈别出心裁织的“狗牙边”的毛衣领子，那感觉倒是没有像真狗牙一样刮脖子厉害，但真是好扎，可是为了这个别致的样式，谁又会提出“扎”的问题呢。所以那个时候的时尚只能用漂亮来说，而不是优雅。优雅一定有着得体、舒适的感受。

优雅起源于何处是很容易追溯的。优雅从文化的陶冶中产生，也在文化的陶冶中发展。这个词来自拉丁文 eligere，意思是“挑选”。而那个时候，任何方面都是缺乏挑选余地的，更没有文化的陶冶可言。但是不能否认的是，无论多么粗糙、庸俗的漂亮，都有特定环境下的优雅。

所以，毋庸置疑，每个时代都有时代的印记，哪怕是在困苦的年代，也都有能代表那个时期经济状况的优雅，哪怕是原始社会的一串戴在脖子上的兽牙，人类对美丽和雅致的追求就是这样与生俱来的不自觉。

大学，去了遥远的哈尔滨，服饰有了很多改变。但是那个时代，环境服饰还没有走入风尚，只不过迈进了浮夸、张扬的时期。奇装异服、另类是时尚，和优雅却是无缘。一向不喜欢张扬，所以更多时候，所穿别致的衣服还是来自妈妈的自制。比如立领子花衬衣，晚间去看电视电影娱乐活动所穿的泡泡纱的粉色、白色衬衣，直筒裤，都是妈妈自己买料子、裁剪做的。样式来源于画报、电视上的服饰，或者自己想的样子。也许潜意识里，每个爱美的人都是一个自己的设计师，只是观念不一样而已，因此打造出了不一样的自己。

总是某个周末的午后，妈妈就会说，想穿连衣裙吗？那去买布吧，看看喜欢哪个。

那个时候全家已回到了郑州。妈妈家门外是个没成规模的自由市场，布料摊子居多，和妈妈一路走过去，不断地有新的布料出现，乔其纱质地最好，还有那种一面印花、缎面似的布料，光滑、色泽暗哑，说不出的高级……选好布料，告诉妈妈想要“中袖”的那种样式，半天的工夫，新连衣裙就能上身了。如果是整个周末，那么紫色、红色、铁锈红三条喇叭长裙就出品了，姐妹三个刚刚十几二十岁的年纪，一人一条，配上白色的高跟鞋，那情景不单单一个“漂亮”可以形容的。超能的妈妈，就是这样使我们的青春更加靓丽。那剪裁也许没什么水准，设计未必十分合体，但是在那个时候，它们却是独一无二、别具一格的无可超越的美丽。源于这样的成长经历，我总是讨厌穿一模一样的制服。即便是一样的款式，也总要穿出不一样的韵味。也许那也是对优雅的一种追求吧。

就我们大多数女人而言，虽然不是服饰设计师，与专业的审美更是无缘，但穿衣戴帽是一生都无法忽略的功课，在此且聊且自娱乐！

不可回避的穿衣小心思

不管哪方面的夸张都让人惊诧莫名，每个明智的人在言谈和衣着上都不要夸张；在任何事情上都不要做作，要追随时尚的变化，但又不要过于热切。

——莫里哀

现在，生活中有数不清的场合。即便最不招摇、对衣着最不关心的女人有时也会意识到：某个场合在社交上是非常重要的，必须要穿得得体。突然意识到某个时刻，自己将成为众人注目的焦点，不由得有点慌乱，会焦虑地想：“我应该穿什么衣服？”然后跑出家门，不加选择地买件新衣服。

不论是什么场合，还是要扮演主角——比如，婚礼、主持、参加孩子的毕业典礼、参加生日宴会，出席夫妻对方被授予荣誉、假日聚会的场合，或者只是作为一般聚会上的客人。最好的办法是从心理上简化处理这件事，不要因为这一特殊的事件而让自己一反常态、穿着来个大变样。比如，如果一年中的其他日子都穿女式西装，平跟鞋，戴树脂架的眼镜，那就不要突然在头发上戴一个怪模怪样的发卡，改穿缀满褶子和花边的衣服或者跳色的长裙。相反，如果平时大家习惯于见到你从早到晚都珠光宝气、服饰艳丽，也不要突然把自己裹在黑色的衣服里，严肃得像是去参加公事会议。这样做，只会让其他人惊愕莫名，自己也不自然。所以，这种时候，只是想让自己的外表显得整洁得体，不引人瞩目和诧异就好。

在选择衣服时，首先应该考虑活动场合的时间，其次是它的正式程度，然后是举行仪式的环境。

对于晚上的正式活动，或者时间稍晚的仪式，黑色并不是理想的颜色。事实上，最挑剔着装的法国女人礼仪中是禁止晚会穿黑色的。但是，当黑色用在无袖晚宴小礼服时，那就是再好不过的了。当男士穿着深色西装，女士穿这种服装是最好的。每个女人的衣橱中都不可缺少这种样式的别致的小黑裙。当出席商务晚会，和爱人见他的领导、同事或客户时，穿这样的衣服是最理想的——一位既优雅又有品位的妻子。

这两天有位女士的微信刷屏了。这位身处某县城的女士在自己的同学群里，每天都会发一些自己的生活照片，更多的是发女儿认真学习的照片，有时候甚至还把女儿的笔记发到群里。在女儿收到清华大学录取通知书后，她第一时间把录取通知书晒到了自己的班级群，本想要和老同学分享这份喜悦，并且还非常骄傲地发了一段话："清华大学录取通知书就是大气。"

正当她以为大家会说上两句来夸赞女儿时，却发现自己竟然被群主踢出了班级群。当她准备私下找群主评理时，又发现群主已经把她删除好友了。原来群主的儿子今年也参加高考，但是却没有考上好的大学，本来心情就很低落，看到这位女士每天发这些东西，他实在是忍无可忍了。

所以说，一份高质量的社交离不开恰当分寸的拿捏和考虑，这是一种体谅，也是一种修养。没有分寸感的友情，是不会长久存在的。没有分寸感的社交，更是难以维持和经营。

那么，服饰和社交中的分寸感，到底有多重要？

当在家里招待客人时，无论客人多富有，多重要，都不要为了搭配他们的品位而穿上格外华丽或昂贵的衣服，努力地打扮自己和以刻意优雅的姿态款待客人，这样会让女客人黯然失色，这是特别糟糕的待客行为：这么做只会让她产生不愉快的感觉，在不经意间得罪了正想讨好的人。而天知道心生不快的女人会怎么样！那种莫名的压抑和嫉妒，也许连她自己也没意识到，但是就开始反感、讨厌，对女主人就有了不可描述的意见。那么，待客就成了适得其反，出力不讨好的行为。

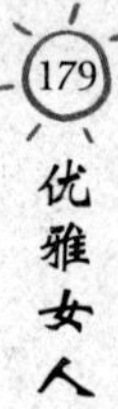

那些令人失仪的事情

一

仅仅从现在风行的古装剧里，也会看到，我国是个礼仪之邦，举手投足都有一定的礼仪规范。即便是穿越的古装剧，也逃不过宫廷的严苛礼仪。

现代包括一些高校也开始开办一些学习仪态课程。即便是今天，当我们送小女儿去舞蹈学校时，通常也不是希望她们成为仪态课、芭蕾舞的专职或首席，而是希望她们成为仪态优美的女子。

在日常生活中，一个气质女人应该站得笔直，尽量把自己再拔高几厘米的感觉，哪怕她已经非常高了，也应该这么做——这是有好处的。垂肩、驼背、耷拉着下巴，这是一副非常无精打采的样子，或者是在生活中饱受了挫折的样子……会显得比实际年龄老十岁。

这就是为什么我们在试衣间的镜子前总是让自己挺直脊背，显得非常美丽。不过试完衣服后，就会发现自己的新衣不像在商店试衣时那么漂亮。这也没什么好奇怪的，因为不知不觉中背又驼起来了，身体也踡起来了。

再说说那些令人举止失当的服装。

太窄的裙子。应该坚决避免穿又长又紧的裙子。脚步不稳地在人前踉跄地走过时，会令人忍俊不禁。那么也能想到：小心翼翼地在客厅里迈着碎步时，全然一种小家子气。如果穿上这种裙子，尤其迈步登上公共汽车时，还得把裙子撩到大腿上，天才知道，在那样慌乱的时候，会不会把裙子撩到刚好尴尬的位置。尤其那种又紧下摆还带鱼尾的一步裙，它特异的造型，摆动的裙边，远远走来，让人显现出不可名状的怪异，仿若一条人鱼游走而来。那不是尴尬可以解释的。也不要穿那些一走路就向上卷的裙子——好像裙子里有什么诡异的装置似的。原则：买服装时一定要试试，穿上后能不能自由活动，并且能正常坐下。

太宽的袖子。可以想象，宽大的袖口如果从桌前人脸前扫过，该是多么的讨厌呢。这种袖子更像是一把扫帚，所过之处一切都打扫得干干净净，一举一动都带着风似的。还必须切记万不可穿着这种袖子衣服去吃火锅。要么另一只手要扶着袖子，要么要极其难看地撸起袖子……仿佛是在告诉别人，准备要大吃一顿似的。当然太窄的袖子也不行，太窄的袖子会束缚行动，没法伸出胳膊做什么，甚至撩一下头发都艰难。

如果你想在行动时如同在静止时一样优雅，娴静似娇花照水，行动如弱柳扶风，那么就应该把上面列举的那种衣服都从衣橱中清除出去。

二

而有些难看的动作会在一瞬间毁掉整个人得体的形象。哪怕穿最优雅的服装，也会因为有些行为举止让它失去原有的效果。

曾和朋友一起去见了一位小有名气的女律师，想委托她一件案子。交谈快到中午，朋友越来越增进了对她的认可。就在这时，律师接到了一个午餐的邀请电话。为了节约时间，她开始边谈话边涂脂抹粉，不停地咂着抹了口红的嘴唇，撩起头发涂脂抹粉，最后用眉笔扫了扫眉毛，问她对面的同事：怎么样？可以吗？

朋友出得门来，就说不找她代理了。说，一个注重面容超过专业的人，怎么会用心做事呢。而且，当着人化妆，对人缺乏最起码的尊重。就这样，我们另选择了别的律师。之后，她电话过朋友好几次，一直不解，说得好好的事情，怎么就变了？真是一种令人难以启齿的原因。所以行为习惯对一个女人的印象来说是多么重要。

不过，如果在行为举止方面走到另一个极端，则同样令人讨厌。因为害怕弄皱自己的裙子，所以直挺挺的，像根棍儿似的；为了不坐在外套上面，因此每次落座都要把裙子或者长衣服的下摆撩起来；或者频频做某种不自觉的小动作，不自觉地挑动眉毛、转动眼睛，或者翘兰花指，动作夸张矫情，弄得自己像是巴厘岛上的土著公主；没完没了地在镜子前搔首弄姿，目中无人地孤芳自赏，透着一股子没见过世面的小气。

不合年龄、场合的举止，同粗俗的举止一样，非常令人跌份，最终也会失去优雅。比如，抓头发，尤其热天时候，到了冷气充足的场所，就迫不及待地把手插进头发，使劲地抖索、梳理头发，以便热气散出来，把掉在手里的头发随手丢在地上。不分场合地抻拉胸衣的带子。常常在餐厅里看到有女人用餐后，用化妆盒里的镜子仔细地检查妆容和牙齿的状况，龇牙咧嘴涂抹口红。坐着的时候两腿叉开，即使你的裙摆很大，也是令人无法直视的姿态。坐在餐桌、办公桌边不停地用手或梳子理头发，毫无顾忌地拍打肩头上的遗落物。公共场合大声地说话，几个人共同交流时，抢话、用大声音压倒别人的发言……

所有这些细小的动作会毁掉女人在别人心目中的可爱形象。优雅的根本是可爱和得体，而可爱和得体则离不开行为举止的优美。当然这些都应该是在幼年时期培养形成的习惯，但是如果先天有缺，后天的学习修养显得更为重要。

穿衣是个性彰显的标识

一

莎士比亚说："你可以尽你的财力所及买讲究的衣服，但是不可以华丽争奇；要大方，而不庸俗，因为衣裳时常表示一个人的人品。"

在穿衣方面，希望独特、有自己的个性，是每个人潜移默化中不自觉的要求。

比如，有人把一些老旧但有纪念意义的小饰物，串联相配，挂在脖子上，这也是创意。如果它只是被用来吸引别人的注意力，那么就具有令人不快的含义，当然，如果创意缺乏品位，没有分寸，那么也会产生一些可怕的结果。这一点是所有人都不愿意看到的。

不过要是没有那些充满创意、拒绝随俗的女人和设计师，世间也就没时尚可言。尽管大多数女人为不犯任何穿着上的错误，所以更愿意和其他人一样，以最平凡的方式装扮自己。尤其在一个日益循规蹈矩的社会中，就更是如此。

但是，还是有很多普通人，常常在深夜时，观看时装节目。那些展示系列时装的模特们走路和站立的姿势都非常不自然，肩胛骨微耸，腹部内收，而髋部前送，两脚几乎交叉前行，身体形成一个"S"。她们与其说是在走，不如说是在滑行，给人的整体感觉是要特意引人注目，刻意而做作。不过，这是服装沙龙里聚光灯下的需要。正如法国诗人、小说家、画家、演员和编剧让·科克泰欧所说："时尚就是接受荒谬。"这些令人匪夷所思的服饰展览，之所以经久不衰，因为它们始终是时尚的代表。她们貌似特异的服饰、形体都异于常人，但是她们服饰的面料和所倡导的服饰款型，始终都是时下最具引领意义的导向。但一种创意一旦被人们普遍接受，随后成为“时尚”，它的创造者立刻会将它抛弃，转向新的目标。它越是成功，就消亡得越快。所以，这就是为什么人们永远跟不上潮流的原因。

要形成自己的衣着个性，意味着首先要先了解自己的一切。

要显得优雅，你首先要了解自己，而要较好地了解自己，是需要有一些智慧的。有的女士总是不论哪种时尚都能打动她，她都会去模仿，却很少考虑、尝试着让时尚适合自己的特殊情况，适应自己的年龄身材，或者适应自己的生活方式。即便这种时尚明显与自己不合拍，但也置若罔闻，一意孤行。那么呈现出来的样貌，如果不是自己不舒服不协调，就是让观者不舒服不协调。

当然，个性并不只是逆反，它是一个人品位的体现。常常会看到：一些女人自己很时尚淑女，但她们的同伴却穿得像个嬉皮；有些母亲自己喜欢穿牛仔裤，而她的女儿却穿着加了各种饰带和褶边的衣服！着装的含义很丰富，它反映了一个人的精神状况、喜好，甚至是财务状况。

很多时候，周围的工作环境和周围的人可能会限制自己的个性，有些女人从未能成功地解放自己，她们这么做又往往出于工作家庭环境或者个性原因，就个人衣着爱好而言，当然是一种遗憾。但在当今的社会氛围下，更多的女士都懂得在不同场合做适合自己心情的装扮。

但无论你穿什么衣服，如果感觉会在个别场合被人侧目、吹口哨，那么这种衣服要么在适当的场合再穿，要么干脆别穿。比如热裤、露肩膀的上衣或裙子，它们都适合在开车、朋友聚会的时候穿，而不适合诸如坐公交的公众场合。就如开胸很低的礼服、开叉很高的长裙可以在盛大的重要的晚会和典礼上穿，却不适合在一般公共场合穿着一样。不是治安不好，而是过多的裸露，在不对的场合就是一种不得体甚至错误的体现。

如果身高不够 160 厘米，体重有 60 公斤，那平时最好穿有跟鞋，平底鞋到周末时再穿。如果爱人不喜欢晚上出门，而你又想陪伴他，多买一件新的家居服则会有助于在家中调剂晚上沉闷的气氛。如果你酷爱运动，那么就穿适合性格的简洁的服饰，便于活动，看上去也会很得体。简而言之，形成个性意味着了解自己的一切。而且最重要的是：不要迁就、懒于依据自己的外貌特征和性格打理自己，相反，对自己不尽如人意的地方要敢于自嘲，并且花心思去纠正它们。一旦一位女士确定了自己的个性——或者能按照自己的个体条件塑造更多的风格，那么她不仅是优雅的，而且也会是自信和快乐的。

二

当我们买一件衣服时，很难知道这笔购买是否划算，因为价格标签上的那个数字并不一定能代表这件衣服的真正价值。而应该把它的价格平摊到穿着这件衣服的次数上去，才是它价值的体现。其中包括这件衣服给自己带来的愉悦、自信和优雅。就算买了一件半价出售的衣服，可是只穿了一次，那么这也纯粹是浪费。而一套完美的量身定制的套装也许要花上双倍的价钱，但如果一年中有好几个月都会穿到它，一连穿上好几年，这也是非常划算成功的花费。

怎样购买衣服才划算？其实并没有便捷的指导规则。不过就我个人经验来看，出于理智购物，与出于抑制不住的冲动或者出于单一地喜欢购物时，购买成功的概率各半。但是买衣服的冲动中，千万牢记自己的一贯喜好。比如平常不喜欢花哨、鲜艳或者不喜欢色泽暗淡的服饰，但某些时候会在流行和同伴的鼓励下，一反常态而购置了这种颜色，回去之后，还是会闲置起来。

在颜色方面，除了黑白色，我很喜好中性色彩的服饰，两条同款的咖色和灰色的宽百褶半裙，两件同款的黑、灰两色的欧根纱衬衣，都穿了很多年。喜爱它们的颜色之外，还有它们略带弹力的质地和款式。半裙的长度、衬衣袖子可以随意卷放的感觉，都是我平时特别注意和要求的部分。

好的服饰色彩是第一位的。买过一些色泽艳丽的衣服，但我很少穿它们，也很少从中得到乐趣：一件荷叶领的衬衣，它夸张的色彩和褶皱的衣领子，累赘而花哨，令人感到不舒服，虽然反复修改了它的款式，但始终没有穿过。还有几件衣服，甚至从买回来的那一刻就抛弃了它们。总结了一下经验，还是不喜欢它们的颜色居多。有的反而是因为理智，觉得自己缺少艳颜色的衣服，所以买了，但是理智总是无法改变习惯，穿衣时候总是不自觉地回避那些颜色很跳的衣服，于是就成了无法扔掉又占空间的多余物。

好的服饰的标准是首先要能衬托出自己的美、符合自己的喜好；其次，是能够和衣柜里已有的服饰多件搭配，而不是过于突出的服饰。假如别人投来的目光不是因为你的整体魅力，而是被服饰所吸引，那么这件服饰就是不适合再穿的服饰。

不理智的购买也是很糟糕的习惯。许多只是想随便买来穿穿的衣物、随便用用的手袋和数不清的其他小物件，所有这些东西都有一个共同点：买它们的时候是抱着随便买买的态度，最终都成了不值得珍惜又很浪费空间和金钱的废物。

当下时代的审美价值观多偏于“简约即美”。优雅女性的服饰基调应是简洁的。简洁的服饰有很多好处，它们没有太多的流苏、花边、绣花，就突破了局限性，更便于组合搭配。简洁的服饰可以让人显得更匀称、优雅。女人不一定拥有完美的身高和体形，但却可以通过恰当的服饰修饰，产生更完美的视觉感，简洁的服饰就有这样的效果。它会提升全身的整体感，给人修长、流畅、优美的感觉。

优雅因细节而生

时尚就是尝试在生活方式和社会交往中领悟艺术。

——奥利弗温·德尔·霍尔姆斯

一、风情的领口

事实上，当一位女士坐在餐桌边时，服饰上唯一可见的地方就是领口。在时尚的历史中，无论是高领毛衣还是无吊带的上装，领口都曾经有过风光的时候，V 形的领口只有在开得比较低时才真正显得优雅。梯形的领口在过去几年中已经被人淡忘，但它确实属于最适宜的领口之一；无吊带晚装上衣的领口也可以是梯形的。一般来说，开得稍稍低的领口对高个子、稍微有点丰满的女士来说要好看一些，而对矮个、偏瘦的女士来说就没有那么好看。

依据胸部大小，V 形的领口有各种样式、各种大小，这种领口的原则是：V 领不要低得露出胸部中间的乳沟；而且，如果你的个子非常矮，腰线就应该尽可能地高，这样才可以使身材整体上显得高一些。无吊带服装即便是在流行的时候，它也更适合高个子的女士，而不太适合矮个子的女士。但是，如果给无吊带的紧身胸衣上加上两条带子，就会发现自己似乎奇迹般地长高了至少 10 厘米。不对称的领口大多数时候都是很难流行的，不会真正受到青睐。船形的领口是各种领口中最女性化的，它几乎适合所有女人。你可以展示自己美丽的双肩、可爱的背部，以及小巧平坦的肩胛，这种领子是很好看的。不过，要是肩胛有点突出，那么背部的领口最好开成 V 形。对于胸部丰满的女士来说，可以接受背帽式的领圈。这种领圈可以从前面或后面垂下来，将胸部或背部掩

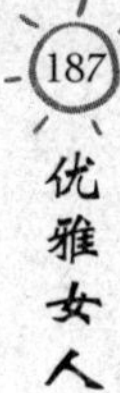

饰得很好。

白天在城市里时，最好不要穿低开领的连衣裙，即便在天气很热时也不例外。无论袒胸露背的服装在晚上多么迷人、多么雅致，在光天化日之下就只会显得品位低下，甚至有伤风雅。

二、摇曳的长裙

裙子是女人的性感利器，但裙子长度是原则问题，直接关乎我们的衣品和搭配能力，甚至暴露出女人对自己的了解程度。有科学家研究表明，女人裙子的长短就是经济发展的晴雨表，经济飞速发展、国力强盛的黄金时代，女人的裙子会变得越来越短，用料也会更加轻薄，色彩明亮饱满。

而在不同的时期，服饰导购也会有不同的说法。比如流行短裙的时候，她们会跟你说：裙长一寸，年长十岁。流行长裙时候，就会说：长裙优雅、知性。其实，超短裙不管用什么面料剪裁，都没办法步入正式场合。

春秋天真的是半身裙的天下。只要鞋子跟上衣配好，剩下的事交给半身裙吧，它会带来搭配的无限可能，无论是简单的白 T 恤，还是卫衣、套头衫、小开衫……都能让你散发出可爱优雅的女人味。

但对于膝盖，有句格言说得再好不过了：如果要开开心心，就把它藏起来！尤其到了四十岁以后，最好不要穿露出腿弯的裙子，它会给人不得体、不被尊重的感觉。

最好放心大胆穿那种长及小腿、脚踝靠上的迷笛裙、茶裙。迷笛裙会把优雅和女人味展现得淋漓尽致。这种款型裙优雅、庄重、适合多种场合。如是腿有点短、小腿不太纤细，只需配上一双细高跟鞋，就会有很大改善的。

对于下摆在膝盖上 5 厘米、膝盖下 10 厘米的裙子，只要身材还算匀称，也可以放心穿。它们通常被称为通勤长度，是所有年轻政界女性的最爱。长度至脚踝，约在脚踝上 1 ~ 2 厘米左右的长裙，是对于各种身高的女人，都会显高的一种裙子。大家都会有一种错觉，身高不够，再穿上长裙，岂不是适得其反？其实不然，这种长裙在搭配上的包容性很强。裙长不仅拉长身材，还把不长的大腿用一条长裙完全掩盖。

裙子长度的确是个原则问题，充分了解自己，选出适合自己的款式进行穿搭，才能让自己得体起来。当然，如果你足够自信，不妨大胆尝试各种风格，毕竟女人的原则就是没有原则！

三、魅力长袜

丝袜是最女人的装饰之一。长袜能够表现腿形的纤细，勾勒出完美的体态，对于腿形漂亮且修长的女孩，长袜是一种非常能够反映活力和时髦感的搭配。

和衣服一样，尽管长袜制造商不断使它们花样翻新，但是大多数女人从早到晚、在每个场合都只穿同一种长袜。长袜的基本趋势就是：越来越不容易被人看出来。

不过，对于非常年轻的女孩来说，齐膝的印有图案的袜子显得非常阳光、可爱。而在日常穿着中，明智而且节俭的办法是拒绝最新样式的袜子，而且每季只穿不同深浅的两种颜色：棕色和裸色。它们与都市各种服装搭配都是最好的，可以与任何颜色搭配。晚上或者更热的时候要穿浅色一点、透明一点的长袜，而且长袜脚后跟部分和脚趾部分藏在鞋子里面，从外面看不见。就是说，别穿着露趾的鞋子穿丝袜。在购买长袜时，由于大多数百货商店的灯光会使尼龙的颜色看上去比实际稍淡一些，所以为了避免产生不快的意外，最好在日光下挑选。

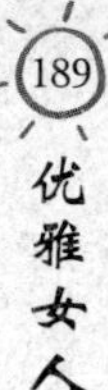

一次性购买同样颜色的几双长袜，这样便于单只替换，会更划算。所以，没有任何理由在任何场合穿一双脱了线的长袜——无论是否经过修补。为了防止长袜总是意外地抽丝，还可以在手袋里放上一双作为备用。丝袜起褶、松垂，皱巴巴地搭在脚趾和膝盖处，都是极其尴尬的样子。一位优雅的女人应该像对待身体的其他部分一样，好好修饰、好好打扮自己的双腿。

女人不能放弃的心头好——手袋

菲尔丁说："一般而言，真正优雅的品位总是与卓越的心灵相伴的。"

要让自己显得优雅，服装中的配饰手套、帽子、鞋和手袋是很重要的。一件朴素的连衣裙或套装，如果配上优雅的帽子、提包、手套和鞋，则会分外增色；要让一套街上随处可见的普通套装与众不同，一个最稳妥的办法就是拎上一个优雅的手袋。当然，要是想让自己本来很漂亮的服装变得难看，拎上一个质地、款式不相搭的手袋也准会达到目的。

手袋这种配饰相当重要，因此也值得十分精心地挑选。甚至在服装预算中，也应该分给它相当慷慨的一部分。手袋的品质虽然通常取决于主人的偏好，但一定得审时度情，购买刚好适合自己所能负担的最得体适合的手袋。不过说真的，实际用起来的时候，一个制作精良、品质上乘的手袋顶得上三四个相对随意的手袋，所以归根结底还是买质地好些的手袋划算。再说，只要精心选择，平时生活中只需要非常少的手袋，三四个就可以了。

至于手袋的大小，一般而言，手袋的尺寸应该与自己的身体成比例。一个小个子女人拖着一个大手袋时，给人一种不堪重负的操劳之感，肯定会让人觉得有失得体，当然也会让人觉得不够优雅。同样，身材相对比较健硕的女人把一个极小的手袋抓在丰满的胸前时，也会有同样的感觉。而且，手袋越大，就越不精致。因此，超大型号的手袋只适合出行或长途野营。而晚上所携带的手袋，最优雅的肯定是要小巧些的，一只手就能握住也很合适。

所以，以我个人经验，首先需要一个大一点的提包，供出行和休闲、锻炼时用。其次，一个用来平时上班办事，和套装以及稍微正式一点的服饰搭配。最实用的选择当然是一个中等大小的手袋，黑色皮质包，加上漂亮的但并不耀眼的扣环。一般羊皮的手袋容易磨损，而且早已不提倡用真皮的，布质包太过松懈，而漆皮发光的手袋则不够优雅，所以新型材质PPC之类的手袋就非常好。

如果穿单色的服装，那么一个手袋有两种或更多的颜色也会显得很好看；不过，如果平时不喜欢变换太多的服饰，那么从实用的角度来说，最好是买纯黑色、纯米色或纯褐色的手袋。

晚间使用的小手袋，可以是绸的、缎的或天鹅绒质的，每个都有不同的颜色，用来配晚间随性的服饰。夜晚可以是一种极其女人、温柔的时刻，柔软的手袋甚至可以瞬间化解一整天的疲惫和焦虑。

而对于对生活品质有更高要求的女士来说，晚间用的小手袋，可以有很多种样式——它们更像是手饰，而不是手袋。当然，这需要有更好的品位，而要在这方面显得优雅，那也要更精心的搭配。比如，用珠子装饰的手袋，只有纯色的才显得别致，比如深蓝色、深灰色、深黑色以及金黄色。如果身穿黑色的晚间服饰，那么一个带有首饰扣环的手袋是最好的搭配，不过扣环的质量能显出它的重要——换句话说，它精良的色泽和润滑度都是不可忽视的地方。

夏天可以准备一个米色的草编手袋。如果是在风景区旅行，用编织得粗糙一点的手袋更合时宜。但在城市里，则一定要用质地细致的手袋。不管怎样，对于夏季轻薄的棉质、纱质或亚麻衣服来说，草编、布质手袋都是不可或缺的配饰。

皮具和服装一样，每年都会有新的创意，作为普通消费人群，不可能对未来风尚做出什么预测，也不可能时刻追随。但是不管商店里卖什么样的手袋，明智的做法都是拒绝那些形状夸张、装饰新潮的货品，而挑选那些样式经典、细节装饰保守一些的款式。

虽然每隔一段时期，手袋的时尚就会发生变化，不过没有衣服的时尚变化得那么频繁。一些轻奢手袋的经典设计——如爱马仕的马鞍包，可以引领时尚达十年之久，这些款式在各种档次的手袋中都是广为流行、经久不衰的，可以放心追随搭配。而那些特别新潮、另类的设计可能很快就销声匿迹。

当然了，只是拥有一些精心挑选的心仪的手袋是不够的，一个优雅的女人还必须知道怎么为合适的场合和合适的服装搭配合适的手袋。穿得很正式，却又拎着个运动包，这总是令人不舒服的。

在色泽方面，米色的手袋轻淡优美，要比白色漂亮得多。不要一见到灿烂的阳光，就挎上白色的手袋，反而是晚上使用普通的或珍珠装饰的白色布料手包比较合适。如果在外旅行，白色手袋看起来就非常不错。但是在城市的街道上，即便是盛夏时节，白色手袋都会显得很俗气。

据说在巴黎，优雅的女人流行不带手袋，她们衣服的内衬里暗藏了很多个口袋。不过我们没有必要像她们那么极端。尤其夏天，轻薄的裙子、衬衫，怎么都掩饰不了手机的垂重感，而如今，谁又能够离开手机呢？再者，切记发亮的手袋只适合于运动或旅行。近年有人频频出国旅游，还有人为此购置昂贵的鳄鱼皮包，尽管花了很多钱令人羡慕，但如果想要得体，就应该让它们从日常生活中悄然消失。

总而言之，穿戴必须在配饰上花很多小心思，面对众多的手袋款式做纠结的选择更是常态，但绝不能一时冲动买一些不适合自己的东西。有句格言说："便宜货是买不起的。"这句话说得一点没错。忍不住买的那些不适宜的新款小包，用不了多久就会被扔掉，因为那种迅速破败、过时的品相，实在令人心情沮丧。虽然这些要求可能太失之偏颇，甚至有时候还会感觉费钱，但是时间是把验证真理的钥匙。在经历了好几年、经历了不少的场合后，有一款手包妥帖、优雅地出现在你的手腕上，就会感受到当时选择它的价值，发觉选择它时所付出的心力都是值得的。

手袋里的小玩意

曾经有教育学家说，当孩子第一次离开父母家人去幼儿园或者陌生地方的时候，给他们准备一两件熟悉的玩具随身携带，会消除恐惧，增强安全感、温暖感。这种说法不无道理，其实在我们的潜意识里，一生之中都会存在怀旧、依恋、渴望温暖的情结，只是因为年龄的增长而逐渐疏于表达而已。

手袋是女人朝夕相伴的心爱之物，无疑是一件熟悉温暖的陪伴。手袋里的那些小物件，如果搭配得好，使它们变得可爱，更能起到温暖情感的作用。所以，首先可以决定小物件的颜色或者料子，然后根据这种颜色和料子质地，慢慢地攒齐一整套小物件：小饰物袋（随时取放首饰）、小杂物袋（随身药物、卫生用品）、小化妆包（临时润肤膏、防晒霜）、钥匙包、卡包等等。这些小东西如果能配成一个系列就棒极了！

至于口红盒和粉盒的样式，则更要根据自己的喜好来决定。它或者是普通的样式，或者是有些什么牌子来头的，或者得到它们的时候有小故事、小心理存在，那便是它们的珍贵和温暖所在。

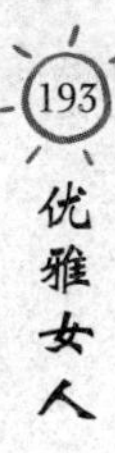

伞

大多数时候，手袋里需要带一把伞。在暴风雨或者有太阳的天气，要保持优雅，最简单的办法就是带一把伞。伞非常有用，样式色彩也非常丰富，小巧可爱，也是一件贴身小物。伞也最能体现出优雅。雨天穿一件塑料雨衣会显得有些狼狈，而大太阳的时候，手搭凉棚或者戴帽子、口罩、纱巾、遮阳衫之类，会把身体围得分不清形体，好似一个移动的花布堆，如果再戴上墨镜的话，更像是一个原野上吓鸟儿的稻草人了。样子也许很萌，但是和优雅失之千里。

当然，最好不要用怪模怪样的伞，也不要用颜色让人觉得发腻的伞，比如紫红、玫瑰红、青豆色和蓝紫色。

浅色、浅色印花的伞最适宜，因为它几乎可以和所有的服装搭配相宜，黑色和白色也没什么问题，属于经典的选择。

外出旅行时，记得把伞放在随身携带的手袋中，而不要把它们装进行李箱，因为只要一到目的地，除非特别的阴天，马上就会用得着。

手套

手套属于最不显眼的配饰，但是非常实用。一双皮肤润泽、白皙的手，当然离不开四季不同的手套，它们当然也是手袋里必不可少的存在。放在手袋里，也才方便随时取用。

和皮包、皮鞋一样，黑色是经典的颜色，而中性颜色的手套还是最好看的。最优雅的手套是由亮面的软皮制成的，这种皮手套加上衬里，在最冷的气候下也可以戴。看所处环境的情况，尼龙的手套也不错，它是最实用的。如果尼龙手套的做工很好、纤维很厚，而且不反光的话，那么看上去甚至会很别致。

不管是什么手套，它的尺寸都应该非常合适，长度也要适当。只需在购物时认真地多挑一小会儿，就能找到完全合乎手型的手套。手套还应该完全不要饰边。许多女士把有关手套的礼仪想象得非常复杂，但事实并非如此。一般来说，手套应该只在户外戴就好，一进门就应该摘下来。不过，一位淑女在和别人握手时不用摘手套。

总之，手套是相对精致的配饰，经典的样式，精良的质地，都会为整体的搭配起到画龙点睛的作用。好的手套可以让套装分外增色，但是针织的手套，或者透明尼龙的手套、露指的手套，却会让套装减分。

魅力的形象标识

就时尚而言，头发当然也包括在优雅范围之内。有人说“女人的头发是一面飘扬形象和品质的旗帜”。的确，头发给予女人的不仅是美丽，更是一种生命的象征，一个生活品质的标识。和人接触时，对方的头发是否干净、健康、美观和得体，是第一印象。俗话说得好，“没有人有耐心，从你邋遢的外表发现你美丽的内心”。

头发的品质往往显露出女人的生活状态。事实上也很难想象一个优雅的女士居然会有干枯油腻、不合适的发型。看看那些在人群中出色的女人，很容易发现：她们并不是一味地追求新潮的发型。她们的头发首先一定是干净、整齐、得体的。

对于比较年轻的人士，发型的花样当然可以很多：可以留发辫，也可以留直的长发、蓬松的刘海……不过，比如年过四十之后，绝不要留飘飘洒洒一直披到肩上的长发，而应该留简单的发型：短发或者在脑后盘成一个发髻。以时尚著称的温莎公爵夫人和摩纳哥的格蕾丝王妃几十年来都没有将自己的发型改得面目全非，正是因为这样，她们也一直不显老，甚至她们的老照片也不会显得过时。

恪守了一条优雅的基本原则——发现自己的最佳风格，并信守不懈。如果一个新的发型只能维持一两小时或者每次都需要复杂的打理，那么最好马上重新选择一种可以长久保持、方便打理的发型。不要妄想自己会有耐心每天花很多时间维持一个精致复杂的发型。要相信，即便是日后天天有时间，你也未必会有心情不厌其烦地去侍弄它。

遵循同样的原则，就普通人而言，更不必每个季节都换种全新的发型，更不适合过分地焗发和染出不真实的头发颜色，令人眼花缭乱。上天赐给我们自然的肤色，以及自然的眼睛颜色，在通常情况下，我们头发的自然颜色和眼睛颜色的搭配是十分完美的。对于年纪渐长的女士来说，不必因为自己的灰色头发而觉得不好意思，灰色的头发通常是非常好看、洋气的颜色。

头发带给女人的不仅仅是美丽，它更是一种生命的象征。沉稳的发色，更具有艺术气质。我们都少不了要去参加一些重要的社交活动、约见一些在自己生活中特别的人。但任何时候，都不要仅仅因为要参加特殊的活动，就重新炮制一个崭新的发型。知性、优雅的发型通常线条流畅，式样简洁，切忌夸张和叛逆。所以，更应该一如既往——健康的发质、优雅的色泽、得体的造型，做到原有发型的整齐精致，就无可挑剔了。

那么，该如何选择适合自己的发型呢？在我看来，能够结合优雅女人味和干练职业感的发型是最富有魅力的。特别是优雅的知性女人，选择一款与自己的气质相一致的发型，就可以在举手投足间散发成熟迷人的气质。很多职业女性为了追求精干的形象而把头发剪得很短，失去了女性的柔美感。其实并不是只有短发才能表现出干练的职业形象的，中长或中短的直卷发同样可以体现干练、知性的一面。而优雅的女性应尽量选择能衬托脸型的发型，如果有刘海也要尽量露出一部分额头，不要完全齐眉，避免给人以阴郁的感觉。卷曲度能倍增女人味，把头发烫得微卷，可以表现出高贵的气质。

每一个细节都是魅力女人不可忽视的。

所以，很多时候我们特别需要一个适合自己的发型师。但对大多数人来说，好像不可能有一个专属自己的私人发型师。

听一常驻外国的朋友说“我的发型师某某某”。他的私人“发型师”？了解过才知道，原来只是他们不喜欢变换发型师，几十年甚至一辈子用同一个发型师，他们习惯把这个发型师称为“我的发型师”。

所以，我们要保持或者做什么样发型的改变，可以询问经常给自己理发的发型师。最好多把自己的职业、性格、爱好与发型师沟通，以便发型师根据你的特质用专业的眼光分析和判断，提出相应的建议，选择是保持现状还是改变形象。不要忽视发型师的建议，不要固执己见。在他的建议之上提出自己的意见，有助于发挥他的专业水平。但在修剪造型过程中，尽量不要再过度提出新的主张，这会影响他的思路。发型完成之后应向发型师咨询在家的正确打理方法。如果沟通默契和顺利，你便有了“我的发型师”。

总的来说，变换发型是女士改变自身形象、精神面貌最直接的方式，也是塑造自身新形象的一个最有效的捷径。只要做到“整洁、健康、有型”，就能表现出女性的品质与魅力。换句话说，最合适的发型就是最完美的发型。

飘曳生姿的围巾

丝巾特别富有女人味。它的色彩、花纹、质地、线条表达着多情多色的女人心。一个生动如花的女人，就像一条丝巾，风情万种、摇曳生姿。一个善用丝巾的女人，她的美、她的情趣、她的生命也必然是多姿多彩的。

无论哪个年龄段的女子都有一颗缤纷的少女心，围巾就是全身搭配中最能体现少女心的一个饰品。现代的围巾除了御寒、防尘、防晒之外，更多的时候是被当作装饰品来围戴的。它样式繁多，披肩、丝巾……不一而足。质地绵软厚实的披肩，不仅实用，而且对各种活动中的长短服饰来说，都可以相得益彰地搭配。对比较高而丰满的女性来说，披肩能让身材显得瘦了一半。天性浪漫的女人更可以让披肩的效果发挥到极致，她可以摆出各种娇柔的姿态，让肩膀显出优美的动作。纱巾，轻柔飘逸，薄若蝉翼，像梦一样绵长，像风一样轻柔，像爱一样细腻。与各色服装搭配时，在折叠之间稍加变换，就能给女人带来无尽的风情，或优雅、或精致、或帅气、或浪漫，这正是围巾真正打动人心的魔力所在。

围巾的魔力更在于它的艺术性。原本很普通的丝巾，经过手工、机织、印染，表现出各式质地和图案，这样一来，倒不像一条用来佩戴的丝巾，而是像一件精美别致的艺术品了。闻名于世的爱马仕丝巾大多是由著名艺术家设计的，每条丝巾都有不同的图案，每幅图案都诉说着一个故事或纪念某一事件，如哥伦布发现新大陆等等，这些图案都曾是爱马仕丝巾承载历史的见证。不少室内设计师还会使用它做壁画或装饰品。因此，丝巾早已不仅仅是一件配饰，更是一种物化的语言。

远古时代，兽皮是被作为奖励品发给那些值得肯定的人戴在脖子上的。这就是说最初围巾的出现不单单是为了保暖，也是一种精神上的安慰和鼓励。

而今丝巾已成为生活中的日常用品。通过不同的系法，丝巾在特殊的场合能改变服装的特性，使寻常衣物常穿常新。有人说，出外旅行，带十条丝巾和两套衣裳的女人比带十套衣裳和两条丝巾的女人智商高出至少五十倍。虽说是个玩笑，但却说出了丝巾的特别作用。

围巾与衣服搭配时，简单条纹或格子的衣服比较适合无方向性的印花丝巾。如果衣服本身花纹较复杂，就应该搭配素色丝巾。这时应挑选衣服印花上的某一个颜色作为丝巾色，或者选择衣服上最明显的一个颜色，以这个颜色作为对比色去挑选适合的丝巾。素色衣服配素色丝巾，这是同色系对比搭配法。如黑色连衣裙配中性色系丝巾，整体感强，但搭配不慎会造成整体色彩黯淡。也可用不同色系的对比色搭配，如紫色配黄色、黑色配红色。另外，采用相同色、不同质感的搭配方式也很协调。

判断一条围巾的品质好坏，应该看它的色彩是否丰富，能否提供多样的搭配。主题图案越复杂、越精细，在丝巾印染、套色和材质、做工上就需要更加讲究，制作时间相应也越长。一条出于名门的丝巾，其价位甚至不低于整套衣服。

每个女子都是一朵芬芳的花，围巾就是肩颈上寻觅而来的蝴蝶。温润体贴的全棉围巾、保暖舒适的毛线围巾、温暖优雅的羊毛围巾……它们或淡雅，或明丽，或婉约，或张扬，与不同季节的服装搭配，透出优雅、愉悦的心情，彰显着女子灵魂深处散发出来的柔和魅力。

艺术是气质的助力器

有人说，世界有十分美丽，但如果没有女人，将失掉七分色彩；女人有十分美丽，远离了魅力，将失掉七分内蕴。书卷气息也是魅力女人不可或缺的一部分，它有一种渗透到日常生活中的不经意的品位，有一种不同于世俗的韵味，有一种无须修饰的清丽，使女人安静而温暖。

获取书香魅力有很多途径，比如，阅读报纸杂志，了解社会时事；浏览专业书籍以便更出色地工作；阅读文化类、生活类的期刊，了解时尚，解读潮流；耳朵也需要“滋养”，要用音乐来安抚内心；观看新上映的电影，不忘给视觉和听觉一点艺术享受；生活中那些点点滴滴犹如晶莹的浪花，只要有心思留意，也能使内心永不枯竭。

作家林清玄在《生命的化妆》一书中，说到女人化妆有几个层次。其中一个是通过改变生活方式改变体质——保证睡眠充足、注意运动和营养，这样皮肤会得以改善，精神会更加充足。更好的化妆是改变气质，多读书多欣赏艺术，多思考，对生活乐观，心地善良。由此而产生的独特气质与修养才是女人永远美丽的根本所在。

与不同的事物接触，就会身陷不同的氛围，那种氛围本身就是一种对身心的影响和滋润。

比如喜欢阅读。书籍适合与阳光、小雨、清茶做伴。在暖日洋洋的午后，在小雨淅沥的清晨，在舒适的书房或者阳台，泡一杯清茶，随意而坐，捧起一本书，难得的慢时光就这样惬意地开始了。或者是一本小说，或者是喜欢的作家的随笔集，又或者是一本配有作者心灵感怀的赏心悦目的画册，一旦捧起书来，思绪就不再乱，心情不再浮，心暂时远离了那尘世的喧嚣，进入了超凡脱俗的纯净空间。与书做伴的这段美好时光和氛围，虽然不是美白祛斑的特效化妆品，却超过一切涂在皮肤表面的东西的功效。就在这样的一次次阅读中，专注和欣赏的愉悦漫浸心田的同时，也使你拥有了属于自己的独特而饱满的心灵感受，有了自己丰富的情感体验，这一切都给了你足够的心灵滋养，给了你面对生活中种种琐碎的力量和自信。阅读带来的内心的安然和自信，赋予了你雍容、恬静的气度，使你不再畏惧年龄，不再一味陷入眼前的苦恼纠结。淡然了那许多空洞的胡思乱想，美好了气韵，在潜移默化之中使人容光焕发，提升了魅力指数。所以说阅读是女人提升修养魅力的重要路径之一，阅读能为女人魅力加分。

同理，如果喜欢画画，也一样可以从绘画的过程中，获得意想不到的修炼。当你开始构图，对颜色、光影做出鉴赏、对比，选择透视、明暗的时候，快乐、欢愉、宁静就已经开始浸染你的心田，在图画的不断改变、成形的过程中，心灵在专注地投入、产生成就的过程中，得到安宁、美的滋润。还比如，书法、剪纸等，任何你可以全情投入、喜爱的，都是可以成为你专属的洗涤心灵、滋养魅力的艺术。

每个人心灵的成长都是一生中最基本和最重要的需求，心灵的成长需要滋养，只有持续不断地滋养她，才能保持心灵良好健康的发展。否则心灵也会像人的肌体一样萎缩和退化。不注意扩展自己的心灵，女人就会局限在自己狭小的天地里，缠绕在琐碎的事务中，心灵变得荒芜，甚至庸俗，不自觉地生活在抱怨和不安中。但对于注重心灵滋养的女人来讲，生活中的点点滴滴都是永无止境的愉悦的精神之旅。

读好的书，选择适合自己的艺术，才能不断改善、增进生活的质量。尤其那些经过岁月淘洗而依然被奉为经典的著作、绘画、书法和各种艺术品，对它们的每一次阅读、欣赏和创作，都是与智者美好的对话、交流，都是一次难得的精神之旅。即便不能完全理解和感悟，但不一定在什么时候，在哪个自己也不曾注意的瞬间，它的意义就体现了出来。而这也正是你智慧、灵气、锐气闪现的时刻。这也正是“腹有诗书气自华”的道理。

不管有什么样的学历、教育、家庭背景，每个女人都可以通过阅读和体验艺术使自己接受魅力教育、改进人生。对艺术的追求是一个丰富的人生品质修炼的旅程，一旦养成了追随、爱好它们的习惯，或者投入其中，就会体验到它们带来的无比美好的感受，拥有无可比拟的属于自己的独特气质。

人生若只如初见

刻意去找的东西，往往是找不到的。天下万物的来和去，都有它的时间。

——三毛

岁月的饕餮

相遇，是个唯美的词。相遇总是美好的，甚至是浪漫的。每个愿意用相遇来形容见面的人，都是心存美好的感觉吧。每个人都会认为自己的相遇是最特别的吧。我也要说，2016 年的一次相遇是我一生难忘的经历。

2016 年 8 月 3 日对许多人来说是个平凡的日子，对我来说，也许对相聚在格尔木的那次同学会的每一个人来说，都是一个重要的日子。

格尔木，意为河流密集的地方。一个青藏高原上的大城，它是全国辖区面积最大的城市，而我心里一直认为它是我的小城。因为它珍藏了父母的青春、珍藏着我的童年和少年。这个“小”字，表达了她与我而言的可爱和珍贵。离开她，竟然已有 27 年之久，时光不敢回头。如果不是同学会的召唤，如果不是思念的召唤，怎么会回头看见岁月在身后竟然走了这么远、这么长？可是时光又是这么的短暂，当我踏上格尔木土地的那一刻，惊觉，那么多的岁月竟然是弹指一挥间。时间都去哪儿了？当我站在昆仑山碑下，向左望去是无尽的长路的一端，向右望去是无尽的长路的另一端，向前望去是无尽的戈壁，向后望去，是绵延起伏的昆仑山脉，目之所及，总是天与地的相接，相同的总是无边无际，相同的是她们一样的静默无声，相同的是一样令人窒息的心痛。灿烂的阳光下，风是那么的热烈，那种静谧、壮阔，是如此的熟悉亲切、令人动容。

昆仑路、柴达木路、江源商场、二十二医院、小岛……当那些熟悉的名字一一真切地出现时，我仿佛被记忆的绳索“啪”的一声，甩到了时光的另一头，身心立刻被那种时空穿越的无助感深深地占有和吞没。发小、同学开着车带我不厌其烦地去到每一个角落。

这是岁月给予的一次奢侈的饕餮馈赠。

缘　起

只不过就是一场时下流行的同学会而已。也许不该这么兴师动众、小题大做地写这么多文字。但是人生可以有几个 27 年呢，人生可以有几次三十年之后的相约呢？为了这如许之长的岁月，写一段文字，留一点纪念，应该不算多余和浪费吧？

2016 年的 4 月，一个周末的早晨，小区大门的物业打来电话，说，你认识一位叫楚震的男士吗？我说，不认识啊。但是电话里听见有人在旁边急迫的声音，物业说，要不接下电话，让他给你说吧？接了，真不认识。那声音更急迫地说：“格尔木，你上学的二中，应老师、楚老师你记得吗？”

我接着电话，目光望向窗外，窗口印着春意深深的叶子，照在上面的阳光却突然无比闪耀，记忆发出巨大的声响，哗啦啦地拉开了大门。我在懵懂的情绪里，打开了门。那些仿佛来自梦里前生的记忆，来到了现实。真的是那个应老师、楚校长。真的是那个最最严厉的化学老师应老师，真的是话不多言的楚校长。好像他们一直就在我的不远处，就为这一刻的惊喜。他们带着记忆中依稀的模样重现了，那种特别的口音，不听就再也想不起，一听还是那么熟悉。

微信，现代科技发挥了无比强大的功能，天南海北的声音都传来了遥远的记忆。谁说的岁月是一次有去无回的旅行。人生不但能往前一直出走，还能在某一刻，重温一下过去，这正是生活的奇妙而又令人惊喜、欲罢不能的所在。人类的情感是无形的，但是它又是最强大的力量，抗拒了岁月的侵蚀、抗拒了距离的阻隔。

不　同

我们的同学会的确有别于其他的同学会。

年纪渐长，参加过各种不同的同学会。脾性相投的好友还是相投，不相投的，也在岁月的淘洗后，即便仍不能融洽自然，也和顺了。这期间，转性的也有，但只是极个别而已。年长之后增添的油腻感也许令彼此失望。回头看看，岁月更多的时候终究是一个大染缸，为家庭生活事业挣扎奋斗了几十年，没有走形变样、能保持一种干净面貌的人，真是少之又少。多年生活磨砺之后无可畏惧的样子，使人变得粗俗。从前的羞怯之情，早已烟消云散，而那是一种多么可贵的品质啊，它甚至才是美丽青春最美好的体现。

这次同学会，准确来说是一次发小聚会。很难想象，在高原上一个大戈壁的小城，一群人生活在一起半生或者一辈子。我们从小生活在相邻的大院子里，吃一样的水、一样的外地拉来的水果、同样味道的土豆炖羊肉，看同一部电影，上同一个学校，甚至被同样一个班主任连带三年。在学校是同学，校外是玩伴儿。家长之间，很多都是老乡、朋友、同事。这是怎样一种情感？

时隔三十年，竟然是三十年，我们才相聚。分开的时候，我们是懵懂的少年，再聚时，我们孩子的年龄却比我们分开时候还大。时间就这样如同断层一般，让几十年的岁月戛然消失了。

可是大家相见，只要名字和人对上号，就会热泪盈眶，紧紧相拥。是为了孩童时期的回忆？是为了这几十年的不容易？不，是为了相见、在这座城的相见，为了这座共同见证了我们的存在的小城，一个永远青春的城市、一个多少人梦魂牵绕的小城、一个封存着童年和青春的城、一个最具包容性的城、一个滋润每一个在这里被它养育过的人的小城、一生的精神之城……

每个人都有说不完的话，问不完的人，回忆不完的往事；而有时候却一时相对一笑，无言，犹如巨大的幸福降临，让人措手不及，无从言表。

我花了很多时间，一点点收集、无数遍回味记忆中的这座城，和城有关的所有的往事、故人。任何生活场景都会令我在某一瞬间，触摸到小城的脉搏。后来，我发现了乡愁这个词，发现乡愁是这种情感最为贴切的形容。所以，我开始真正地怀念、书写那里的一切。

提笔时总是难掩悲凉之情，我再也回不到那里了，再也见不到记忆中的那些人……我以为这一提笔，就是和小城做最后的告别了。作别父母的青春、作别我们的童年、作别我们的少年、作别那座城……

然而，书写的文字如长长的画卷开始缓缓打开，那色调，竟然如此欢快、明耀，一如格尔木明丽高远的天空，英姿飒爽。格尔木变幻多姿的天空和白云之下，记忆中的人纷纷显现，他们比我以往零碎的回忆和梦见，更加具体而生动……

年过完了，你还好吗？

刚过完年，今天是上班的第一天，返程、返回工作岗位的人，有离别的伤痛，也有如释重负的欣慰吧。

所谓相爱相杀，在这些特别的日子，表现得尤为突出。大年初四的早晨，我独自驾车穿过空荡荡的街道，等红灯的时候看见一个年轻人，站在路边等城际公交。身边 只箱了，他用纸巾擦拭着眼睛。 阵心酸莫名漫过了心头——如果不是过年这个特别的日子，一个大男子汉应该不会这么轻易流泪吧，尤其是在大街上。年，的确是个奇妙的、令人感情无比脆弱的节日。

从还在岗位上的敬业工作者，到儿女撒娇的“咿呀”、母亲家桌上的饭菜，一首歌、一个问候……好像平日的坚韧、忍耐、爱恨情仇都在此刻发酵，积满了胸腔，充盈了泪腺，等待“年”这个东西的到来，一触而发。

延续了几千年的节日，承载着人类沉甸甸的情感。娱乐、影视节目皆演绎着团聚的悲欢，而往往令人唏嘘不已的却是悲大于喜。一场一场过年的大剧，在不远千里、昔日不相往来的大聚合中，爆发出比平日更加跌宕的情节。妈妈家的对门，在大年初一那天，一个女孩子在踹他家的门，在门外一直哭诉着。在这样“大过年”不同平常的时刻，来做这样的事情，一定会给人留下深刻的记忆，经历这样的情节以后还怎样同居一室？

年，从前是个怪兽，一个要放鞭炮吓走它的怪兽，现在依然是个怪兽，一个让人等它盼它恨它怕它的怪兽。这是一场智力、耐力和体力的角逐。其中，从逼婚、催生、促二胎的必杀技开始，衣着、身材、收入、房子、家境……统统都会在毫无顾忌的眼光下，被迫呈现打开模式，被比较、考量，进行或明或暗的较量、攀比。在这场以爱和亲情为名义的大团圆中，人人累得体无完肤，这是一段浓缩了时间、空间的人生。稍纵即逝，却足够回味整个春夏秋冬。

年，终于轰隆隆地走了，大家又都纷纷飞回自己的栖息地——无论是小的、大的、简陋的、豪华的窝，都急于静一静，梳理下自己乱哄哄的心情。老人终于可以喘口气，伸展一下酸痛的腰身了，把清淡、舒缓的日常纳入正轨，终于可以不在半夜还响着爆裂音乐的电视声里入眠了；子女一边赶去各处不同的地方调换吃腻了家宴的胃口，一边想尽办法去消减猛增了的体重。

年，是一个无法回避、各种亲情牵绊绕不过的坎、无法改变的节律——明智如你，想好了各种过年的方式，比如春节出游？但你的心没有强大到能说服你自己，最终还是要随俗就范，逃不过“年”的大洗礼。“大过年的”这句话是魔咒，好的坏的，都被这一句“大过年的”无限扩大夸张或打回原形。不这样不成活！所以，健康地富足地圆满地活着，是迎接下一个“年”来临的最好姿态。但愿，到那个时候，不被食物掩埋、不再关注他人说辞，可是，你真的敢肯定自己能做到吗？

那永远是一个你早已知道，但到时候却依然无法拒绝、避免的陷落。

和你一起浪费时光

最近你是怎么过的？全民追剧的时代，不看剧，显然是落伍的标识。大家都嘲讽《延禧攻略》里的反派人物尔晴，套用“可以买任何人的账，但是尔晴不可以”的句式来表达观点的时候，如果不知尔晴是谁，就无从问起了。

时尚是时代的标签，没有人可以逃脱或者置之不理。朝代不同，风尚不同，可是追逐时代的心和脚步却是相同的。

最近在追《延禧攻略》，又一部宫斗戏而已，明明知道是历史再次被杜撰，不过一段子虚乌有的情景故事编排演绎而已。起初就是做枯燥锻炼时的陪伴，后来竟变成为了追它，才去进行锻炼。锻炼完了还欲罢不能，把洗漱的时间都延误了。

很小的时候，就学会每日睡前思今日事，回顾度过的这一天是否是有意义的一天。而看电视电影、进行各种娱乐都会被认为是虚度了人生。这种担心虚度时光的焦虑，紧紧伴随了半生的时光。每天、每一件事情，都会不自觉地去想，这么做、做这个是有意义的吗？那念头是一种鞭策，更像魔鬼追逐的脚步，感觉所过的每一天每一刻都没有达到最好，都没有做到最有意义。当然这使自己不敢懈怠、无法停止自己的脚步，总是要走在自己认为是努力的路上。而今不能实现的、不能企及的或者想要到达的一切，大半都成了定局，可是仍然无处安放这颗心，每天都在拷问，今天就这么过的吗？就这样过去了？就干了这些吗？焦虑，成就了今天不懈怠的生活，却也成了挥之不去的心魔。和“过好当下”的观点背道而驰，仿若守旧的农民，抱着自己的土地，不肯离开半步。

轻柔的春风、夏日知了长鸣的宁静午后、长风浩荡的秋天、细雪飘洒的冬夜……每一个美好或不美好的时刻，都无处安藏那颗心。究竟是谁给了这样的教育？好像和母亲、《钢铁是怎样炼成的》那本书或者某个小学老师有关。那颗心，不过是在所受的教育下形成的价值感、世界观，安放它的方式却在经历、见识、眼界里埋藏着。那里，也许繁花似锦，也许长风呼啸，也许安若初世……你呢，你的那一颗心如何呢？

有那么多的事情要做，却还要发呆、追剧，静等时光的流逝，明知道无用和浪费，还是要去做，无法克制地陷入。生活让人学会妥协，向他人妥协，向世界妥协，向自己妥协。生命中总有一些无用无意义，甚至荒唐可笑的事情发生、存在和继续，但不能否认它们也是某种释放、某种寄托和表达。存在即合理，它们成为不能倾诉的小确幸，悄悄地滋润着心田的某一部分，世界才变得有所期待和可爱。于是也才明白，所谓有意义，不过是对得起、安抚得了自己的那颗心。人生最曼妙的风景，竟是内心的淡定与从容……我们曾如此期盼外界的认可，到最后才知道：世界是自己的，与他人毫无关系。

爱是什么？

爱是什么？这个看上去滥俗的问题，为什么可以经久不衰，困扰或者滋养着人类生生不息呢。

单相思的人晚上都会睡不着吧？还有，如果恋爱进行得不太顺利，或者是热恋中的话，也会整夜整夜地烦恼、兴奋吧。爱情为什么总是让人心乱如麻呢？

其实，人是被各种爱守护的生物。

爱的本质就是对对方有所希求。古希腊哲学家柏拉图曾说过，恋爱的本质就是爱情。所谓爱情，就是追求理想对象、憧憬别人。其实我们常说的爱，可分三个种类。除了爱情，爱还包括友爱、博爱这两种感情。友爱是亚里士多德所倡导的同胞之情，博爱则是现下所倡导的奉献之爱。三者的区别就在于，爱情是单方面的憧憬，是追求个体的爱；友爱是像爱自己一样爱对方；而博爱是比起爱自己更爱对方的爱。

这三种爱虽然不相同，但一个人是可以同时拥有这三种感情的。比如，可以把爱情给爱人，把友爱给朋友，把博爱献给家人和他人。当然，也有人只有爱情、友爱或博爱中的一种或两种感情。不管怎样，人是被各种爱守护着的生物。人，总是在爱和被爱中才会生活得有声有色、幸福而安稳。

而在爱情里，在爱情的双方，谁先动了情，谁就输了吗？

在电视剧《延禧攻略》里，继皇后被打入冷宫时，忍不住问魏璎珞，为什么她能被皇帝一直宠爱？

魏璎珞说："为什么你先说出那个字？先说出来，你就输了。"

那个字是什么呢？就是“爱”。

这不仅仅是魏璎珞一个人的爱情攻略。追求爱情，却不能把它当作爱的全部，正如林语堂说：“人生幸福无非四件事，一是睡在自家床上，二是吃父母做的饭菜，三是听爱人讲情话，四是跟孩子做游戏。”爱的本意很丰富。人是因父母之爱而诞生的结晶，最后结晶也会变成爱着别人，并被别人爱的存在。所以在男女双方爱情的旋涡里，能保持感情的自主和独立，才能理解爱的真意。

尽管在爱情的情愫里，没有先后、输赢之分，但是爱的表现就总是这样奇妙。爱情会根据环境、物质而变化的。因为生活环境的改变，爱情当然也会改变。

如果你因为不擅长去爱别人而烦恼，不妨回头看看自己因爱被养育的那一段日子吧，说不定答案就在那。只有意识到自己的问题在哪里，才能改变现状。如果你总是对恋人、家人说些过分的话，说不定是因为小时候也经常被父母这样训斥。知道了原因，就没必要再烦恼了。平静下来，把原因坦率地告诉对方。那么至少做出了修复爱情的第一步。

世界是一块儿美味的蛋糕

大家都是怎么过日子的？每个人都或多或少地在了解别人的生活状况。一天不发朋友圈好像才华就无处施展，一会儿不刷朋友圈就觉得好孤独，感觉被世界抛弃了似的。

孤独无处不在，它是聚会、找个人说话、看一场电影、一次出游……很多事情的原动力，去了，心里才会觉得妥帖，不然生活好像就无法继续了，心里就会装满懊恼和伤感。

很小的时候，大院里食堂的大师傅去世了。他是玩伴儿妮子的爸爸，他的去世影响很大，因为他的去世，单位的食堂从此就关了门，中午再也不能去打饭了，再也没有雪白的大肉包子和红彤彤的红烧肉可以吃了。食堂就在大院进家属区的必经之路上，放学经过食堂的时候，我会站在路边看着食堂发会儿呆。食堂的窗子都被大风刮烂了，残破的纱窗在高原无时无刻的风里摇动着。我跑回家去，问妈妈大家都想去食堂打饭，可是杨叔叔死了，这可怎么办呢？他死了，大家想吃他做的饭，怎么办呢？死了，就完全找不到了吗？无论人们多么需要他，有多少事情要找他，他都一定不来了吗？

妈妈怎样解释，都不能使我满意。内心完全不能理解，一个被别人需要的人怎么就可以这么再也不出现了。

渐渐长大之后，才会发现每个人和世界的联系，竟然是如此简单稀少。这个世界对于来和去的人，可说是无知无觉的，不然怎么会有那些个默默去世而不为人知的人呢。世界原来是可以这么轻易地抛弃某个人的。一个人这么决绝地离开这个世界，竟然是如此简单的事。

一个人如果不是彻底绝望，大抵还是要主动和这个世界发生关系的，哪怕是去吃一碗面、在无人的街上行走……

无人需要的时候，任何人对你而言，都会像是磐石一样没有任何感情。把自己变得有用，是唯一和这个世界发生关联的有力方式。让自己变得有用、被需要和惦记，是每个个体和世界发生关联的途径。所谓的存在感正是自我在这个世界上的能力的表达、有用的体现。

世界是一块美味的蛋糕，每个来到这个世界上的生命都被赋予了去分食它的机会，取不取，怎么取，就是每个个体的事情了。去世了的杨叔叔会被人从久远的岁月风尘中想起，那是他展示给这个世界的最璀璨最有意义的生命之光。他就是以这样的方式吃到了这个世界上属于他的那块蛋糕，如芸芸众生，渺小而伟大。

人生若只如初见

一

纳兰容若的一句“人生若只如初见”不知惹来多少伤感、多少人对旧事的回忆。而人生不可能只停留在最初，总会有成长。初生时每个人都是一片空白，纯洁得像张白纸，多少年后再回头，才发现当初的纯真是多么美好。却不可能只停留在当初的童真，会慢慢长大，经历很多，慢慢变老。有了这种对比，才有了这句话，因此，这只能是一个愿望！一种伤感的情怀，一种文艺的砌词！如果仅仅如初见，仅仅是惊艳，没有蓦然回首，就不会有对比，更不会有“若只如初见”。

童年的天真纯洁，年少的意气风发，最初的感动和梦想，在时间的浸润下渐渐磨灭；一见如故的亲切，山盟海誓的诺言，早年朋友的真诚，青春情感的青涩，那些苦涩但是温馨的旧日岁月，曾经夜不能寐的心痛……都只剩下一个依稀的背影，犹如故事中的战神披着天边的彩霞，总是定格成永恒的记忆，看得见绚烂的开头，却看不见或不想看那早已注定的结尾。即便再见，也是物是人非了。时光的利剑，早已准确、优雅、无声无息地吻上了你的脖子。感觉到的时候，已经回不到最初！

流年似水，世事难料。许多既定的开始都有一个意想不到的结果，所以才耐人寻味，不管是喜还是悲，是自己期待的还是自己拒绝看到的，这个世界给了我们太多的矛盾和落差。不管初见是否美丽，把握住过程，珍惜每一个瞬间，整个瞬间组成人生的过程，那美好的将不是初见，而是整个人生。

二

敲下这个题目，竟又不知从何说起。

有时候并不想把文字垒成一篇华丽的砌词，一篇伸张有度、架构合理、中心明确的文字。就想让它像微风中的叶子，随意飞舞，表达心绪。那种说不出的伤感和说不出的感动，不是总是在这样的时刻发生吗？就是这种感觉，这种说不出、抓不到，稍纵即逝却又频频来访的感觉，谁会没有呢？

在岁月里游走，蓦然回首，并不见灯火阑珊，消失的犬马声色也已隐隐不见。问自己，昨天的昨天做了什么？昨天的昨天与今天有何不同吗？答案是嘴角一抹无奈的笑。问自己，是不是经年前，也曾轻歌曼舞；是不是也曾花前徘徊，只为听一声轻轻柔柔的呼唤；是不是也曾结伴远游，面对山川豪言壮语；是不是呢？问一声，泪痕残！

一直喜欢张爱玲的文字，知道自己喜欢的是文字里那点点的苍凉。生活是怎样冷酷地剥蚀掉片刻的诗意与浪漫的？人的活泼与绚丽，人的诗意与希望，所有所谓美好的一切，都僵死在程式化的生活里。譬如感情，很多的时候只是败给流年而已。

小时候常说的话就是“等我长大了”，好像长大了的时光有多么大一段，可以做无限多的梦，可以做很多很多的事。如今看看，却是儿时的记忆最为清晰，什么时候是怎么玩了，什么时候在哪里因为贪玩受了伤，很细微的却是记得最清的。光阴荏苒，我们来不及拾起一路的笑语眼泪，一大段的岁月已遥遥不可寻，是我们学会了忘记吗？是我们不懂珍惜吗？在这样的夜，这样的暖风里，我张皇地感受着自己的迷失。

宝玉说，未出嫁的女儿是颗珠子，出嫁之后沾染上男人的气息，即使还是珠子，也没了光泽，再上点年纪干脆就是颗鱼眼睛了。是这样的改变让我张皇吗？我知道不是。我知道一切的改变都是必然。对着阳光伸开五指，看金光一束束穿过指缝哗啦啦照下来，似乎有声音蹦进心底，我们的岁月，也是这样漏掉的吧。

十年，也许并不能使容颜改变多少，心境却在十年间斗转星移，谁能保证十年后依然会唱响当年的歌，依然热情如初地说些什么？

虽然如此，我依然愿意记住些美好，记住每一个微笑，记住擦肩而过的缘……让相遇点缀记忆，这将是我在经年的黄昏后，当回忆爬上心头，对着夕阳，微笑。流年虽逝，认识你，真好！生命中的每一个你，都是我在这个世界上曾经存在过的明证。

你有没有认为，你是为了宠爱自己而利用宠物呢？

我们总是在不知不觉之间成为人类中心主义的帮凶，自认为是在宠爱动物，实际上却是宠爱自己，为此利用了自己的宠物。

不然，人们为什么养宠物？

人容易在与人交往的情境中受伤，却可以在与宠物交往时获得支持与力量，这也是心思敏感、热爱宠物的人所得到的福利。

也许在睡不着的夜晚，你会忍不住跟你的宠物聊天，说："你看你多幸福啊，这么没心没肺地能睡。"可是，你有没有想过它因为白天竭力配合、讨好你付出太多，此刻很累呢？

每个宠物也许都不那么容易，它需要按照它的生活节奏认真地生活，还要投主人所好，认真地履行被宠的天职，有可能每天都费心地活着。身为饲主的人类，为自己的宠物着想的又有几何呢？当你看到，宠物看着自己的时候，会好奇它在想什么吗？

你可能会说我小题大做，因为很多人觉得动物和人有着本质上的区别。动物又不会说话，也不会按照逻辑思考事情。但就是因为这种人类中心主义的想法，引起了很多虐待动物的事件发生，往深层里说，是造成了生态系统的破坏。

七月的一天，酷暑。给一个当天要出行的闺蜜打电话，问候她是否到了机场。电话里面，她那头儿环境嘈杂，声音比通常提高了许多。她不但没有到机场，还在马路边等候去机场的车。我很惊异，这么酷热的天，露天下三分钟便会汗如雨下，单位有车送，怎么还在等车？

“老公，我老公。他要来送我，还要先到单位处理点事情。我正在他必经之路上等他回来呢。”

“怎么，单位不能送了吗？”

她口气也有点急急地说：“是他啊，一定要送。他有这个心理需求，我这不是为了满足他的愿望吗。”

几乎同时，我俩都笑了出来。瞬间，觉得闺蜜说得太有道理了。有时候你对别人的关注，未必是从对方立场出发的，而是你自己为了对得起自己的心，是你自己过不去自己心里的坎。站在骄阳下等候你的接车，看上去是你爱心和责任的表达，其实被送的那个人未尝不是为了你的良心安稳在为你付出。这不是满足自己的需求，又是什么呢？

这么说好似不近情理，其实，事实就是如此。你爱宠物，何尝不能说你爱的是自己，是借爱宠物之名，满足自己的心理需要呢？

当然，这样也未尝不可，只是在它老去、生病的时候，要不弃不离，待它如初，才不枉彼此这一段美好的感情付出。

瘦身是一种人生态度

有人说："你的身材，你的脸，你的服饰，统统都是你能力的体现。"

形象管理大师科瑞克所说："颜值，是管理出来的。"

为什么身边总是会有些人特别吸睛？真的是因为天生丽质吗？

有句话说："很多时候，你所以为的天生丽质，不过是别人用心管理的结果。"

瘦身这个话题也许是所有女人和一些注重身材的男士的心头之痛。

每天早晨醒来的第一时间，我都会看一个男士朋友的朋友圈。大多时候他只是简单地发一张天象图片、一张运动跑步四公里做完拉伸的图片。而我更多的是为了看看当天的实时天气如何，同时，看看他运动的时间，以此激励自己起床。自私地担心着，有一天他不发了，我只靠看天气预报判断穿什么衣服出行是断断不行的。所以，总是殷勤地点赞。他只是十年前有过很少工作交集的同事，多年未见不重要，重要的是通过我给他添的一个小标识，希望他看到有人关注、支持他每天的坚持，以此好好地继续下去，我也好每天早上有天象可看，有根据地选择合适的衣服穿。

偶尔，他会发一张体重对比照片。有时候我问他：每天早晚运动累不累？他说很累，但是坚持一段就习惯了。

我说，看样子，运动真的可以减肥啊。瘦了没有？好像锻炼的目的就是为了瘦身。他回复说，减了二十多斤了，但是，三天打鱼两天晒网可不行。

虽然多年未见，不知道他之前是什么样子，但是现在每天的运动、体重图片，却是有力的证明。我每天早上关注，点赞，感觉像是自己也在进行同样的行动。但是，事实不容改变，我又胖了。

对于越减越肥这件事情，我是有发言权的。瘦身汤，瘦身按摩，瘦身运动，各种提高代谢、排脂的食品……不一而足，仿佛半生都在不间断地减肥中，而每一次决绝的减肥计划的结果，都是体重的稳步上升，身体仿佛是受了惊吓的骆驼，在每一次计划实施之后，它都会不顾一切地吸收、储存囤积任何一点营养供给……越减越肥不是玩笑，而是无法制止的事实。

瘦身，实际上已经成了人们可怕的敌人之一。每年春季，时尚杂志和女性专栏都会提出一些新的减肥办法，一到夏天，更会有一大批“爱美人士”哭着喊着加入减肥大军，因此也衍生了层出不穷的花样减肥大法。什么按摩减肥、针灸减肥、减肥仪等，如果真能逐字逐句遵照执行、按样施法，也许会有苗条的身材，也可能是没有任何科学依据的伪科学减肥方式，只是摧残了一些人的健康！

女人并非一定要像时装模特那么有骨感，但是模特那样的身形总是减肥女士所期待的目标。而不管是你信奉哪种减肥方式，不可否认的是都和摄取的食物有关。反正饮食首先是最大的敌人，其中首当其冲的是：盐、各种饮料、蔗糖、脂肪、淀粉、肉类、糖果，或者酒精……总之，那些可以尽情享用，而不用担心吃了会长胖的可口菜肴是越来越少了！

如果孩子们的童话要跟得上时代，那一定要让童话中的仙女记得：当她对着公主挥动魔杖时，不但要赋予她美貌，还一定要给她想吃什么就吃什么，但是绝不会长胖的魔力。

大多女士实际上一生都在节食，在过去的几十年中，我们每顿饭的分量也许已经减少了很多。但是除非没有什么事情和工作要付出心力、体力，否则不可能严格控制食品的摄入，所以瘦身是一件难以完成的事情。瘦身的方式方法因人而异，至目前，据业内人资料，并没有一种完全安全的、有效的减肥方式适合所有人。

有时尚博主说过一句话：每个女生都该去好好认识一下自己，发现喜欢自己的那些部分，让它们发光发亮，而不是竭尽所能去追求自己基因里不存在的却被大众定义成“美”的东西，然后在求而不得的纠结里平凡一生。

毕竟，一个健康的身体才是一切快乐、幸福人生的源泉。

努力做一个能被人利用的人

一位老同事今天找我办一件事，其实不过是再普通不过的一件事情而已，只不过举手之劳。而他一再表示抱歉，把自己是多么不愿意来添麻烦的客套话说个不停。事情不大，但是随着他的客套，不停地说来说去，说到要崩溃的地步，反而觉得麻烦了。他原本是个“事不关己高高挂起”的人，不论何种事情有求于他，他总是退避三舍，出了名的“不好事”。他也成了一个习惯性不出现在人多场合的人，几乎成了一个透明人。

其实，努力做一个能被人利用的人，也是实现个人价值的一个方面。这是句大俗话，但是却蕴含着一定的道理。一直以来，大多数人都以避开身边所能碰到的麻烦为处世之道，能够明哲保身的人都是所谓聪明的人。但是一味避开别人，自然就不好意思去麻烦别人。可是只要生活，怎么可以离群索居离开社会呢？一旦需要麻烦他人的时候，就要么觉得低人三分，要么觉得如临大敌。其实，人和人的关系，尤其是最深厚的感情往往来自共同的担当、经历和相互的麻烦，好的关系大多是麻烦来的。

不爱麻烦别人，犹如自己高举着别来麻烦我的免事牌。

怎样才能算是个有用的人呢？这貌似一个枯燥、乏味的问答题。

位高权重者自然是芸芸之众有求的目标，因为其担当的责任而被追随和尊重，如此有用，应谨言慎行，自身应该明白是位置和责任决定了自身的“用处”，而非自身价值的体现。那么，才华横溢才属于有用吗？所谓“才华”，应该是能力的一种，诗词歌赋皆信手拈来，琴棋书画不输人。重要的是，要有有益于社会和他人的才华和能力，单单是只能仰望的才华，于常人也是无用的吧。

甩不掉的不安

午后，老友电话，说，写了一会儿大字，忽然有点伤感，感觉自己焦躁得很。

老友孩子大了又不在身边，父母安康，工作按部就班，生活一帆风顺，并无太多挂碍。可是为何总是感觉心浮气躁呢？拿着电话，我竟然也一时语塞。“看看书吧！”我弱弱地说。对自己说出的话，自己都不认为是一种可行、有力的办法。果然她说，无法静心好好地读一本书。

从前我要特别地存款去买书看，现在累积在床头、书架、案头的书比比皆是，却没有安静的心情去好好看一本。只是那个念想还在，还是机械、不能停止地去积攒它们，对它们关注的表现，只是看过它们的书名、封面、内容简介、作者简介而已。

在这个喧嚣浮躁、竞争激烈的时代，科技的发展让人们的视野更开阔，每个人内心的宁静和幸福感似乎反而变得遥不可及。现代人的通病，晚上总是惴惴不安，睡不着，越是第二天有安排越是不想早睡。谁没有经历过因为心里充满不安而睡不着的夜晚呢？很多人都说自己焦虑，可焦虑到底是什么呢？人们究竟是因为什么而不安呢？

周末聚会，无论是与家人还是好友在一起，结束的下午，总会有人说，哎，明天该上班了。甚至于准备入大学的外甥也说，明天会怎么样了？他焦虑大学里未知的环境，当前的不安，远远超过经过几年努力才千辛万苦进入大学的欣喜。

也总会有人说，能不能别说这个话题呢？

不提，明天就不会来了吗？焦虑和不安就会消失吗？

周日的晚上总要给去上班的孩子准备东西。烫熨制服、准备要穿的便装、整理要带的其他衣物和一些食品，虽然离家仅仅一周的时间。接着更想起孩子离家住宿的第一晚，然后上中学、大学、读研、司考、工作的时候，每一次抉择、改变和等待结果的过程，无疑都是一连串最深切，甚至痛苦的焦虑和不安组成的时光。每逢那个时候，我的心情总是极其低落，甚至是压抑的。

古希腊的哲学家也有些关于不安的论述，表明“不安”与人类生活密不可分。他们用人类身体感受打比方来描述不安，说，不安就是一种让人如鲠在喉的痛苦。

如此的比喻并不夸张。每一次孩子的离家，都使我体会着最具体、最深切的痛楚。那种烦恼，提前两周或者更早就开始了。做什么事情都不能安心，不能专心看一部电视剧、不能安静地看一本书，总之不安始终在持续，挥之不去。

不安就是这样一种让人身心疲惫的情绪。在现代社会，不安更是导致人们产生忧郁症和自杀的重要原因。不安不只是一种心情，还是会毁灭身体的心病。

有学者说，这种无法排解的焦虑不安情绪是哲学的主题。从我们开始有意识开始，不安就出现了。被别人一抱就哭的婴儿、要去幼儿园的宝贝、要离家住校的学生、要去外地工作的家人……这些都是对离别和对陌生环境的恐惧焦虑；焦虑和不安的原因很多，大到担心失去亲人，小到对自己目前学业、工作、婚姻的焦虑，对孩子、家庭未来的焦虑，对逐渐年迈的父母的焦虑……甚至亟待处理的文件、未看完的书籍、面临的考试、需要维护的人际关系，更远点的疾病、年老和死亡……各种事铺天盖地涌来，焦虑也因此如影随形，始终伴随着我们。甚至变成了一种生活常态，焦虑不安在某一刻如鲠在喉，听再多的道理，都如无济于事。

丹麦哲学家克尔凯郭尔在著作《致死的痼疾》中，对不安这种情绪做出了详尽的分析，他说“不安”很有可能变成绝望。为了不让不安演变成绝望，需要做些什么呢？我们能想到的第一件事，就是找到原因，解决问题，以此来解除心中的不安。

如何对待宝贵而短暂的生命，面对烦恼的生活？

我们时时只想要逃离不安。于是在这样的担心中，我们只顾着向前跑，却忘了自己为何而来；虽然很努力，却忘了初心，忘了还有一些东西是我们能够掌控的。比如现有的家人、工作……忘记了对我们能够控制和已经掌控的东西承担起责任。我们可以用心地经营新环境的人和事，以切实可行的行动去做一直纠结、拖延的事情，如我，好好利用孩子离家的时间，丰富充实空闲的时间……

正因为感觉到不安，人们才能真真切切地感觉到自己的存在。如果没有不安，大多时候，人们就会失去迫切感，耽于现状，无所事事，漫不经心地度过人生中的每一天了。知道了不安的真相，既然它是生命中不能剔除的存在，既然只要是活着，我们心里就总会感到不安，那不如就把不安当作是督促我们生活的力量，用肯定的眼光去看待不安。这么一想，好像马上就感觉轻松了一些。

漂亮女人爱逛街

有人说，漂亮的女人是逛出来的。

很早，刚有淘宝的时候，女儿给我注册了一个淘宝账号，叫“暖雪很爱逛”。我对这个如此通俗的名字，很是不以为然。不常去网上淘，打开的机会也有限。再让她改也麻烦，就随她去吧。好多年过去了，看的次数渐渐多了，倒是认可了这个名字。觉得果然名副其实，原来自己真的很爱逛。也许女儿从小就这么觉得吧，所以才给妈妈起了这个名字。

女人的容貌是会变的，谁都不可能永远拥有年轻、靓丽的面容，但是拥有魅力的确是可以实现的。

女人的服饰是一种表达魅力的无声语言，学会运用服饰来彰显个人风格、丰富后天魅力是必要方式之一。但这种语言不会从天而降，不会平白而生，是需要自己从商场里选购回来的。当你喜欢逛商场，心仪于购买服饰、化妆品的时候，往往是渴望美丽的时刻。我一向认为，商场是女人生活的一部分，也是女人锻炼的场所——锻炼耐力、体力，长见识的地方。

我热爱和常去的商场应该有两个大类。一类是超出自身消费能力的高档场所，在这里能提升鉴别各种用品的品位，充分的感受时尚的气息；另一类是符合自身消费能力的场所，得体合适的服饰不是一蹴而就买来的，而是逛出来的。每个月都应该安排逛商场的时间，不是每次都要购买，而是边欣赏边搜索合适的东西。只选对的，不选最贵的，这是现代人成熟的消费心理。

我走到哪儿都喜欢逛那儿的商场和街道。我是不大讲品牌的人，只要适合、喜欢，就会选择。逛商场，可以见识当地的流行风尚，刺激麻木和迟钝的神经，寻找对这个日新月异世界的新鲜感。在商场里往往会看到这个世界最前沿的事物。哪怕是一支笔、一款围巾，都会有未曾见过的样子。综合一体化的商场里，只有没有见过的、想不到的，没有买不到的。逛商场，可以了解有没有适合自己的东西。那些不断新出的方便快捷的东西、样式、款型，也许正好符合心意和需要。随着时尚和年龄的改变，适合自己、自己喜欢的东西也在改变。只有不停地去发现，才能获得参与、收获、使用的机会。

逛商场，可以锻炼身体，起到瘦身作用。最重要的是不枯燥，是行之有效的锻炼方法；赏心悦目、愉悦身心，一举可以多得。一逛，不知不觉几个小时过去了，就会走很多路，见不同的人，说好多话。如果见到什么中意的服饰和物件，试穿、咨询，不但是个体力活，也是个脑力活，这也算是体形“保美”的小秘密。

所以说逛街是综合的运动也不为过。甄别东西的性价比、了解它们的常识和独特之处，与各色人的交流，总之，逛街，要逛得开心、有收获，也是个极具艺术的行为。

和艾米丽的日常（一）

——妈妈，我为什么不关房门?

艾米丽上中学时候，一天进门就说："妈妈问个问题，为什么平时我不关卧室门呢？"

我说："关门干吗？为什么要关门呢？"

"今天我们几个同学在议论这个事情，媛媛说她回家就关上她的房门，她和妈妈闹矛盾，就是因为她妈妈进了她的房间呢！"

"那她为什么一定要关房门呢？"

"不知道，因为这个和她妈妈已经三天没说话了。"

"没那么严重吧？都是一家人，问问她为什么不可以进她的房间呢。"

"她说从上初中开始她总是关着房门的，只要她在家，她就不允许家人进房间。前几天她因为生气，狠狠摔了房门，她妈妈也生气了。妈妈，你说我怎么就没有摔过房门呢？"

"怎么？也想摔摔，看看啥滋味？"

"不想，估计后果滋味不好受！她揶揄地撇嘴说。"

我也笑了，就喜欢艾米丽这一点，特知道咋聊天。

"我就不明白，不高兴就不高兴，干吗要摔东西？摔坏了，还得花钱买？得不偿失啊。"女儿这个调调完全是以前教育她的调调啊。

小时候，白天为了能随时和在房间写作业、画画、弹琴的她说话，房门总是打开的；晚上更不用说了，是为了能随时听见她房间的动静，方便照顾她，家里的卧室门总是开着的，大多数时候只有来人、避免电视声音影响她写作业才会关上。

并不是说父母就有特权进出孩子的房间，小时候在进她房间、找她东西、整理她书包的时候，我都会说："让妈妈找呢，还是自己找呢？"她说："妈妈找吧！"然后再问她："妈妈可以随便找吗？"她会说："可以啊，怎么不可以呢？"

其实，她高中之后，她的手机就设置了密码，还有一个对我和她爸爸是屏蔽的 QQ 号。虽然是提前给我们说明了的，她用玩笑的口气说："和同学说的话你们不明白的，也不方便听，所以需要屏蔽爸爸妈妈哦。"

好吧！我知道不愿意也没有用，而且做爸爸妈妈的也没有理由不大方一点，但是当时心里也真是适应了一阵子。深切体会到，女儿逐渐长大了，做父母的心也要跟着成长适应。她有了不同的社会关系，对同学、朋友、知己、父母有不同的沟通语境。和同学也许是戏谑的，和父母则是撒娇的，和要好朋友大概是不太讲道理的吧……所以做父母也未必都要了解。就像我们和同事说话，也不想让孩子旁听一样。

令人欣慰的是一直到今天，女儿还是时常来给我们分享、讨论她的各种人际关系和工作学习得失。几天不见，我们总会从到家见面的门厅，聊到厨房、聊到饭桌、聊到客厅、书房和卧室，这些不就够了吗？

摔房门的事情，从没有发生过。而且我们家一直认为拿东西出气是暴力行为，在我所受的教育里，家不是暴力应该出现的地方。艾米丽很小的时候也有着急的时候，一旦这种状况发生，我总是要放下手头所有事情，极力调动耐心来专心对付她的情绪。问她着急和哭有用吗，告诉她着急和发脾气都是非常不好的行为，妈妈最讨厌的行为。但从未对她有过责骂，更不会体罚。而且这样的教育总是在家里，没有第三人在场的情况下才进行。

而且一旦她有这样不好的苗头出现，我总会找很多机会提点她，比如，见到当街打滚哭闹、要东西、被父母责骂、甚至动手的孩子，就问她，这样做对吗？对爸爸妈妈有礼貌吗？经过很多次的提示和举证，她就有了自己的判断和行为准则。以后，她对看到、遇到的拿不准对错的问题，回家之后就会主动提出一起探讨。直到现在我们也常常在一起讨论一些家庭和社会现象。

说实在的，养育孩子是一项天长日久的大工程，而孩子是我们检视自己行为和处事方式的一面镜子。面对这样一个每天都是十万个为什么的小不点，我们深切感受到自己在各方面都不能再随意而为。当然我们不是教育家，更不想当什么圣母，所以也不是每个问题都回答得上来。我们感觉每天都在学习，都需要自律。我们的底线是在家不当着艾米丽吵架，更不发脾气、摔东西，于是她也是这样，直到成人，艾米丽都极少有乱发脾气的表现。相反，现在家里一旦出现麻烦的事情，她会对纠结郁闷的家人说："这样有用吗？有用的话可以继续不高兴，如果没用，我们就来想想能解决的办法吧。"

是的，这句话，有着无比强大的魔力，它总是在我们不顺利、遭遇困窘的时候，叫我们冷静下来，放下心结，直面窘境。

一生有时候看起来特别长，尤其是在当我回忆起和艾米丽一起走过的二十多年的点点滴滴。她竟然从那么小长大了，更觉得陪伴她我经历了第二次成长。她帮我经历了我前生没体验过的、来不及细细品味的经验、问题和事情，陪伴她成长的过程是自己另一种不同的人生体验。

如今继续在相伴中生活着，但是回忆过往，感觉已是遥不可及。谁说过，有的人生是来经历的，有的人生是来看看的！而我觉得，有了女儿的陪伴，人生的经历就是一次无可比拟的丰富体验。有人说，母女成仇，那当然是另外一种人生。而我，只是想要这一生都好好地给予艾米丽更多的陪伴。让她懂得，人生的路无论她想怎样走，走在怎样的路上，只要她回头，一定会看到我们永远都在她的身后。

直到今天，艾米丽已经成人，在单位都可独当一面了，但每次进门，我还是会紧紧抱下她，无论她是快乐的还是疲惫的，我都希望通过紧紧的拥抱，给她最柔软的温暖，也很庆幸自己还抱得动她。而现在她竟然也会抱得动我，一下、两下……感觉生命中我们之间那个看不见的天平在慢慢翻转，我原本稳稳压住的一端，已经被对面的她慢慢挑起来，就要双脚离地，滑向平衡。有欣慰，也有失落，我尽力控制翻转的速度，也是要保持着年轻旺盛的力量与她同行。

更希望，在这样漫长而美好的人生路上，我们彼此的心门，永远都不会对对方关上。

和艾米丽的日常（二）

前阵子有一部热播剧《亲爱的她们》，我很少追剧，但对这部剧却情有独钟。

一天我和艾米丽白天逛了大北京很多地方，累到脚痛，躺在床上还用手机分秒必争地追剧。艾米丽好奇，洗漱完，躺我身边了解端倪。很久没有和女儿睡在一张床上了，她头紧紧抵着我的下巴。剧情不过是琐碎的母女相处的日常；写书的女儿采访妈妈今生最大的成功是什么？宋丹丹扮演的妈妈，既老道睿智，又有女性的柔软娇气，说，就是有个好女儿！养孩子，就是要经历把你累死、气死、急死的过程，这样孩子才会长大。说起女儿小时候的种种，那种看似淡然随意的叙述，却饱含了一个母亲对女儿无限的包容和爱，对女儿的各种淘气、叛逆的回忆都好似一种享受……

艾米丽刚刚沐浴过，散发着清爽香气的发丝轻轻颤动，拂着我的脸，她竟然看哭了。我用力揽了揽她，笑着说："哭了？原谅你，年纪大了都会这样哦，知道为啥中年妈妈们爱哭了吧！"她噗地又笑了，搂了搂我的脖子，戴上耳机去睡了。冬夜的窗外寒风呼啸，房间里弥漫着充盈的温暖的气息，我的心里也是暖暖的。

艾米丽大了，却越来越多愁善感了，我已经开始被她不自觉地放在被保护的位置。虽然那么不习惯，但是人对于舒适、温暖的渴望和敏感，却是与生俱来的。我开始适应这种从未有过的新感觉。

凡事如絮

人生最曼妙的风景，竟是内心的淡定与从容……

凭什么仰望天空

梦想就像是一张画布，任凭发挥，可梦想的画布再大，也得用画笔填充上线条和颜色，才能成就一幅气势恢宏的作品。

脚踏实地，才能仰望天空。这是客观而诗意的人生状态，更是人生路上的真实写照。仰望天空，人生才有希望，有目标，才能超脱眼前琐碎繁复、鸡毛蒜皮的生活。而脚踏实地，才能仰望天空，将心中的梦想一步步转化为现实，使现实生活拥有诗和远方。

2015 年 4 月一封辞职信在微博上引起了热议，无数网友纷纷转发评论，内容是："世界那么大，我想去看看。"这封辞职信被封为"史上最具情怀的辞职信，没有之一"。短短十个字，很诗意、很洒脱、很有文艺范儿，一下子就戳到了人心中最柔软的部分。写辞职信的人是 2004 年 7 月入职河南省实验中学的一名女心理教师，她说："在来得及的时间，愿意的时候，剥离安逸生活，想要用自己的目光去触摸世界。大概就是因为我拥有了世人缺乏的勇气，做到了常人做不到的一点，所以备受关注。"这让她在网络上赢得了更多支持和称赞，网友们纷纷表示想像她一样"任性"一把。

几年后女子被追踪采访，"当年那个世界那么大，我想去看看的女子怎么样了"一度又上了热搜。其实，她和爱人一起到丽江开了一家店，换了一种自己更加喜欢的方式生活。如果她没有十几年工作的经历和经济的积累，她未必有勇气或者有能力放弃稳定的工作，去做自己想做的事情。每一个潇洒行动的背后，一定都有着辛勤的努力。在现实生活中，仰望天空的人并不缺乏，每个人都对生活怀着或宏大或朴素的梦想——其实"世界那么大，我想去看看"的意义很广泛，也许是事业的成功，也许是爱情的甜蜜，也许是家庭的幸福，也许是生活的安逸。但要想看看世界的话，那么最好摒弃心浮气躁，脚踏实地地工作。一个有梦想的人若是不能脚踏实地地付出努力，那么梦想可能越来越偏离轨道。

就如一个生物学初学者，很想知道蛹是如何破茧成蝶的。他日日观察一只蛹，几天以后，蛹出现了一条裂痕，里面的蝴蝶开始挣扎，想挤破蛹壳飞出去。艰辛的过程达数小时之久，蝴蝶仍在蛹壳里辛苦地挣扎，那对翅膀怎么也扑棱不出来，看着蝴蝶这么痛苦，有些不忍心，于是他找来剪刀，将蛹壳剪开，里面的小蝴蝶瞬间就破蛹而出了。但那只小蝴蝶从蛹壳出来后，因为没有经过破茧而出长时间的历练，翅膀的力量太薄弱，以致根本飞不起来。不久，便痛苦地死去了。破茧成蝶的过程原本非常痛苦，但是，只有经历了这一艰辛的过程，才能换来日后的翩翩起舞。这个世界上从来就没有什么“捷径”，完成任何事情都需要个过程，一针一线细心缝制的帆，才能安全地将我们送到大河的彼岸；焦急与浮躁打造出的船，怎么可以安全地驶向汪洋大海。要想成为可以优雅的、随时振翅飞舞的蝴蝶，那么，先要沉静下心，经历破茧的痛苦磨炼。在平凡普通的生活中，做个有责任感、有理想的人，踏踏实实地去做好眼前的工作，不断提高丰富自己，才能在各方面蕴藏更大的实力。就如那句话所说：“人后必须付出百倍的努力，人前看起来才会毫不费力。”

如此说来，真令人沮丧，要等到万事俱备才可以看世界的话，大概半辈子也无法实现吧？但实际上，这种常规的思维并不一定就是完全正确的。人们常说：“一生之中至少要有两次冲动，一次为奋不顾身的爱情，一次为说走就走的旅行。”奋不顾身的爱情需要缘分，而说走就走的旅行，却是可以随时开始的。即便所谓的条件还不够成熟，而且，人生也不会有完全的自由，但仍然可以有行动的资本。

最近“间隔年”非常流行，英文中叫 Gapyear。间隔的意思是停顿，在西方，年轻人在升学或者毕业之后、工作之前，并不急于踏入社会，而是停顿下来，做一次长期的远距离旅行（通常是一年）。在这段时间放下脚步去做自己想做的事情，比如去游学、当义工，或者只是休息，以思考自己的人生。还有一种“Career Break”的说法，指的是已经有工作的人辞职进行间隔旅行，以调整身心或者利用这段时间去做别的事情。

我的忘年好友大张在 2013 年的 1 月提前办理了公务员退休，之后，当被问起他准备做什么时，他说先开始自己的间隔年旅行。为什么要去做一个间隔年的旅行？大张说：“间隔年旅行，是我蓄谋已久的，用时髦的话说，重走一回青春。即为祭奠我 16 年的辛勤劳作，想作为早点开启一段新的人生旅程的序曲。”大张是 70 后，最早他是在一个广州驴友的游记里看到间隔年这个词的。大张说自己并不排斥现代社会的价值观，比如成绩优越、事业有成。但他开始越来越多地思考他需要别人眼中的辉煌还是自己能够感受到的快乐，人生必须有一个固定的轨迹吗？我需要让每一个人都喜欢和肯定吗？我可以按照自己喜欢的方式生活吗？我可以不需要计划人生而是追随自己的心灵选择未来的方向吗？于是，他决定在工作了 16 年后，在收获了稳定的生活同时，还收获了肩颈劳损、神经衰弱、脂肪肝，还有人生的迷茫的时候，停下来，去看看世界。

在这个快节奏的社会，每个人都需要一个间隔年，停下来，去看看自己向往的远方。也许你没有伤要疗，没有压力要逃，也不想去见识什么传说中的艳遇，更不想去赶什么潮流，只是不想沦陷于朝九晚五、按时打卡上下班、千篇一律的生活而已。适时仰望天空，内心才有战胜疲惫的勇气和希望。

培根说：“对青年人来说，旅行是教育的一部分。”好友大张用了一年的时间走了三大洲，几乎每个星期换个城市。他住在当地人家里，深入当地的生活。去过戒毒所，也在防家暴中心做过咨询，见过富人区，也去过贫民区。他说：“我的心变大了，开阔了。以前耿耿于怀的事情都不算什么了。见过太多不同的人和事，就再也不计较身边人的种种。”“眼界变了，以前只看眼前、看自己，现在觉得有能力看远方、关注他人了……”他从旅行中找到了自我和方向。因此说，不管现实怎样骨感，只要你的行动和梦想一样丰满，那么最终你一定能够达到最初的目标。

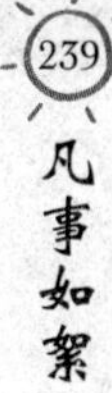

对于远方，每个人都有无限向往。只要能够端正心态，不忘初衷，认清现实去努力，就会一步步接近成功。不用再坐在那自嘲："春天来了，我们去旅游吧！我带着你，你带着钱……"而是"春天来了，我带着你，还带着钱……我们去旅游吧！"外面的世界向所有人张开着双臂，当你自信地准备出发时，相信你已经努力过，最困难的时候已经过去了。那么，就出发吧。

俄国文学无法绕过的《静静的顿河》

顿河，在古老的时光中一直流淌不息，陪伴着它的是一片无垠的草原，连接着天与地。俄罗斯丘陵间的溪谷滋润着她，乌克兰森林组成的屏障保护着她，彼岸无言矗立的白色峭壁，远山上静静守望的昔日堡垒……它奔腾不息地注入亚速海，闷热的夏夜，传来的是海上带着腥味的夜凉。

哎呀，静静的顿河，你是我们的父亲！

哎呀，静静的顿河，你的水流为什么这样浑？

啊呀，我的水，怎么能不浑！

寒泉从我的河底向外奔流，

白色的鱼儿在我的中游乱滚。

——哥萨克古歌

它时而柔情、时而暴戾的性情，哺育着两岸浪漫与残暴、英雄与强盗共生的哥萨克人，是哥萨克和平与战争的见证。

“哥萨克”，突厥语“自由自在的人”“勇敢的人”。他们本是不堪沙皇残暴统治的农奴与贫民，为了躲避欺压而来到顿河流域。逐渐形成了游牧部落和军事组织。虽然沙皇通过收买其上层贵族使百姓暂时安分，但是先祖的反叛之血不曾消退，哥萨克人始终是俄罗斯的不稳定因素。在第一次世界大战的多事之秋，俄罗斯帝国垂暮之际，又一次改变人类历史的革命将整个民族卷入了战争。而顿河边上鞑靼村的格里高利家族，已然不能幸免于难。

故事的主人公格里高利·麦列霍夫是个多情、勇敢、善良的哥萨克青年，他本该在热辣的六月和亲爱的哥哥在麦场上愉快地劳作，和心仪的情人阿克西妮娅打情骂俏；家里，有爱他的父母、妹妹，爱他如生命般的妻子，享受着一个殷实的哥萨克家族，热闹、舒适、平静的生活。他深爱着顿河这片土地，并陶醉于这种生活。令人唏嘘的是，他如此平凡的愿望、平静的生活，被漫长的战争无情地撕裂了。

哥萨克在1912年到1922年间被卷入漫长的战争。格里高利的生活被彻底改变，几次死里逃生，战争不仅给他带来亲朋好友的死亡，还有好友之间彼此由于政治信仰的不同所带来的反目成仇，自相残杀。更加折磨他的是，政权更迭频繁，生存的需要使他不断转换阵营；时而参加红军革命事业，时而参加白军的反苏维埃政权，时而参与哥萨克起义，从骑兵成为将领，甚至加入过匪帮……无论格里高利怎样选择，都必然是错误的，结局都是悲惨的。他不明白自己为什么而战斗，他的那些勇敢、善良、勤劳、热爱土地和家乡的品质和情感，在残酷的战争中，被践踏得一文不值。面对要杀害自己的同胞、被同胞所杀害的亲人，他的是非观、政治信仰、良心，无时不在遭受着拷问、选择和侮辱。他看不懂战争的目的，更看不到生活的希望。上帝所赐予的那火热的生命成为苦难的源泉。

他只能被动地用自己的青春与热血和这荒谬的时代进行着无谓的搏斗，成为一个从身体到精神都无所依从的弃儿。最后日出而作日落而息的生活，成了他挣扎的目标和希望。最终，他却连回归家乡都成了一种无法实现的奢望……

《静静的顿河》并不是一个人、一群人的故事，它是一部史诗，也是一个古老的情感丰富、多愁善感的民族的悲歌。肖洛霍夫用细腻、幽默、生动的语言，描绘了顿河边一个小小的鞑靼村里，一群顽劣又幽默，多情又狡猾的哥萨克男人，描述了他们对土地有着与生俱来的热爱和勤劳，对家庭和婚姻的责任担当，在残酷战争中的勇敢机智，在艰苦生活中的坚韧；描述他们的浪漫风情而又坚强勤劳的哥萨克女人，赞扬她们勇敢追求爱情、热爱生活、吃苦耐劳的品质。

他用无比优美的语调，描述着顿河那迷人的早晨和黄昏、夏天和冬日：灰色黎明的天空上闪烁着稀疏的晨星。风从黑云片下吹来。顿河上，雾气奔腾，在白垩山峰的斜坡上盘旋，像条没有脑袋的灰色巨蛇，爬进了峡谷。左岸的河汊、沙滩、湖沼、苇塘和披着露水的树林——都笼罩在一片凉爽迷人的朝霞里。太阳还在地平线后面懒洋洋地不肯升上来。

白天——则是一片暑热、气闷。白雾弥漫。褪色的蓝天、酷热的太阳。草原上，是一望无际的耀眼的羽茅草，热气腾腾的。驼毛色的杂草晒得冒着白烟；鹞鹰斜着身子在蓝天上盘旋，它巨大的影子在蓑草上无声地滑过，金花鼠疲惫沙哑地吱吱叫着。……四周的一切都是透明的，纹丝不动。就连古堡也在目所能及的天边神话般地、若隐若现地闪着蓝光，就像在梦中一样……

犹如画卷般的描绘，让人感受到和平的大地、人间、自然的美好和幸福。正是这样无比美好的时光，衬托出了战争和死亡的残酷。

在那样一个动荡不安的时代洪流中，普通人的命运只能是悲剧。无论他们做出怎样的选择，都必然要付出惨痛的代价。按照东方式的观点，这是宿命。对哥萨克人而言，他们只知道古老和热爱的生活方式被彻底改变了。顿河依然在静静流淌，而那些美好的岁月却再也回不来了。

主人公格里高利从一个不谙世事、浪荡不羁的青年哥萨克，经由第一次世界大战、俄国革命、国内战争等多年战火的淬炼，成长为一个饱经风霜，厌恶战争，渴望回归平凡劳动生活的迷茫的哥萨克。作者用极其细腻、生动的笔触，描写了在这漫长、混乱、困苦的岁月中，那些依然唯美的、无法掩盖的人类美好的情感：格里高利与发妻娜塔莉亚、情人阿克西妮娅甜蜜而苦涩的爱情；他与家人、街坊、朋友的那些缠绕着温馨的快乐和烦恼的琐碎生活。

作者平和、不动声色的语调，描绘了这些普通人饱受的战争之苦，失去家园、亲人的悲伤，于无声处展示出了他们被命运的洪流所裹挟，遭受的悲惨生活、残酷的死亡。在第一次战斗中，一块三英寸直径炮弹弹片炸裂了戈尔恰科夫骑兵大尉的内脏。他被从阵地上抬下来。过了一个钟头，他躺在一辆篷车上，流失着血和生命，对利斯特尼茨基诉说道："我不认为我会就此死去……"他小心翼翼地把沾满鲜血和污泥的手掌放到炸开的肚子上，从嘴唇上舔着粉红色的汗珠说："你答应吗？决不抛弃她……如果俄罗斯人兵……不把你也这样干掉的话。"——一切历历在目，震撼人心。呐喊出，再快的顿河马都跑不出政治恐怖的阴影，再锋利的战刀都不能划开一片供他们自己喘息的天空。以小见大，描绘了一幅宏大、波澜壮阔的哥萨克人生存、生活、战斗的史诗——金色的斜阳下，战马飞奔，长矛马刀银光烁烁，留下了一个民族、一群火热生命的勇敢抗争的剪影。正如哥萨克歌中唱到的：

我们光荣的土地不用犁铧耕耘……
我们的土地用马蹄来耕耘，
光荣的土地上种的是哥萨克的头颅，
静静的顿河装饰着守寡的青年妇人，
到处是孤儿，静静的顿河，我们的父亲，
父母的眼泪随着你的波浪翻滚。

（后记）

《静静的顿河》厚厚的四册，看了两遍。语音播送一百多集，听了两遍，不计其数地反复听了其中的一些章节。在午休的间歇、傍晚归家的路上、旅途中、雪夜的马路边、夜晚即将入睡的朦胧中，以文字的、语音的方式，与它伴随了好多年。与书中人物，与作者，没有相同的生活，只有相通的情感和对人生相同的爱与希望……

有别于其他外国文学巨著的是，《静静的顿河》没有长篇乏味的赘述，唯一的对场景的描述，惜字如金，贴切生动，美轮美奂，总是令人在绝望中看见生的美好和希望。全书以具体人物的对话推动情节的发展，每一个章节都犹如一个场景再现，作者没有评论，美好、甜蜜、残酷、悲惨的故事就这样不动声色地讲述中展开。为他们的残暴震惊、为他们的幽默而微笑、为他们的勤劳热情而赞许、为他们的丰富浪漫而感动……原来生活就是这样的：悲惨中掺杂着浪漫、痛苦中缠绕着柔情。在那样一个遥远的地方，有着那样一群人那样的生活过，穿越时空，依然能使心灵的同频震颤。这正是作者肖洛霍夫的伟大之处。平静琐碎、轰轰烈烈正是他作品的写照。

评《海上钢琴师》

有些电影看过之后，心中涌动万千感慨却无从下笔。《海上钢琴师》就是这样一部让人欲言又止的影片。

《海上钢琴师》讲述了一个钢琴天才 1900 传奇的一生。

1900 年，Virginian 号豪华邮轮上，一个孤儿被遗弃在头等舱，由船上的水手抚养长大，取名 1900。1900 慢慢长大，显示出了无师自通的非凡钢琴天赋，他在船上的乐队演奏钢琴，每个听过他演奏的人，都被深深打动。有人专程为此而来。甚至连当时爵士乐鼻祖杰尼都被 1900 的高超技艺所折服。故事打动人心的是钢琴师 1900 那传奇式的身世、不同常人的非凡的音乐天赋和他一生不曾离开海上的生存方式，以及他坚持自我、看待人生和社会的独特思维视角。

电影的开篇，影片的主讲人小号手去典当铺当自己赖以为生的小号。阴雨的夜晚，当铺里光线昏黄，小号手风尘沧桑的着装，他放弃抵抗却又不屈服的眼神，满含着饱经沧桑的深邃，让人望去便感到他内心那种不能诉说、无人能承受的无限悲伤和凝重的情愫。而他默然接受现实的样子，没有语言却更令人动容。他把怀中破旧的小号送到典当铺主人的手中，换来为数不多的钞票，目光再次落到那个已经磨损的小号箱上，让人觉得，那是一件无价之宝，他是在和他的灵魂、他的生命告别……令人深切地感受到这个世界对人的轻薄和残酷。他把几张钞票装进口袋说："一个有故事的人，是不会完蛋的。"这是一句极具穿透力的话，它是对悲伤、无奈的抗争……

看完影片之后，感觉最深切的是压倒人的孤独悲伤。可是，细思影片，

1900真的孤独吗？其实其中很多时候，他并不孤独，他拥有的看上去很少，其实却很多，他把孤独留给了我们；我们从1900身上看到了自我的卑微、缺乏、飘忽。影片充满悲情色彩的人物传奇，其实是人类对社会、世界无法掌控的绝望和恐惧。虽然是不同的生活经历，但却令人感同身受，这是每个人在这个世界上都会有的对自身、对未来、对当下无力把控的恐惧和绝望。

1900从来不愿踏上陆地，直到有一天，他朦胧地、一见钟情地爱上了一个乘船的女孩，在众人不断的极力劝说下，他第一次产生了离开大海，决定踏上陆地的想法。他和船上朝夕相伴的众人一一惜别，然后他站在下船的悬梯上，俯视眼前高楼林立的城市，画面上展示出一只孤雁飞入烟雾升腾一望无际的城市深处，他久久停顿在梯板上，忽然丢开礼帽，转身，回到了他的海船……这是一个多么非凡的抉择，他差一点就向世俗低了头，那将使他从此就离开了他想要的人生。人生路上，我们已经不记得自己有多少次，在这样的抉择中，违背了自己的初衷，一次又一次地改变和出走，变成了自己都想不到的……

这个返身，是他对自己内心的再次肯定和不肯顺从世俗、与世俗同流合污、坚持初心的果敢决断。他知道自己要什么，并能坚持初心，付之行动。这是令人敬佩、艳羡的行为和魄力。

影片也隐喻着懦弱、逃避现实、悲情的色调。凭什么呢？1900应该属于极少数幸运、幸福的人。他有爱他的那些视他为家人的常年同船的长辈和同伴，他有可以立身，并可为之倾其生命的绝技艺术，他有懂他爱他的知己，每一次航程其实都是各色人等给他的一次表演，为他演绎不同的人生百态，浩瀚的大海不仅养育了他，还给了他非凡的胆魄和超乎常人的丰富的阅历。

一再渲染出的“1900的孤独”，并不是他独有的。

如果单单说孤独的话，哪个人没有自己要面对的孤独呢？事实上，每个人的孤独都是他人不能深切体会和理解的，难道不是吗？

难道不是吗？世界上能有几个人可以是这样，在自己的掌控中度过自己的一生呢？1900的世界可以说是一种理想的乌托邦，他在这个世界里得心应手地生活。而市井凡人只想用自己的、世俗的思维去影响甚至改变他的人生——

不断用各种方式要把他视为生命商业化。只为生命歌唱的音乐，难道不是音乐产生的初衷吗？他的好友，不断给他描述一种美好的画面——在用音乐技艺换取的一栋大房子里，娶妻生子，但是这个过程呢？本身的感受呢？谁知道他在这个繁复的过程中是否会感到快乐呢？在那样曲折、琐碎的尘世中，他还会有如此灵动而超凡的音乐灵魂吗？

钢琴师，最终也没有听从好友小号手的劝解，走下已经饱经沧桑、即将被摧毁的 Virginian 号。主讲人小号手作为他的知己，理解接受了他与海船生死不离的意愿。

内心有期待、有方向、有担当的人是不会颓废和堕落的。生于海、长于海、死于海的 1900，他的世界是无比丰富快乐的，生活、事业、理想，都在这 88 个琴键上获得、表达、成就。在这个世界里他就是备受崇敬、不可超越的君王。他根本不该是一个悲情传奇，而是一个自信、懂得自己要什么，并能够坚持初衷、掌控人生的幸运典范。

海轮被摧毁的瞬间，在大海的怀抱中，爆发出璀璨之光，绚烂至极，小号手和观者，画里画外都泪流满面，感受到沉重的悲伤，这是对生命坚持的感动和理解——生于默然，死于默然，这本来就是生命的本真。

关于金庸

有人说：全世界有华人的地方，就有金庸的读者。金庸俨然成为我们这个时代的神话，有人说他是“文坛侠圣”，有人称他为香港“良知的灯塔”，媒体和大众眼中的金庸，是一个出类拔萃的武侠小说家，一个报业巨子，一个备受争议的社会活动家，是神坛之上的侠圣。而今斯人已逝，从此人间少了一位大侠。他不在江湖，江湖却永远有他的传说，因为金庸，恰是那个江湖的缔造者。他创造的风云跌宕的江湖世界，是是非非，变幻莫测。

飞雪连天射白鹿，笑书神侠倚碧鸳，谁人不知？有人说，活着的时候，读者就以亿来计算的作家，古今中外只有金庸一人。拥被不眠读金庸，相信是每一位金庸迷都曾有过的经历。而在刚刚过去的这个寒秋长夜，因失眠回想那段阅读金庸的时光，或许正是献给这位魂返太虚的武侠宗师的一瓣心香。

第一次接触金庸是什么时候呢？那个初遇的时刻，究竟是哪种情节猝然射中了你的心房？

那大概是牵连着租书摊和录像带的青春往事，被翻阅残旧的书卷气味、雪花纷飞的电视画面、与友伴玩闹降龙十八掌对抗凌波微步的兴奋，都成了金庸的一部分，比文字更生动，泛着岁月的融融柔光，连同触觉与嗅觉的再现，一并涌出记忆的闸门……

第一次接触金庸是在哈尔滨读大学的时候，电视开播《射雕英雄传》，每周六晚播放两集。为了满足大家急切想知道当日播出的地点，学生会总是很体贴的在周六的早上，就把那台三四个人才抬得动的厚重的大电视机，抬放在系里最大的阶梯教室前面。于是同学们从早上就开始去教室占位置，下午不敢离开位置，人多的时候，坐垫、书籍之类的东西都不能占住位置了。黄蓉和郭靖的爱情，第一次走入了我们的青春，那种清纯生涩，动人心魄……寝室里，传看着《神雕侠侣》。人睡书不睡，即便是半夜两点看完也要叫醒下一个排队的人。

大学刚毕业，就结识了那个他，并成了家。他宿舍里成套的《书剑恩仇录》《射雕英雄传》《神雕侠侣》《倚天屠龙记》《天龙八部》《笑傲江湖》和《鹿鼎记》，每一部都整整齐齐。那个时候，我痴迷着尤今、三毛和亦舒，只把恩仇、狭义归结为打打杀杀不入流的江湖之类，自己不沾，也不想他看。于是在我们家里，但凡这类东西，都被我一律清除不见了。金庸仙逝，一时间成为热闻，和女儿聊起，惊诧于女儿的感慨。于是提起了当年清理她爹心爱之物的往事，她竟然愤愤不平，着实令我吃惊。如此想想，当年的自己果然太主观、偏执，不免为他的宽容而心生感激。想来，如若当年我看了金庸，他《倚天屠龙记》中那句“生亦何欢，死亦何苦，怜我世人，忧患实多”，一定也中我当时青春迷茫的心境，也会带给我些许美好的情愫和启发。诚如钱理群所感受到的，金庸的小说握住了20世纪80年代那种内在的忧虑和焦灼，并且提供了一种解决之道：“一切忧虑和焦灼都得以缓解”。

有人曾经这样问金庸：人生应该如何度过？

老先生答曰：“大闹一场！悄然离去。”而今，斯人已去，他给自己这部热闹的武侠画上了圆满的句号，然而江湖犹存。金庸的作品仍然在为无数武侠迷创造一个又一个武侠梦。这个梦，犹如给予真实生活的一种补偿，一种希望和理想。每一位读者、观者都可以在想象中获得平等的身份：那些天外之天的高超武功、神出鬼没的暗器、深谷密室中的秘籍，只要你打开书本、打开电视就可以获得。书中的侠客都是一群跳脱开束缚的人，他们敢于质疑既定的秩序和规则，凭借坚持和毅力步步升级，终于获得改变时代和现状的能力。金庸平易近人又不乏文采的词句、影视越来越丰富的演绎，比起那些自诩启蒙思想者的玄之又玄的长篇大论，更能吸引普通人的心灵。

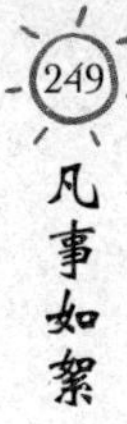

全世界尊称金庸为大侠，他自己是怎么看待的呢？他说，人生不可能永远美满，因而茫然的感觉在所难免。回溯彼时，武侠小说的同侪之中，梁羽生亦狂亦侠，移居澳大利亚，古龙嗜色嗜酒，因肝癌英年早逝。相较之下，金庸则选择了一种更脚踏实地的活法，他身份多变，办报纸、写剧本、做导演、写影评，穿梭其间。金庸也同样有他的孤寂和落寞，有他的惘然和茫然。想来，这才是人生的常态：无论是繁华或者平淡的一生，到了最后，都如《天龙八部》里所说，“回首当时已惘然”。

《天道》

现下，很多人都喜欢追剧。追逐剧情的根本原因大多是想从中找到共同的情感共鸣，无论是不是同一个时代、同一个民族，人类的情感自古以来就是共通共情的，以剧中演绎的他人的故事来释放、倾诉自己的情感……前一阵子又看了多年前的一部电视剧《天道》，相比眼前更多的偶像、穿越、悬疑剧，它有着来自生活的亲切感、怀旧感、价值感。它诠释了“道生万物，道于万事万物中，又以百态存于自然”的哲学道理，看了不太会感觉是在浪费时间。

《天道》这部电视剧，是由作家豆豆的一部小说《遥远的救世主》改编而来的，是我看过的所有电视剧中屈指可数的有震撼力的影视剧。用作品主人公丁元英的话说：“就像开了一扇窗户，能够看到不一样的东西，听到不一样的声音，让你思考、觉悟。”看过它之后，一直被难以言喻的感悟一遍一遍地撞击着，不停地思考。

《天道》是王志文、左小青主演的，以独特的视角和高度，刻画了一对超脱凡俗的睿智男女，这是一场刻骨铭心的爱情故事，同时又讲述了一个现代版的杀富济贫的商战神话。

男主人公丁元英是个与当今社会价值体系和常理格格不入的边缘人，他从私募资金金盆洗手，隐居古城以图清静无为，却与女刑警芮小丹相识。芮小丹的率性、本真、豁达和对爱的真挚勇敢感染了他，两人成为知己。丁元英承诺给芮小丹一份爱的礼物——丁元英为古城的几个音乐发烧友和贫穷的王庙村创立了格律诗音响公司，以帮助他们脱贫致富。丁元英以他的价值观和他所认可的“道法”，从一个贫困县开始，走入北京、进入国际市场，搅动了具有国际影响的音响市场设计了一场既合国法又合佛法、令人不可思议的杀富济贫的神话。而就在神话已经实现、这对睿智知己的爱情和人生观已升华一致的时候，芮小丹却在一次执行任务中不幸遇难了……

作品无论从思想境界、知识结构、人物塑造、写作手法、语言对话的方方面面既朴实又透达地展现深刻的哲理。它展现了丰富专业的宗教理论、融资股票、金融领域、音乐音响、商业法律等方面的知识，具有相当的深度和广度。

看懂此剧会对人生、社会很多现象有更深的理解。没有竞争的社会就没有活力，而竞争必然会产生贫富、等级，此乃天道！主角丁元英就是一个遵循他眼中天道中的人，这种天道似乎有点像老子的“天地不仁，以万物为刍狗”，似乎很难让世人理解，正如他的好友正天集团的总裁韩楚风感慨：更高级的哲人独处着，这并不是因为他想孤独，而是因为在他周围找不到他的同类。

作品原著名为《遥远的救世主》，暗喻人们希望有救世主，往往寄希望于救世主，但却不知道谁才是真正的救世主！而丁元英却是一个深知其道、具有极强自我意识的人。在他的身上更真实地体现出思行如一，“自助者天助”，这种自强自救的精神，就是规律，是为天道。

一部好的文学作品，或者是一部好的艺术作品，不是仅停留在跌宕的情节和视觉冲击之中，而是可以引起读者观众的情感、内心深处的共鸣，引发人们对生活、人生不同的思考。《天道》内容关乎改革开放初期国民的生存、精神、经济状态，以平凡的人生故事诠释了东方古代哲学中“道”所代表的终极真理、本原、本体、规律、原理、境界的意义。

剧中说：“神就是道，道就是规律。规律如来，容不得你思议，按规律办事的人就是神。”而所谓“天道”，在我们的爱恨情仇里、在我们所做的事情中、在大自然中、在人们的主观意识里和所有空间、事件中，无处不在。世界，必有其规则，是为天道。天道，道法自在其中，看似没有规则，但却真的有法可依，有理可循。

七七八八话读书

工作之后，尤其有了孩子以后，读书对我来说便成了一种偶尔为之的奢侈之为，多是因为没有了安稳的读书心境，心被嘈嘈杂杂的事物所占据，于是在一些不确定的碎片时间里，所看的书也是没有系统，但是读书的奇妙感受却依然随心而动。

我曾经迷恋过一阵子古典诗词，“借问酒家何处有，牧童遥指杏花村”，“停车坐爱枫林晚，霜叶红于二月花”。那些晶莹剔透的字句，让人以为在那些年代的生活，只有杏花春雨、草长莺飞。纵然来一场巴山夜雨，与窗下秋池一同涨起的，也是悠远隽永的浪漫情长：“昔我往矣，杨柳依依。今我来思，雨雪霏霏……”如果不幸赶上了战乱灾荒，还能激发出忧国忧民的伟大情怀：“安得广厦千万间，大庇天下寒士俱欢颜”“人生自古谁无死，留取丹心照汗青”；令人想象着那遥远的年代，犹如一个世外桃源：“采菊东篱下，悠然见南山”，一定不会如此时此刻这般平庸，那时候的人，无论是快乐还是忧伤，都是那么的单纯。其实，真的是这样吗？当然不是。只是人们写诗的时候，都习惯于忘掉自己是一个凡人，在诗的无尘空间里，文字只是为表达思想而臆造的。但是无论怎样，无论是不是读得透彻、领悟得深刻，只单单是它朗朗上口的字句、优美的意境，就已经足够让人感受到生活的美好了，而心灵上的美感，更是精神上的“犒赏”；“暝色入高楼，宿鸟归飞急。”——对于辛劳了整整一天的人，晚上回家躺下来休息的时候，这样的“犒赏”也很美，不是吗？

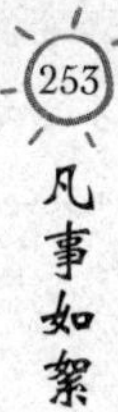

有人说当下的中国人不读书，其实我倒不这么认为，读书何必一定要拘泥于形式呢？完全没有必要像古人似的，一定要“正襟危坐”“红袖添香”才能

读书，且不说现在那明亮宽敞的书店、设施完备的图书馆，早已超越古人的读书环境，整个社会的文化素质的提高、多媒体读物的呈现，几乎每个人都在直接或间接的“读书”过程中，只要在接受新知识、开阔新眼界，无论是电子、视频、手机，谁能否认这是一种新的“读”的方式呢？

当然这里“读”的内容是指那些给人启迪、愉悦、正能量的读物，读物的内容很大程度上取决于人的品味，那些好的、正能量的书，无一例外地能给人以生活的力量和知识。我也常看专业书籍，工作中遇到困难，除了请教领导同事，更多时候，我都借助于工具书，从中得到答疑解惑、得到系统的专业提升，读这种书枯燥而乏味，但每一次困难的解决、小小的精进，都会带给我莫大的欣喜和自信——阅读真的能给人以力量和勇气。有时晚上给孩子讲图画书，无论是《小红帽》《爱丽丝奇遇记》《七个小矮人》，还是那些“咿咿呀呀”的童谣，从小女儿那欣喜、专注、感动的表情中，便能感受到阅读带来的美好感受。

老妈退休后读书看报都侧重养生、烹调类，于是我们家餐桌上的饭菜也与时俱进，花样翻新、新菜式层出不穷。这便是老妈读书的美好所在。

对于如我般平常的人生，还有什么比现世安稳、生活的喜乐更重要的呢？——阅读的愉快来自阅读本身。读业务书能使我们的事业得以提高和发展，读“无用”的书，则能给我们以愉悦和成长。

也许看几本书或者坚持读书，并不一定会变成“腹有诗书气自华”，但不容置疑的是，时光可以打败一个女人的美貌，却无法击败一个以知识和情操做底蕴的女人。同样是恋爱、婚姻、家务、工作，面对红尘中种种的挣扎与徘徊，读书的女人，会比他人生活得更明净，更优雅。

首 饰

美丽的女人，戴合适的珠宝是相得益彰；戴不合适的珠宝是锦上添花。反正只要是珠宝，没有不让女人发光的！

世间女人对于首饰的青睐和追逐总是像人生信仰一样不可抗拒。只是追逐的目标各异，或者是钻石、翡翠，或者是金银，或者是珍珠玛瑙，或者只是木质、棉麻的饰物，不管质地如何，它们都一样承载着主人的念想和心意，成为承载女人复杂多思的情感载体。

曾几何时也热衷于各种质地的首饰，在自己能力可达的范围，追逐着那种“这个才是最可心意”的愿望，一个又一个，从不能在拥有了这一个后，而死心不再去追寻下一个。

摇曳生姿、顾盼生辉的耳饰，是我无法承载的美丽，一副眼镜已经给了耳朵终生的重担，不舍得再给它增添更多的负累。也不喜欢颈项间的任何挂件，就如同不喜欢穿套头的、从头至脚踝的长衣服一样，有种被套住的恐惧感；脖子里的任何饰物，都会感觉到其重量和不自在。但我对手链却情有独钟，细的粗的、质地各异，不一而足，虽然都是些极普通的质地和样式，但是每一样都有它们的来处和意义。

喜欢手链很多年，即便是遇工作不适合的场合，也要到了跟前才把手链取下来放在包里，工作一结束，立刻就要戴上。甚至有的时候，因为上班走得太急，忘了戴手链，不惜迟到的代价也要回家去戴上。尤其出差、旅游的时候，更是要携带着不同的款式，不然很担心某天因为手链戴得不对或者没戴而影响心情。为此，取取戴戴地也丢掉了两个心爱的手链。那个时候对手饰的特别依赖和苛求，简直有点强迫症了。多年以后，尤其在经历了一些生活的大波折之后，对于物的这种迷失和贪恋，竟然在某一天突然烟消云散，这也是我所未料到的。

最近微信里热传的一篇文字《我要去养老院了……》在网上也引起众多反响。作者大概是一位退休作家——紫金山人，在即将去养老院时发出感慨。

“我要去养老院了，非不得已，我是不会去养老院的。但是当生活开始不再能完全自理，而儿女又工作忙碌还要照顾孙子，无暇顾及你时，这似乎成了我唯一的出路。”我们都会老去、面临如何养老，这文章道出了一个即将走向养老院的人的人生感慨。

俗话说破家值万贯，指的是东西多，过日子针头线脑什么也少不了。谁的家不是满满一屋子东西呢？装满了各种日常用品的箱子、柜子、抽屉；堆积如山的四季衣服、床上用品；收藏的大堆邮票、百十来把紫砂壶、珍藏的几十本相册，还有小件物品；整个一面墙的书；若干的茅台、五粮液，洋酒；全套的家用电器……

而养老院只有一间屋子，一个柜子，一张桌子，一张床，一个沙发，一个冰箱、一个洗衣机，一台电视机，一个电磁炉，一个微波炉。按照养老院生活的必备，衣服只能拣几件爱穿的；厨房用品只可留一套锅碗瓢盆；书只能挑几本还值得看的；紫砂壶挑了一把喝茶的；带上身份证、老年证、医疗卡、户口本、银行卡，如此而已。

而过了一辈子，作者面对这些累积一生的“财富”却大伤脑筋：虽然看上去满满一屋子，但子孙能接受的却是寥寥无几。能想象得到，当儿孙面对这些苦心积累的宝贝时会是怎样的情景：衣服被褥全部扔掉；几十本珍贵的照片会全部毁掉；书被当作废品卖掉；收集的藏品不感兴趣会贱价卖掉……

正如《红楼梦》的结尾：只剩下白茫茫的一片，真干净！终其一生的珍藏很难再成为后来人的心上物了。

如此想来曾经那些大费神思得来的各种饰物，经年后其款式、质地都难以再有美丽和流行可言，成为多余之物、弃物也未可知。倒是越少越好，能尽己所用，生前愉悦了自己就已经很好了。

那种对物的执着和痴迷，究其原因，也许是虚荣心的驱使吧。

作者暮年，终于明白：人生真正需要的东西并不多，只能睡一张床，住一间房，换句话说，世界永远都是世界的，一切自身以外的东西都不过是暂时的使用者、保管者而已！无论曾经多么殚精竭虑地追逐过、拥有过它们，它们永远都不会属于某个人！就如故宫，皇帝认为是他的，但是今天，它是人民的，是社会的。忽然明白了为什么比尔·盖茨要把自己身后的财产全部捐献，为什么马未都宣布要把他博物馆的全部藏品全部捐献……那是因为他们明白，这一切原本就不是他们的，它们实际上只属于这个世界，属于轮番降临的生命，大家不过是看一看，玩一玩，用一用，生带不来，死带不去，都只是过客而已！

如今，任何一种饰品戴在身上都觉得是一种负累和束缚。尤其夏季，空空的脖颈和手腕常常被人诟病。但是那种轻捷和自在，却刚好符合内心的现状。生活总是最好的老师。随着岁月的流逝，它总会教会我们一切：理想、追求、热望、平淡和从容。时过境迁，物随心散。也是我们所无法暂时体悟得到的。也许经历了很多之后，过完一生之后才知道，其实任何东西都是不能替代自己的现状和解脱困境，所能依靠的仅有的只是源自自己内心的意志和情感。我们真正需要的东西并不多，对于任何物的拥有、戴与不戴，要与不要，都该是物随心境才好，人，毕竟不被物所驾驭才好。不被多余的东西束缚住的快乐，才是应该追求的生活的本真。

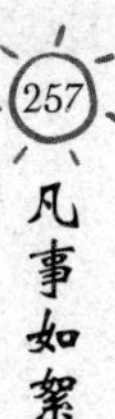

今天就是幸福的时刻

不得不先夸赞下这个秋天，如此漫长，长得令人受宠若惊，甚至漫长的十一假期都是那么温暖而宜人。好好地把御寒的衣服整理出来，却无法上身。每一周，大家都又期待又担心地说，下周该冷了吧？可是每一天都义无反顾地依然是阳光灿烂、微风拂面，真是舒爽到极点。于是心生感触，以后如果遇连日的阴霾，一定不要灰心善感，要知道那也是正常的日子。

这是个难得的好季节、好时光。对我来说，之前遭遇了不大不小的一场人生之难，内心的巨大压力，使得自己在很长一段时间失去了欣赏风花雪月的能力和心情，眼下刚从一场困窘中脱离出来，这个秋天更像是给了我一个奢侈的馈赠。

周末姐妹三人相约，带着老妈去市区周边的一个景区游玩。

我们各自从自己家出发，驱车四十多公里，到景点汇合。母亲虽说是学生出身，但是童年在农村的生活经历，依然使得出走多年的她留存了一种对土地深切眷恋之情。虽不会耕种，却乐于各种采摘。于是，常带着她到市郊农庄去寻找采摘的乐趣，这种劳动式的娱乐活动总是会让她感到格外的快乐。上周刚去摘过石榴，今天决定去农庄里挖花生、红薯，摘火龙果，尽可能地感受季节给予的馈赠。晴空下一望无际的沙土地里，果实深藏；每每挖到一簇花生或者发现一个红薯，大家就禁不住欢呼雀跃……眼前是老妈、妹妹们欣喜的样子，耳边是小外甥女开心的笑声，和着秋天温热的柔风，内心之中真切地感到了幸福和快乐。

午餐在河堤边的柳荫下进行，碧水生辉、绿意盎然，些微劳作之后的疲惫中，午餐更显得香甜急迫。老妈亲手备办的午餐：一大盒子香肠、一盒子生菜、一大壶热腾腾浓酽的普洱茶。荤素搭配、爽口宜人，显现了她的种种细心和周详。虽然一路辛苦地拖着负重的随手车，但此刻不忘夸赞老妈想得周到。老妈的脸上立刻显现出慈祥的微笑，任何时候，她都为孩子们能吃好而开心。

饭后小憩，小外甥女摇着摇椅吊篮上的老妈，大声地唱着；姥姥最漂亮、姥姥皮肤最白、姥姥的眼睛最大、姥姥的腿最长……唱的姥姥脸都红了，更让大家笑声不绝……

躺在柳荫下的吊床上，忍不住发呆。有俗语说，人类一思考，上帝就笑了。然而，谁又能逃脱思考的人生呢。尤其迷茫困顿、疲惫不堪或者闲暇时候，总会发问，为什么活着呢？怎样生活才有意义呢？作家毕淑敏到北大演讲的时候，也有学生问她“人生的意义是什么”这一问题。毕淑敏沉思片刻，回答说：“人生其实无意义。”这句话竟博得场下掌声雷动，她接着说：“虽然无意义，但我们既然来到这个世界，就不妨为它找出一些意义。”于是想，现在如此也是算找到的意义吧。

小憩后，意犹未尽，又驱车去下一个景点。

未曾料到，下午时分，出游人多，路上拥堵非常，龟行中一直和老妈唠家常，倒是没感到堵车的焦躁。有时候糟糕的事情未必就是坏事呢。老妈感触地说，没想到，年龄渐长，倒是天上地下的到处去跑了。除了出国观景，平时几个女儿都会不定期轮番带她出游，这是她从来没有想到的。“真是只有想不到的，没有做不到的呢。”老妈说。

到了那个宣传得很知名的景点，人如潮，车如流。狭小的道路要把车耳朵收起来才能通过。忍不住松了安全带，跳出车去进行一番车辆疏通，特别见效，总算于挤挤挨挨中到了停车场。老妈又感慨地说：“没想到女儿们出来也是个个这么能干呢。”老妈的褒奖实属难得，不管长多大，老妈的任何评议还总是那么入心。甚至，有时候，她淡淡的一句话就会改变我们的一个决定。虽一路辛苦，但是老妈的肯定和成功的“突围”，还是给了大家欢心的喜悦，每个人都笑容满面地下车，再次奔赴新的风景。

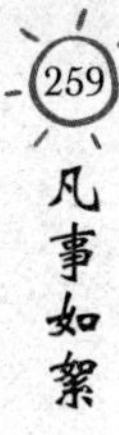

老妈是个老派人，有很多老人的通病：不爱扔旧东西、买东西喜欢挑三拣四、食物总是做得多……但是她是个教师，读过不少书，去过不少地方，看待问题颇有见识和自己的主张。而且勤于学习，现在每天也按时看养生美食类的电视和书籍，还常常和我们一起交流评论。更令人欣慰的是她注重思想的不断改变。她说，人只要活着就要成长，人在每个阶段的思想、生活环境都是不一样的，不变就会自己难受、别人也别扭。真是个不同凡响的老太太。

古城的街上游人如织，各种琳琅满目的新奇，又调动了老妈的购买欲望，大家都跟着她，尝她买的各种小食。这种时候是一定要她买单的，她笑容满面地买这买那，大家拥着她吃吃笑笑，领着一群孩子买吃的是她最快乐的事情之一。卖小食品的人假装悄悄地对老妈说：她们在哄着您花钱呢？妈妈忍俊不禁地笑起来："好，我知道了……"

秋天的夜幕来得很快，驱车回家的路上，思绪在等红灯的间歇不停地抛锚，想起一个故事：有一个人来到神的面前祈祷万能的神："万能的神啊，请您赐予我幸福。"神慈祥地对他说，"我的孩子，你今年多大了？"

那人回答："神啊，我今年 60 岁了。"

神叹了叹气，说："可怜的孩子，这60年来我一直在不断地赐予你幸福啊。"

那人叫了起来："真的吗？它们在哪里？"

神说："你 10 岁的时候，和小朋友们嬉戏玩耍不识愁滋味，那不是幸福吗？你20岁的时候，青春正盛身体康健，体会着爱情的甜蜜，那不是幸福吗？你 30 岁的时候事业初具规模，孩子初降人世，一颦一笑无不牵动你的心，那不是幸福吗？你 40 岁的时候拥有事业和家庭，妻子贤惠，儿女聪明，那不是幸福吗？你 50 岁的时候，养育你的父母尚且健在，那不是幸福吗？你 60 岁的时候，每天和妻子享受休闲生活，还可以同老友们一起休闲玩乐，那不是幸福吗？"

神又叹了一口气，接着说道："除此以外，我每天送到你面前的细小的幸福更是不可计数啊。温暖的阳光，怡人的清风，淡淡的花香，陌生人的微笑……哪一样不是幸福呢？"

那人待了半天，问道：“可是为什么我从来没有感觉到幸福呢？”

神说：“你的心里充满了功利，每天的烦恼、劳苦与不安，在哪里安置我赐予你的幸福呢？”

那人恍然大悟、后悔不迭，原来不是没有幸福，而是自己被生活的琐碎、欲望和烦恼蒙蔽了心，没有心情体会那时刻闪现的小小幸福。致使几十年的时光就这样在期待、不安中度过了。在大多数的时光里，我们何尝不是这样度过的呢？

现在很多媒体采访经常会问的一个问题，你幸福吗？

大多数人都会说幸福！

幸福是什么？

人生的快乐不一而足，爱因斯坦认为：“一个人的生命只有当它用来使一切有生命的东西都生活得更高尚、更优美时才有意义。”透过这些伟人充满思想光辉的文字，他独特的价值观和对人生的追求可窥见一斑。而今天愉悦的时光，越过时光的侵染会成为岁月长河中一个小小的亮点，成为记忆里想得起的一次小小美好的经历。只不过一个普通的周末，但今天很快乐，孩子很快乐、老人很快乐，而能够带给需要呵护的她们以快乐，至少也应该是优美的、幸福的吧。

有人说幸福是一种精神自由、一种情绪体验，有人认为拥有金钱、名利、地位才是幸福的基础……其实不一定，特别喜欢两句话——幸福不是你的房子有多大，而是房子里的笑声有多甜；幸福不是开多豪华的车，而是开着车安全到家。就像，无论是在水中加糖、加蜜、加柠檬，还是加茶叶…最终不能缺少的其实还是最原始的那杯清水——孩子的健康快乐，爱人相伴身边，父母身体健康、快乐，珍惜眼前人本身就是一种幸福，全家人快乐、和谐就是幸福的源泉。

除此，生活中只需要一颗沉静淡泊的心，便可以品尝到各种幸福的滋味。同样的道理，聚会出游不在于去的地方是否知名堂皇，重要的是游玩的心情是否愉悦。有人说，生命银行的账号里，下半辈子提领出来的快乐都是上半辈子存进去的。那么，就让我们这样一点一点储存后半生的快乐吧。

喜新厌旧是生活的动力

喜新厌旧，在坊间多半是个贬义词的。其实如今现实生活中，却包含了积极的意义。比如，随着年龄、环境的改变要学会放弃墨守成规的思维方式，善于接受新的事物。这何尝不是一种喜新厌旧呢？比如当下，凡一个能够独立自主的人，都会学习使用手机、微信，不仅对自己的生活带来各种方便，更能增进和他人的交流。

喜新厌旧是与时俱进的另一种代名词。在当下的环境中都有着新的、积极的意义。墨守成规、遵循老话和经典名句虽然有其道理，但一味地抱定不放只能耽误人生。因循守旧、坚持传统也是在一定的条件和环境下才会成立和适合。比如俗话说：三岁看老。那么为什么还要有大器晚成之说呢。褒扬宁死不弯的英雄本色，为什么还要赏识识时务者为俊杰？现今新生事物每天都层出不穷、常识被不断更新的时代，每个人都可能有几段不同的人生。比如，褚时建、不老女神刘晓庆等很多人在经历了大灾大难之后，仍然可以有另一段丰富的人生。

人生路千万条，每个人都要坚定地走自己的路。但走自己的路，并不代表一意孤行，而是要与时俱进地懂得审时度势、量力而行。

法国著名作家巴尔扎克年轻的时候，经营过出版、印刷业等多方面的业务，但最终都以破产告终，并欠下了巨额债务。破产后经常有债主半夜来敲他的家门要债，警察局发出通缉令，要立即拘禁他。实在没有办法，在一个月黑风高的晚上，巴尔扎克隐姓埋名偷偷地搬进了巴黎贫民区卜西尼亚街的不为外人所知的小屋子里面。在小屋子的日子，平静了下来。集中精力一心一意地从事自己最喜欢的文学创作。那一刻他顿悟了，从他的储物柜里找出拿破仑的小雕像，放在书架上，并贴上了一张纸条：“彼以剑锋创其始者，我将与笔锋竞其业。”意思是说拿破仑想用武力征服全世界，他没做到，而我却要用笔征服全世界。众所周知，后来，他真的成功了，有些人认为自己天生是经商、画画、当官的……凡此种种，在实践中，有的人成功了。新的事业蒸蒸日上。有的人却失败了，那就改变方向，要么踏上归途，要么另择他路。

之前，老妈的烹调注重色香味浓，随着年龄的改变，她开始追求少油盐、重清淡养生，更适合我们天天嚷嚷要减肥的要求。每周末回家，老妈几乎都有新菜、小食推出，吃每一样东西，她都会说出要你吃这个食物的理由、好处所在。说实在的，有时候的新菜、新做法并不好吃，但是她津津乐道于如此炮制的理由却不容置疑。也更欣慰她能保持乐于改变、善于学习新事物的心态。正是这种喜新厌旧的精神确保了她多年退休生活的丰富多彩。

马斯洛说，给一个人造成心理障碍、影响一个人生活的，有时并不是物质的贫乏或丰裕，而是一个人选择什么样的生活态度。生活的状态，往往决定于个人对人、事、物的做法。如果我们能够懂得适时喜新厌旧，理解适应自己当下的新状态，我们的生活就是快乐的。相反，如果一味因循守旧，用消极悲观的态度面对生活，我们的生活就会充满悲伤。生活的新奇和快乐永远都存在于不断改变的新的事物中，生活的色彩就存在于这些变化之中。

调整好心态，习惯就会跟着改变；习惯改变，性格跟着改变；性格改变，人生就跟着改变。生活态度不同，生活自然不一样。每天日出，想想，自己都有要做的事情，一个期待在等待着，那么接下来就去做就好了，有了一个总是积极、充实的心态基调，生活简直就变成一首歌。天天伴着歌声过日子，也不是不可能呢。

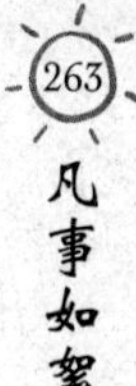

做好自己的那棵安心草!

给小外甥女读一则寓言故事，故事读完了，倒觉得好像给自己带来一个不大不小的思索。

主人去自家的花园里散步，使他万分诧异的是，花园里很多的花草树木都枯萎了，园中一片荒凉。原来，橡树因为自己没有松树那么高大挺拔，因此厌世轻生；松树又因自己不能像葡萄那样结许多果子，而无精打采；葡萄则哀叹自己终日只能匍匐在架上，不能像树一样直立，而郁郁寡欢；牵牛花也病恹恹的，因为它叹息自己没有紫丁香那样的芬芳……满园只有顶细小的心安草，繁茂生气勃勃地在生长着。

主人问它：“心安草啊，高大的植物全都枯萎了，为什么你这小草竟然这么茂盛呢？”

小草说：“主人啊，我为什么要灰心丧气呢？我知道，如果主人您想要一棵高大的橡树或者一棵松树、一丛果实累累的葡萄、一棵开满花朵的桃树、牵牛花，一株香气四溢的紫丁香……您就会叫园丁把它们种上，而您希望于我的，就是要安心开满整个院子的边角空地吧？我就是这样做的啊。”荀子说：“自知者不怨人，知命者不急天。”这则寓言好像生动地说明了这个道理。

很多时候我们总在不经意间就羡慕别人，而忘了自己的特长优势。

许多的时候，我们感到不满足和失落，仅仅是因为没有别人不同于自己的长处！如果我们安心于发展自己的特长，不做比较，生活中就会减少许多无谓的烦恼。

生活中的许多烦恼源于自身的想法和偏颇的认知，因此才影响改变了自己的心情和生活状态。要学会接受世界和生命赋予自己的东西，首先要在生活中学习接受现实的自己。适时地接受现实的自己是很重要的，因为这可以更安心于平静的生活。

世界卫生组织对健康的定义：不仅仅是没有身体的缺陷和疾病，还要有完整的生理、心理健康和社会适应能力。因此，要想拥有真正的健康，不仅要认识自我，还要积极地去消除内心的困惑。

好友丽裳，天生感性，很是醉心写作，上过一个普通的大专后，就四处应聘文职和投稿，却屡屡碰壁，这种郁闷很长一段时间都埋伏在她的生活中。她不喜欢规范古板的程式化的工作环境。起初只是去做了一个美甲师，她依然很爱看书，文艺的天性，使她具备了不俗的审美观。饱含文艺天分的创意，被她淋漓尽致地表达在那一个个小小的甲面上。她手工绘制的图案，清新怀旧的感觉受到很多女客户的青睐。没多久她就自己开了个美甲店，然后扩大了经营范围，兼顾美容，又开了连锁的美容院。如今她很开心："我很幸运，终于找到适合自己的工作，如果我一直执着写作，大概也不会是像现在这样既养活家庭，又有空闲写点自己的生活感悟。怎么说呢，套用现在流行的一句话，一切都是最好的安排吧。"看上去，她很享受现在的生活状态。每次去美容我们总是要聊很久。我们谈话的内容不只限于眼前的琐碎家事和困窘，书籍、电影、家庭、工作、生活感触，虽然漫无边际，但很是令人愉悦，总是有说不完的话。

园子里的橡树，如果不只是为了羡慕松树的高大、葡萄不只是为了只能匍匐架上、牵牛花不为别人的繁复的花朵而郁闷、苦恼，都懂得按照自己的本真而生活，朝沐朝露、夕沐晚霞，感受季节的风花雪月，那它们一定会快乐而茂盛地生长着。很幼稚的儿童寓言，但是即便是成人又有几人能把这些浅显的道理真正放在心上，施之于行动呢。

观照自己

当我打出这个题目的时候，原本是想用“关照”，忽然觉得，这个“观”字甚至比“关”更贴切。关，只是指关心、关注。观，却有审视、检查的内涵。古希腊人把能认识自己看作是人的最高智慧。阿波罗神殿的大门上写着一句箴言：“认识你自己。”明察自我，正确审视自我，才能充分发挥潜能。

二十几岁时，总会觉得身边的人不好了解，但也许我们自己才是最难以了解的人。比如减肥，有人说减肥是风靡世界的宗教。我当然也追逐在减肥的路上数年，千辛万苦，但随着年龄的增长，也还是越减越肥了。中间过程中，也曾经有一阵子，的确瘦了下来，但瘦下来之后，并没有像想象中那样享受瘦的喜悦。因为马上就会发现新的问题——并不是所有的瘦子都是美丽漂亮的。依然要做和自身气质、年龄合适的得体的搭配和装扮。而且，皮肤的管理、五官的修饰、魅力的修炼……种种问题依然存在。总之，人生虽然是一个折腾的过程，此时觉得这样好、彼时又觉得那样更适合……但还是要先认清自己的需要和达成需要的条件。

古话说：“人贵有自知之明。”自知之明，这是对自我认识的一种态度，是重要的生活经验。自知能使人了解自己在群体中的位置和与他人的关系，能冷静评价个人的能力，促使自己更为贴切地把握个人的抉择，并有效地进行自我设计和改善。人生路千万条，要坚定地走自己的路。但走自己的路，并不代表一意孤行。

早几年我编辑杂志的时候，有个青年酷爱写作，但写作基础不太扎实，文理不通。一篇稿子，总是来投好几次，那种执着和痛苦，也着实令人同情，看着他没法再改的稿子，为了给他一点心理安慰，动手帮他改了，发表了两次。但是，这也许是更害了他，他并没有因为那几乎被改得面目全非的稿子感到尴尬，反而愈发投入了。他家中经济状况也不好，家庭生活一度陷入了困境。再后来，我就总是婉转劝他做些力所能及的事先顾好家庭，加强下学习再进行写作，再顾自己爱好。他听不进去，又去外面四处投稿，但从没被采用。他从不去思考自己的问题出在哪里，却总是一味埋怨别人没有眼光，感叹自己运气不好，遇不到伯乐。他的妻子劝他不要在自己不擅长的领域里浪费时间，而他却责怪妻子对他的理想不理解、不支持。妻子无法忍受他的"执着"，也是生活所迫，便愤然和他离了婚，一个美好的家庭毁灭了。

而众所周知的俄国作家托尔斯泰，年轻时，经常无所事事。后来，在朋友的帮助下，反复自省，认识到自己身上的种种缺点，潜心写作，先后创作了《战争与和平》《复活》和《安娜·卡列尼娜》等名著，成了著名的作家。虽然是相似的执着和追求，但结果迥异。

很多时候，我们都会引用古话、俗语等所谓的经典名句来为自己答疑解惑，然而，经历过很多事情之后，就会发现，任何经验的总结都要审时度势。如同天下没有两片相同的叶子，也很难有相同的事情一样。之所以能有殊途同归的道理，也只是宏观的理论而已。不然，五千年的历史，有先知的经验，为什么很多时候当下的人依然还会走那么多的弯路呢？时间、地点、条件、环境的不同，都会成为改变事情走向的因素。

内省——观照，是了解自己的重要途径。通过内省，可以审视自己的思想、言行，挖掘更深层的内容，了解自己的潜能，可以修正某些自我观念。有的人也许一生都不可能找到合适自己、自己认为满意的人生之路，但是只要潜心调整角度和姿态，做出相应的努力，这种寻找的过程也足以构成我们丰富多彩的一生。

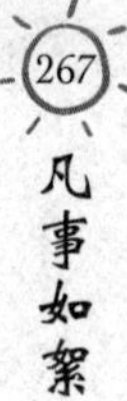

一个多雾的早晨，仍可能有一个晴朗的白天

去吃个好吃的吧！

这是那几年对千里之外读书的宝贝最常说的一句话。

在高考紧张的氛围里、在考研学习的深夜、在司考培训的暑热中，在考工作的每一次冰寒酷暑的日子，我们总是用这个施了魔法的句子并施之行动。于是，每一次它都神奇地发挥着无与伦比的魔力，使人满血复活，提起面对当前困扰的勇气。在那些不同地点、不同方式不计其数的考试中，才有了过五关斩六将、百折不挠的坚持。

有谚语说，若想得到快乐，就别让自己过得无精打采。有了积极的思想和行为，至少就能感到动力；正如拿破仑·希尔所说："忘却烦恼，学会让自己快乐。"

那么，怎样才能保持乐观的精神状态并把快乐种植心里？这是个大问题。

其实，人生活得快乐与否，完全取决于他对人、事、物的看法，因为生活是由思想造成的。养成快乐的习惯，至少可以减轻生活和工作上的压力。

几年以前，有一个广播节目提出要人们找出"你所学到的最重要的一课是什么"。其实，这很简单，最重要的一课是思想的重要性。只要知道你在想做什么，知道你是怎样的一个人，因为每个人的特性都是由思想造成的。爱默生说："我们的命运完全取决于我们的心理状态。一个人就是他整天所想的那些……"他怎么可能是别的样子呢？

德谟克利特说，不应该追求一切种类的快乐，应该只追求高尚的快乐。人，活在这个世界上，到底快活的时候多呢，还是不那么快活的时候多呢？没人做过这方面的统计，但是我想，“人生识字忧患始”，如果不是那么十分浑浑噩噩的话，都会懂得“不如意事常八九”是一种比较准确的人生状态。快活并不是每个人都有幸碰上的，不快活则随时随地在等待每个人。

就拿一些极日常的事情来说，假如一早睁开眼，天气不好，恐怕不会太开心。其实这是常事，而且说实在的，除非下刀子，天气的阴晴会把你怎么样呢？可你觉得老天爷总不开眼，灰色的云层像一块砖头压在心上，就因此不高兴。接着，就会皱着眉头吃早餐。老样子的早餐，使你没感到又是一天安宁、美好的开始。一想到终日奔忙只是为了天天吃这样同样的早餐，于是更不开心了。

随后，就该穿衣出门了。这就更麻烦，在那儿脱来换去，大半不是从个人舒适出发，更多是从顺应别人的眼睛、要去的环境考虑。好像纯粹是在为别人穿衣服，还得小心谨慎，超前了，怕人家说风骚，落在后面，又怕被讪笑，多没劲啊，做人真难啊！穿衣服如此，工作更是让人伤脑筋、自己做不了自己的主，诸如此类的烦恼，简直不胜枚举。出了门，搭车的挤、开车的堵，就把你的情绪全给破坏了。这世界好大好大，按说不会多你一个，但从别人连一块立锥之地也不想给你留下的挤劲，你会为你自己的多余或别人的多余而无法快活了。再往远处想，踏进不知深浅的社会，不知会有哪些坑坑洼洼，等着把人跌个鼻青脸肿，撞个焦头烂额呢，所以越寻思越觉得活在这个世界上太累了。也许这时候，你才醒悟这一切本来就是这样，而你是在自己跟自己过不去。

怎么办呢？

如果此时不想精神崩溃，不想自杀，不想去大打出手，更不甘心像蚕一样被束缚在茧里，被不快活弄得愈来愈低进尘埃里，那么最佳之计，是去努力寻找心目中的快乐。寻找自己的快乐，不是盲目的阿Q精神。目标和行动才是治疗痛苦和恐惧的根源。只是躺着想快乐，大概这种快乐不会来，也不会长久。

陪伴女儿从小到大，就像再一次经历了人生的博弈，每次在女儿考试的场外一等总是几个或者十几个小时，从天没亮等到天黑，每次看着进场、出场的流水般的人群，想着小小的女儿能否从这样泱泱人群中脱颖而出呢，那种恐惧和焦虑令人心痛到心碎。每次大考之前晚上，我们都在她复习的间歇商议好，考试结束去哪里游逛一下。宝贝去南京考研的时候，正是最寒冷的季节，一早站在路边打车，一月的寒风刮得人喘不上气来。恰逢女儿身体不适，真的是牵挂、担心到极点。考试的时间格外得长，我在场外等了漫长的七个小时，寒冷刺骨、心焦如焚。夕阳西下，风竟然停止了，晴朗冰凉的天空显现出美丽的晚霞。女儿走出了考场。我们亲热地拥抱，简直就像是久别重逢。我们相互挽着，直奔最繁华的新街口而去。妈妈想犒劳辛苦的女儿，女儿想犒劳下辛苦的妈妈，一整天寒冷、紧张、焦灼的过程中，我们一直被彼此的心意、预设好的美好时光温暖着。找到女儿爱吃的蛋包饭，精美的大磁盘被食物打扮得香喷喷，美丽地放在眼前，我说："这么勤奋的努力，就是为了这盘美味啊！"女儿含娇笑了。她说考试中的糗事、碰到的令人觉得不可思议的人和考试中的种种，也是那么揶揄的口气了，沉重的压力总是这样在不知不觉中化解掉了。

其实，我总是在去完成一件令人头疼的事情之前，会预定好做完事之后，要去寻找的一种美味。很多的时候不单单是为了吃什么，但这样的预设，在要去完成麻烦事情时，心里就不是为难、沮丧，而是一种美好的期待。

美食当前，它带给你不期而遇的舒适、愉悦感，完全抵消了深陷困难中的困惑和纠结，令困惑和纠结看上去不再是生活的全部。更换了一种方式去和这个世界接触，世界美丽可爱的另一面就以另一种姿态展现了出来，瞬间，心情的好转和改变，自然就会给身心最好的抚慰和动力。这是深陷憔悴无奈时和世界达成的一种和解、相容的方式，这也是通俗所说的自愈吧。

一个人自愈能力的大小，除了和个人见识多寡有关之外，和性格也不无关系。性格对一个人的生活有着极为重要的影响，性格积极的人总能看到生活中好的一面。

生活中苦乐全凭自己。任何生活都是具有两面性的，问题在于我们怎样去审视它。我们完全可以依靠自己的意志力来做出正确的选择，养成乐观、快乐的性格。

谁都会有精神痛苦、心烦意躁的时候，但不同的是乐观的人总是坦然地，或者说服自己接受这种痛苦；与困难和挫折做斗争的过程中，不忘学习其中的知识，善于改正错误，总结经验教训。即使有抱怨，忧伤，也不会为此而浪费太多自己宝贵的精力，而是重拾起生命道路上的花朵，奋勇前行。

乐观、豁达的性格有助于我们看到生活中光明的面，即使在最黑暗的时候也能产生要看到光明的勇气，找到心灵的慰藉。想想只要能照常吃饭、睡觉、读书和思考……一切都不是大问题。尽管这种简单而快乐的性格主要是天生的，但正如其他生活习惯一样，这种性格也可以通过训练和培养来获得或加强。

一个人的处境是苦还是乐多半是主观的，虽然和客观环境有一定的关系，但那并不是决定性因素。“境由心生”，只要心态好，挖掘出内心的快乐，生活就会舒心许多。正如吉尔伯特生所说，每一朵乌云背后都有阳光。世界和快乐只属于自己生命的本身。只要找准令自己快乐的方式，就会品尝到生活的甘甜。

绚烂之极归于平淡

一日，看居里夫人传记。

居里夫妇结婚时，他们的会客室里只摆着一张简单的餐桌和两把椅子。后来，居里的父亲来信对他们说，他准备送给他们一套家具，问他们需要些什么样的家具。

看完信后，居里若有所思地说："有了沙发和软椅，就需要有人去打扫，在这方面花费时间未免太可惜了。"

居里对新婚的妻子说："不要沙发了，但我们只有两把椅子，再添一把怎样？这样客人来了也可以坐坐。"

"要是爱闲谈的客人坐下来，那又怎么办呢？"居里夫人提出反对意见。最后他们俩决定不再添加任何家具。

读了这个故事，深感作为科学伟人，居里夫妇内心简朴的美。堪称极简主义生活的典范。

一如大自然的朴实无华，天然无雕饰。不论是沙漠高山，还是江河溪流，都没有一点儿矫揉造作、故作姿态的模样，总是以它们本来的面目呈现在我们的面前。美，来自简朴，同样，简朴的生活也是美丽的。

当下一再倡导极简主义生活方式。极简主义是对自身的再认识，对自由的再定义。我们总是渴望着获取，害怕失去，所以不愿放手。但生活通常不尽如人意，心有时会逼迫你，使你不得不放弃手边的幸福，不得不放走事业上的机遇，甚至不得不抛下美好的爱情。因为只有放弃一些，你才能得到一些。因此，在生活中必须要学会放手，一味执迷不悟地追逐，反而会失去更多，所以，不管在事业上还是爱情中，勇于放手才是明智的选择。

生活中要做到极简，迫不得已地放弃一些东西，这是一个痛苦的过程。最直接的办法便是丢弃、送人、出售或捐赠家中超过一年不用的物品。比如看过的杂志、书，不再穿的衣服，早先收到的各种礼物或装饰品。不囤过期的东西，不用便宜货、次品。买质地好的日用，充分使用它。用布袋，代替塑料袋和纸袋。用钢笔替代堆积如山的中性笔。用瓷杯、钢杯代替纸杯。精简银行卡，仅保留一张借记卡一张信用卡。不做无效社交。

争取做事不拖延。定时清理电子邮件，不让它们堆积起来。用电脑写东西，少用纸。养成纸质文件扫描、存档的习惯。日常生活中，坚持锻炼、饮用白水和纯果汁，穿着简洁、不花哨。精简出门行头，只带“身、手、钥、纸、钱”。

不购买、不使用昂贵的电子产品。减少电子消费。整合、精简电源线和充电设备。精简电子邮箱数量。删除长期不使用的应用。

对于每天离不开的手机，少看微博、朋友圈，精简对手机的依赖。少关注与己无关的娱乐、社会新闻，定期远离互联网，避免信息骚扰。做到信息极简，耳目清明。

为什么极简生活可以获得更大限度的快乐呢?

极简生活便是深入分析自己、了解什么对自己最重要、了解自己的真实需要，然后把自己的精力全部用在最迫切的需要上。如提升专业素养、照顾家庭、关心朋友、追求美食等。以求做到欲望的极简。了解、选择、专注于 1~3 项自己真正想从事的活动，充分学习、提高。居里夫妇的生命也正因如此，不盲目浪费自己的时间与精力，专注追求科学，从而达到精神、物质的极简，发挥出了生命意义的极致。

绚烂之极归于平淡，美丽的东西往往都是简单的，艺术上讲究返璞归真，同理，现实生活也是这样。人生旅途上的负累太重，便无法欣赏路旁的风光景色、接受新鲜的知识，放弃不能带来效用的物品和精神负累，减少、控制过多欲望，简约生活，才能更加洒脱，从而获得人生各方面的自在自由。

好女享上班

温暖的正午时光中，看见大学同学群里发的同学聚会的照片。那些尘封的青春瞬间如潮水般涌来，温暖而美好。画面中笑靥如花的面容，令人看之不倦。刚好，照片中同框的千里之外的老友，来微信问候。她感慨、羡慕还在工作岗位上的人。不加掩饰地说，能工作真好，真羡慕。其实，她是个幸福的人，早早赋闲在家带孙子。她的感慨和遗憾，其实是很多女人的心声。更多时候，大多女人都期待早点离开工作岗位，回归家庭。其实，大多女性离开之后才懂得工作也是女人的自信和快乐，才懂得上班不应该只是一种生存方式，也是生活的一种平衡，一种丰润，一种自在，一种生活方式。

1908 年 3 月 8 日，15000 名妇女走上纽约街头游行，打出“面包和玫瑰”的口号，要求缩短工作时间，提高劳动报酬，享有选举权，禁止使用童工。那天，她们实实在在地为全世界的女性争得了一个自己的节日，也为今日的女性赢得了更广大更多彩的社会舞台。“面包和玫瑰”体现了女性在一百多年前就已经十分清楚地意识到，除了面包所代表的生存权利和安全保障，女性应该争取的自身权益还包括玫瑰所代表的精神与心灵的追求。

有人用“她世纪”来形容我们身处的这一时代。一方面，现代女性已经完全驾驭了自己天生的情商优势，在虚虚实实、以退为进之间跟随着激烈的竞争节拍；另一方面，现代女性也更加清楚自我实现的深层意义，而不会在追求成功的简单、直白中丢失了柔美、黯淡了韶华、放逐了情感。

其实，当今中国的女人是幸福的，工作中，可以在社会舞台拥有广阔的天地，成就自己想要的卓越；退一步赋闲在家，仍然能够怡然自得，丰富生活，把情致与兴趣在日常生活中发挥到淋漓尽致。这样令人艳羡的自由度，在五千年的传统观念中是前所未有的。

老友说，家务很操心，但是看到小孙子的笑脸，心都融化了，甚至于旅游都不想远去，想孙子想得心慌……一份令人愉悦的工作、一份持家的充实感，都是一个女人内心踏实、幸福的源泉。我们在不同的晴好的秋阳里，相隔千里，一个在家一个在办公室，一杯咖啡一杯薄茶，身处不同的生活场景。但是，对生活的感触却是相通的，彼此被交流中那浓浓的情谊感动而心生美好……愿每一位女性，都能带着自觉流淌的女性意识和女性心灵的美感，站在属于自己的镁光灯下，用自己独特的音色歌唱自己。

和往事告别

普希金在一首诗中曾这样写道："一切都是暂时的，一切都会消逝；让失去的变为可爱。"

老妈以前从事教师工作。但有几年全家调离了原来生活的地方，那个时候爸爸不在身边，也没有老人帮衬，妈妈如果继续从事教育工作，根本分不出精力照顾正在各个阶段上学的我们四姐妹。而时过境迁，我们都成家立业后，有很长一段时间，妈妈总念念不忘那份钟爱的教师工作，说自己如果一直当老师不改行，无论事业还是经济哪个方面都会比现在好……

但是，我们姐妹总是称赞她，如果不是老妈的舍弃和抉择，不是老妈不论冬夏每日早晚、不辞辛苦、不计心力和时间的辛勤付出，我们四个姐妹怎么能够顺利大学毕业、参加工作、成家立业呢，这其中经历的各种坎坷和曲折，我们彼此都最清楚，比较过往和今天，多次的念叨和开解之后，年过七十的老妈终于彻底释怀了：守着平平安安的全家大小，健康快乐地享受天伦之乐，才是对往昔辛勤付出的最好回报。

老妈虽然七十多岁了，但经常和她在一起聊天，还是常常会发现她依然闪耀的思想火花。她现在最爱说我们姐妹的是，孩子大了，要好好经营两口子的关系，常说："别傻了，以后还是要两口子相互照顾。孩子有工作忙，有自己的家庭，不会有太多精力关注你们的。""如果你爸爸还健在，我是再不会和他生气的。想明白了，没什么好计较的。"这是她的人生经验，对我们而言也是一种警醒：要多抽时间陪陪她。是啊，生活在不同的年龄，要不断地学习。年龄不同，家人在变、家庭和社会环境也在变，所以自己也要改变。面对上学、工作、成家的孩子，要学会懂得他们的成长、独立和疏离，要学习与原本需要呵护的孩子和已经长大有了独立自主能力的他们的不同相处方式。改变之前的呵护心态，学会放手和依赖。

现实中人，总是希望有所得，以为拥有的东西越多，自己就会越快乐满足。欲望使我们沿着这一人之常情不停地走下去，总是想要更多地抓住些什么。直到有一天，某些触动会忽然惊醒：痛苦、困惑、无奈……种种的不快乐因素，其实都和我们的要求有关。我们之所以活得不自在、不快乐，都是因为渴望拥有的东西太多。生命背负不了太多的行囊，拖着疲意的身躯走在人生的旅途上，注定要抛弃很多。我们都有失去某些重要东西的时候，事业、机会、亲情……人生就是一个不断失去的过程。只一味地为之心痛，总是沉湎于已经不存在的失去中，只能一直活在懊恼中。

有一个登山者突然从山上滑落，他拼命抓绑在自己手上的绳子，总算停了下来没有掉下去。山中大雾弥漫，上不见顶下不见底，他绝望地呼喊："上帝啊，快救救我吧。"突然这时一个声音响起："我是上帝，你希望我救你吗？"那人大喊："是的，是的。"上帝问："那你愿意相信我吗？"那人连忙说："当然愿意。"上帝说："那好吧，现在把你的手松开。"那人不禁一惊，心想这不是害我吗？他始终没有松开手，一直紧紧地抓住拉住他的绳子。第二天，救援者只找到了这个人的尸体，他是在夜里被活活冻死的，而令救援者困惑的是他紧紧抓着的绳子，离地面也不过 50 厘米而已。所以说，放手并不是毫无主见，随波逐流，更不是表面放下，内心依旧被那些事情牵绊，而是一种豁达、积极的人生态度。只有心豁达了，也才能有新的开始。

人生犹如大海，深邃而又神秘莫测。我们每个人都在海边跑来跑去寻找着属于自己的美丽的贝壳，有的人只要看到漂亮的就统统揽在怀里，当他发现自己无法全部带走时便在取舍之间犹豫不决，不忍心放手任何一个。有的人只要找到一个或几个喜欢的就心满意足地离去了，因为他觉得人的一生，拥有这些，便已经足够了。所以说，人生旅途上的负累太重，便无法欣赏路旁的风光景色，只有适时放手，我们才能活得轻松、洒脱。还原我们的本性，使我们的心灵得以安宁，使我们真实地享受人生，感受到生命中的种种美好。

金“币”辉煌

篇篇俱是云烟满，句句皆取锦绣裁。

——每一次开篇、每一次欣赏都是一次精神、知识与审美的辉煌之旅……身未动，而心已远。

天到尽处云是岸，山登绝顶我为峰

——世界遗产黄山之赏

“五岳归来不看山，黄山归来不看岳。”这是明代旅行家、地理学家徐霞客两游黄山后，对黄山的美誉。展开祖国山河的壮丽画卷，跃然纸上的最美图画一定是黄山——“千座山脉难以尽奇，万条江河难以尽秀”。雄伟秀丽的黄山素以奇伟绝俗、灵秀多姿著称于世，集泰岱之雄伟、华山之险峻、衡岳之烟云、匡庐之飞瀑、雁荡之巧石、峨眉之清秀，可谓“尽千山之奇，秀万松之绝，展百石之怪，显云海之浩”，是大自然赋予中国和世界人民的瑰宝；黄山是世界上第一个获得世界文化和自然遗产以及世界地质公园三项最高荣誉的旅游胜地，是中国山水美的极致，从而和黄河、长江齐名，是我国美丽山河和中华民族的又一象征。

随着我国旅游业的蓬勃发展，黄山受到越来越多的国内外游人的热情赞颂，然而在现代精神文明高速发展的今天，人们在对黄山赞颂不已的同时，对黄山的审美需求已经不仅仅停留在单一的物质景观的观赏，而是向更高的人文精神层次发展，希望能从不同角度，不同层面进一步发掘它美的底蕴，以期达到更高的品赏境界。中国人民银行于 2013 年 8 月发行世界遗产——黄山金银纪念币一套。币背面图均以黄山古建筑、奇山、怪石、云海自然景观的特征为主题，将其呈现于国家法定货币之上，向全世界展现黄山的自然与人文精神的多样之美。

黄山，在中国历史上文学艺术的鼎盛时期曾受到广泛的赞誉，以“震旦国中第一奇山”而闻名。坊间提起黄山，对于有没有去过黄山、有没有饱览过其风光倒不以为然，但却都以知道“迎客松”而为荣；迎客松的知名度，上至庄严的人民大会堂，下至车站码头、百姓人家，都有它的身影。作为黄山标志性景观的迎客松，已有 1300 多岁的树龄，有诗赞曰：“奇松傲立玉屏前，阅尽沧桑色更鲜。双臂垂迎天下客，包容四海寿千年。”——它挺立在景区玉屏峰东侧、文殊洞之上，为黄山奇松的代表。1 公斤、1/4 盎司圆形金质纪念币背面图以写实之法，惟妙惟肖地再现了迎客松的身姿：远山巍峨、怪石危耸，映衬出迎客松主题造型，刚毅挺拔、枝干曲虬苍劲；它树冠平如刀削、松叶浓密如盖，显现出深沉之容、隽秀飘逸的风姿；侧边伸展的枝丫象随风摇曳的须蔓，潇洒从容，恰似好客的主人彬彬有礼伸出的手臂，姿态优美地迎接四面八方来客；充分展现出中国这个古老民族的热情好客、海纳百川的美好品德、雍容大度的宽厚胸襟。

迎客松长于海拔 800 米以上的高山，生长环境艰苦，以石为母，扎根于巨岩裂隙，破石而长，它的根大半长在空中，为的是能够更好地迎接雨露，拥抱阳光；虽历风霜雨雪却依然坚韧傲然，人喻“矫如龙，盘如虬，昂如鹤，立如人，张如雨盖，卧如扶栏”，它顶风傲雪、坚韧不拔的拼搏精神，众木成林、百折不挠的进取精神，被概括为“黄山松精神”——丰富的人文含义，使它走出了自然界，走进人文视野，以丰富的视觉语言形式传达迎客之道；它不仅仅只是黄山风景区的标志性景观，更是中国与世界人民和平友谊的象征、改革开放和新时代奋力崛起的民族精神象征，是当之无愧的国之瑰宝。

“黄山四千仞，三十二莲峰。”座座陡峭挺拔，伟岸险峻，是大自然造化中的奇迹，“壁立不知顶，崔嵬势接天。云开峰坠地，岛阔树相连”。玉屏景区则极好地诠释了黄山之峰的这一危、雄、美的特质。玉屏景区古称文殊院，是黄山的中心景区，其中包括莲花、天都两大主峰，雄山怪石、奇松险壑、摩崖古刻、云海烟云构成景区景观的主体，正如朱德元帅所书，“风景如画”；玉屏景区是黄山绝胜处，有俗语云：“不到文殊院，不见黄山面。”

“玉屏盛景”，更是极力体现其这一精妙诡谲：图背峰峦以写意之笔，勾画出远山近岭，于滔滔白雾中，只峰尖显露，像一座座危岛在海中沉浮，峻峭高耸，宛如绽放的莲花，展现出千峰竞秀，“百里涌青莲”的雄阔画面，恰似“群仙所都”，格局错落有致，妙然天成；山脚下云山相连，如“海风吹白练”，波起浪涌间，云雾弥漫，滔滔不尽，无边无涯，似海非海，非海更似海；虽无浪花飞溅、惊涛拍岸，但在银币本色的映衬下，更似淡远、宁静的水墨画，无华彩光影，但却气势非凡，竟有绚丽斑斓、蔚为壮观、令人炫目之感……

我国是世界的文明古国之一，我国人民更是崇尚山水名胜，并精于建设，美丽的自然景色也再次被勤劳智慧的中国人民赋予了多种人文内涵。如素有“黄山绝佳处”之称的玉屏楼，币图中玉屏楼在奇峰错列，众壑纵横的群山环抱之中，隐现飞檐翘角于树木间，“深山藏古寺”——借助于自然风景突出了人工建筑之美，共同构成情趣盎然的风光，因此有了毛泽东“江山如此多娇”之赞，成为景区的重要标志之一。

其实，人文景观不仅仅是指人为的建筑，单就那些自然景致的命名，比如充满意会之彩的猴子观海、飞来石、人字瀑……这些饱含文化意味的名称也足以说明人文因素之深了。且说那猴子观海，图面显现一石猴独踞峰顶，奔腾翻涌的云雾于危岩之下，蔓延成一片浩瀚的汪洋，正是“处处真成银色海，青青独峰高”。更有诗曰：“灵猴观海不知年，万顷红云镶碧天。坐看人间兴废事，几经沧海变桑田。”——一柱石头，瞬间被拟化为静观人世变迁、富有生命哲思的“智者”，使得原始的山石、云雾之景富有了人性心灵的华光。

有诗云：“策杖游兹峰，怕上最高处。知尔是飞来，恐尔复飞去。”说的便是黄山“飞来石”一景。一柱体巨石，孑然耸立，恰似倏忽从天外飞落，又令人疑心它将转瞬飞去，故名飞来石。图面显现层叠、错落的群峰，散落在雾霭中若隐若现，犹如海上的点点岛屿，更像一群虔诚的僧侣，在烟雾缭绕间向横空悬立、傲视苍穹的飞石顶礼膜拜……想象那千古灵石置身于云海山巅，明知其缄默不语、无思无觉，竟也想象它会生发“会当凌绝顶，一览众山小”的豪情……

黄山四绝之“水景”的代表“人字瀑”，其远景显现衔天接日的天都峰，紫云峰与朱砂峰之间，清泉分左右两边沿壁成“人”字之形奔流而下，巨大的汉文“人”字，近看宛若丰满遒劲的颜鲁公之楷书，远观又似瘦削苍轻的李阳冰之“铁线篆”，堪为鬼斧神工之作，竟显现出我国独有的文字、书法艺术之美，此一比喻，中国传统的文化气息便喷薄而出……

“梦笔生花”被称为黄山一胜景。在黄山东北部散花坞内，与笔架峰相邻，也称笔锋——群峰之中一峰独立，形状下圆上尖，像一支书法家的斗笔；峰尖石缝中，长有一株奇巧古松。《黄山志》这样描述此古松，“贾勇怒撑，独孤傲云，似花似龙”，因而被称为“扰龙松”，又名“笔花松”，被列为黄山名松之首；而峰下有一巧石，形如人卧睡，奇石与古松的天然绝配，被誉为“梦笔生花”。传说，李白日游北海，与狮子林禅院长老相遇，二人开怀纵谈，李白酒后醉意阑珊，留墨一幅，书罢抛笔飘然离去，此笔就地化为奇峰，笔尖化作一束花松，成就了“梦笔生花”一景。其中5盎司圆形金质纪念币图再现了“梦笔生花”这一胜景。

黄山金银纪念套币的发行，是我国世界遗产及名胜风光题材系列的第四组产品，秉承了该题材发行的延续性，也是黄山首次荣登国家法定货币之上，将黄山这一中国自然美与人文美的代表通过法定货币这一新形象展示给世界人民，成为宣传我国著名文化遗产的一张独特名片，被业内称为本年度最有人气的钱币——也使黄山富含了更高层面的人文欣赏境界，引起了全球集币和旅游爱好者的瞩目和喜爱。

一湖金水画春秋

——“世界遗产杭州西湖文化景观”1/2 盎司银质纪念币之赏

“欲把西湖比西子，淡妆浓抹总相宜。”

杭州西湖，是一首诗，一幅天然图画，一个美丽动人的故事，不论是多年居住的故人还是匆匆而过的旅人，无不为它天下无双的美景所倾倒：春天桃柳夹岸，游船点点，令人心醉神驰，夏日里是接天连碧的荷花，秋夜中浸透月光的三潭，冬雪后疏影横斜的红梅，更有那烟柳笼纱中的莺啼，细雨迷蒙中的楼台……无论何时，它都会展示出美轮美奂、不同寻常的风采。

“何处黄鹤破暝烟，一声啼过苏堤晓。”

“苏堤春晓”俗称苏公堤，全长近三公里，为西湖十景之首。宋朝苏轼任杭州知府时，疏浚西湖，取湖泥葑草堆筑而成。1/2 盎司银质纪念币“苏堤春晓”取材长堤春色的一隅。币面上，正值阳春三月，莺飞草长；远处山色空蒙，青黛含翠——“山影送斜辉，波光迎素月”。苏堤逶迤卧波，连接了南山北山，堤上，新柳如烟夹岸，春风骀荡，柳丝舒卷飘忽，犹如一道妩媚的风景线。更有湖面如镜，雾霭氤氲，水波潋滟，“一乘彩舫，过莲塘，棹歌惊起睡鸳鸯”意境动人；疏忽一枝艳桃由币底灼灼而出，“残红尚有三千树，不及初开一朵鲜。”顿时间盎然生机洋溢币上——桃源只在镜湖中，影落清波十里红。

“古柳垂堤风淡淡，新荷漫沼叶田田。”

“曲院风荷”位于西湖西北角，居西湖十景第二位，是以夏日观荷为主题景观。因南宋时期其周边酿制官酒的作坊“曲院”以及荷塘景观闻名。每逢夏日，和风徐来，荷香与酒香四处飘逸，令人不饮亦醉。1/2盎司银质纪念币曲院风荷以赏荷的曲院作为创作主题。微澜的湖水将币面分成远近两个画面层次：远景处苍山浮影一抹，葱郁叠翠的树木间，玉带桥静静地安落于湖面；桥上树荫照水，隐现亭台楼阁——“山外青山楼外楼”，几许诗情画意破币而出；桥下水波潋滟，一只游船悠然而来，“暖风熏得游人醉，满身花影听啼莺”。币面下方近景处“曲院”中，本色线型微刻的莲叶蓬勃、硕大、葳蕤，显现出“青荷盖绿水，莲花复莲花”的盛夏之色；底部彩色移印翩然一枝并头莲，鲜艳夺目，动人心魄，正是那“接天连叶无穷碧，映日荷花别样红”绝美佳境的贴切写照。

“万顷湖平长似镜，四时月好最宜秋。”

“平湖秋月”景观是以西湖秋天夜晚皓月当空之际，观赏湖光月色为主题的景观，位于孤山东南角的滨湖地带。1/2盎司银质纪念币平湖秋月，以月夜秋湖作为创作主题。币面上清秋气爽，反喷砂工艺显现天空如墨，一轮圆月高悬，“万顷寒光一夕铺，水轮行处片云无”，远山连绵、岛屿若伏虎而卧，树木茂盛、掩映楼台，如镜般的水面，倒影迷离，“月冷寒泉凝不流，棹歌何处泛归舟”；湖面上银光闪烁，一支桂花从币底探出，叶翠花娆、妩媚芬芳——桂子月中落，天香云外飘……想象在那湖岛楼阁绮窗俯水，无不生发“一色湖光万顷秋”之感啊。

雪花飞下，断桥横路梅枝丫。“断桥残雪”位于西湖北部白堤东端的断桥一带，始建于唐朝。观赏西湖景致，常有“晴湖不如雨湖，雨湖不如月湖，月湖不如雪湖”的说法，可见西湖雪景稀见和动人。1/2盎司银质纪念币断桥残雪，以雪中断桥作为创作主题。币面以银质本色作为整体基调，以银拟雪。币面上，远山为积雪覆盖舒缓绵延——“天与云与山与水，上下一白”，山腰处岩石突兀，斑斓裸露，如蛟龙、奔象……保俶塔清晰可辨，山脚下断桥横跨湖岸，拱洞倒影旖旎诗意，桥面由近至远一半显露，一半掩映于沧远、宁静之中……传神地寓意出“断桥”景观题名的含义。币面下方一支红梅横斜而出，花枝遒劲俏皮——“花红强如颊，清香不减小溪时。”正是“逸致之美”的典型展现。

组图采用多层喷砂和浮雕手法，使本色的银质币面色彩显现出柔和、清丽、雅致的韵味，各主造型浓淡相宜、视觉布局宽广；尤其局部彩色移印为世界文化遗产纪念币系列第一次采用——唯美、生动，产生出视觉跳跃之感，使苍远、静谧、寂寥的山水生发无限生命的活力和盎然意趣……设计均以“西湖十景”题名景观为主题，表现迥异，又相映生辉，展现出“以小见大”的美学趣味。观之，不仅赏心悦目、生发向往之情，且能增长知识、了解灿烂辉煌的中华文明，从而激发观者内心的民族自豪感和爱国热情。

千古悲风，霸王别姬

——京剧艺术金银纪念币第二组《霸王别姬》赏析

京剧是一场一场苍凉、华丽、悲壮或美轮美奂的梦——关内逐鹿，塞外长风，水袖轻扬，宝剑出鞘，英雄与美人共舞，而《霸王别姬》无疑是其中的佼佼者。

《楚汉春秋》和《史记·项羽本纪》是"霸王别姬"故事的最早记载。秦朝末年，西楚霸王项羽与刘邦逐鹿中原。彼此约定以鸿沟为界，各自罢兵。刘邦统帅韩信命李左车诈降项羽，在九里山设下十面埋伏诳其进兵。项羽轻敌，陷入埋伏，被围困垓下。突围不成，于营中听得四面楚歌，疑是楚军都已降汉，自己大势已去；霸王感慨悲歌，虞姬执剑而舞，舞毕挥剑自刎，以壮霸王之志。项羽杀出重围，至乌江畔，却觉"无颜见江东父老"——"天之亡我，我何渡为！且籍与江东子弟八千人渡江而西，今无一人还，纵江东父兄怜而王我，我何面目见之！纵彼不言，籍独不愧于心乎！"于是拔剑自刎。

霸王顶天立地，可惜时运不济，"霸王别姬"的故事，反映的是虞姬和项羽感天动地的爱情；楚霸王英雄末路，虞姬刎颈殉情。这悲情瞬间，定格在文学的字里行间，定格在戏曲舞台上，成为古典文学中，经典、荡气回肠的爱情传奇。

京剧艺术金银纪念币第二组，1 盎司纪念银币背面图案为"霸王别姬"，呈现霸王、虞姬诀别这一场景。虞姬梳古装头，戴如意冠——其造型别致、简约，冠上珠串、流苏摇曳，显现其为有武功及地位不凡的后妃；精湛的浅雕，显现其内穿黄色古装衣，罩湖蓝色虎头鱼鳞甲，腰围湖蓝色鱼鳞腰包，素色长裙摇曳旖旎，云肩穗带飘垂，色泽繁复，极尽华美凄艳；其手执双剑，绕项羽而舞，姿态婀娜，柔情尽现，正是："霓裳绝舞，朦胧泪、千古一柔。情难舍，当歌残剑，垓下别曲优"。项羽手执长剑，穗带长垂，身着气势磅礴的霸王甲，头戴威风凛凛的霸王盔，尽显其威武、雄阔之英姿；然，一张无双哭脸，一挂黑满髯，显示出绝望、悲愤、不舍之容："力拔山兮气盖世，时不利兮骓不逝。骓不逝兮可奈何，虞兮虞兮奈若何！"精湛的移印、浅雕工艺，精细体现出繁复、细微的着色，明艳而浓重；光洁镜面衬托出空旷的背景，增添诀别的悲伤……

京剧《霸王别姬》中的虞姬，集柔情与坚毅于一身，是为中国古代女性形象的代表之一。此戏为旦、净并重。戏前有大量的武打场面，而全剧的重点还是在《别姬》一场，特别是《夜深沉》的曲牌伴奏下，虞姬为霸王舞剑，姿态优美、感情含蓄，充分表现了项羽的英雄气魄和虞姬的柔情似水。后来这出戏在世界各国演出，都以《别姬》，尤其是舞剑为中心，让人百看不厌，舞剑时的唱腔、舞蹈和曲牌非常吸引人，动人心魄。

此戏首场演出时达八个小时，要两个晚场或者三个晚场才能演完，观众和演员都很疲劳；后经过再创作，越来越精练，直入正题，开场就是《别姬》，到舞剑结束，突出了全剧的精华。

"冷风踌躇，骓泣语嘶喉。……悠悠，东逝水，乌江滚滚，皆不停留。痛啸染尘间，苦泪苍穹。""霸王别姬"的故事在数千年后的今天，被不断地加工润色，有了很多的版本。如张爱玲、李碧华等，在他们的《霸王别姬》中，塑造了各具特色的虞姬形象。1993 年由陈凯歌导演的、改编自中国香港作家李碧华同名长篇小说的电影《霸王别姬》，获得了第四十六届戛纳电影节金棕榈等十余项国际大奖，古老的爱情题材，再次散发出现代的发人深省的光彩。

文学与历史、历史与戏曲具有不可分割的关系，深入人心的历史往往离不开文学等艺术形式的再次加工、升华和精彩演绎。"霸王别姬"在中国史书上仅有片言只语的记载，但是经过民间传说、传奇、京剧、小说、电影、歌剧、舞剧等艺术形式的不断演绎，原本单一的历史，绽放出无比的神采，其中所蕴含的深刻文化内涵值得深思和探究。

黑暗中的大写意

——京剧艺术彩色金银纪念币第4组《三岔口》赏析

京剧《三岔口》，又名《焦赞发配》，是一出传统的经典武打剧目。讲的是三个男人的故事。取材于《杨家将演义》第二十七回至二十八回，为北宋杨家将的故事。

剧目原文本情景，刘利华是“琉璃滑”的谐音，表示邪恶刁滑，行当是武丑，可以简单理解为有武艺的丑男人。“琉璃滑”绰号“夜行鬼”，是以开黑店为谋生手段的职业强盗，他见来了投宿的犯人与公差，就要杀人劫财；不料保护焦赞的任堂惠也住进了这家黑店，于是刘利华抱着“一个羊也是赶，俩羊也是放”的思想，就想一起干掉这个后来的住店人，只不过没承想自己武艺不精，杀人不成，反被人所杀。这是早年间，武丑名家叶盛章的拿手好戏，他以其特殊的脸谱，五官扭曲的歪脸和扮相，干脆利落的念白和武打、翻腾等特技表演，塑造了京剧人物谱中一个凶险狡诈、与众不同的反派角色。

1951年中国京剧团著名演员张春华将刘利华夫妇改编为富有正义感和同情心的江湖义士，出于对焦赞的保护和与任堂惠的误会，以为任堂惠是为害焦赞而来的，才动手想要杀他；后来焦赞又摸黑参加了刘、任的搏斗，最后当刘妻持灯上场，在黑暗中糊里糊涂地混战了半天的打斗三方，才发现原来都是“自己人”，战斗得以化解和平息。这个改变非常巧妙，以“不可思议”的“惊奇”结果，达到了意想不到的完美结局。既增加了剧情诙谐、滑稽的喜剧效果，又以大团圆做结局，符合民族审美心理。因而这个刘利华在新《三岔口》中，在人物扮相上没有以前那么丑了，初衷是为了美化观众心中的江湖义士。

老《三岔口》是一出骨子老戏，清宫戏曲人物画中，便有刘利华这一角色，至少已有 150 年的历史。《三岔口》的剧情并不复杂，演出时舞台上只有一张桌子，为何却如此神奇，长兴不衰，受到观众欢迎呢？《三岔口》剧情中，刘利华、任堂惠身在伸手不见五指的黑暗中，又不知道敌人在哪里，死亡就是"行错踏差"。他们被黑暗笼罩，舞台却是灯火通明，但没有任何灯光效果来制造黑暗的舞台幻觉，全靠演员的表演调动观众的想象，来创造出一个黑暗的世界，将京剧艺术的虚拟性体现到了极致——乔装改扮的大将任堂惠夜宿黑店，吹灭蜡烛，上床歇息。店主刘利华悄悄上场，采用虚拟的手法，用碗往门轴的地方浇水，再轻轻用刀拨开门闩，推开门，"矮步持刀"向任堂惠睡觉的地方砍去。机警的任堂惠早已发觉，从桌子上翻身下来，刘利华朝桌子上一刀砍空，发现对手不见，两个人开始在房间中寻找对方。两个人都眯缝着眼睛，侧耳朵"看"，用手向前摸索着四处查找，甚至在几毫米的距离间擦肩而过，鼻子几乎碰到鼻子，甚至已感受到对方的呼吸，却不能确认对方的位置；以极度夸张和幽默的手法，显现舞台上是伸手不见五指的黑暗。剧中真正的交手只有两三个回合，表演上突出的就是两个对手在黑暗中相互摸索，搜寻目标的种种细节、滑稽之举。一旦交手，便厮杀起来，一旦打空，立刻又开始摸索寻找。当刘利华一拳打在"墙上"，立刻把手收回来，疼痛难忍——中国人民银行于 2002 年发行的京剧艺术彩色金银纪念币第 4 组，1 盎司彩色银质纪念币，其中一枚，背面图案《三岔口》正是体现了这一场景。

币面上，浮雕彩色移印体现出，刘利华头戴黑色软罗帽，一身黑色侉衣侉裤，圆领、束袖，衣面上绣着紫色飞蝶，腰间扎黄色鸾带，正是京剧表演中动作轻捷的武丑标准着装；配以他眼窝、鼻梁间的白色豆腐条块、八字胡——爽快幽默的小花脸，生动体现出他草莽侠客、抱打不平，而又机智风趣的性格特点；其抱手、容貌极尽歪曲之相，正是手打"墙上"疼痛不已但又不敢声张的滑稽、令人发笑的一幕；而与他近在咫尺的任堂惠并不知情，还在仔细、认真地“耳听”他的对手；但见他一手执大刀、一手握拳于膝坐于桌上：一身大领、大襟、紧身、束袖的白色英雄衣，衣面上，小团花纹样、彩线刺绣宽边，同色软罗帽、黑色薄底靴，身系绦带，面部“俊朗扮相”，色彩夸张性明显。其面颊涂成粉红色，眉眼均以黑色描画，嘴唇涂成深红色；眉心至脑门画一深色“枪尖”，脸谱中谓之“过桥”；尽显其英武、敏捷、灵巧、干净利落之气度；虽是打斗中的瞬间，但仍然不掩其洒脱、帅气的大将气度。

庄重与灵动之美

——中国青铜器金银纪念币第2组1盎司圆形精制银质纪念“币妇好方斝”赏析

拿什么赞美你？褒扬你？古典、唯美、俊俏、挺拔、端严、大气？当把这些词汇一一排列，都觉得不足以形容你独有的“气质”，都不足以形容你轩昂的风仪……中国人民银行于2013年5月发行中国青铜器金银纪念币（第2组）1盎司圆形精制银质纪念币，背面图为妇好方斝。执币在手，欣赏在心，不仅为原实物的独特而震撼，更为银币的精湛表现而感叹。

斝，为商代晚期所铸的青铜酒器，用于温酒，形同于爵。妇好铜方斝，为铜铸的方形斝，因斝腹内底部有铭文“妇好”而得名。妇好方斝出土于河南省安阳市殷墟妇好墓，现收藏于中国国家博物馆。原实物高68.6厘米，重18.3公斤。由币面可见，斝口部呈长方形，外展的沿边恰似古代屋宇的飞檐，大气庄重；外撇的四棱锥尖形足，显现出一种不容侵犯的威仪；一侧的錾，更让斝像一个掐腰而立、威风凛凛的王者；通身云纹增加了它的厚重感，颈部和腹部则分别饰以兽面纹和蕉叶纹，繁缛的纹饰使它看上去如此华美而肃整。

口沿处一双塔柱，更延伸了斝身的挺拔，显现出不羁而独尊的气度。有专家认为双柱与滤酒有关。先秦时期的酒多为醪酒，非蒸馏酒，较为黏稠浑浊，祭祀时需以苞茅缩酒，滤去酒渣，宴饮时则以柱系纱过滤酒液。又有认为其用于保持饮酒仪态，或者温酒时方便提拉，后两种说法都不如滤酒说可信。

方斝出土于妇好墓，自然逃不脱与妇好的关系。在现存的甲骨文献中，妇好的名字频频出现，仅在安阳殷墟出土的1万余片甲骨中，就被提及200多次。

“方罍装不满是久存的狂想，杯爵陈酿一生最美的品尝”。

妇好方罍最为形象地表达出妇好非凡、令人艳羡的人生。贵为王后的妇好，不爱“红装”爱“武装”，据甲骨文记载，妇好经常主持国家祭祀、参与战争，她深谋远虑、运筹帷幄。最精彩的战役是和武丁一起在征伐巴方的一战中巧设埋伏。巴方军队在武丁军与妇好军的包围圈中顾此失彼，阵形大乱，终于被围歼，南境遂平定。这是中国最早有文字记载的“伏击战”。这场战争对于殷商王朝乃至于整个中华历史，都具有伟大的划时代意义。妇好墓中，发现了精美的骨刻刀、铜镜、统帅的象征物，足以说明妇好为全国武装部队的统帅，而且本领高强。妇好女将军、军事家的威仪、非凡功绩是方罍峻拔形象的最好表现；而方罍的灵动、优雅俊美，恰似妇好作为帝王妻子的聪颖、拥有令人倾慕的商王武丁的爱的诠释——资料显示，妇好墓是目前考古界挖掘出的最完整的商朝墓葬，而这一点却是拜商王武丁所赐。正是他修建的享堂基址保护了妇好墓，使之完好无恙。因为历史上的盗墓人一旦挖到地基都不会再向下挖。也就是说，正是武丁的深情使得妇好可以安睡千年，也正是他的真诚，才使我们可以通过完整的随葬品，解读这位传奇的女性，还有他们伟大的爱情。

商代是青铜器文明高度发达的时代，其生产力水平也达到了一个全新的高度。以铸造工艺而言，方形器较之圆形器应用阶层更高，浇铸更复杂；以考古发掘实际而言，方形器一般皆出于王室贵族墓葬。妇好方罍因其铸造精美、独特，形体高大，而成为青铜器的杰出代表，更非王室专用莫属。由此也可见，妇好在武丁时代的显赫地位。

币图背景中，空旷的背景清晰、明朗，方罍仿若从远古时空悠悠映现——“王室之杯”的风范观之昭然，端严之中显现空灵之感；以典型兽面纹与扉棱做底部映衬装饰，使方罍更增富丽、精美之容，越加立体生动，呼之欲出，是为欣赏、把玩、遐想的佳品。

一首华丽的诗篇

——中国青铜器金质纪念币“商代人面龙纹盉”之赏

岁月的长河日夜川流不息 / 前行的路途跌宕蜿蜒 / 斑斑锈色里藏满了沉沉的过往 / 奇特的身姿告知着你 / 我无法言说的秘密。

在中华民族的文明史上，青铜文明无疑是一支闪耀着绚丽光芒的奇葩，它那奇异的造型，优美、寓意深刻的纹饰，无不留给后人无尽的遐想。它是一部厚重的史诗，记录着历史、昭示着未来。

王国维在《说盉》中写道：“盉乃和水于酒之器，所以节酒之厚薄者也。”青铜器盉，是古人用来调酒的器皿，进行祭祀时，将尊中的酒倒入盉中，加水调节酒的浓淡，因而盉是一种较大的器皿。出土于河南安阳，现藏于美国佛利尔美术馆的商代青铜礼器人面龙纹盉，通高 18.5 厘米，宽 20.8 厘米，以形态奇异而瞩目于世。由中国人民银行 2014 年 8 月发行的中国青铜器金质纪念币，由背面“商代人面龙纹盉”图案可见该盉造型，似人形体态，腹前有管状流，两侧有兽头贯耳。盖子为人面形，面庞敦厚，眉毛顺长、眼目阔大，眼珠突出迥然，鼻端宽挺、嘴唇阔而丰厚，显现出原始、拙朴之神态；它竭力仰面望向天空，以至于它看去无颈，面如平盖；腿好似因站立得太久而成矮圈足，整体呈椭圆状：它倾情投入凝望的专注姿态，好似在问、在疑、在想——“白天光明夜晚黑暗，究竟它是为何而然？”这只能是天问吧？它想不到的是，千年之后它如此的容颜也成为后人的天问。

图中人面五官齐全对称，比例准确，但其两侧特别夸张的图案化的 C 形粗大耳朵极具抽象色彩，而分别位于鼓腹上的龙纹和弯曲的巨爪形纹饰，则传达着来自远古的信息——中华民族古代神话中的始祖伏羲和女娲的“蛇身”形象就是龙的原始雏形，中国先祖夏后氏的领袖禹的出世也与黄龙相关。至今，世界上仍把中国人称为“龙的传人”，因此龙形纹对于中华民族而言，是文化内涵丰富且具有特殊意义的传统图形。

《西清古鉴》中记载商周青铜器龙纹有蟠龙纹、绞龙纹、蟠螭纹、夔龙等十多种，说明龙纹早已担负起王朝礼制的功能，成为后世皇家权威的象征。该盉作为王朝礼制的礼器，通体龙纹罩身，头上两龙角，其惊惧、疑虑重重、包含渴望的眼神，仿佛是“渴望长出双角 / 成为通天的灵兽 / 让生命的图腾发出耀眼的光芒”。是诸多的不解、幻想、渴望和现实的交集，成就了这样一幅奇异的容颜吧——酷似龙角的发髻有童稚的可爱之像，眉目上的道道皱纹又如思哲深邃、忧虑天命的智者，深思着“阴阳参合而生宇宙，哪是本体哪是演变”？鼓腹上浮雕深刻的两条金龙，龙身上回纹尽现，龙纹下方一圈花纹环过，圈足上满饰云雷纹，通体纹饰重重繁缛，极具雍容华彩之色，更似一位身着华丽衣裳的老者：“因一声叹息忘记了，年龄 / 怀抱奔腾周身的苦痛，只想，义无反顾地去追逐梦中 / 那个无法忘怀的身影。”难道怀揣着一个动人的爱情故事？令人不由猜测……而意趣悠悠。

该盉造型奇异，表情诡秘而又生动、形象，极富想象力。背景浮雕特写显现的龙纹饰，其形规整、对称，雕刻笔触清晰、凸凹有致，使币图凸显富丽与堂皇，集中体现了商代晚期青铜器的制作水平、艺术成就和现代精湛的铸造工艺，是中国青铜文化和现代金银币设计制作的精彩呈现。然而，十分令人遗憾的是，在 1944~1947 年间，我国成千上万的珍贵文物被劫运到国外，据记录，这件人面盉最先为美国古董商卢芹斋收购，后来辗转到美国华盛顿弗利尔美术馆，现在仍收藏在该美术馆中。它究竟经历了怎样的一段现世之旅，想必也成了一缕无人知晓的叹息。

喜鹊唶唶诵英雄，枫叶妍妍赞高洁

——中国近代国画大师（徐悲鸿）金银纪念币《红叶喜鹊》赏析

“遥看群息动，伫工待奔雷”。在中国美术步入现代的过程中，徐悲鸿是历史和岁月的烟尘都无可遮蔽的英雄开拓者。徐悲鸿生于1895年，是江苏宜兴市屺亭镇人，在其短暂的58年人生中，他经历了常人难以想象的艰辛和努力，从一个走街串巷的乡间画师成为一代著名的画家、美术教育家，被誉为中国百年艺术史上的“丹青巨擘、教育巨子”。1949年后任中央美术学院院长。“穷造化之奇，探人生之究竟”，是他至心致力一生而为之的艺术价值观，他强调绘画作品的思想内涵，其代表作油画《田横五百士》《徯我后》，中国画《九方皋》《愚公移山》等巨幅作品，充满了爱国主义情怀和对劳动人民的同情，表现了人民群众坚韧不拔的毅力和威武不屈的精神。他常画的奔马、雄狮、晨鸡等彩墨浑成，尤以奔马享名于世，给人以生机和力量，表现了令人振奋的积极精神，几近成了“现代中国画”的“象征”和“标志”。同张书旂、柳子谷被称为画坛的“金陵三杰”。

“人不可有傲气，但不可无傲骨。”徐悲鸿以此为人生座右铭。抗战期间他数次去南洋把全部卖画所得捐给因战争而流离失所的同胞；他长期从事美术教育工作，培育出大批美术人才，被称为“中国近代绘画之父”；他还为国家收集了数量惊人的艺术珍品……其“高尚之行为、澄清之品格”无一不体现了他崇高的人格魅力。

中国人民银行于2015年3月发行中国近代国画大师（徐悲鸿）金银纪念

币一套，以纪念这位艺坛巨匠，多角度展现其丰富的艺术成就和璀璨人生。其中 1/4 盎司圆形金质纪念币背面图案为徐悲鸿所作的《红叶喜鹊》图。喜鹊，叫声婉转，“人闻其声而喜”，在中国被视为吉祥、好运与福气的象征。“喜鹊登枝”“喜鹊登梅”都是中国画的传统题材，徐悲鸿创作题材广泛，山水、花鸟、走兽、人物、历史、神话，无不落笔，他多次以喜鹊图赠友，以表达“喜上眉梢”“捷报频传”的美好心愿。币图中两只喜鹊，长尾袅娜，体羽丰绒，并立枫枝上，眼眸晶亮，目及一处，尖喙微张，似在活泼、欢快地“吱吱笑传喜讯”。在该图中，徐悲鸿将喜鹊的形象按其“对民族艺术加以取舍、改良，创造新颖而独特风格”的观点，强化了其身形和头颈柔和的椭圆状，以喜鹊丰腴、灵动的形态，体现出喜庆、吉祥之美好的喻义，赏来神形兼备，生动传神。

图中喜鹊脚下晕染之枫枝，旁逸斜出，错落有致，颇有“千枝复万枝”之气势；葳蕤的枫叶蔓延于枝条上，或纤薄淡雅或浓艳热烈，似于微风中拂动，“翻飞未肯下，犹言惜故林”。呈现出“虬枝接叶而吟风”的优美意境。枫叶夏季转绿，春、秋、冬呈现红色，因其经历四季的风霜雨雪，才成就了“红于二月之花”的灿烂，人们将它如此非凡的特性，视为坚毅精神的象征。

《红叶喜鹊》是徐悲鸿的绝笔，他将美好的愿望和情感寄托于喜鹊的喜悦、红叶的坚韧。而如今恰逢徐悲鸿 120 周年诞辰之际，再赏该图，在感受他作品中蕴含的内在力量之时、更觉“览之无限伤感。但以红叶双鹊之作终其艰苦多难之一生，亦可告慰悲鸿之英灵也”。是为纪念英杰之佳品。图中有形若无形，无形似有形，虽无婆娑之态，却是辉煌遒劲之容；不仅平衡了图面结构，且烘托、增强了“坚韧不拔的品质，崇尚美好、自由”的主题内涵，又似徐悲鸿“遗世独立，御风而行”人生信条的写照。

“尽精微，致广大”是徐悲鸿在绘画创作上，所坚持提倡的原则。《红叶喜鹊》突出展现了其画作崇尚细节刻画、注重色彩和谐搭配与互衬的原创特色：喜鹊生动、树姿优美、叶色艳丽，使图画极具生机、富有意境。赏币思人，正如徐志摩在给徐悲鸿的信中所说：“……你坚强地抱守着你独有的美与德的准绳——这，不论如何，在现代都是值得赞美的。”

也是鲜花着锦之盛事

——《红楼梦》彩色金银纪念币第3组《贾母祝寿》赏析

《红楼梦》是集中华传统文化底蕴的一部辉煌之作。它不仅仅是一部恢宏的文学作品，而且是一部民间百科全书，其对种种不同人性的刻画，更能令人去体味、理解复杂的人际关系和深邃、多变的人性。

“贾母祝寿”纪念币取材于中国古典文学名著《红楼梦》第七十一回“间隙人有心生间隙，鸳鸯女无意遇鸳鸯”，是中国人民银行于2003年7月28日发行的《红楼梦》5盎司彩色银质纪念币。

说到为贾母祝寿，少不了先要说贾母。贾母是曹雪芹笔下人性最为“完整”的一位人物。贾母原是史侯家的千金，嫁到荣府，从重孙媳妇做起，一直到自己也有了重孙媳妇，几十年间，她经历了贾府由兴盛到衰败的全过程。丰富的人生经历，已经使她拥有了世事洞明、荣辱不惊、人事练达的胸襟。她的生活并不像她和刘姥姥说的，不过嚼得动的吃两口，睡一觉，闷了时和孙子孙女玩笑一回就完了。很多事她看在眼里记在心上，是荣国府中最聪明、最精明的一个人，最擅长察言观色、四两拨千斤的人，说话办事可谓滴水不漏。但她心里口里从来放不下的只有两个小冤家。书中特别写道贾母对二玉闹气的强烈反应：“我这老冤家是哪世里的业障，偏生遇见了这么两个不省事的小冤家，没有一天不叫我操心，真是俗话说的，不是冤家不聚头，几时我闭了眼，断了这口气，凭你两个闹去，我眼不见心不烦，也就罢了，偏生不咽这口气。”贾母说这番话时，“自己抱怨着也哭了”。可见，贾母正是为宝黛这对小冤家的爱情保驾护航的那个人。这也是坊间大众喜欢贾母的很大一个原因。但最后结局的“调包计”，纯属八十回后他人的妄构，在此不再赘述。

贾母当然是封建贵族家庭的代表人物，这个家庭的一些罪恶、阴暗面，她身上是不可能没有的，但这只是她的一个方面而已。她的“全性儿”更多体现出的，是她的见识广博、善解人意、人情练达的大家闺秀风范。

她怜贫惜老，对家境贫寒、地位低下的人能够表达一种真诚的关怀和怜惜，比如对刘姥姥的善待。她也是个才识过人的女性。在妙玉这个“万人入不得她眼”的“槛外人”献茶给贾母一回中，也透达出贾母很有性格、有生活品位的一面，她接过妙玉的茶，说：“什么水？”妙玉道：“是旧年蠲的雨水。”只有懂得喝茶的人才有这种问话。四十回书中，贾母带着刘姥姥逛大观园，到了黛玉住的潇湘馆，发现窗户上的窗纱不对：“这个纱新糊上好看，过了就不翠了。这个院子里头又没有个桃杏树，这竹子已是绿的，再拿这绿纱糊上反不配……”之后给黛玉糊上了很有讲究、美轮美奂的“霞影纱”。可见，贾母是个懂得诗情画意、极具审美力的人。

贾母又是个很懂得生活情趣儿的人，她不仅仅会品茶，而且是个美食家，会穿衣打扮，也很懂得戏文，很会欣赏文艺：家里来了说书的，她就破除陈规旧套，给他们讲书该怎么说。她的广识，还表现在她达观的人生态度，对大观园里各样人等皆有其相安之道，对小辈，尤其女孩子总是爱护有加，在她的“羽翼”保护之下，大观园里这一群少男少女才过上了虽然短暂，然而自由自在、张扬个性的一段快乐时日。她的博爱、怜惜之心，赢得了府里老幼的尊重。用今天的眼光来看，贾母应该是一个经历丰富的人、一个行走在陈旧与时尚之间的人、一个优雅而广识的老人，一个对生活保有足够的热情，对孙男嫡女慈爱有加的老人家。

该《贾母祝寿图》，是为八十大寿的贾母祝寿的情景，是贾府繁华鼎盛之时，鲜花着锦的一桩盛事之一。书中描绘道：“自七月上旬，送寿礼者便络绎不绝。礼部奉旨：钦赐金如意一柄，彩缎四端，金玉环四个，帑银五百两。元春又命太监送出金寿星一尊，沉香拐一只，伽南珠一串，福寿香一盒，金锭一对，银锭四对，彩缎十二匹，玉杯四只。遇着自亲王驸马以及大小文武官员之家凡所有来往着，莫不有礼，不能胜记。至二十八日，两府中，俱悬灯结彩，屏开鸳凤，褥设芙蓉，笙箫鼓乐之音，通街越巷……贾母等皆是按品大妆迎接。上面两席是南北王妃，下面依序，便是众公侯诰命；右边下手一席，备课室锦乡侯诰命与临昌伯诰命，右边下手一席，方是贾母主位。邢夫人王夫人带领尤氏凤姐并族中几个媳妇，两溜雁翅站在贾母身后侍立……”这是何等的隆重、喧嚣、繁华之景象啊。

图中贾母盛装端坐，仪态富贵雍容；身着黄色锦裙的皇亲国戚的王妃、各色盛装的女眷簇拥在旁；采用彩色反喷砂工艺的币面，极力渲染衣饰的华彩，使其色泽饱满，富有质感，凸显裙裾、摇曳极尽华贵和雍容；精细的彩刻，反映出人物衣饰的繁复和琳琅的头饰，似乎发出环佩叮当、人声喧哗之音；图采用扇面造型，扩张画面容积的同时，增加了审美感受；构图布局对称、平衡，人物安排、设计疏密得当；背景中，本色反喷砂的寿图、盆景、字画卷轴，都透达出侯门公府、礼仪簪缨之家的氛围。

选题场景宏大，喜庆祥和氛围浓厚，人物形象饱满。贾母本身集寿高、福深、威重于一身，特符合百姓祈福、团聚、子孙满堂之愿望，使该币富有广泛而民族的传统文化气息，不失为一件收藏及馈赠之珍品。

好一似，霁月风光耀玉堂

——中国古典文学名著《红楼梦》彩色金银纪念币第 3 组《湘云游园》赏析

明媚的春光，和风吹拂。本色镜面上，植物葱茏葳蕤，假山绮丽清秀，云鬟高悬，手执团扇，轻拈罗带，一路旖旎走来的湘云，一袭粉色长裙，在和风中裙裾摇曳，犹如春天里一只欢快翻飞的蝴蝶，忽而展翅，忽而转折缭绕，她在赏景中，却不知自己已是景中景。

彩色图案体现出她的神定气闲之容，昂首阔步的姿态更似气宇轩昂的男儿，只看这气派，唯湘云这位“英豪阔大”之“真名士”是也！

细观情景之细节，但见一方罗帕飘落于山石间，哈，好一个“阔大”之女子，真真显现出其不拘小节之态。局部彩色反喷砂工艺，色泽饱满、鲜艳，倾力刻画出人物的活泼、烂漫、朝气蓬勃的精神状态。但并不忽略小节之处的精致表现：一株桃花插于发间，映衬着粉若白雪之颜的脸庞；腕上珠翠手镯、腰间飘飞的絛带，无一不透达出少女的青春清丽之容貌。寓情于景，动人心魄——那一种明朗的欢畅，如一股清流沁人肺腑，实为观赏之珍品。

《红楼梦》彩色金银纪念币 1 盎司彩色银质纪念币背面图案就是眼前这枚《湘云游园图》。“湘云游园”在文本中，并无此专门篇章，然其类似之情景，却令人一想便知，大有呼之欲出之感。这也正是文学大师曹雪芹之：“其不写之写”的功力再现。正是那句经典之语：写与不写，都在那里！画与不画，都在那里！真是金银彩币中又一精品力作。

至今，中国古典文学名著《红楼梦》彩色金银纪念币已发行了三套，唯有以黛玉和湘云为选题的金银币各发行了一枚。可见湘云无论是在原著，还是在读者、坊间，都是深受喜爱的。无奈，《红楼梦》的创作既是对女性的颂歌，也是女性的悲剧，曹雪芹“铁了心”的要用这群芳的泪水，酿成芳醇甘洌的艺术之酒：“千红一窟（哭），万艳同杯（悲）”。所以无论湘云如何“幸生来，英豪阔大宽宏量，从未将儿女私情略萦心上，好一似，霁月风光耀玉堂”，都要如《红楼梦曲》写给湘云的《乐中悲》所预示的那样；“终久是云散高唐，水涸湘江”。那么，我们也暂且如曲中开解的那样：“这是尘寰中消长数应当，何必枉悲伤！”且只看湘云快乐、爽直、率性、阔大的“真名士”的一面吧！

湘云美貌自不必说，红楼钗裙中人，谁个不是美貌佳人呢？她的才情也是过人，令人叹服。第七十六回“凸碧堂品笛感凄清，凹晶馆联诗悲寂寞”，写贾府中秋赏月，黛玉和湘云来到凹晶馆，被池中一只大白鹤吓了一跳，湘云即景，道：“窗灯焰已昏。寒塘渡鹤影，”黛玉听了，又叫好，又跺足，说：“了不得，这鹤真是助他的了！……况且，寒塘渡鹤何等自然，何等现成，何等有景且又新鲜，我竟要搁笔了。”……黛玉只看天，不理他，半日，猛然笑道“你不必说嘴，我也有了，你听听。”因对道：“冷月葬花魂。”湘云也拍手称赞，“果然好极！非此不能对。好个葬花魂！”由此可见湘云的才思敏捷，以及能与孤标傲世的黛玉相互欣赏的“好人缘”。

鲁迅说：“悲剧将人生的有价值的东西毁灭给人看。”可见，无价值的东西的毁灭不是悲剧，有价值的、有个性的生命的毁灭才是悲剧；其个性越高洁、人物越有价值，体现悲剧性愈大。因此，当湘云终是那“湘江水逝楚云飞”的结局时，更感其悲剧之深重，令人唏嘘。

“舌尖上”的宋江

——古典文学名著《水浒传》1/3盎司彩色金质纪念币“及时雨宋江”赏析

时下里流行的这个说法给了宋江，怎么就是那么贴切呢？宋江，梁山好汉首领，人唤“及时雨”。早先为山东郓城县押司，整日舞文弄墨，书写文书，是一刀笔小吏，好结交江湖侠客。晁盖等七个好汉智取生辰纲事发，被官府缉拿，幸得宋江事先告知。晁盖派刘唐送金子和书信给宋江做答谢，却被宋江的老婆阎婆惜发现其私通梁山，便趁机加以要挟；不得已宋江怒杀阎婆惜，逃往沧州，被迫上了梁山。后宋江做了梁山泊首领，却一心想着招安，受招安后，被宋徽宗封为武德大夫、楚州安抚使兼兵马都总管，最终被奸臣高俅用毒酒害死。

宋江虽然名扬江湖、又身为梁山首领，但历来是争议颇多的一个人物形象。《水浒传》第十八回对他的出场描写到：“坐定时浑如虎相，走动时有若狼形。年及三旬，有养济万人之度量，身躯六尺，怀扫除四海之心机。志气轩昂，胸襟秀丽，刀笔敢欺萧相国，声名不让孟尝君”，只看其评语，宋江是个忠义双全之人，《水浒传》中也用了相当多的笔墨塑造宋江的“忠义”。他疏财仗义、济弱扶贫、孝亲敬友，这是他性格的温柔敦厚的一面，他效忠皇帝，讲义气，这是他性格中正统思想的一面；他明处为大家办事，暗处结交江湖大盗，这却又是他性格中虚伪狡诈的一面，他聚众反国，题诗言志，这是他性格中反叛的一面……施耐庵通过描写宋江充满矛盾的行为，向我们展示了一个多重性格的人物。甚而也有人说宋江是“晃动在冰与火的跷跷板上”的人，可见宋江的性格和他的所作所为，都是一样地让别人和他自己都那么纠结。

中国人民银行于2009年8月发行古典文学名著《水浒传》彩色金银纪念币第1组。1/3盎司彩色金质纪念币背面图案为“及时雨宋江”人物造型。

图面显现出的宋江形象，头裹芝麻罗万字顶头巾，脑后两个太原府纽丝金环，身着一领纻丝战袍，一手抚腰间文武双股鸦青絛带，一手执令旗，尽显其威武、豪放的首领风采；大红披风衬托出其面容深重、眉似利剑入鬓角，目及远方，虽说不上是一个深思远虑、运筹帷幄的将帅，但仍显现出稳健、敦厚、城府深重，有心机、有谋虑、有担当的首领之仪。本色光洁镜面上，浮雕显现背景之中，苍穹间风起云涌、战船旌旗飘扬、桅杆高耸，展现出乘风破浪、气吞山河之势；既是意喻一代英雄好汉的豪壮之情，也表现出币面人物的宏大理想、远大抱负，以及内心之中无时无刻不在激战、纠结的翻江倒海般的思虑……

八百里水泊梁山，一百单八位英雄好汉。论武艺，宋江比不上林冲、武松、鲁智深等人。论文采，他比不上会写苏、黄、米、蔡四家字体的“圣手书生”萧让。论计谋，他比不上“智多星”吴用、“神机军师”朱武。他又黑又矮、武艺平常，可是梁山上的好汉，却对他言听计从，就算是后来对他的招安政策心存不满，也没有弃他而去。还是跟着他南征北伐、出生入死。甚至断臂出家、毒酒穿肠、马革裹尸也没有人对他心怀怨恨。

这一切都说明宋江是一个非常有领导天赋的人，他在这种用人的天赋上，和刘邦这样的帝王很相像；而金圣叹则认定作者“痛恨宋江奸诈”，他也认为“宋江是纯用术数去笼络人”。

宋江的形象一直不很讨好。作为文学形象，宋江可以说是中国古典小说中刻画颇为成功、性格复杂、具有艺术魅力的一个人。说他真心待人，他又时时显示虚伪做作；说他义薄云天，他又城府极深；说他处心积虑谋反，他又对朝廷肝脑涂地；说他为人宽厚，他又时时做下凶残之事。但大多数人不喜欢宋江，是因为他一直是梁山好汉中的主降派。《水浒传》的悲剧根源于宋江的悲剧，宋江的悲剧根源于他的双重性格。宋江葬送了轰轰烈烈的梁山事业，是中国封建专制政治体制和忠君的儒家思想赋予了他忠君又叛逆，主性与奴性兼有的双重性格，是这种双重性格造成了梁山的悲剧，并最终导致了起义军和他自己的悲剧命运。

悲欢聚散一杯酒，南北东西万里程

——中国古典文学名著《水浒传》彩色金银纪念币第3组金币“齐聚忠义堂”赏析

愿君把酒休惆怅，四海之内皆兄弟。

酒能成就才子、英雄。如唐代大诗人李白号称“斗酒诗百篇”，而《水浒》英雄武松则说：“你怕我醉了没本事，我却是没酒没本事。带一分酒，便有一分本事；五分酒，五分本事；我若吃了十分酒，这气力不知从何而来。”阮氏三兄弟因酒被吴用赚到劫持生辰纲的队伍中。而山上的寨主们在挽留好汉时，也多以酒为诱饵，如梁山王伦就曾以此挽留杨志。

施耐庵《水浒传》这部描写农民革命的长篇小说，许多地方以“酒”为媒介来表现人物，反映了当时的历史，成功地塑造了很多英雄的光辉形象。也正是有了酒的铺垫或衬托，作者笔下梁山好汉的英雄形象，才个个鲜明地展示在我们的面前，才让我们领略各个不同人物的风采。

酒最能体现英雄气概，《水浒传》反复写好汉们饮酒，用意之一是渲染他们的粗豪气质。有些好汉喝酒是一种豪气，如鲁达、李逵和武松等。鲁达的豪气以姿势取胜，他要将酒坛高高举起，仰天痛灌；武松则是一碗又一碗地豪饮，即使遇到景阳冈的“透瓶香”也要连喝十八碗才行；而李逵的豪气则是以量为尚，不耐小盅，只用大碗。有些好汉喝酒也很讲究，如宋江，不但喝酒要求酒器好，酒后还要吃醒酒汤。美食家沈宏非曾说，这一百零八个人都有一门共同爱好，就是大块吃肉，不管是猪肉、牛肉，还是鸡肉，大块就好。

中国古典文学名著《水浒传》彩色金银纪念币第 3 组，1 公斤彩色圆形金质纪念币背面图案为“齐聚忠义堂”。光洁镜面上，浮雕出本色“忠义堂”匾额高悬，格子窗框的显现、彩绸悬垂，营造出热烈浓重的欢庆氛围；环绕周边的苍松翠柏、仙雾，则采用写意之笔，意喻币中豪饮之人，正在神仙般的“大快活”“大自由”的“境界”中——“兰陵美酒郁金香，玉碗盛来琥珀光。但使主人能醉客，不知何处是他乡。”构图设计采用高低错落的布景手法，营造出远景近影、达到立体而深远的视觉效果；虽人物众多却繁而不乱、各显其形，彩色移印通过衣饰的色泽、人物的装扮和行为动作，精细地显现出生动而传神的人物形象；无须看清晰人物的面部表情，但从人物的形态，便可辨出这些穿越千年的英雄，历历再现币上：红袍的宋江、白袍的卢俊义、执扇的吴用……

《水浒传》中，身为绿林好汉，宁可断头流血也不可一日无酒。宋江正是看到了这一点，不但分派八位好汉去分管梁山泊周围的四座酒店，以之作为梁山的第一道屏障来侦探敌情。而且在弟弟宋清上山后，马上就迫不及待地给他安排了一个“排设筵宴”的职位。可见吃酒之事在宋江和英雄们心上的崇高地位。

铁血男儿柔情乍现

——中国古典文学名著《水浒传》彩色金银纪念币第 3 组“黑旋风李逵”赏析

在《水浒传》中，李逵是最为野蛮粗鲁的一个角色。

李逵，沂水县百丈村人氏，小名叫铁牛，长得黝黑，两眼朱红，好赤膊上阵，善使两把板斧。原是两院押牢节级戴宗身边的一个小牢子，后来成为梁山第二十二位好汉，三十六天罡星之天杀星，是梁山步军第五位头领。其杀人不留情，常常“照排砍去”，江湖人称“黑旋风”。招安后，被封为镇江润州都统制。宋江饮高俅送来的毒酒中毒后，便让李逵也喝了毒酒一块儿被毒死了。

中国古典文学名著《水浒传》彩色金银纪念币第 3 组。1 盎司彩色圆形银质纪念币背面图案为“黑旋风李逵”。主题却是李逵探母的故事，是为李逵生平中最为平淡的一笔，可见该币设计构图颇为巧思别致。李逵何人？其粗鲁、莽撞、率性不仅是梁山伯好汉的形象代言人，也堪称江湖绿林侠客的代名词，然该币体现出的，却是个“柔情温软”的孝顺儿子；粗陋男儿，柔情乍现，可谓惊艳。

币面上本色银质光洁镜面，氤氲出冷色调的山野之景，浮雕出的背景之中，山势奇绝、苍松遒劲，缭绕之气，若疾风呼啸，映射出山野的空谷幽深之景；彩色移印显现出李逵背着老母健步疾走之姿，脚下虽是崎岖起伏、跌宕的山路，然李逵脚步依然欢快雄阔，山风吹起衣履飘飘，显现出其欢愉的心情；母子两人，笑容相向，正在忘情地谈笑，母亲的爱怜之情溢于言表，

“满嘴赤黄胡须”的儿子，竟然显现出温蔼之色，可见母子之情；二人都忘情于亲情之中，却忽略了危险环境，不曾想到喜极而生悲，原本是要母亲享福，却变成了送母入虎口之惨事。人世间难道有比其更惨的事情吗？越发令人遗憾嗟叹、动容。

李逵属中国古代小说中的喜剧英雄形象，和他相类的人物在古代小说中还有不少，比如《三国演义》中的张飞，《说岳全传》中的牛皋，《杨家府演义》中的焦赞、孟良，《说唐》中的程咬金等。这类人物有一些共同的特点，从外貌上看，他们大多身材高大魁梧，相貌丑陋；从才艺秉性看，则个个武功高强，脾气暴躁，疾恶如仇。有趣的是，他们往往与儒雅沉稳的主将有着亲如手足般密切关系。这种反差极大的搭配，很容易产生喜剧效果。加之这些喜剧英雄由于性格鲁莽、性子急躁，总是头脑发热，不断地惹麻烦。

纵观《水浒传》，都会觉得李逵是个“惹祸精”，因为自己鲁莽的个性，简单的头脑不知闯了多少祸。宋江也因担心在自己死后，其聚众造反，再惹祸事，坏了梁山泊的忠义名声，所以亲手结果了李逵。但是再往深一点看，李逵的惹祸背后却隐藏着对宋江的成全。金圣叹在评《水浒》时，一直认定宋江是满口忠孝而心怀不轨的伪君子；宋江老是念叨招安，但一心想当皇帝，直肠直肚的李逵则常常将宋江那不可告人的心事叫喊出来——夺皇帝的鸟位……“道出了宋江强压着的想当皇帝的心声”，而这不正成全了宋江吗？像李逵这样所谓的“莽将”人物，是作品里不可或缺的角色，因为他不仅成全了像宋江那样的“儒将”，还使作品增添了鲜活的生命！

李逵之所以至死不渝地追随宋江，与其说是成全忠诚，还不如说是种依恋。因为对于李逵来说他同样需要一个价值的标尺，一个能确认他存在意义的精神之父。当他仰慕已久的宋江出现在他面前的那一刻，他是何等的狂喜、兴奋。而宋江也是又送银子，又带李逵喝酒，对他那鲁莽的行事一味微笑着任从——需要银子还债，便给银子还债；说小盏吃酒不过瘾，便吩咐酒保专给换大碗；有吃鱼吃不饱，又专要了两斤肉，临别还送了五十两一锭大银。世间能有几人能这般对待杀人不眨眼、人见人怕，却又人人看不起的粗鲁蛮横的李逵？后来，二人一个说“他与我身上情分最重”，一个道“我梦里也不敢骂他，他要杀我时，便由他杀了吧”。所以李逵对宋江，既不是手足之情，也不是部属对统帅的愚忠，而更近于李逵对自我价值肯定的追逐。

“李逵背母”的情景，是其人性光辉的显现、人性亲情可贵的流露，从另一个角度展现了李逵粗陋、残暴的性情中，仍然存留着的人伦温情的一面，诠释了人性中不可磨灭的至爱至纯。

愚公移山千古绝唱

——民间神话故事彩色金银纪念币第 1 套愚公移山赏析

听起来是奇闻，讲起来是笑谈，

任凭那扁担把脊背压弯，任凭那脚板把木屐磨穿。

面对着工屋与太行，凭着是　身肝胆，

……

面对着满堂儿孙，了却了心中祈愿。

望望头上天外天，走走脚下一马平川，

无路难呀开路更难，所以后来人为你感叹。

这是著名歌手——江涛的一首歌颂愚公的歌曲，词曲铿锵、霸气，一度登上流行歌榜首。

神话《愚公移山》，出自《列子·汤问》，作者列御寇是战国前期的思想家、文学家。其学本于皇帝老子，主张清静无为。今本《列子》八篇，内容多为民间故事、寓言和神话传说。故事叙述了愚公不畏艰难，坚持不懈，挖山不止，最终感动天帝而将山挪走的故事。太行、王屋两座大山，方圆达七百里，高达七八千丈。位于冀州的南部、黄河北岸。

愚公移山的喻义是，无论遇到什么困难的事情，只要有恒心、有毅力地做下去，就有可能成功。而且要用发展的眼光看问题，遇到困难要尽力克服。有了这样一种精神，就没有克服不了的困难，没有干不成的事业，没有实现不了的理想和愿望。

中国民间神话故事金银纪念币正面图案主景均为琼台楼阁图。1盎司彩色纪念银币背面为愚公移山图案。彩色移印的愚公体魄强壮，健步秉锄，头裹橘色巾帕、腰系杏色腰带，黄色坎肩、浅青裹腿，体现出老人精神矍铄、力大无穷、干脆利落的劳动风采；高浮雕人物衣饰色彩明快，身边五色彩云流动，色彩艳丽，错落有致，既勾画出美丽的自然之境、也透达出浪漫的神话意境：背景中的青色大山，虽是高仞奇绝，但在远景近影的布局中，人物形象尤其高大，其不畏艰险、必胜的豪情之气，溢满币面。

古代生产力水平低下，人们只能通过幻想，借助有超人力量的神来实现征服自然的愿望。神话结尾，充满了浪漫主义色彩——借助神的力量实现愚公的宏伟抱负，反映了古代劳动人民的美好愿望；也衬托了愚公的形象，使之更加丰富，这是对愚公精神的肯定和赞扬。

虽然是移山之艰苦挖掘的工作，但币面色泽并不晦涩，相反却是轻描淡染、明快缤纷，充满愉快、灵动之气，体现出劳动的欢愉、畅快气氛，表达出面临千难万险，依然充满信心和胜利的乐观态度。

永远的精卫

——民间神话故事彩色金银纪念币第 1 套“精卫填海”赏析

万事有不平，尔何空自苦？

长将一寸身，衔木到终古。

我愿平东海，身沉心不改。

大海无平期，我心无绝时。

呜呼！君不见西山衔木众鸟多，鹊来燕去自成窠！

这篇豪情万丈、优美至情的诗，就是明末清初的思想家、文学家和爱国志士顾炎武对“精卫填海”的赞美。精卫，一名冤禽，又名志鸟，俗呼“帝女雀”。

“精卫填海”是中国远古神话中最为有名，也是最为感人的故事之一。

《山海经》中“精卫填海”的故事是这样的：再向北走二百里，有座山叫发鸠山，山上长了很多柘树。树林里有一种鸟，名叫精卫，它的叫声像在呼唤自己的名字。这就是炎帝的小女儿，名叫女娃。一次小女儿去东海边游玩，不想却掉进大海淹死了，她死后，灵魂化作一只小鸟，花头、白嘴、红足，长得活泼可爱，她悲恨无情的海涛毁灭了自己年轻的生命，又想到别人也可能会再被夺走生命，因此不断地从西山衔来一条条小树枝、一颗颗小石头，丢进海里，想要把大海填平。她无休止地往来飞翔于西山和东海之间。

精卫锲而不舍的精神、善良的愿望、宏伟的志向，受到人们的尊敬。后世人们热情赞扬精卫小鸟敢于向大海抗争、坚毅不拔地奋斗到底的精神，也常常以“精卫填海”比喻志士仁人所从事的艰巨卓越的事业。

中国民间神话故事彩色金银纪念币正面图案主景均为琼台楼阁图。1盎司彩色纪念银币背面为“精卫填海”图案。

币面上彩色高浮雕的精卫——一个花季少女凌空展翅于大海之上，羽翼丰满的翅膀、稚拙之翼爪，体现出其海鸟之形。一袭水红色的长裙极其体贴地显现出精卫不同凡人的海鸟之体态；精细浅雕体现出精卫清秀、俊美、专注的面容，显现其不知疲倦的坚毅之心；万顷波涛之上，精卫长发飘扬、彩带婉约萦绕、颈间项链依稀可见——以此拟人手法，既增加了视觉的美感，又使精卫形象更富人形具象的感染力；精卫头戴花环、绿叶围腰尽显原始之初人与自然的亲近之感。构图平衡对称，朴拙、优美。

神话，是源自洪荒的古老故事，也是万古常新的话题。直到现在，随着知识载体和传播媒体的发展，人类讲述故事的方式早已与口耳相传的时代不同。古代游吟诗人孤独而悠长的吟唱，早已被综合运用声、光、电的电影、电视等多媒体所代替。但我们在日新月异的现代生活中，仍每每会与神话中那些古老的故事不期而遇——在天津火车站大厅、巴洛克风格的圆拱形穹顶上，是天津人引以为傲、由著名画家秦征创作的穹顶壁画《精卫填海》，这是目前我国最大的穹顶壁画。画面上，驾风驱雨而来的精卫，那飘曳的长发，巨扇似的翅膀，像利剑一样劈开了厚厚的云团，把巨石投入大海，激起冲天水浪……

以“精卫填海”为故事原型的电视剧《精卫填海》，以精卫、后羿救父、拯救面临灾难的人间为主题，以全新的视野，新奇的画面，催人泪下的故事，荡气回肠的爱情，英雄无敌的正义，给每一个观众带去无穷的回味。古老神话在现代生活中、在数字时代中仍然不断延伸。

陶渊明的《读山海经》诗：“精卫衔微木，将以填沧海。刑天舞干戚，猛志固常在。”他把区区精卫小鸟与顶天立地的巨人刑天相提并论，这种悲壮之美，千百年来震撼着人们的心灵。沧海固然大，而精卫鸟坚韧不拔的精神更为伟大，这正是我们民族精神的一种象征！

深情款款话亲情

——中国熊猫金币发行30周年1盎司圆形熊猫造型金质纪念币赏析

……为什么要听妈妈的话 / 长大后你就会开始懂了这段话哼 / 长大后我开始明白 / 为什么 / 我跑得比别人快 / 飞得比别人高……妈的辛苦 / 不让你看见 / 温暖的食谱在她心里面 / 有空就多多握握她的手 / 把手牵着一起梦游……

这是周杰伦的歌曲《听妈妈的话》，歌词曲调朴实，真切无华，却感人肺腑，一度登上流行歌曲排行榜榜首。还读过很多脍炙人口、千古流传的关于亲情的诗句，如唐人孟郊的《游子吟》："慈母手中线，游子身上衣，临行密密缝，意恐迟迟归。"看过很多有关亲情的文章，若朱自清的《背影》，是描写父子之情的经典，凡此种种题材表达——诗句唯美，文章感人。中国熊猫金币发行30周年金银纪念币中，1盎司圆形熊猫造型金质纪念币图面竹叶茂盛葳蕤，竹笋茁壮生发，诗意盎然；小熊猫围在妈妈身边嬉戏，非折跟头不能表达心中的欢乐之情；熊猫妈妈坐在一旁，嘴角上挑，目含笑意，疼爱、欣赏之情溢于言表；它手执竹枝，似在预备午餐，又似在以竹枝为笛；母与子都陶醉在亲情的天伦之乐中，图面洋溢着欢悦、温馨之情。惶惑间，更以为是我和父亲在盛夏的午后，高原正午的阳光热烈而奔放，老爸躺在大床一边午休，为了妈妈托人从北京买回来的裙子，我无论如何也无法入睡；那裙子绵软细滑的质地、轻抚肌肤的感觉令人魂醉；那金黄色的裙面上，错落有致地洒满了大朵红色的郁金香，朵朵都散发令人眩晕的美丽，我穿着它，在大床上使劲地跳舞，边唱边跳，即兴自编各种抒发欢乐之情的舞蹈动作，嘴里一首接一首，唱着会唱的所有的歌，跳得大汗淋漓，挥汗如雨……

父亲不停地用手、腿拦一下跳到床边的我："往里去点儿！"渐渐地他便横躺在床边，看他闭着眼睛在睡，可还是不停地说："往里去点儿。"看着窗外热辣辣的阳光、蓝天上流淌的白云，不顾一切忘情地跳着，时不时来一个前滚翻，时而想象自己是仙女，是白雪公主，是小英雄……不记得老爸笑我，也不记得他的赞许、否定，可如今想来自己百般做作扭捏之舞，一定可笑至极。只不过是个平凡的正午，但是多年后，当我想起父亲的时候，想起小时候那个小小的家的时候，那个正午的一切却清晰地浮现在眼前，包括裙子、白云、汗水，父亲的声音："往里去点儿！"当我看到该币时，不知怎么这一切又历历在目……

漫长的人生之中，总有那些我们无法忘记的片段，成为我们成长中，滋润心灵的甘露，温暖着我们，给我们以力量和战胜挫折的勇气，这就是千古轮回颂不尽的人间亲情吧。

孔雀相羡敞画屏

——中国古代名画系列“孔雀开屏”金银纪念币赏析

孔雀当属世界上最美丽的动物之一，它有着极长而大的尾羽，且呈翠绿、青蓝、紫褐、纯白等各种色彩的花纹，是吉祥、善良、美丽、优雅的象征。在我国传统文化中，有汉乐府《孔雀东南飞》以孔雀寓意忠贞的爱情：“汉末建安中，庐江府小吏焦仲卿妻刘氏，为仲卿母所遣，自誓不嫁。其家逼之，乃投水而死。仲卿闻之，亦自缢于庭树。时人伤之，为诗云尔：孔雀东南飞，五里一徘徊。”唐诗人李白诗曰“孔雀东飞何处栖，庐山小吏仲卿妻”，充满着浪漫的诗情画意。而温庭筠在《偶题》中写的“孔雀眠高阁，樱桃拂短檐”，又是一种绝色风情。

在我国传统绘画中，早在魏晋南北朝时期，陶景真就曾画过孔雀。汤垕《画鉴》中还有记载：“唐人画鸟，边鸾最为驰誉，能穷羽毛之变态，夺花卉之芳妍。他画孔雀，翠彩生动，金羽辉灼。”只是这些已无真迹留下；而近现代画孔雀的画家逐渐多了起来，比如齐白石、张聿光、柳子谷、江寒汀、陆抑非、郑乃等，这其中有写意，也有工笔；有水墨，也有重彩；有尺幅较大，也有寸缣尺幅，在形式上各自探微，自成一家。中国人民银行于 1993 年始发行中国古代名画系列“孔雀开屏”金银纪念币一套，并于 1997 年发行“孔雀开屏”1 盎司纪念银币一枚，背面图案皆为郎世宁的力作《孔雀开屏图》。

其设计构图惟妙惟肖地再现了原作的原始设计，主图高浮雕显现出一只张开尾羽的雄孔雀，修颈昂扬、神态优雅端丽；极尽炫耀的挑衅、桀骜之气；相对之的孔雀，羽尾逶迤，恰长裙拖曳、极具威仪的“郡主”，其回眸凝视的姿态，极尽骄傲、矜持、淡然；图面将画孔雀之景转化为“写”孔雀之情，构图以孔雀相知、相慕的表现形式，氤氲出清纯、质朴的情感氛围，撷取了人们心灵的共鸣，从而引发愉悦的审美感受。

币面背景遵守传统的表现手法，显现出牡丹、玉兰、海棠、藤蔓等植物，各以种种不同的姿态显现，海棠的娇媚、玉兰之绰约、牡丹花之富丽堂皇，与那曲折盘桓的古藤、古朴的苔石，相映成趣儿，将孔雀的华贵与野逸和谐体现；使柔美浪漫与雄霸张扬之气，形成强烈对比，体现得淋漓尽致；使无彩之本色，到达了“无色亦是色”的繁花似锦之景，更显其“越鸟青春好颜色，晴轩入户看咕衣。一身金翠画不得，万里山川来者稀”的绝伦之美。

构图虽选择了原画作，但因体现载体、形式、工艺的不同，其造型刻画并未照本宣科、牵强附会地使用原作中的中西合璧之绘画色彩、光影的独特表现，而是巧妙运用本材质的铸造工艺，体现出了原作的主题精髓，使图面有着欲似而不似的简约，又不失原作的生动、有趣、传神；本色浮雕而出的孔雀羽翎，刻画更为刚健有力、豪放洒脱，穿插相对工整，疏密均衡，展现出丰绒、斑斓之彩，极具华丽的质感，增加了画面的厚重感和视觉效果。

孔雀是人们公认的善良、聪明、热爱自由与和平的鸟，是吉祥幸福的象征。在希腊神话中，孔雀象征赫拉女神，在中国和日本，孔雀被视为优美和才华的体现。对于佛教徒和印度教徒来说，孔雀是神话中“凤凰”的化身，象征着阴阳结合以及和谐的女性容貌。在我国，早在宋代以前，已有孔雀因能“辟恶，解大毒”而入药的记载；明清时孔雀为府台官服的纹样，清代官员则以孔雀花翎为冠饰，有三眼、双眼、单眼之分，是官阶、权势的象征；绘画中有珊瑚瓶中插孔雀花翎的纹图，称作“翎顶辉煌”或“红顶花翎”，象征官运亨通、加官晋爵；画中孔雀开屏，象征吉祥太平；孔雀还有“绶带鸟”之称，因绶与寿谐音，也表示长寿之意。孔雀一直以来代表着“天下文明”和修养，不但姿容相好、品性高洁、仪态优雅，其本身寓意有极好的象征意义。该币是观赏、品味、驱邪、祈福、收藏之上品。

伊厥一曲石刻的乐章之佛像图

——龙门石窟2盎司纪念银币佛像图赏析

“山水本自佳，游人已忘虑。碧泉更幽绝，赏爱未能去。”唐宋以来，文人墨客在欣赏龙门山色时，留下诗篇无数。韦应物这首诗讲的是游人一旦来到龙门，看到这里的绝佳山水，就忘却了一切烦恼，久久不忍离去。

也有诗道：“千秋伊阙浴天光，遐迩闻名自盛唐。造像礼佛明教化，遗产传世何辉煌。”此诗乃今人所作，诗的立意明显与古人不同，风景描写不多，主要写龙门的价值，点出龙门石窟位列《世界文化遗产名录》。龙门石窟是中国古代封建政权凌驾于佛教之上的宗教艺术，许多窟龛或造像的兴废变迁，都与当时的政治形势变化有着密切关系，因此其造像不可避免地折射出当时的政治、经济和社会文化时尚。宾阳洞时期的造像，都与当时的社会风尚密切相关，手法已和北魏鲜卑族拓跋部固有的粗犷敦厚之风有所不同，而是吸收了中原地区汉民族文化的成分和当时南朝所流行的“清”“瘦”风尚，突出表现为形容消瘦的“清瘦俊逸”的艺术形式。

宾阳中洞开凿于公元500年，是北魏宣武帝为历史上有名的明君孝文帝和文昭皇太后做功德所营造的洞窟之一。传说是根据道教八仙之一，吕洞宾之字宾和号阳，两字相加而命名的。窟门两侧，各有一力士，窟内正面为主佛释迦牟尼像，二弟子，二菩萨侍立两旁。中国人民银行于2002年4月发行中国石窟艺术“龙门石窟”金银纪念币一套，2盎司纪念银币背面图案为佛像图，再现了这一北魏后期造像的典型形象。

图面上，主佛释迦牟尼本师佛结跏趺坐，两手掌心向外，右手指尖朝上，左手指向下，施说法印；体态扁平，两肩窄削，显现出了迁都洛阳后佛教造像“秀骨清像”的特点，显现清瘦、飘逸之彩；其疏朗的眉目，面部清秀、神情饱满、高鼻大目、嘴角上翘，微露笑意，表情面容显现出温和、包容、慈祥之神；服饰已脱去了云冈石窟中双领下垂式袈裟和偏袒右肩式袈裟，改为中原地区褒衣博带的形式;《颜氏家训》曰：“梁朝士大夫皆尚褒衣博带，大冠高履。”这种服装在当时的南朝上层男子中是相当流行的，可见，南朝的佛教艺术家最早创作褒衣、博带装佛像时，参考的是当时深受人们敬仰的隐逸者们所穿着的服装。主佛衣裙下部雕作羊肠褶纹，拖在基座前部；衣褶层叠稠密，垂蔽方台座，典型、突出地显现出北魏时期，佛教艺术中国化、民族化的造像特色。佛前左右侍立着二弟子、二菩萨，菩萨所披的帔帛交叉下垂，二菩萨含睬若笑、温雅敦厚，虔诚恭谨，给人以亲切、近人之感，图面具有相当高的艺术感染力。

天下山色之美，有各种类型，有各种风格，但大体上有这样几种美：一是险峻之美，如华山；二是秀丽之美，如峨眉山；三是雄浑之美，如泰山；四是奇绝之美，如黄山；五是绮丽之美，这就当属龙门山了，山水俱佳，寺院深藏。这山，万窟饰壁；这水，并非绕山打转转的小溪水，却是一头撞开龙门的滔滔河水，澎湃激荡，碧波连连，有声有色……正是，“龙门不墨千秋画，伊水无弦万古琴”，“龙门山色”的奇美喷薄而出，这是何等生动、美丽的场景……

图中主佛本色浮雕而出的背景，呈火焰纹样、光环繁复、华丽，热烈又庄严灵动，极具华彩之芒，凸显其神秘而至高的圣洁之像。设计构图增加了边部的相对厚度，并采用相对高浮雕工艺，底面略微凹陷，增强了图案造型饱满、纵深、立体的视觉效果。主佛面部清秀，衣纹繁复自然、流畅。币面人物主次分明，层次清晰，纹样富丽、丰富，佛祖之像，正身端坐，手势极具佛法之仪。其发髻高束，面容亲和，显现端严、慈祥之容；观之，佛的、宽容、安详之气摄人心魄，感人肺腑，是欣赏佛祖之容、参悟佛法之理、珍存感怀中华石窟艺术之精妙的好物件。

一曲高昂的大宋壮歌

——中国杰出历史人物 1/3 盎司圆形金质纪念币“赵匡胤”赏析

赵匡胤是大宋的开国皇帝，“扶幼保主大将军，不甘俯首作人臣。陈桥兵变夺帝位，一件黄袍加在身”。赵匡胤虽然阴谋夺位，但却是个贤德君主，在位 16 年间，加强中央集权，提倡文人政治，开创了中国的文治盛世，是一位英明仁慈的皇帝，是推动历史发展的杰出人物，也是中国历史上最为有作为的帝王之一。1988 年发行中国杰出历史人物金银纪念币（第 5 组）5 枚，其中 1/3 盎司金币为赵匡胤半身像及宋都东京龙亭前大军出征场景。

图中赵匡胤头戴展脚幞头，俗称“乌纱”。幞头展脚长且平直，据说曾是赵匡胤的改造发明，因他很反感官员在上朝时交头接耳，于是把传统幞头的展脚加长翅，这样官员之间就不方便靠近窃窃私语了，这也许只是个趣话吧，但却给这个至高无上的皇帝增添了一抹心思缜密之彩。币图中人物黄袍加身，胸前龙纹尽显，腰间的玉带也以浅雕刻的形式予以展现，雍容而华贵，龙袍的细致刻画，加长的帽翅，彰显了帝王身份的威仪，同时，也隐喻这位皇帝得到皇位的非凡手段和举措。

赵匡胤出身军人家庭，是五代至北宋初年军事家、武术家。戎马生涯练就了他健壮的体魄，币面上的人物体形壮硕，可见他年轻时候的魁伟、气势如虹、叱咤战场的威猛之姿。侧身而立，精致的八字胡和山羊须，倒背手款款而视的样貌，更让人窥见他的运筹帷幄。他“陈桥兵变”做君主，开创大宋辉煌盛世，兵不血刃“杯酒释兵权”收归中央行政权、财政权，消除了唐末以来地方割据的隐患；他深知治理国家必须重视文化建设，采取了尊孔崇儒策略，支持文学、科技、教育等的发展，培养了一大批治国人才；他以“重文抑武”的英明国策，彻底扭转了唐末以来武夫专权的黑暗局面，使宋代的文化空前繁盛，以至于后人有称“宋朝是文人的乐园”。图中他眼神中早已收敛了犀利、果敢的锋芒，透露出睿智和宽和之容，几分儒雅学士风度，散发出宽厚、豁达的王者风范。

图中赵匡胤身后是东京皇城正门，城楼巍巍，传统的飞檐歇顶式建筑在空阔的天空下尽显大国气势，繁盛都城的繁华壮观可见一斑。北宋号称有禁军八十万，皆由各地选拔的精壮军士组成，一方面削弱了地方势力，另一方面充实了中央军力。由币图可见，禁军兵精马壮，军容整肃，旌旗招展，迎风飘扬，意喻赵匡胤一生最大的贡献和成就——重新恢复了华夏的统一。在我国历史上有两次名副其实的大分裂，一次是南北朝，另外一次就是五代十国，作为五代十国的终结者、后世历朝文明政治的开拓者，他结束了安史之乱以来长达200年的诸侯割据和军阀战乱局面，使饱经战火之苦的民众终于有了一个和平安宁的生产生活环境，为社会的进步、经济的发展、文化的繁荣创造了良好的条件，堪称我国历史上一个承前启后的重要人物。

图中赵匡胤文官样打扮，平添了几分历经戎马生涯之后稳掌太平盛世的淡然和从容。背景中军队戎装肃整，一文一武，鲜明的对比，寓意了赵匡胤文武制衡的治国策略。造型个性鲜明、生动传神，威武而又文雅，形神兼备，不仅刻画出了大宋开国的盛世之景象，而且刻画出了人物叱咤疆场、运筹帷幄的传奇而丰富的人生。

十八拍笳休愤切，芳声振海是伊人

——中国杰出历史人物银质币“蔡文姬”之赏

清代诗论家张玉谷曾赞蔡文姬：“文姬才欲压文君，《悲愤》长篇洵大文。老杜固宗曹七步，办香可也及钗裙。”大意是说蔡琰的才华压倒了汉代才女卓文君，曹植和杜甫的五言叙事诗也是受到了蔡琰的影响。

蔡琰，字文姬，今河南杞县人，是东汉大文学家蔡邕的女儿。三国时期著名女诗人、琴家和书法家。史书说她“博学而有才辨，又妙于音律。”她命运坎坷，以自己的悲情经历为蓝本，创作了琴曲《胡笳十八拍》、“浩然之怨”《悲愤诗》，并继承父志续写了《汉史》，为中国古典文化典籍的保存和传播作做了巨大的贡献。

“东京风格颓下，蔡文姬才气英。读《胡笳吟》，可令惊蓬坐振，沙砾自飞，真是激烈人怀抱。”《胡笳十八拍》是中国古乐府琴曲歌词，长达一千二百九十七字，是一首由十八首歌曲组合的声乐套曲。曲中将汉、胡音乐完美地融合在一起，从而使《胡笳十八拍》成为古代少有的中外结合的结晶。《胡笳十八拍》反映的主题是“文姬归汉”：汉末战乱中，蔡文姬流落到南匈奴达十二年之久，被左贤王纳为妃。一直遭受思乡之苦，当曹操派人接她回汉时，她又不得不离开两个孩子，骨肉离别，尝尽人间之痛。《胡笳十八拍》是她挫折经历、悲愤心路的写照，是感人肺腑的千古绝唱，具有很高的艺术价值，是汉族著名十大古曲之一。“蔡女昔造胡笳声，一弹一十有八拍，胡人落泪沾边草，汉使断肠对客归。”其哀怨惆怅令人断肠，是自屈原《离骚》以来最值得欣赏的长篇抒情诗。

图中蔡文姬主造型正在创作中，发髻高挽，身着掩襟阔袖的汉服，臂挽轻纱，气质端庄雅致，抚琴而坐，显现出一代才女“端操有踪，幽闲有容。区明风烈，昭我管彤。”的仪态。她一手拂弹琴弦，一手正挥动于节拍的节律中，其神情激昂，满目悲恸，仿佛所弹凄切哀婉的词曲韵律，直直地透入人心。高声苍悠凄楚，低声则深沉哀怨……正如郭沫若所赞《胡笳十八拍》：“那像滚滚不尽的海涛，那像喷发着熔岩的活火山，那是用整个灵魂吐诉出来的绝叫。”币图惟妙惟肖地显现出她悲凉激动的情绪，观之感人颇深。

背景中，琴旁一盏枝形灯，灯火摇曳，映照出书法：“为天有眼兮何不见我独漂流？为神有灵兮何事处我海北天南头？我不负天兮天何配我殊匹？我不负神兮神何殛我越荒州？”结构严整，体法疏朗有致，“骨气洞达，爽爽有神”，大大丰富币图的文化元素，不仅提高了文化品位，也很好地装饰了图面。充分地反映出蔡文姬“天无涯兮地无边，我心愁兮亦复然”，“苦我怨气兮浩于长空”的强烈悲怨抒情色彩。

蔡文姬是通晓音律的天才，在琴曲创作方面给后人留下了《胡笳十八拍》琴歌，名列古代十大古曲。文学方面也给后人留下了传世杰作《悲愤诗》，“由情真，亦由情深也。”激昂酸楚，在建安诗歌中别构一体，它深受汉乐府叙事诗的影响，语言浑朴，“真情穷切，自然成文”，它具有明白晓畅的特点，无雕琢斧凿之迹，真实感极强，史载其文学价值可与建安七子的作品相提并论，被称为中国诗史上第一首自传体五言长篇叙事诗。该银币的发行，不仅是对她才华的赞美，更显现出她在悲苦境遇中顽强创作的毅力以及对历史传承和文化发展所做的卓越贡献。该币在歌颂了我国古代优秀女性形象的同时，也弘扬、推广了中国传统词曲文化。

古老传统文化与现代文明创意的交映

——2013 癸巳（蛇）年贺岁银条赏析

在浩瀚丰厚的中华民族传统文化中，书法独特、富有美感的表现艺术，堪称世界文化艺术的奇葩，被誉为：无言的诗，无行的舞；无图的画，无声的乐……

癸巳（蛇）年将至，中国金币总公司与 2012 年 10 月限量发行蛇年贺岁银条，其图面将这一中国汉族独创的书法文化艺术，与中国传统古老生肖文化巧妙结合，精彩展现于银系上，图文并茂，相得益彰，其独特构思令人赞叹。

银条正面在银质本色底面的左上侧，浮雕显现宋体“癸巳”两个大字，突出显现宋体的“横平竖直，横细竖粗，起落笔有棱有角，字形方正，笔画硬挺”的特征。宋体字与中国书法一脉相承，宋体字在笔画上保持了中国书法的特点，它对书法运笔进行了高度的艺术化概括，并巧妙、合理地把中国书法楷书的特征，用刻刀及传统印刷术的形式反映出来，得到了中华民族的认同；是在有形的中国文化中，千百年来一直使用的首推字体。

中国人从小在一个个小方格、大方格本中练习写字，老师要求要根据字体的笔画顺序把字端正、均匀、居中地写在方格内，不能偏格也不能逾越方格，要在这方格内经营笔画的位置，相互谦让，安排好每笔每画，利用好每个小空间。正是这些因素，养成了中国人做事规矩、守信又善于经营位置的国民性格。

银条图面以宋体书法展现出汉字文化的魅力精华，图面右上侧为一段古体文言——以清秀挺拔的仿宋体，形象地描绘出币面的美好寓意，“巳神，抟万物而化先民。……巧盘财帛，护佑粮园”。显现出仿宋体的“横竖粗细均匀”的笔画特质，字体刚劲有力，布局秀丽整齐，清晰美观。

文言文下，加缀的甲骨文“蛇”字印章及“贺岁”字样篆章，展现出中国汉字及书法的发展：甲骨文、金文、大篆、小篆、隶书、草书、楷书至仿宋体、宋体字，体现了人类追求简约明朗、均衡对称、整齐统一、程式化的总体趋向。

银条背面正下方，高浮雕显现出以中国传统工笔画风格表现的蛇之造型——昂首吐信，守护着富贵牡丹。蛇是华夏民族最古老的图腾生肖之一，它代表着睿智、冷静，是权势、智慧、长寿与财富的象征，于十二地支中位列第六，遂称巳蛇。岁在癸巳，蟒蛇降幅，币上其身盘牡丹，组合形象叠雕于草体“蛇”字之上，灵蛇颔首而立，双目灵动机智，精湛的细雕工艺，显现其身形花纹精致清晰、强劲、壮硕，盘桓于象征圆满、富贵的牡丹之间，更将传统的生肖与文化贴切融合，表达出富贵祥瑞的寓意。底面背景中“狂草”的“蛇”，造型细腻，层次分明，既起到装饰作用，又以景言情，寓意癸巳蛇年洪福齐天。一趋一映，表现丰富，使贺岁银条的富贵、祥和尽显于方寸之间。

银条背面，草体书法“蛇”字笔势连绵奔突，字形变化多端，极龙飞蛇舞之致；其笔画、线条之形“天姿特秀，若鸿雁奋六翮，飘摇乎清风之上，率情运用，不以为难”，其形恰如蛇之意向——“曲，躬直恰适而逸；顺，随势利导而安”。混搭之艺术体“年贺岁”字样及缀“癸巳”纪年篆章，下部标注的贺岁银条的克重及成色，其布局明晰、规整，表达丰富；加之“蛇”书写自由，于肃整中见放纵奇诡，于动中见静，无论是文字的笔画组合还是通篇布局，显现出自由、率性、精练之貌。

民俗传统文化中，传说蛇是最顽强的属相，属蛇人是十二属相中最具有神秘感的。由于具有天生的、特有的智慧，还是一个天生的神秘主义者，文雅、斯文的属蛇人很爱读书，爱听名曲，爱吃美味食品，并且爱看戏剧，受生活中所有美好的东西吸引。在骚乱和困境中，属蛇人当属最中坚的力量，能临危不惧，沉着地应付任何不测。属蛇人很幸运，能拥有期望中所需要的一切，不会因缺钱而烦恼，即使一旦发生经济危机，也会很快有办法扭转局面。

该图面造型取材自中国传统民俗文化，富含“福禄寿喜财”的美好贺岁寓意，精致独特的设计展现无限美好的期许与祝福。

玉蝶金枝瓜瓞永

——2015吉祥文化金银纪念币“瓜瓞绵绵”赏析

残腊即又尽，东风应渐闻。一宵犹几许，两岁欲平分。

又是一年将尽一年初始之时，迎接春天、欢度春节是中国人独有的民族风俗，也是以吉庆、祝福为主题的传统民俗文化集中体现的时节，生活、工作无一不以其为主题。举国同庆，欢聚团圆，大俗中透着大雅，以各种方式，抒发着对新一年美好生活的向往和祝福。为迎合这欢庆的时日，表达美好的期许，2015吉祥文化金银纪念币1/4盎司圆形金质纪念币和1盎司圆形银质纪念币背面图以“瓜瓞绵绵”这一传统吉庆图案展现。

“瓜瓞”的出处是《诗·大雅·绵》：“绵绵瓜瓞，民之初生，自土沮漆。”“瓜”指大瓜，“瓞”指小瓜，指一根连绵不断的藤上，大瓜小瓜层出不穷的意思，其本意是歌颂周王朝代代相继的历史，后用以祝福他人子孙昌盛，事业兴旺。民国时期，国人结婚证书上也常有“看此日桃花灼灼，宜室宜家，卜他年瓜瓞绵绵，尔昌尔炽。”之美好祝福。“瓜瓞图”则是用图像形式标示一个家族繁衍生息的历史，“瓜瓞虽遥，芳枝无远”。——通过瓜瓞图，能够清晰地了解单个家族成员在家族中的长幼辈分和亲疏关系。传统的《绵绵瓜瓞》图式有两类，一类是瓜连藤蔓枝叶，另一类有蝴蝶图案。

“气转凉时叶欲绿，晨起处处看黄花”。1/4盎司圆形金质纪念币以浮雕、反喷砂相结合的工艺制作而成的南瓜、藤蔓图案中，藤枝曲折犹如丝带蜿蜒，而藤叶，叶瓣三五不一，形制迥异，其脉络纤细生动，藤叶或覆着南瓜，或凭枝而悬、似在微风中摇曳，南瓜花在层层叠叠的叶蔓中开放，本色金质的色调，使其淡然醇厚，显现出丰足明朗的印象，透达出田野特有的朴素之美。挤挤挨挨的叶蔓下，闪现出硕大的南瓜，或藏于花叶间，或坦然显露。反喷砂的深重色泽，使其显现出“胖头墩脑”、踏踏实实的丰收之像，深浅不一、喷砂而成的“光影”，营造出曼妙的“深秋现硕果”的田园风情。

1盎司圆形银质纪念币背面图以深色做底面，映衬出凹刻作亮的南瓜造型，在银质本色中，越发得饱满，呈现出明亮而富质感的视觉感受，花与叶则明暗有致，使币面更加富有立体感，且陡生几分精致和幽雅。不一样色泽的材质和工艺，使同一图形显现出不同的艺术效果，赏去更是别有一番滋味。

两币图左上方飞舞而出的一双蝴蝶，更是将币图意境推向了氤氲浪漫的高潮，首次采用激光幻彩工艺而出的蝴蝶，在金色币面中的呈现极为柔和，正是“信手拈来无意句，天生韵味入千家”，完美点缀了币面质朴、悠然的气韵。在银质币面本色的浅灰色调中，却跳跃而出“八月蝴蝶黄，双飞西园草”。鲜艳夺目，呈现出五彩缤纷的蝴蝶本色。

“穿花蛱蝶深深见，点水蜻蜓款款飞”。蝴蝶是最美丽的昆虫，以其身美、形美、色美、情美被人们欣赏，被誉为“会飞的花朵”“虫国的佳丽”，是高雅文化的一种象征。为历代文人墨客所咏诵。蝶与瓞谐音，蝴蝶跟瓜蔓搭配在一起，不仅美观好看，其“俱飞蛱蝶之相逐，并蒂芙蓉本自双”的缠绵意境，是亲人、爱人、有情人之间欢乐团聚永不分离的美好象征；这正是传统吉祥图案的文化实质——以美的饰纹和造型来营造吉兆环境，并以此寄托祈福求吉的心愿和对生活的追求。两币图造型设计上以强调意象美为特色，充分体现了中国语言、文字与图画同源、相通相融的特征。

灼灼荷花瑞，况复两心同

——2015 吉祥文化金银纪念币“并蒂同心”赏析

青荷盖绿水，芙蓉披红鲜。下有鸳鸯偶，上有并头莲。

2015 吉祥文化金银纪念币 1/4 盎司心形金质纪念币、1 盎司心形银质纪念币背面为并蒂莲与鸳鸯图案，“水中仙子并红腮，一点芳心两处开。想是鸳鸯头白死，双魂化作好花来”。并蒂莲有“水中仙子”之称，是荷花中的极品，民间传说中，并蒂莲的出现是吉祥之兆。在古代文学作品中，它被誉为爱情的象征，喻义夫妻百年好合，永结同心，兄弟情同手足，感情深厚，是为同心、同根、同福、同生的象征。币面造型上部为并蒂莲造型，“一茎孤引绿，双影共分红”，两花一茎而开，相依相偎，紧密无隙，花叶繁复丰荣。“玉蕊丝丝溢芳馨，仙葩瓣瓣不染尘”，叶瓣轮廓清晰、芯蕊毕现，呈现出灼灼盛开之状。反喷砂深浅工艺的着力表现，使之呈现出明暗有致的立体感，饱满而丰盈。其右旁一朵莲花苞蕾婷婷而出，曲颈向着莲花，宛若一成长中的孩童偎依着父母，左边则是一枝丰实的莲蓬，微微低垂的头，好似被太多的莲子累弯了茎，一图间，“开合舒卷随天意”，展现了莲花含苞、盛开、结子同现的自然形态——“真美原来是自然”。

“一红一绿一对俏，一笑一颦一春潮。”

图面造型并蒂莲下是一对鸳鸯，鸳指雄鸟，鸯指雌鸟，故鸳鸯属合成词。鸳鸯属水鸟，个性温顺，形态玲珑。由图可见其冠羽飞翘，仿若美丽的高冠，显现出绅士、娴雅的仪态；眉纹清晰，眼目俊秀，眼眸为蓝色锆石镶嵌所成，显现出清澈明亮的光彩；浅浮雕的线型翅膀纹理，琳琳尽显，反映出它原本深重、金属般瑰丽的羽毛色彩，翅上一对扇状直立羽，状如船帆，使它们看上去越发优雅安适。

鸳鸯最有趣的特性是“止则相耦，飞则成双”，因此千百年来，鸳鸯一直是夫妻和睦共处、相亲相爱的美好象征。在民族传统吉祥文化中，有《相思鸳鸯》《孔雀东南飞》等许多民间爱情故事，使其成为中国文学作品中纯洁爱情的化身。绘成吉祥图案便是鸳鸯双栖、鸳鸯比翼、鸳鸯嬉水等，“并蒂同心图”为其中之一种。由该币图可见莲下鸳鸯，一前一后顾盼生情，以民间传统的委婉、暗喻之手法，诠释了以鸳鸯寓意琴瑟和谐、家庭幸福和生活美好的含义。

“花开并蒂莲，鸳鸯比翼飞”。两币形状为心形，是吉祥文化金银纪念币首次采用的形状，新颖而唯美，别具一格。其心形与图中“并蒂莲”“鸳鸯鸟”之造型相呼应，巧妙体现出“永结同心”“相亲相爱”之浪漫的爱情寓意，内容与形式相得益彰，达到了完美统一。荷花、鸳鸯作为吉祥文化的象征，在现代社会中，以“荷”谐音“和”“合”，意喻和平、合作、合力、团结、联合；以鸳鸯意喻和谐、和睦家庭、幸福婚姻。

“平湖碧玉烟波阔，芰荷风起秋香发”。币面以浅雕线条而出的莲叶纹做背景，使空旷的留白恰似“田田荷叶”连天而去……币图下方，清浅的线纹描绘出水面的涟漪，“日移花色异，风散水纹长”。氤氲出“镜水无风也自波”的优美意境。1/4 盎司金质纪念币因其金质色泽的自然呈现，在无边镜面的映衬下，显现出富丽辉煌之容；而 1 盎司银质纪念币，则如朴素、怀旧的连环画面，意境悠远、耐人寻味……中国古代民间就有“春天折梅赠远，秋天采莲怀人”之“应景祝福”的传统，该币的适时发行更是佳节赠送新人、家人之上品。

春意盎然福满门

——赏 2015 年贺岁银质纪念币

一年滴尽莲花漏，春风送暖入屠苏。

又是辞旧迎新贺岁时，中国人民银行首次启动了贺岁银币项目，于 2014 年 12 月 26 日发行 2015 年贺岁银质纪念币一枚。该枚银质纪念币正面图案为中华人民共和国国徽，反喷砂银质镜面浮雕而出的国徽纹饰、中华人民共和国字样清晰，布局端庄、肃整，彰显出该币为中华人民共和国法定货币的身份。背面图案以“福”字为主，与宅门、燕子等造型组合并配以蝙蝠、迎春花等装饰图案而成。中国的贺岁文化是春节文化的特有产物，其主题表达不仅要以喜庆吉祥为主，且要凸显传统文化的内容与过年有关；币图以“莺莺燕燕春春，花花柳柳真真，事事丰丰韵韵”多种元素，表达出迎春、团圆、吉庆的丰富含义，充分展现出了贺岁这一浓厚的民俗节日的气氛。

该图背面以清乾隆皇帝御笔手书的大“福”字为主造型展现。福与“年”总是如影相随，“年”至而“福”到——春节贴“福”字，是民间由来已久的风俗，据《梦粱录》记载：“岁旦在迩，席铺百货，画门神桃符，迎春牌儿。”“春牌”即是写在红纸上的福字。据说乾隆皇帝每年的大年初一都要去寺里拜佛，然后回宫里写“福”字。写的第一个“福”字一般都不会送给臣子，而是永久保存，大有永远保留住福气的意味。该币面福字笔力遒劲，字形稳重、均齐、端庄，工整却又不失其灵彩。其底面衬以“百样百福”篆书字样纹饰，是以篆体为基础的异形字图案。大“福”字正下方，有篆刻形式的印拓“乙未”，其字体造型即民间流传已久的“福”字圆形图案，其形流畅圆润，意趣、韵味盎然，币图文字体现了中国书法的博大精深和变化多端，使币图展现出极强的艺术表现力，美不胜收。

“旧时王谢堂前燕，飞入寻常百姓家。”燕子于春天社日北来，秋天社日南归，素以雌雄颉颃，飞则相随，自古百姓都把它当作传达惜春、思念故土、渴求团圆美好情愫的象征。币图中双燕飞衔福字，上下两两相对，似在“软语商量不定”，其形却“飘然快拂花梢，翠尾分开红影”，极研尽态，形神俱似。“每逢佳节倍思亲，何人不起故国情”？图中两侧为双扇宅门造型，木质纹路清晰可辨，菱形的铺首、圆形的门坠，好似正发出“叮当”的悠然颤响，氤氲出家这一温暖的处所，表达出“回家团圆”过年的质朴、浓厚的思乡之情，极具中华传统意向。半开的门扇好似“几度春风绿户开”，门中更是“春满乾坤福满门”，体现出游子推门归来、家人开门迎接的刹那间的“归来与相逢”的感动和意境，以强烈的视觉艺术感染力，体现出百姓朴素的思想感情和古老而深远的文化观念。

“帘断萤火入，窗明蝙蝠飞。”在华夏的文化里，“蝠”与“福”同音，寓意“遍地有福”；“蝙蝠”谐音“遍福”，象征幸福延绵无边。币图“福”字左右角配以两只蝙蝠纹饰，意喻“福寿圆满”蕴含人们对福禄寿的追求和向往。将蝙蝠刻在钱币面，古而有之，意喻“福在眼前”的好兆头。

“覆阑纤弱绿条长，带雪冲寒折嫩黄。”迎春花色泽明黄艳丽、花型端庄秀丽，具有不畏寒威，不择风土，适应性强的特性，现为我国河南省鹤壁市的市花。以围绕福字的迎春花为装饰，其丰荣葳蕤之态，展现了她“迎得春来非自足，百花千卉共芬芳”的非凡气质，营造出一派“春色遍芳菲，闲檐双燕归”的温暖氛围。

在大力提倡社会主义精神文明的今天，人们在新时代对“福”的理解有了新的发展：一心为公是福，乐于助人是福，尊老爱幼是福，夫妻和睦是福，宽容是福，“吃亏”是福，平安是福……由敬神求“福”，到努力奉献为福，体现了中国传统“福”文化的与时俱进！该“福”字币以丰富的传统文化元素巧妙组合，既传承、迎合了我国贺岁迎春的吉庆文化传统，又拓展、升华了新时代“福”的含义，表达出对观者新一年的美好祈愿——喜“福”临门，“福”星高照！

后　记

无悔过往，不惧来生

罗　超

“对于人而言，生活就像山坡上的青草，又像野地上的小花。当微风吹近又吹远，生活会告诉我们，一切都已经改变。”岁月缓慢地把我们雕刻得面目全非，也许现在的我们是曾经年少不希望成为的样子。我们一边只恨岁月太匆匆，一边埋怨等车、开会的时间流逝得太慢。仓促生存着的我们忙碌于自己的“一地鸡毛”，无暇估计岁月的艺术，观察岁月的真相，对岁月沁透出来的味道闻而不觉。

你是否在某一个停驻在地铁站的片刻，看见呼啸而过的列车上倒映的自己，突然惊觉，曾以为 25 岁时已经能够看清人生的方向，不想如今 26 岁的自己还未准备好奔赴一场喜欢的话剧？是否在某一个洗完手擦拭的瞬间，看见镜子中面目生疏的自己，感到困惑不已，曾以为 30 岁时已经在行业中有立足之地，不想如今 29 岁的自己经验比不过前辈，创造力拼不过后辈，险中求生，无暇开始一场从容的旅行？是否在某一个清晨面对明明前日认真护理、早早睡觉却依然可见眼角的细纹，忽然怅然无力？是否曾以为 40 岁时日日护理、时时保养心态年轻就掌握了青春永驻的秘籍，不想如今 41 岁的自己还在为这个月到底买一件心仪的大衣还是买一个保暖的羽绒服纠结不已？

我们永远都没有准备好面对现在的年纪和当下的境遇，但，正因为如此我

们应该更加认真地度过这些并不完美甚至疲累不堪的岁月。每一天都是独一无二的，尽可能不再等待。再迷茫也可以现在就去订购一张自己喜欢的话剧票，也许正是这场话剧给了你新的启发，即使没有从中得到真谛，也可以暂缓一下紧绷的神经，就好像雨过天晴的青草香，没有多么芬芳却沁人心脾，带着一种重新启程的动力。再艰难也可以现在就去看看那件心仪的大衣还有没有适合的号码，如有缘分，现在不如穿它回家，寒冬终会来但也不是明天，也许这件大衣现在带给你的幸福感将如同浓郁的玫瑰花香，并不很实用但总让人在麻木生存中感受到一丝生活的情趣，这正是鲜花并无实用却仍被人们需要的道理。

正是这些片刻的自由，将岁月沁透出不同的味道以至于我们的人生不至于只是一味地克制和乏味。匆忙如何，迷茫如何，惶恐又如何，至少我们疲惫不堪时仍有可以回味的岁月，这些不是小确幸而是我们自己创造的人生岁月。不必羡慕别人，一千个人的岁月将有一千种味道的配方，即使是苦痛难当的过往、历经岁月的纯酿后，也将如烈酒过喉，辛辣之后的香醇自不能对外人道，当时呛出的满眼热泪也成为今后生活的底气，会让你懂得没有什么值得真的畏惧和退却。

过往不必再多作计较，只要去认真继续自己的人生，努力完满自己所向往的生活，便也算不虚此生了吧。

（罗超，本书作者之女，现供职于河南郑州某法院。）

图书在版编目（CIP）数据

花开半夏 / 连晓华著 . -- 秦皇岛：燕山大学出版社；北京：社会科学文献出版社，2019.12（2026.1重印）

ISBN 978-7-81142-852-0

Ⅰ . ①花… Ⅱ . ①连… Ⅲ . ①散文集 – 中国 – 当代 Ⅳ . ① I267

中国版本图书馆 CIP 数据核字（2019）第 156360 号

花开半夏

著 者 / 连晓华

出 版 人 / 陈 玉
责任编辑 / 柯亚莉 王玉霞 李 淼

出 版 / 燕山大学出版社
地址：河北省秦皇岛市河北大街西段 438 号
社会科学文献出版社
地址：北京市北三环中路甲 29 号院华龙大厦
经 销 / 全国新华书店
印 装 / 廊坊市印艺阁数字科技有限公司

规 格 / 开本：787mm × 1092mm 1/16
印张：22.25 字数：237 千字
版 次 / 2019 年 12 月第 1 版 2026年 1月第 3 次印刷
书 号 / ISBN 978-7-81142-852-0
定 价 / 88.00 元